KNAUR

Im Knaur Taschenbuch Verlag sind bereits folgende Bücher der Autorin erschienen:
Nebelspiel
Schattenfänger

Über die Autorin:
Sheila Bugler ist gebürtige Irin, nach einem Studium der Psychologie bereiste sie Europa und Südamerika. Die Autorin lebt heute mit ihrem Mann und zwei Kindern in Easbourne, England, und arbeitet als Online-Redakteurin.

SHEILA BUGLER

KÄLTE HERZ

THRILLER

Aus dem Englischen
von Susanne Schädlich

KNAUR

Die englische Originalausgabe erschien 2016
unter dem Titel »All Things Nice« bei Brandon.

Besuchen Sie uns im Internet:
www.knaur.de

FSC
www.fsc.org
MIX
Papier aus verantwortungsvollen Quellen
FSC® C083411

Deutsche Erstausgabe Juli 2019
Knaur Taschenbuch

Original Title: All Things Nice
Published in agreement with The O'Brien Press Ltd.
Originally published under the Brandon Imprint

Redaktion: Dr. Kirsten Reimers
Covergestaltung: ZERO Werbeagentur, München
Coverabbildung: FinePic / shutterstock
Satz: Adobe InDesign im Verlag
Druck und Bindung: CPI books GmbH, Leck
ISBN 978-3-426-52136-6

2 4 5 3 1

Für Luke und Ruby, für immer

FREITAG

Gesicht zu nah. Sein Mund schrie. Sie verstand die Worte nicht. Zu viele andere Geräusche. Eine Hand auf ihrem Arm. Zerrte an ihr. Sie stolperte. Merlot schwappte aus dem Glas auf das Bündchen ihres Donna-Karan-Pullovers. Draußen. Die Nachtluft kühl nach der intensiven Wärme im Haus. Ein Joint mit Ginny und irgendeinem Typen. Dermot. Großes Gesicht, laute Stimme.

»Was feiern wir eigentlich?«, fragte er.

»Charlottes Geburtstag.« Ginny umarmte Charlotte und drückte ihr einen feuchten Kuss auf die kalte Wange.

Charlottes Glas war leer. Wo war der Wein geblieben? Sie bewegte das Glas vor Dermots Gesicht hin und her.

»Wir brauchen mehr Wein.«

Er blickte missbilligend. »Wie bitte?« Drehte sich zu Ginny um, lachte.

»Mit der hast du alle Hände voll zu tun.«

Wieder im Haus. Musik. Laut. Eine ihr unbekannte Frau ruft »Happy Birthday«. Viele Leute. Was wollen die alle hier? Dann ein vertrautes Gesicht. Freya. Sie lächelt, geht auf sie zu, will etwas sagen – was? Egal. Als sie das Zimmer durchquert hat, ist Freya fort.

Im Park von Blackheath jetzt. Wie ist sie hierhergekommen?

Vor ihr ein Typ. Sie erinnert sich nicht an seinen Namen. Declan vielleicht. Er drückt sich an sie, sie spürt seine Erektion an ihrem Bein. Sie stößt ihn weg. Das findet er gar nicht lustig. Als ob ihr das etwas ausmachen würde. Könnte ihr Sohn sein. Was ist das nur mit ihr und den jüngeren Männern?

Er schreit sie an, sie dreht sich weg, torkelt in Richtung Haus. Plötzlich revoltiert ihr Magen. Sie beugt sich vor, Kotze spritzt aus ihrem Mund.

Sie richtet sich auf und wischt sich mit dem Handrücken über den Mund. Der Geruch von Erbrochenem liegt in der Luft.

Von Declan jetzt keine Spur. Er hat Glück gehabt, dass sie ihn nicht vollgekotzt hat. Bei dem Gedanken, was er für ein Gesicht gemacht hätte, muss sie kichern.

Ihr ist kalt. Sie zittert. Sie verschränkt die Arme vor der Brust, fängt an zu laufen. Es ist einsam hier draußen. Die leere Schwärze der Heide umfängt sie. Am Rand der Landschaft die erleuchteten Fenster der großen georgianischen Häuser.

Sie kann ihr Haus sehen. Heller als die anderen. Licht scheint wie zum Trotz gegen die dunkle Nacht aus allen Fenstern. Ob Freya noch da ist? Plötzlich fällt ihr Freyas Freund ein. Sie will nicht an ihn denken, doch sein Gesicht ist da, die ganze Zeit.

Sie überlegt, ob sie ihn heute Abend gesehen hat. Wäre nicht überrascht, wenn sie ihn jetzt vorfände. Trotz seiner sogenannten Prinzipien isst er immer gerne ihr Essen und trinkt ihren Alkohol.

Freya muss ihn verlassen. Diese Erkenntnis trifft Charlotte wie ein Schlag. Sie beugt sich vor, hat das Gefühl, sich noch einmal übergeben zu müssen, würgt, doch es kommt nichts. Sie wankt vorwärts, jetzt schneller, weil sie weiß, dass sie sich diesen Moment der Klarheit bewahren, ihre Tochter finden und ihr sagen muss, was für ein Scheißkerl ihr Freund in Wirklichkeit ist.

Eine Gestalt kommt auf sie zu. Wie aus dem Nichts. Sie weicht zurück, schreit. Einen wahnsinnigen Augenblick lang glaubt sie, er sei es; er sei gekommen, sie zu finden.

»Charlotte! Hier bist du. Wir haben dich überall gesucht.«

Ginny. Die Angst verfliegt. Ginny zieht sie am Arm zurück ins Haus, redet von einem Kuchen und Kerzen. Zeit für einen Wunsch. Sie erinnert sich an den Krach, die Hitze, die Leute. Sie zieht ihren Arm weg. Ginny insistiert. Charlotte ist zu müde und ihr ist zu übel, um sich zu wehren.

Im Haus ist es zu hell und zu warm. Die Leute sind zu laut und zu nah. Körper quetschen sich gegen sie, Stimmen schreien sie an. Sie drängelt sich durch, sucht ihre Tochter.

Freya steht in der Küche an der Spüle, trinkt ein Glas Wasser. Ein säuerlicher Ausdruck in ihrem Gesicht, als hätte sie in eine Zitrone gebissen. Oder nur ihre Mutter gesehen.

»Er ist ein Schwein.«

Freya sieht sie böse an. Charlotte versucht es noch einmal.

»Kieran.« Sie lallt, packt Freyas Arm, schreit, weil es wichtig ist.

»Kieran ist ein Schwein.«

Freya schubst sie weg. Heftig. Charlotte taumelt rückwärts gegen den Küchentisch, stößt sich die Hüfte.

»Er hat dich nicht verdient«, sagt Charlotte. Es ist nicht leicht, die Worte über die schwere Zunge zu bringen. Es sieht so aus, als wolle Freya etwas sagen, doch sie schweigt, stellt nur das Glas ab und geht. Panik ergreift Charlotte.

»Nein!« Sie stürzt ihr nach. Packt Freya und drückt sie gegen die Wand, stemmt sich gegen sie, fest entschlossen, einhundert Prozent, Freya die Augen zu öffnen.

»Er liebt dich nicht. Ich würde es nicht sagen, wenn es nicht wahr wäre, aber es ist wahr.«

Sie wollte noch mehr sagen, doch jetzt schrie Freya sie an, stieß sie weg.

Charlotte streckt die Arme nach Freya aus, will sie beruhigen. Ihre Bewegungen sind ruckartig, ein Schlag trifft Freya versehentlich im Gesicht.

Sie will sich entschuldigen, aber Freya schreit immer noch, nennt sie ein Miststück. Charlotte will widersprechen, aber es war ja wahr oder etwa nicht?

»Komm, Lottie. Lass uns gehen.« Ginny, den Arm um ihre Schultern, lotst sie weg.

Charlotte blickte sich um. Freya stand noch immer da. Ihr Gesicht war verschwommen, weil Charlotte weinte. Sie konnte nicht aufhören.

»Alles in Ordnung?«, fragte jemand.

»Nur ein bisschen zu viel getrunken«, sagte Ginny. »Es geht ihr gleich wieder besser, nicht wahr, Lottie? Wir haben den Kuchen noch gar nicht angeschnitten. Komm.«

Das konnte sie jetzt nicht ertragen.

Sie will, dass sie alle nach Hause gehen und sie in Ruhe lassen. Sie versucht es Ginny zu sagen, aber Ginny hört nicht zu. Ginny tätschelt ihr den Rücken und sagt, es sei okay, es werde alles okay.

Charlotte befreit sich von ihr, bahnt sich ihren Weg raus aus dem Haus, und dann – endlich – ist sie frei. Sie rennt den Hügel hinauf durch die Heidelandschaft, weg von dem Song. Doch egal wie schnell sie rennt, sie kann ihm nicht entkommen, weil er da ist, in ihrem Kopf. Die blecherne Puppenstimme, die immer höher singt:

Sugar and spice and all things nice
Kisses sweeter than wine
Sugar and spice and all things nice
You know that girl's mine.

SONNABEND

EINS

Ein Frühmorgen-Jogger entdeckte die Leiche. Der Mörder hatte keine Anstrengungen unternommen, den Leichnam zu verbergen. Das Opfer – weiß, männlich, Mitte zwanzig bis Anfang dreißig – lag am unteren Ende von St. Joseph's Vale, einem stillen Gässchen abseits von Belmont Hill in Blackheath. Neben dem toten Mann Erbrochenes vom unglücklichen Jogger.

»Glücklicherweise ist heute Sonnabend«, sagte Abby. »Sonst hätte ihn vielleicht ein Kind auf dem Weg zur Schule gefunden.«

»Ich weiß nicht, ob glücklicherweise das richtige Wort ist«, sagte Ellen.

Sie kniete neben dem toten Mann, untersuchte ihn. Seine Augen standen offen. Weit und leer, starrten sie an. Hellbraune Iris, an den Rändern schwarz.

Ganz und gar nicht wie Billy Dunston, trotzdem erinnerte er sie an ihn. Aschblondes Haar, kurzer Bart, ausgeprägte Gesichtszüge. Die Sorte Typ, die man zweimal anguckt, wenn sie einem in einer Bar begegnete oder auf der Straße an einem vorbeilief und man in der Stimmung war, einen gutaussehenden Kerl, der der eigene Sohn sein konnte, zweimal anzusehen.

Er trug Jeans und eine verblasste Jeansjacke. Graues T-Shirt unter der Jacke, schwarzer Fleck in Brusthöhe. Die Verletzung.

Ein Messer, mutmaßte Ellen. Um das mit Sicherheit sagen zu können, müsste sie das T-Shirt hochziehen und sich die Wunde genauer betrachten. Sie musste auf den Pathologen warten.

Sie schaute noch einmal in die Augen des toten Mannes, hatte das Gefühl, dass eine Frage in ihnen stand. Ihr Hirn spielte ihr einen Streich. Sie wandte sich ab, bevor sie irgendetwas Blödes machte. Wie mit ihm zu sprechen.

Sie stand auf, streckte sich. Die Straße kannte sie. Ihr Bruder Sean war auf die katholische Knabenschule gegangen, nach der die Straße benannt war. St. Joseph's Vale stieß auf die Heath Lane, eine wohlhabende Straße in einer Gegend voller wohlhabender Straßen in und um Blackheath im Südosten Londons. Die Leiche lag da, wo beide Straßen aufeinandertrafen.

»Scheint schon eine Weile hier zu liegen«, sagte sie. »Vier Stunden oder länger.«

»Muss ein Schock gewesen sein«, sagte Abby und nickte in Richtung Jogger. Eine uniformierte Polizistin nahm gerade seine Aussage auf. »Kein Wunder, dass der arme Kerl sich die Seele aus dem Leib gekotzt hat.«

»Ich wünschte, er hätte es woanders getan«, sagte Ellen. »Weiß Gott, was das für den Tatort bedeutet.«

Abby mokierte sich über Ellens Mangel an Empathie. Ellen ignorierte sie und betrachtete wieder den toten Körper. Er war jung. Zu jung, als dass schon alles vorbei sein sollte. Noch eine arme Seele auf der langen Liste von Seelen, die ihre Träume bevölkerten und in den Schatten ihrer wachen Stunden lauerten. Sie waren immer da, die Namen und Gesichter von beendeten Leben, von all diesen toten Menschen. Eine endlose Reihe. An deren Anfang ihre Schwester, an deren Ende dieser Unbekannte auf einer stillen Seitenstraße zwischen Lewisham und Blackheath. Nur war es nicht das Ende. Es würde immer noch mehr Leichen geben. Dieser Gedanke deprimierte sie maßlos.

Fragen drängten sich in ihr Hirn, Details, die sie über den toten Mann noch nicht wusste. Details, die es noch schwerer machten, als es ohnehin schon war, wenn sie von seinem Leben erfuhr, seiner Familie und den Menschen, die er zurückließ.

Der Tatort war abgesperrt. Uniformierte Beamte passten auf, dass niemand ohne Ellens Erlaubnis kam oder ging. Im Moment befanden sich innerhalb der Absperrung nur die fünf weißbekleideten Forensiker, die jeden Zentimeter absuchten. Ellen und Abby trugen dieselben Schutzanzüge. In der drückenden Maiwärme fühlte sich die zusätzliche Schicht schwer an.

Schweiß rann Ellens Rücken hinunter. Schweiß stand auf der Stirn. Sie wischte ihn genervt weg.

»Wenigstens regnet es nicht«, sagte sie. »Hoffen wir, dass die Forensiker etwas Brauchbares finden.«

»Es soll das ganze Wochenende über trocken bleiben«, sagte Abby. »Regen ist erst wieder für Montag angesagt.«

Ellen seufzte.

Noch eine Plauderei über das Wetter schwebte ihr jetzt nicht vor.

Der Dauerregen in den letzten Wochen war bei allen Dauerthema.

»Wo zum Teufel bleibt Mark?«, fragte sie.

Wie auf Befehl erschien die hoch aufgeschossene Gestalt von Mark Pritchard, dem Pathologen, am oberen Ende von Joseph's Vale. Erleichtert lief Ellen ihm entgegen.

»Ellen, meine Liebe!« Mark umarmte sie, küsste sie auf beide Wangen. »Messerstecherei?« Er schaute ihr ins Gesicht. »Du siehst gut aus. Viel besser als das letzte Mal. Das Leben behandelt dich offenbar gut?«

Ellen lächelte. Marks Begeisterung für das Leben und für alles, was es bot, war ansteckend. Es ging ihr immer sofort besser, wenn sie ihm begegnete. Selbst in den düsteren, endlosen Wochen nach dem Tod ihres Mannes hatte Mark es geschafft, irgendetwas zu sagen oder zu tun, worüber sie lächeln musste. Ihr wurde klar, dass sie ihm noch nie gesagt hatte, wie wichtig das gewesen war. Nicht nur für sie, auch für die Kinder.

»Nicht schlecht«, sagte sie. »Jetzt, wo du da bist, noch besser.«

»Na logo«, sagte Mark. »Wie immer. Führ mich zu ihm. Hab nicht den ganzen Tag, weißt du? Ah, DC Roberts. Wunderbar. Was für ein herrlicher Tag. Und das hier ist unser armes Opfer. Wissen wir, wem das Erbrochene gehört?«

»Dem Mann, der die Leiche gefunden hat«, sagte Ellen. »Jogger. Er hat offensichtlich vor seiner morgendlichen Runde gegessen.«

»Wer isst denn vor dem Joggen?«, fragte Mark. »Wann wurde die Leiche gefunden?«

»Der Anruf kam sieben Minuten nach sieben«, sagte Ellen. »Sieht nach Messerstecherei aus.« Sie zeigte auf den Fleck auf der Brust des toten Mannes. »Allerdings kein Messer bislang.«

»Okay«, sagte Mark. »Werfen wir einen Blick drauf. Würdet ihr vielleicht ein wenig zur Seite treten? Noch ein bisschen. So ist es gut. Danke.«

Während Mark sich an die Arbeit machte, traten Ellen und Abby aus der Absperrung heraus. Nachdem sie sich der Schutzkleidung entledigt hatten, liefen sie die Heath Lane hinauf, an uniformierten Beamten vorbei, die in der Hoffnung auf irgendeine wichtige Information, die sie zum Mörder führte, Tür-zu-Tür-Befragungen durchführten.

»Hier kann man glatt vergessen, dass man in London lebt«, sagte Abby. »So schön ist es.«

»Schön und eine Nummer zu groß für Sie«, sagte Ellen. »Sie müssen sich eine andere Karriere suchen, wenn Sie die Absicht haben, irgendwann einmal so zu wohnen.«

»Oder einen reichen Mann«, sagte Abby.

Ellen musste sich keine passende Antwort überlegen, weil in dem Moment zwei Uniformierte aus der Tür eines roten Backsteinhauses im eleganten Queen-Ann-Stil traten.

»Irgendwas in Erfahrung gebracht?«, fragte Ellen.

»Ein Paar am oberen Ende der Straße hat letzte Nacht eine Party gefeiert«, sagte der Beamte. »Offenbar war es ziemlich laut. Ging bis in die Morgenstunden. Die liebenswerte alte Dame«, er deutete mit dem Daumen auf das Haus, aus dem sie gerade gekommen waren, »sagt, die Musik schmetterte – ihre Worte, nicht meine – die halbe Nacht.«

»In welchem Haus?«, fragte Ellen. »Eine Party bedeutet viele Leute. Je mehr Leute, desto größer die Chance, dass irgendwer etwas gesehen hat.«

»Das erste auf der rechten Seite«, sagte der Mann. Seine Kollegin hatte noch kein Wort von sich gegeben. Ellen fragte sich, ob sie nichts zu sagen hatte oder es gewohnt war, dass ihr Partner über sie hinwegredete.

»PC McKeown, richtig?«, wandte sich Ellen an die pummelige Blonde.

»Richtig, Ma'am«, sagte McKeown errötend.

»Ich möchte, dass Sie zu dem Haus gehen, in dem die Party stattgefunden hat. Finden Sie heraus, wer dort wohnt, den Grund für die Feier, und besorgen Sie eine Liste mit den Namen der Gäste. Okay?«

McKeown lächelte. »Natürlich Ma'am. Selbstverständlich.«

Ellen nickte. »Gut. Sie«, sie wandte sich an den Mann, »machen mit den restlichen Häusern weiter. Schaffen Sie das allein?«

»Geht schon«, sagte der Mann. »Ma'am.«

Falls er jetzt sauer war, hatte er sich gut im Griff, musste Ellen ihm zugestehen. Vielleicht hatte sie ihn falsch eingeschätzt.

»Baxter, richtig?«

Er nickte.

»Gute Arbeit«, sagte sie. »Sehr gut. Weiter so. Abby, sehen wir, wie weit Mark ist.«

Mark lief ihnen schon entgegen.

»Eine einzige Stichwunde unter dem Herzen«, sagte er. »Messerstich, denke ich. Eine Messerstecherei, fürchte ich, Detectives. Keine weiteren äußeren Verletzungen. Mehr weiß ich erst nach der Obduktion. Ich ordne eine Blutuntersuchung an. Die Ergebnisse bekommt ihr frühestens in einer Woche.«

»Wie lange hat er hier gelegen?«, fragte Ellen.

»Todeszeit zwischen Mitternacht und ein Uhr dreißig, schätze ich. Genaueres weiß ich erst …«

»Ich weiß«, sagte Ellen. »Nach der Obduktion.«

»Hatte ein Handy in seiner Jackentasche«, sagte Mark. »Er hatte auch seine Brieftasche dabei. Fast zweihundert Pfund in bar. Kein Raubüberfall. Da ist noch was, ich kann euch verraten, wie er heißt.«

»Du scherzt«, sagte Ellen.

Mark schüttelte den Kopf. »Studentenausweis in der Innentasche seiner Jacke. Kieran Burton. Wohnt auf der Ennersdale Road, Hither Green. Sicherlich würdet ihr jetzt gerne seine Adresse erfahren?«

Kieran Burton. Sie kannten seinen Namen. Bald kannten sie seine Geschichte. Es hatte begonnen.

ZWEI

Sie schlug die Augen auf, sah den Sonnenstreifen, der das dunstige Grau des Schlafzimmers durchschnitt. Er war zu grell. Sie schloss die Augen wieder. Sie war zu Hause. In der Sicherheit ihres eigenen Zimmers.

Überreste des Traumes klangen nach. Der Song. Immer derselbe Song. Weit weg, aber da. Lauter und wieder leise. Verängstigt setzte sich Charlotte auf, scannte das Zimmer, prüfte jede Ecke, wollte sich vergewissern, dass sich alles nur in ihrem Kopf abspielte.

Im Zimmer war nichts. Erleichtert sank sie zurück auf das Kissen. Bruchstückhafte Erinnerungen an die letzte Nacht jagten durch ihr Bewusstsein. Sie erinnerte sich an einen Mann, sein Körper eng an sie gepresst. Eine weitere Panikwelle ergriff sie. Sie setzte sich wieder auf. Niemand hier. Wer er auch gewesen war, sie war ihn losgeworden, bevor sie zu Bett gegangen war. Gut gemacht. Sie durchforstete ihre lückenhaften Erinnerungen. Ihr fiel nichts ein, was darauf hindeutete, dass sie irgendetwas allzu Schreckliches getan hatte.

Warum also das Gefühl, dass etwas Furchtbares geschehen war?

Sie ging noch einmal ihre Erinnerung durch. Cocktails, Sushi, Wein, mehr Cocktails. Noch mehr Cocktails. Ihr Magen drehte sich um. Sie wollte sich hinlegen, wieder einschlafen, bis das Schlimmste vorüber war, aber sie hatte einen höllischen Durst. Ein großes Glas kühles, prickelndes Mineralwasser! Sie quälte sich aus dem Bett und die zwei Treppen hinunter in die Küche.

Das Haus war leer und still wie eine Leiche, abgesehen von dem geisterhaften Rhythmus der nächtlichen Musik, die in ihrem schmerzenden Kopf hämmerte. Die Überreste der Party waren überall zu sehen. Die Putzkolonne war bestellt, aber sie wusste nicht mehr, für wann.

Die Küche, geräumig, ganz in Weiß und Chrom, nahm fast die gesamte untere Etage ein. Als sie aus den Tiefen des Kühlschranks eine Flasche Wasser herauszog, zitterten ihre Beine vor Anstrengung.

Irgendwie gelang es ihren zittrigen Fingern, den Deckel der Flasche abzuschrauben und sie an die Lippen zu setzen. Kühles Wasser rann ihre Kehle hinunter, über Kinn und Hals, durchnässte den Kragen des Sweaters. Sie trank, bis sie nicht mehr trinken konnte, bis ihr Magen aufgebläht war von der Kohlensäure und der Flüssigkeit. Sie ließ sich auf das cremefarbene Sofa vor dem Fenster fallen, schob ein paar Pappteller beiseite, kauerte sich in die Ecke. Sie fror. Zitterte. Wartete darauf, dass die Übelkeit nachließ.

Sie richtete die Fernbedienung auf den Flachbildschirm an der gegenüberliegenden Wand. Ein hübsches weibliches Gesicht interviewte Xavi Cheval, den Promikoch, der im Moment die Boulevardpresse beschäftigte, weil er seine Frau und drei Kinder für eine zwanzig Jahre Jüngere hatte sitzenlassen. Charlotte schaute gleichgültig hin. Sie war Cheval ein paar Mal begegnet. Seine sexuellen Eskapaden waren in der Restaurantbranche kein Geheimnis, schon gar nicht für seine Frau.

Bei der Geschichte musste sie an Nick denken. Sie fragte sich, wo er steckte.

Auf der Party hatte sie ihn nicht gesehen. Jedenfalls konnte sie sich nicht erinnern. Sie redete sich ein, dass es ihr gleichgültig war. Auch gleichgültig, dass er ihren Geburtstag vergessen hatte. Es war nicht das erste Mal.

Das Haus stank von letzter Nacht. Eine Erinnerung. Kotze spritzt aus ihrem Mund. Irgendetwas anderes lauerte in den Schatten jenes Augenblicks. Nicht etwas. Jemand. Ein Mann.

Ihr Magen zog sich zusammen. Ein Name. Declan. Sie entspannte sich wieder. Ein Fremder. Egal. Sie versuchte sich Declans Gesicht ins Gedächtnis zurückzurufen. Nichts.

Den Gestank, die Unordnung, das Chaos hielt sie nicht länger aus und stand auf. Durch den Nebel ihres Katers kroch ein anderes Gefühl an die Oberfläche ihres Bewusstseins. Ein Verlangen. Sie bewegte sich durch das Zimmer, wühlte sich durch die schmutzigen Servietten, Essensreste und umgestoßenen Gläser. Ihre Hand verharrte einen Moment über einer halbvollen Flasche Sauvignon Blanc. Charlotte entschied sich dagegen, war sich nicht sicher, ob sie ihn bei sich behalten würde.

Nach dem Wohnzimmer durchsuchte sie die Küche. Nicht eine einzige Zigarette im Haus. Unglaublich. Sie wappnete sich für den Gang nach draußen und die Mühe, die es ihr machen würde.

Auf der Innenveranda war eine kleine Nische. Dort bewahrte sie ihre Schuhe auf. Sie ging die ordentliche Reihe von Turnschuhen und Stiefeln durch, bis sie ihre derzeitigen Lieblingsschuhe gefunden hatte. Weiße Yves Saint Laurents. Sie waren schmutzig. Schlammstreifen und Rotweinspritzer. Viel zu oft war ihre Kleidung die Landkarte, mit Hilfe derer sie rekapitulieren konnte, was sie in der Nacht zuvor getrieben hatte. Vage erinnerte sie sich an verschütteten Wein. Ein roter Fleck auf dem Ärmel, wie Blut. Sie schüttelte den Kopf, und das Bild verschwand.

Sie zog sich die Schuhe an, schnappte sich ihre Handtasche und trat in die unerwartete Helligkeit eines perfekten Sommermorgens.

In einem weniger desolaten Zustand wäre ihr gleich aufgefallen, dass etwas nicht stimmte. Die beiden uniformierten Polizisten bemerkte sie erst, als sie schon am oberen Ende der Heath Lane war. Im selben Moment erblickte sie das schwarzgelbe kreuz und quer gespannte Band, das jeden am Kommen oder Gehen hinderte.

Zunächst war sie irritiert. Gleich darauf ergriff sie Panik. Sollte ein Vorfall – war das nicht der Euphemismus, den die Polizei für alle möglichen menschlichen Tragödien benutzte? – sie daran hindern, im Laden ihre Marlboro Lights zu holen?

»Entschuldigen Sie, Ma'am.«

Die beiden Polizisten postierten sich vor ihr, versperrten den Weg.

»Was ist?« Ihre Stimme war heiser, als hätte sie letzte Nacht viel herumgeschrien. Es fühlte sich an, als riebe jemand mit Sandpapier über ihre Stimmbänder.

»Wohnen Sie hier?«

Sie waren groß, dunkel und gutaussehend, wie junge Männer der Arbeiterklasse. Muskeln, Dreitagebart und kurzgeschnittenes Haar. Der größere von beiden – grünblaue Augen, die sie an einen Jahre zurückliegenden Urlaub in Marokko erinnerten – übernahm das Reden. Er hatte eine tiefe, volle Stimme und einen puren Südlondoner Akzent.

»Selbstverständlich«, fuhr sie ihn an. »Was geht Sie das an?«

»Ich fürchte, wir müssen Sie bitten, wieder ins Haus zu gehen«, sagte er. »Im Moment darf niemand rein oder raus.«

Irrationale, schuldbewusste Angst durchfuhr sie. Wieder durchforstete sie ihre lückenhafte Erinnerung nach irgendetwas, worüber sie sich Sorgen machen musste.

»Was ist denn passiert?«, fragte sie.

Der Blick des Grünblauäugigen wanderte von ihrem Gesicht nach irgendwo hinter ihr. Sie drehte sich um.

Die Heath Lane krümmte sich von St. Joseph's bis dahin, wo Charlotte stand. Die Kurve verhinderte den freien Blick nach ganz unten. Sie sah jedoch genug. Mit welcher Art »Vorfall« die Polizei es auch zu tun hatte, es war ernst. Männer und Frauen in Weiß bewegten sich langsam hügelaufwärts.

Charlotte wandte sich wieder den beiden Polizisten zu und fragte noch einmal, was los sei. Statt zu antworten, umfasste der große Polizist sanft – oh, so sanft – ihren Arm und begleitete sie zurück, sagte, es sei besser, wenn sie jetzt hineingingen, es gebe etwas, worüber sie mit ihr sprechen müssten.

»Machen Sie sich keine Sorgen«, sagte er.

Wie sollte sie sich keine Sorgen machen? Wie sollte sie nicht diese weißen Anzüge mit dem Lärm, Chaos und Wirrwarr assoziieren, die zu dem unvollständigen Bild von letzter Nacht gehörten?

Als sie die Haustür erreichten – der Polizist hatte sie noch immer untergefasst, redete ununterbrochen, sagte, sie solle sich keine Sorgen machen, es gäbe keinerlei Grund –, fiel ihr etwas ein. Sie war durch die Heide gelaufen, weg vom Haus und ihrer Party, so schnell sie konnte, ihr Gesicht tränenüberströmt. Doch sie wusste nicht mehr, wovor sie davongelaufen war.

Im Haus führte sie die Männer durch den Flur in das große Wohnzimmer im vorderen Bereich des Hauses.

»Ich habe letzte Nacht gefeiert«, sagte sie und deutete auf die Unordnung. Sie setzte sich auf eines der hübschen Blumenmustersofas und bedeutete den Polizisten, sich ihr gegenüber zu setzen. Die hockten sich auf den Rand des Sofas, als befürchteten sie, sich etwas einzufangen. Keiner der beiden bat um etwas zu trinken, und sie bot auch nichts an, hatte nicht die Kraft, Gastgeberin zu spielen.

»Was ist passiert?«, fragte sie.

»Es wurde eine Leiche gefunden«, sagte der Blauäugige.

Noch eine Panikwelle.

»Wer?«

»Wissen wir noch nicht«, sagte der andere. Der weiche schottische Singsang überraschte sie. Nichts von London an ihm. Komisch, dachte sie, wie der erste Eindruck täuschen kann.

»Aber Sie müssen doch etwas wissen.« Sie wandte sich an den Schotten und fragte sich, was sie an seinem Akzent so anziehend fand. Es spielte keine Rolle. Einige Meter weiter lag ein Toter.

Das Gesicht ihrer Tochter tauchte vor ihr auf.

»Können Sie mir wenigstens sagen, ob es sich um einen Mann oder eine Frau handelt?«

Die beiden Männer warfen sich einen Blick zu. Dann antwortete der Süße mit den schönen Augen.

»Ein Mann«, sagte er. »Mehr kann ich nicht sagen.«

»Ich hatte eine Party«, sagte sie. »Letzte Nacht. Mein Geburtstag. Sie werden wissen wollen, wer hier war. Ich bin mir nicht einmal sicher, ob ich die Hälfte der Leute überhaupt kannte. Vielleicht war es jemand anderes. Ich meine, nur weil sie hier waren, heißt das noch nicht, dass … viele Leute kommen hier entlang, es ist eine Abkürzung von Lewisham nach Blackheath. Na ja, von Teilen von Lewisham.« Sie plapperte, als hätte sie die Kontrolle über ihren Mund verloren.

»Was ist denn passiert? Das haben sie mir noch nicht gesagt. Wurde er überfallen oder war es ein Herzanfall oder … nein, kein Auto. Na ja, vielleicht. Ich meine, Autos kommen hier auch vorbei, aber …«

Ihre Stimme verlor ich. Sie sank erschöpft ins Sofa. Der Schotte erhob sich.

»Wie wäre es mit Tee?«, fragte er. »Und dann unterhalten wir uns richtig.«

Sie blieben länger, als ihr lieb war. Nachdem sie gegangen waren, wünschte sie sich dennoch insgeheim, sie wären geblieben. Das Haus fühlte sich zu groß, zu einsam an. Sie wollte rausgehen, den Hügel hinunter, nachsehen, was dort vor sich ging.

Die Polizei würde sie nicht in die Nähe der Leiche lassen.

Sie hatten nicht gesagt, was geschehen war, trotzdem wusste sie, es war nichts Gutes. Ihre Anwesenheit und ihre bohrenden Fragen verrieten es ihr. Oh, sie waren freundlich gewesen. Sie wollten nur so verdammt viel wissen. Warum die Party? Wer da gewesen war? Ob sie öfter feierte? Ob es Streit gegeben hatte? Warum Leute da waren, die sie nicht kannte? Ob sie oft Fremde in ihr Haus ließ? Und so weiter und so weiter.

Sie wünschte, Nick wäre hier. Er konnte einem vielleicht auf den Wecker gehen, doch er wusste wenigstens, was zu tun war. Ihre Schwäche und Unentschiedenheit missfielen Nick am meisten. In diesem Moment konnte Charlotte ihn verstehen. Sie hatte nichts falsch gemacht, gar nichts, und trotzdem versteckte sie sich in ihrem eigenen Haus wie eine Kriminelle. Was auch immer da unten passiert war, es hatte nichts mit ihr zu tun.

Sie erhob sich. Ihre Entschlossenheit verflog. Übelkeit überfiel sie. Sie wartete, bis das Gefühl nachließ, und ging nach oben. Dunst von abgestandenem Alkohol im Schlafzimmer. Sie musste würgen, riss die weißen Seidenvorhänge auf und schob das große Fenster nach oben. Kühle Luft auf der warmen Haut. Sie blickte über die Wälder hinter dem Haus und wartete. Ihr Puls beruhigte sich.

Als sie sich wieder bewegen konnte, ging sie zum Mahagoninachttisch und nahm das Handy. Sie wollte Ginny anrufen. Sie schaltete das Handy ein. Zwei verpasste Anrufe und eine Voicemail.

Die verpassten Anrufe waren von Freya.

Warum wollte ihre Tochter sie sprechen? Ihre Beziehung war nicht so innig, dass sie einander regelmäßig anriefen.

Sie rief die Voicemail ab. Ihre Aufregung wurde größer, als sie Freyas Nachricht abhörte.

»Ich bin's. Kieran ist letzte Nacht nicht nach Hause gekommen. Ruf mich bitte zurück.«

Zufall. Mehr nicht. Nur, Freyas Stimme … sie klang verloren. Verletzlich. Ihr kleines Mädchen. Ein Instinkt wurde wach. Plötzlich war das Bedürfnis, ihre Tochter zu sehen, bei ihr zu sein, sicherzustellen, dass ihr nichts zustieß, überwältigend.

Charlotte schnappte sich die Handtasche, steckte das Handy ein und rannte los.

DREI

Ennersdale Road in Hither Green war mit dem Wagen zehn Minuten vom Tatort in Blackheath entfernt. Viktorianische Terrassen in unterschiedlichen Stadien des Verfalls oder der Erneuerung säumten die Straße. Ellen vermutete, die Immobilien waren ein Mix aus Privatbesitz und Sozialwohnungen.

Die Adresse des Opfers war Hausnummer neunzehn. Ein großes, abseits gelegenes Haus fast am Ende der Straße. Ellen stieg aus dem Auto. Für den plötzlichen Sonnenschein war sie zu warm angezogen. Sie öffnete den Reißverschluss der Jacke.

»Ein Streifenwagen wird jede Sekunde hier sein«, sagte Ellen zu Abby. »Vorher gehen wir nicht rein.«

Auf der Ennersdale Road war es ruhig, wie auf den meisten Straßen in der Gegend an einem Sonnabendmorgen. Wenig Verkehr, nur eine Handvoll Leute.

Als Ellen auf das Haus zuging, näherte sich ein Paar. Es kam den Hügel hinunter. Ein Mädchen fuhr auf einem Dreirad kichernd und gefährlich schnell auf sie zu, wie Ellen fand. Im letzten Moment wich das Mädchen nach links aus und steuerte in den Garten von Nummer neunzehn. Das Paar nickte und lächelte Abby und Ellen zu, bevor es ebenfalls im Garten verschwand.

»Sicher, dass Sie hier sein wollen?«, fragte Abby.

»Wollen Sie mich das jedes Mal fragen, wenn wir ein Kind sehen?«, sagte Ellen. »Alles ist gut. Die Kinder sind bei Freunden. Das habe ich doch schon gesagt. Ich werde sie pünktlich abholen. Bis dahin haben Sie mich am Hals.«

Abby meinte es gut, doch die ständige Kontrolle ging Ellen auf den Geist. Seit neuestem, so die Vereinbarung, arbeitete Ellen nicht mehr an Wochenenden. Doch, was zum Teufel, sollte sie sonst tun, wenn die Kinder bei Freunden waren? Sie hatte aus dem Büro nur ein paar Akten holen wollen. Hatte gar nicht vor zu bleiben. Murphys Gesetz – oder doch Glück? –, dass die Meldung von dem Mord just in jenem Moment reinkam. So lief das eben manchmal. Weder Ellen noch sonst wer konnte irgendetwas dagegen unternehmen. Sie meinte es, wie sie es gesagt hatte. Sobald sie die Kinder abholen musste, würde sie gehen.

Ein Streifenwagen tauchte auf, parkte. Ellen lief auf ihn zu, um mit den beiden Beamten zu sprechen. Einen kannte sie.

»Geht's Ihnen gut, Maurice?«

Maurice Alter war schon länger Streifenpolizist als Ellen bei der Polizei. Zuverlässig, unerschütterlich und einer ihrer Lieblingskollegen.

»Nicht schlecht«, sagte Maurice. »Wir sollen hier warten?«

»Für den Anfang«, sagte Ellen. »Es muss kein ganzer Trupp reingehen, wenn es nicht unbedingt notwendig ist. Wir müssen es nicht noch schlimmer für die Leute machen.«

»In Ordnung«, sagte Maurice. »Jamie und ich sind hier, wenn Sie uns brauchen.«

Ellen klopfte auf das Dach des Wagens und ging zurück zu Abby. Zusammen betraten sie den Garten von Haus Nummer neunzehn. Das Gebäude war eines der besser instand gehaltenen. Sonnengelb gestrichen, ordentlicher Vorgarten. Wer auch immer hier wohnte, kümmerte sich ganz offensichtlich.

Die Klingeln waren beschriftet: Wohnung eins die untere, Wohnung zwei die obere. Ellen drückte auf den Klingelknopf von Wohnung zwei und wartete. Nicht lange. Man konnte hören, wie jemand die Stufen hinunterpolterte. Die Tür öffnete sich knarzend. Vor ihnen stand eine pummelige, blassgesichtige Frau mit braunem Haar.

»Ja?«

»Mrs. Burton?«, riet Ellen.

Die Frau runzelte die Stirn. »Leider nein. Irrtum. Sie wollen zu Mr. Burton, nehme ich an. Kieran.«

»Ich nahm an, Sie seien seine Frau«, sagte Ellen.

Ein Zucken im Gesicht. Angst? Der Ausdruck war zu schnell verflogen, als dass Ellen ihn hätte deuten können.

»Ist ihm etwas zugestoßen?«, fragte die Frau. »Kieran, meine ich.«

»DI Kelly, CID Lewisham«, sagte sie. »Meine Kollegin DI Roberts. Dürfen wir reinkommen?«

Der Blick der Frau huschte von Ellen zu Abby und wieder zu Ellen. Sie bedeutete den beiden Detectives einzutreten.

Die Frau schloss die Tür, und der schmale Raum war plötzlich in Dunkelheit gehüllt. Eine Tür zu einer Wohnung zur linken, vor ihnen eine Treppe.

»Nach oben.«

Die Frau drängte sich an ihnen vorbei und stieg die Stufen hinauf, Ellen und Abby dicht hinter ihr. Die Wohnung im ersten Stock war hell mit großen Schiebefenstern und einem Blick über Hither Green und Catford. Die Einrichtung war billig, aber geschmackvoll. Möbel aus zweiter Hand, kein IKEA.

Ein original viktorianischer Kamin beherrschte eine Seite des Raumes. Das einzige Dekor auf dem Sims war ein gerahmtes Foto. Auf dem Bild zwei Personen: die Frau, die sie in die Wohnung geführt hatte, und ein Mann. Die Frau hatte die Arme um seinen Hals geschlungen. Sie waren irgendwo auf dem Land. Beide trugen Outdoorjacken und lächelten Ellen an. Zu Lebzeiten sah der Mann anders aus. Es bestand jedoch kein Zweifel, wer er war. Dieselben hellbraunen Augen, dasselbe kurzgeschnittene blonde Haar.

Ellen wandte sich von den lächelnden Gesichtern ab.

»Können wir uns setzen?«, fragte sie.

Die Frau ließ sich in einem niedrigen Sessel neben dem Kamin nieder. Ellen entschied sich für das Zweisitzersofa gegenüber, Abby nahm auf einem hochlehnigen Stuhl am Tisch neben dem Fenster Platz.

»Schönes Foto.« Ellen deutete auf das Bild auf dem Kaminsims.

»West Sussex«, sagte die Frau. »Letzten September haben wir zwei Wochen dort verbracht. Bevor ihr Typen uns verjagt habt. Sind Sie darum hier?«

»Anti-Fracking?«, fragte Ellen. »Nein, darum sind wir nicht hier. Es geht um Mr. Burton. Kieran. Sind Sie seine Freundin, Miss …?«

»Partnerin«, sagte die Frau. »Kieran ist mein Partner. Ich bin Ms. Gleeson. Freya Gleeson. Hören Sie, können Sie mir sagen, worum es geht? Ich mache mir Sorgen.«

»Gibt es dafür einen Grund?«, fragte Ellen.

Freya schnaubte. »Abgesehen davon, dass Sie hier unangemeldet aufkreuzen? Würden Sie sich da keine Sorgen machen?«

»Kieran wohnt bei Ihnen«, sagte Ellen. »Stimmt das?«

»Ja.«

»War er letzte Nacht hier?«

Freya stöhnte. »Bitte, sagen Sie mir, was los ist.«

»Gleich«, sagte Ellen. »Ist das Mr. Burton auf dem Foto?«

Freya nickte. Jetzt sah sie verängstigt aus. Ellen graute es davor, ihr sagen zu müssen, warum sie hier waren.

»Wann haben Sie ihn zuletzt gesehen?«, fragte sie.

»Gestern.« Freya flüsterte. »Wir waren auf einer Party. Kieran ist vor mir weg. Er ist nicht nach Hause gekommen. Er war nicht hier, als ich zurückkam. Ich habe ihn seither nicht gesehen. Das ist ganz untypisch. Ich mache mir Sorgen. Er geht nicht an sein Handy. Irgendwas ist doch passiert, oder?

»Wo war die Feier?«, fragte Ellen.

»In Blackheath«, sagte Freya. »Meine Mutter hatte Geburtstag. Sie schmeißt immer große Partys. Nicht meine Szene, aber sie besteht darauf, dass ich komme. Meistens ist sie so betrunken, dass sie gar nicht mitkriegt, ob ich da bin oder nicht.«

»Die Leiche eines Mannes wurde heute Morgen in Blackheath gefunden«, sagte Ellen. »Wir glauben, es handelt sich um Kieran.«

Freya schüttelte den Kopf. Ihr Mund öffnete und schloss sich, als wollte sie sprechen, hätte aber vergessen, wie das ging. Sie beugte sich vor, die Arme vor dem Bauch gekreuzt, schnappte nach Luft. Abby sprang auf, lief zu Freya, legte ihren Arm um sie.

Freya stieß sie fort, fing an zu weinen. Laute Klagelaute. Ellen versuchte das auszublenden. Wie ihre Kollegen hasste sie diesen Teil ihres Jobs am meisten. Früh hatte sie gelernt, dass man solche Momente nur ertragen konnte, wenn man dichtmachte. Sprichwörtlich. Sie stellte sich ihr Hirn als Zusammenschluss unterschiedlicher Abteilungen vor. Jede Abteilung war zuständig für etwas anderes: atmen, bewegen, denken, fühlen. Die Abteilung für Gefühle – größer als die anderen – machte jetzt dicht. Eine Fähigkeit, die sie schon als Kind gelernt hatte. Der Umgang eines kleinen Mädchens mit einem Trauma, das ein junger Mensch unmöglich verarbeiten konnte. Dieselbe Technik im Job anzuwenden war nicht schwer. Der schwierige Teil kam später. Den Schalter zu finden, mit dem die Abteilung wieder aktiviert wurde. Es fiel ihr manchmal nicht leicht, sich wieder zurückzuholen. Sich dem Schmerz und der langen Reihe von Toten zu öffnen, die darauf warteten, einen Platz in ihrem Kopf einzunehmen.

Allmählich flaute Freyas Wehgeschrei zu einer leisen Totenklage ab. Einige lange Minuten später wischte sie sich das Gesicht ab und schaute auf. Ellen sah den tiefen Schmerz, zwang sich, nicht wegzusehen.

»Wo ist er?«, fragte Freya.

»In der Gerichtsmedizin«, sagte Ellen. »Er wird obduziert. Wir müssen wissen, was passiert ist. Wir können Sie zu ihm bringen lassen, wenn Sie wollen. Zuerst müssen Sie uns allerdings einige Fragen beantworten.«

»Selbstverständlich«, sagte Freya. »Ja. Was ist ihm zugestoßen? Das haben Sie mir noch nicht gesagt. Hat … Oh, Gott, was ist passiert? Unfall mit Fahrerflucht oder …?«

Ellen sah das Gesicht des toten Mannes vor sich. Die Überraschung in seinen Augen. Der dunkle Blutfleck auf seinem Shirt.

»Das wissen wir noch nicht«, sagte Abby. »Zur Todesursache können wir erst nach der Obduktion mit Sicherheit etwas sagen.«

»Sie müssen doch eine Ahnung haben«, sagte Freya. »Ich meine, war es ein Herzanfall oder, wie nennen Sie das, eine andere natürliche Todesursache oder …«

»Freya, bitte«, sagte Ellen. »Wir sollten keine voreiligen Schlüsse ziehen. Wir benötigen Ihre Hilfe. In Ordnung?«

Freya nickte.

»Gut«, sagte Ellen. »Fangen Sie doch mit dem gestrigen Abend an. Was war bis zu dem Zeitpunkt, als Sie die Party verlassen haben.«

»Wir haben hier zu Abend gegessen.« Freyas Stimme zitterte, ansonsten hatte sie sich wieder vollkommen unter Kontrolle. Entweder war sie eine ziemlich zähe junge Frau, oder sie hatte Zeit gehabt, sich vorzubereiten. Ellen war sich nicht sicher.

»Es war schön«, sagte Freya. »Wir beide haben … oh, Gott, ich kann nicht glauben … wir hatten viel zu tun. Kierans Studium beansprucht viel Zeit. Er arbeitet … hat viel gearbeitet. Gestern Abend wollten wir ein wenig Zeit miteinander verbringen. Eigentlich wollten wir beide zu Hause bleiben, aber wir mussten ja los. Meine Mutter. Sie … na ja, sie ist manchmal ein wenig fordernd. Oh, Gott. Hat schon jemand mit ihr gesprochen?«

»Dazu kommen wir noch«, sagte Ellen. »Erzählen Sie uns, wie es nach dem Abendessen weiterging.«

»Dann sind wir auf diese blöde Party gegangen«, sagte Freya. »Kieran hat vorher noch einen Freund auf einen Drink getroffen und kam nach.«

»Wen?«, fragte Ellen.

Freya zuckte mit den Schultern. »Jemanden von der Uni, glaube ich. Gegen neun war er auf der Party. Meine Mutter war natürlich schon betrunken. Wenn sie trinkt, kann sie ziemlich abscheulich sein. Letzte Nacht war keine Ausnahme. Sie mag Kieran nicht. Mochte ihn nicht.«

Jetzt kamen sie der Sache schon näher.

»Wo in Blackheath wohnt sie?«, fragte Ellen.

»Heath Lane«, sagte Freya. »Oh, Gott. Haben Sie ihn dort gefunden?«

Sie fing wieder an zu weinen. Auf Ellen wirkte dieser plötzliche Wechsel von Kontrolle zu Hysterie künstlich. Sie blickte auf die Uhr. Drei Minuten vor zwölf. Um sechzehn Uhr musste sie die Kinder abholen. Noch hatte sie Zeit. Sie überlegte, ob sie Rosie anrufen und sie bitten sollte. Genauso schnell entschied sie sich dagegen.

Sie stand auf.

»Haben Sie etwas dagegen, wenn ich mich ein wenig umsehe?«, fragte sie.

Freya wischte sich mit dem Ärmel über das Gesicht und schniefte. »Sie werden nichts finden.«

»Es hilft uns zu verstehen, was für ein Mensch Kieran war«, sagte Abby. »DI Kelly wird nichts durcheinanderbringen. Es dauert nicht lange. Warum lassen wir sie nicht einfach tun, was sie tun muss. In der Zwischenzeit könnte ich uns eine schöne Tasse Tee machen.«

»Glauben Sie, das hilft?«, fragte Freya. »Glauben Sie, Tee macht alles wieder gut? Wann kann ich ihn sehen? Das ist alles, was ich will. Nicht hier herumsitzen und verschissenen Tee trinken.«

Ellen gab Abby mit einem Blick zu verstehen, den Tee trotzdem zu machen. Leise schlüpfte sie aus dem Wohnzimmer in den Flur. Von hier konnte sie durch die offenen Türen in die anderen drei Räume sehen – in eine kleine Küche im Galeriestil, in ein blaugefliestes Bad und ein Schlafzimmer.

Sie fing im Schlafzimmer an. Klein, dunkel, muffig. Auf den Fensterbrettern lag Staub. Ein Kleiderschrank aus zweiter Hand. Das Doppelbett war ungemacht. Darauf eine verblichene Steppdecke und passende Kissen. Eins war eingedrückt. Jemand hatte darauf gelegen. Das andere aufgeschüttelt und unberührt.

Ellen öffnete den Schrank. T-Shirts und Jeans. Schwer zu sagen, welche Kieran und welche Freya gehörten. Ein Stapel Poster lag neben dem Bett. Ellen hob eines auf. Das Plakat für eine Greenpeace-Demo, die vor drei Monaten in London stattgefunden hatte. Auch alle anderen Poster waren von Greenpeace. Ansonsten gab es nicht eine persönliche Note hier drin.

Neben dem Bett stand ein verstaubter Nachttisch mit drei Schubladen. Ellen zog jede auf. Ausgeblichene Unterwäsche ordentlich zusammengelegt in den oberen beiden, in der letzten billige T-Shirts.

Das Bad bot auch nichts. Billige Männerduschgels und Feuchtigkeitslotionen im Badezimmerschrank, keine entsprechenden Produkte für eine Frau. Ellen hielt sich nicht für sonderlich eitel, aber die Kosmetikartikel des Partners mitbenutzen? Das war neu. Selbst wenn sie kein Geld hätte, in ihrem Badezimmerschrank stünden mit Sicherheit Kosmetikartikel für Frauen, die ihr Partner mit ihr zu teilen hatte, nicht umgekehrt. Vielleicht war Kieran ein Tyrann, der seine Bedürfnisse vornean stellte. Oder Freya war der Prügelknabe, stellte seine Bedürfnisse über die ihrigen? Ellen wollte später darüber nachdenken.

Die Küche war winzig. Ein alt aussehender Herd, eine Waschmaschine, eine Mikrowelle. Keine Spülmaschine, aber auch kein schmutziges Geschirr im Spülbecken. Alles sauber und aufgeräumt. Ein ungeöffneter ALDI-Rotwein stand auf der Arbeitsplatte.

Auf ihrem Weg zurück ins Wohnzimmer klingelte es an der Haustür.

»Ich geh schon«, sagte sie.

Der Besucher schien entschlossen, eingelassen zu werden. Immer wieder wurde die Klingel gedrückt, während Ellen zur Tür eilte. Sie bemerkte eine leere Garderobe in der Ecke des Flurs. Kieran Burton trug eine Jacke. Ellen fragte sich, ob sie sich die auch teilten.

Sie öffnete einer dürren Frau. Ihre Haut sah aus, als hätte sie zu viel Zeit auf der Sonnenbank verbracht. Das strohige Haar stand in alle Richtungen ab.

»Wo ist sie?«, fragte die Frau. Ellen wurde von der Alkoholfahne beinahe umgehauen.

»Was haben Sie mit meiner Tochter gemacht?«

Die Mutter. Erster Eindruck – absolut nicht wie Freya. Die Party letzte Nacht mochte die Fahne und das derangierte Aussehen erklären. Doch irgendetwas an dieser Frau verriet Ellen, dass es mehr als nur ein Ausrutscher gewesen war.

»Freyas Mutter?«, fragte sie.

»Richtig.«

»DI Kelly. CID Lewisham. Freya geht es gut. Machen Sie sich keine Sorgen. Ich fürchte allerdings, ich habe unerfreuliche Nachrichten. Besser, Sie kommen rein.«

VIER

»Unfassbar.« Charlotte schüttelte den Kopf. »Nein. Es tut mir leid. Einfach unbegreiflich. Freya, Liebling, was um alles in der Welt ist geschehen?«

Freya hob die Schultern, drückte sich am Sofa vorbei, weg von ihrer Mutter.

Charlotte blickte zu Abby. »Was kann ich tun?«, fragte sie.

Ellen musste an ihre Adoptiveltern denken und wie viel Kraft sie ihr in den Tagen, Wochen und Monaten nach Vinnys Tod gegeben hatten. Dass Freya irgendetwas in der Art von ihrer Mutter erwarten konnte, bezweifelte sie.

Eine Strähne ihres gebleichten Haares war Charlotte ins Gesicht gefallen. Sie strich sie weg. Die Hand zitterte. Schock oder Kater oder eine Kombination aus beidem.

»Du kannst gar nichts tun«, sagte Freya.

»Wie ist es …?« Charlotte wandte sich an Abby, bemühte sich sichtlich, Ellen zu ignorieren. Ellen war daran gewöhnt. Sie wusste, dass sie einschüchternd auf andere wirken konnte. Abby dagegen strahlte Wärme aus. Ob Opfer oder Täter, sie vertrauten ihr instinktiv.

»Das können wir noch nicht sagen.«

Abby lächelte mitfühlend. Wie machte sie das nur? Ellen wusste es nicht. Charlotte Gleeson war erbärmlich. Sie hörte nicht auf zu heulen, wiederholte ständig, wie schrecklich es war, und fragte, wie sie mit dieser Tragödie fertigwerden sollte. Nicht ein Mal hatte sie ihre Tochter gefragt, wie es ihr ginge, wie *sie* sich fühlte.

Ellen dachte daran, was Freya über ihre Mutter gesagt hatte: *Wenn sie trinkt, kann sie ziemlich abscheulich sein. Letzte Nacht war keine Ausnahme.*

»Er war auf Ihrer Party?«, fragte Ellen.

»War er das? Ich weiß es nicht … Ich bin nicht sicher.« Charlotte runzelte die Stirn, sah zu Freya, als könnte sie eine Antwort darauf geben.

»Er ist nicht lange geblieben«, sagte Freya. »Wie gesagt, es war nicht wirklich seine Szene.«

Ellen sah Charlotte an. »Hatten Sie mit Kieran Streit? Ist er darum gegangen?«

Charlotte legte die Hand auf den Mund und schüttelte den Kopf. »Oh, nein. Ganz sicher nicht.« Sie versuchte zu lachen, aber es klang eher wie ein Schluchzen. »Freya, Liebling, wieso sagt sie das?«

»Du warst betrunken.« Der Ausdruck in Freyas Gesicht machte den Mangel an Gefühl in ihrer Stimme wett. Ekel gemischt mit Hass. Irgendetwas, das tiefer saß.

»Es war mein Geburtstag«, sagte Charlotte. »Gönnst du mir das etwa nicht?«

Freya gönnte es ihr ganz und gar nicht, das sah man ihr an, doch statt das zu sagen, wandte sie sich an Ellen.

»Kann ich ihn sehen?«

Ellen wollte sagen, nein, du kannst ihn noch nicht sehen. Nicht, bevor du nicht mehr über dich und deine Mutter erzählt hast, warum du sie hasst, was sie gesagt hat, das Kieran dazu veranlasst hat, nicht länger auf der Party zu bleiben.

Das musste warten. Zuerst musste er identifiziert werden. Die Identifizierung würde bestätigen, was sie ohnehin schon wusste. Der Tote war Kieran Burton.

Die große, ernste Kommissarin chauffierte sie in einem dunkelgrünen Audi. Der Wagen war eine Überraschung. Charlotte hatte einen Ford erwartet, einen Vauxhall oder etwas ähnlich Geschmackloses. Ihr war schlecht. Lieber säße sie vorn. Aber Freya war einfach eingestiegen. Kletterte ohne zu fragen neben die Polizistin. Charlotte nahm es ihr nicht übel. Die arme Freya stand wahrscheinlich noch unter Schock. Charlotte tat es auf jeden Fall.

Die Gerichtsmedizin befand sich in einem roten viktorianischen Backsteingebäude hinter dem Lewisham-Krankenhaus. Die Ermittlerin stellte den Wagen in einem Parkhafen ab und stieg ohne ein Wort aus. Ungünstig, denn Charlotte konnte sie nicht fragen, was sie jetzt tun sollte.

Die Hübsche schnallte sich ab und legte die Hand auf Freyas Schulter.

»Bereit?«

Freya drehte sich zu Charlotte um. »Kommst du mit?«

Oh, Gott. Charlotte wollte nein sagen. Sie brachte es nicht über sich. Nicht so. Sie fuhr sich mit der Zunge über die Lippen, suchte nach einer Ausrede. Auf der gegenüberliegenden Straßenseite hatte sie ein Pub gesehen. Machte es einen schlechten Eindruck, wenn sie vorschlug, erst einmal dorthin zu gehen? Nur für einen Drink.

Sie war nicht dämlich. Sie wusste, wie wichtig das hier war. Es fiele aber doch gewiss leichter mit einem kleinen Schluck als Mutmacher?

Freya schüttelte den Kopf. Charlotte sah den vertrauten Ausdruck von Ekel in den Augen ihrer Tochter. Beinahe, als könnte Freya ihre Gedanken erraten. Dämlich, aber sie konnte sich nicht helfen. Ihre Tochter gab ihr immer das Gefühl, dumm, nutzlos und eine einzige Irritation zu sein.

»Und Nick?«, fragte Charlotte. »Sollte er nicht auch hier sein?«

»Gut«, sagte Freya. »Bemüh dich nicht. Ich gehe sowieso lieber ohne dich da rein.«

Sie stieg aus. Der Wagen wackelte.

»Kein Problem«, sagte die hübsche Kommissarin. »Ich begleite sie.«

»Nein.« Charlotte folgte ihr, bevor sie es sich anders überlegte. Freya war zu Recht sauer. Ihre Tochter brauchte sie. In diesem Moment konnte sie etwas tun, was Freya nicht wütend machte oder irgendein anderes Gefühl weckte, das Charlotte sonst in ihr hervorrief. Keines dieser Gefühle war gut oder eines, das eine Tochter für eine Mutter haben sollte.

Sie lehnte sich gegen den Wagen, wollte den Schwindel verscheuchen, den die Übelkeit verursachte.

»Ich komme mit.«

Freya lief hinter den beiden Detectives her durch die Schwingtüren aus Glas. Charlotte eilte ihr nach und versuchte sich an den Namen der Frau zu erinnern. Irisch. Kelly. Erin Kelly? So ähnlich. Egal. Hauptsache, sie schaffte es durch die Glastür und blieb stark für Freya. Das war nicht zu viel verlangt.

Sie trat in die kühle, dunkle Halle. Du schaffst das, ermutigte sie sich. Du kannst das, und du wirst es tun. Danach wird Freya erkennen, was du für sie getan hast. Sie wird dir dankbar sein. Daran konnte sie sich festhalten.

Hätte sie gewusst, wie furchtbar es war, wäre sie draußen geblieben. Nichts in der Welt hätte sie darauf vorbereiten können. Angefangen beim Geruch. Ein durchdringender chemischer Gestank. Er drang in sie ein und wurde bei jedem Atemzug und jedem Schritt tiefer hinein in das schreckliche Gebäude stärker und widerlicher.

Der Raum, in dem die Toten lagen, brannte im weißen Neonlicht. Ihre Augen schmerzten. Reihen über Reihen von Stahltüren. Hinter jeder eine Leiche. Ein Mann in einem weißen Kittel öffnete eine und zog den Körper heraus, den sie sich ansehen sollten.

Zuerst erblickte sie den Zeh. Er lugte unter dem blassgrünen Laken hervor. Ein einzelner Zeh. Er konnte jedem gehören. Aber er gehörte Kieran. Der Mann hatte nun den ganzen Körper herausgezogen. Jetzt lag er vor ihr.

Seine Augen waren geschlossen. Er sah nicht aus wie jemand, den sie gekannt hatte. Aber er war es. Ihr Kopf füllte sich mit Bildern, Erinnerungen und Gerüchen. Seine Hand auf ihrer Haut, sein Atem auf ihrem Gesicht. Sie zusammen; schnell, verzweifelt, heftig. So verflucht falsch. Sie hatte ihn dafür gehasst und sich noch viel mehr.

Freya fing an zu schreien. Der Schrei durchschnitt Charlotte, traf sie bis ins Mark. Sie schloss die Augen, hörte ihre Tochter neben sich weinen wie ein kleines Kind.

Kieran flüsterte derweil Charlotte ins Ohr, dass er genau das wollte. Ihre Stimme sagte ja, ja, ja. Freya weinte. Charlotte kam es hoch, bitterer Geschmack und Brennen in der Kehle.

Sie schlug die Hand vor den Mund, wirbelte herum, weg von dem toten Körper, weg von ihrer weinenden Tochter, krümmte sich, als wäre der Schmerz einfach zu groß. Sie rannte auf die gläsernen Schwingtüren, auf das Licht, auf die Welt da draußen zu, ohne Leichen, ohne Erinnerungen und ohne ihre Tochter, weinte um einen Mann, den sie geliebt, der sie aber nicht zurückgeliebt hatte, denn in Wirklichkeit konnte er nur eine Person lieben: sich selbst.

FÜNF

Nach der Gerichtsmedizin sollten sie im Polizeirevier ihre Aussagen machen. Charlotte fragte, ob das wirklich notwendig sei. Kelly machte deutlich, sie hätten keine andere Wahl. Sie hatte etwas Hartes an sich. Das machte es nicht leicht, sie zu mögen. Charlotte fand die andere sympathischer. Abby. Sie war hübsch und freundlich und schien Verständnis dafür zu haben, wie schwierig das alles für Charlotte war. Und natürlich für Freya.

Charlotte war davon ausgegangen, dass sie und Freya ihre Aussagen zusammen machen konnten. Doch Abby nahm Freya mit, Charlotte musste mit Kelly in einen anderen Raum gehen. Sie wünschte, es wäre andersherum. Das wäre sicher auch Freya lieber gewesen. Abbys gefühls- und körperbetonte Art würde sie irritieren.

»Nehmen Sie doch Platz«, sagte Kelly, als bäte sie Charlotte in ihr Wohnzimmer und nicht in diesen schrecklich grauen Raum, in dem es nach Chlor und Schweiß roch.

Charlotte wollte den Stuhl unter dem Tisch vorziehen, doch er war mit den Beinen am Boden befestigt. Sie schob sich auf die Sitzfläche, versuchte trotz der Kopfschmerzen und des unbändigen Durstes klar zu denken.

Kieran war tot. Ermordet. Wäre er eines natürlichen Todes gestorben, säße sie jetzt nicht hier. Bilder schossen ihr durch den Kopf. Am Ende jedes Mal eine Leiche auf einer Bahre in einem gleißend hellen Raum.

»Wollen Sie etwas trinken?«, fragte Kelly. »Tee oder Kaffee?«

»Wasser«, sagte Charlotte. Sie wollte Kelly nach ihrem Vornamen fragen, hatte aber Angst, wie eine Idiotin dazustehen. Die Frau hatte ihn ihr ja schon gesagt. Wie sollte sie sich so ein Detail merken, wenn so vieles zu bedenken war?

Kelly verschwand. Charlotte atmete ein paar Mal langsam tief ein und aus, um ihren rasenden Puls zu beruhigen, die Angst und die Panik zu verscheuchen, die ihr die Brust zuschnürten. Sie hatte das Gefühl, ihr Kopf drehte sich jeden Moment vom Hals ab und flöge davon.

Kieran war tot.

Ermordet.

Geräusche und Bilder. Geräusche, Gerüche, Leute. Das Gesicht eines Mannes. Sie rannte durch die Heidelandschaft. Regen in ihrem Gesicht. Oder Tränen? Das Brennen von Erbrochenem in der Kehle. Das Singen *ihrer* Mutter. Nein. Ihre Mutter war nicht dort gewesen. Unbändiger Zorn brannte, bis es weh tat. Ein Messer. Kierans Hände auf ihrem Körper. Sein Gesicht über ihrem. Das von ihrer Mutter. Plötzlich Blutspritzer auf ihrem Arm und in ihrem Gesicht. Warm und feucht.

Die Tür ging auf. Charlotte zuckte zusammen.

Kelly stand im Türrahmen und blickte sie an. »Alles in Ordnung?«

»Kater«, sagte Charlotte. Die Zähne klapperten, der Körper zitterte. Eis in den Adern.

»Trinken Sie«, sagte Kelly. »Langsam.«

Sie nahm den Pappbecher in beide Hände, führte ihn an den Mund, ohne viel zu verschütten. Das Wasser schmeckte gut. Ihr Körper sehnte sich nach etwas anderem. Sie wartete, bis das Zittern nachließ, stellte den Pappbecher ab und blickte die Kommissarin an.

»Ellen«, sagte die Frau. »DI Ellen Kelly. Darf ich Charlotte zu Ihnen sagen?«

Sie nickte.

»Gestern hatten Sie Geburtstag?«

»Brauche ich einen Anwalt?«

»Wir können Ihnen einen besorgen, wenn Sie es wünschen«, sagte Ellen. »Sie sind aber nicht verhaftet. Ich möchte Ihnen nur ein paar Fragen stellen. Ist das okay?«

»Ich glaube schon.«

»Erinnern Sie sich, Kieran gesehen zu haben?«, fragte Ellen.

Lippen, Hände und kratzige Bartstoppeln auf ihrer Wange.

»Nein«, sagte sie. »Ich erinnere mich nicht. Freya war da. Allein, glaube ich.«

Ellen warf einen Blick auf ihre Notizen.

»Sie wissen nicht mehr, ob Sie mit jemandem gestritten haben?«

»Schreie«, sagte sie. »Ein Mann. Er hat mich angeschrien, glaube ich. Es tut mir leid. Ich weiß seinen Namen nicht mehr. Kieran war es nicht. Da bin ich mir sicher.«

»Wieso?«

Gute Frage.

»Ich erinnere mich an sein Gesicht«, sagte sie. Nicht ganz die Wahrheit, aber niemand konnte ihr das Gegenteil beweisen. »Es war nicht Kieran.«

»Wer dann?«

»Irgendein ungeladener Gast«, sagte Charlotte. »Wieso ist das wichtig?«

»Okay.« Ellen zuckte mit den Schultern, als sei es so oder so egal. Das war nur vorgetäuscht, so viel war Charlotte klar. Gleichzeitig war sie erleichtert, dass sie sich nicht weiter erklären musste.

»Was können Sie mir über Kieran erzählen?«, fragte Ellen.

Charlotte zog die Stirn in Falten. »Wie meinen Sie das?«

»Wie war er?«, fragte Ellen. »Was für ein Mensch war er? Mochten Sie ihn? Hat er Ihre Tochter glücklich gemacht?«

Er war ein Schwein. Freya war ihm vollkommen egal. Das konnte sie ihnen nicht auf die Nase binden. Sie würden die falschen Schlüsse ziehen. Abgesehen davon ging es sie nicht das Geringste an.

»Er war okay«, sagte sie. »Sie waren okay. Ich meine, sonst hätten sie wohl kaum zusammen gewohnt.«

»Mochten Sie ihn?«, fragte Ellen noch einmal.

Hand auf ihren Schenkeln. Heiß. Feuchter Atem raunte ihr etwas zu.

»Ich weiß nicht«, sagte Charlotte. »Ich meine, na ja, ich kannte ihn kaum. Freya und ich führen sehr unterschiedliche Leben. Wir sehen uns nicht häufig. Ja, sie wohnt ganz in der Nähe, nur zehn Minuten mit dem Auto, aber es ist kompliziert. Sie ist kompliziert, um ehrlich zu sein.«

Sie hielt inne. Was, zum Teufel, war in sie gefahren? Plapperte vor sich hin wie eine Vollidiotin, erzählte der Polizei lauter Zeug. Private Dinge, die nur ihre Familie etwas angingen und niemanden sonst.

»Ich habe Kieran letzte Nacht nicht gesehen«, sagte sie. »Ich lüge nicht. Er ist tot. Das ist furchtbar. Aber ich war's nicht. Ich habe damit nichts zu tun.«

»Womit?«, fragte Ellen.

»Kierans Tod«, sagte Charlotte.

»Das habe ich nie behauptet«, sagte Ellen.

Charlotte fragte sich, ob Ellen sie verwirren wollte oder ob sie es ernst meinte. Vielleicht war es gar nicht so, dass etwas nicht stimmte. Vielleicht stand sie gar nicht unter Verdacht. Von der SMS wussten sie nichts. Sie hatte sie gelöscht. Und ihr Handy hatten sie nicht überprüft.

Wieder sah sie das Messer vor sich, spürte das warme klebrige Blut auf der Haut. Blutgeruch.

Sie schloss die Augen, versuchte sich auf etwas anderes zu konzentrieren. Als sie die Augen aufschlug, blickte Ellen Kelly sie an, als könnte sie Charlottes Gedanken lesen.

Der Blutgeruch schien im Raum zu schweben, sich mit dem Chlor und dem Schweiß zu vermischen. Sie sah auf ihre Hände, die flach auf dem Tisch lagen. Bildete sich ein, Blut durch ihre Finger rinnen zu sehen.

SECHS

»Kieran Burton. Weiß. Fünfundzwanzig Jahre alt. Student an der Greenwich University. Masterstudium in Soziologie und Politik. In einer Beziehung mit Freya Gleeson. Fundort der Leiche am Fuße der Heath Lane, wo auch Freyas Eltern wohnen. Ein einzelner Stich ins Herz. Letzte Nacht war eine Party. Mrs. Gleesons Geburtstagsfeier. Zur Tatzeit war das Opfer entweder auf dem Weg zur Party, oder er wollte gehen.«

DCI Geraldine Cox hörte mit dem Hin- und Herlaufen auf, sah die vier Detectives an, die vor ihr saßen. Ellen, Abby, Alastair und Malcolm.

»Korrekt?«, fragte Ger. »Hab ich etwas vergessen?«

»Wir denken, er war auf dem Weg nach Hause«, sagte Ellen. »Laut Aussage seiner Freundin ist Kieran eher gegangen.«

»Sagt sie die Wahrheit?«, fragte Ger.

»Ich glaube, ja«, sagte Ellen. »Sie behauptet, ihre Mutter und Kieran seien aneinandergeraten. Charlotte gibt zu, eine Auseinandersetzung mit jemandem gehabt zu haben. Allerdings nicht mit Kieran, schwört sie. Ich glaube, sie war zu betrunken, um sich erinnern zu können.«

»Abby?«, sagte Ger. »Sie haben Freyas Aussage aufgenommen. Was glauben Sie?«

»Sie steht unter Schock«, sagte Abby. »Kein Wunder. Auf mich wirkte sie aufrichtig. Sie sagte, ihre Mutter war unhöflich zu Kieran. Darum ist er gegangen.«

»Unhöflich?«, fragte Ellen.

Abby schüttelte den Kopf. »Freya wusste nur, dass Kieran aufgebracht war.«

»Wieso ist sie nicht mit ihm mitgegangen?«, fragte Ellen.

»Sie war sauer«, sagte Abby. »Wollte ihre Mutter zur Rede stellen und wissen, was sie zu Kieran gesagt hat. Dazu kam sie nicht, weil Charlotte auf sie losgegangen ist. Also ist sie auch weg.«

»Haben wir eine Liste aller Gäste?«

»Charlotte hat uns eine Liste gegeben«, sagte Ellen. »Von geladenen Gästen. Es waren aber auch Leute da, die sie nicht kannte. Im Moment arbeiten sechs Beamte die Liste ab und holen Aussagen ein.«

Ellen warf einen Blick auf die Uhr an der Wand hinter Ger. Fünfzehn Uhr fünfundvierzig. Sie hatte noch fünfzehn Minuten.

»Die Gerichtsmedizin ist mit der Arbeit im Rückstand«, sagte sie. »Mark versucht bis morgen, mit der Obduktion fertig zu sein. Die Eltern des Opfers sind tot. Eine Schwester lebt in Norwich. Wir haben mit den Kollegen Kontakt aufgenommen. Sie geben uns Bescheid, sobald sie sie informiert haben. Mit ein wenig Glück heute noch.«

»Bis dahin«, sagte Ger, »geben wir den Namen des Opfers nicht an die Presse raus. Mal sehen, wie lange das gutgeht. Sie wissen, dass der Vater des Mädchens Nick Gleeson ist?«

Der Name kam Ellen bekannt vor.

»Der Restaurantbesitzer«, erklärte Ger. »Der mit der Totally-Tapas-Kette.«

»Plant der nicht …«, fing Abby an.

»Eine Partnerschaft mit Pete Cooper«, vollendete Ger den Satz. »Ja. Was Sie nicht wissen, Pete Cooper ist seit einiger Zeit Gegenstand der Operation Rift. Sind Sie damit vertraut?«

Alle nickten. Operation Rift war eine polizeiübergreifende Aktion gegen das organisierte Verbrechen in der Stadt.

»Cooper ist ein einflussreicher Geschäftsmann«, fuhr Ger fort. »Ebenso Nick Gleeson. Besitzt eine Möbelhauskette im Südosten und investiert in Immobilien. Nach außen hin nichts Zwielichtiges. Es besteht jedoch der Verdacht, dass er über seine Filialen Geld aus weniger sauberen Geschäftsbereichen wäscht. Es lohnt sich vielleicht, darauf hinzuweisen, dass Nick Gleeson ein guter Freund unseres geschätzten Detective Superintendent Nicholls ist. Beide sind Mitglied im Royal Blackheath Golf Club. Ebenso Pete Cooper.«

Mit anderen Worten, ein ziemlicher Schlamassel. Ellen stand auf. »Sorry«, sagte sie.

»Schon gut«, sagte Ger. »Sie sollten heute sowieso nicht hier sein. Gehen Sie. Ich melde mich später bei Ihnen.«

»Danke«, sagte Ellen. »Was machen wir mit der Presse? Soll ich Jamala informieren?«

Jamala Nnamani war Communication Manager und kümmerte sich um alle Belange der Presse. Auf einen Mordfall, in dem ein angesehener Geschäftsmann im Fokus stand, würde sich die Presse stürzen.

»Ich denke darüber nach«, sagte Ger. »Wir können den Namen des Opfers nicht preisgeben, solange die Schwester nicht informiert ist. Ich bin auch nicht sicher, wie schnell wir die Verbindung zu Gleesons Familie öffentlich machen sollen.«

»Wir müssen also dafür sorgen, dass die Presse an keine Informationen herankommt, bevor wir es nicht für richtig halten«, sagte Ellen.

»Richtig«, sagte Ger. »Darüber können wir später reden. Jetzt müssen wir in die Einsatzzentrale zur Lagebesprechung. Malcolm hat ein Team zusammengetrommelt. Es wartet auf Anweisungen. Ich rufe Sie an, Ellen, versprochen.«

Sie war entlassen und war – vollkommen irrational – verärgert. Ellen verabschiedete sich. In einer entscheidenden Phase eines, wie es den Anschein hatte, außergewöhnlichen Falles einfach zu gehen, passte ihr nicht, aber sie hatte keine andere Wahl. Sie hatte ihren Kindern und auch sich versprochen, dass die Arbeit ab sofort an die zweite Stelle trat. Dieses Versprechen wollte sie halten.

Charlotte stand vor Freyas Wohnung, Finger auf dem Klingelknopf. Sie wusste, dass Freya zu Hause war. Sie hatte sie hinter dem Fenster gesehen, als sie sich dem Haus näherte.

Sie war nach der Aussage bei der Polizei sofort hergekommen, na ja, fast. Ein kurzer Abstecher zu The Station für eine schnelle Stärkung, damit sie wieder obenauf war. Sie hatte es weiß Gott nötig gehabt.

Sie hatte gehofft, Freya würde auf sie warten, aber Ellen Kelly hatte gesagt, Freya wäre schon gegangen.

»Wahrscheinlich nach Hause, aufräumen«, sagte Ellen. »Wir haben die Wohnung durchsucht. Unsere Beamten sind beim anschließenden Saubermachen nicht immer gründlich, fürchte ich. Sie kann eine helfende Hand sicher gut gebrauchen.«

Charlotte verstand die Anspielung. Sie sind Freyas Mutter. Es ist Ihre Pflicht, Ihrer Tochter in Zeiten wie diesen beizustehen.

Für Charlotte war bei Gummihandschuhen Schluss. Sie würde ihr eine Putzkolonne spendieren, wenn sie wüsste, dass Freya ein solches Angebot annehmen würde. Sie kannte ihre Tochter besser. Die nahm lieber das Martyrium auf sich und machte alles selbst.

Und tatsächlich, als Freya endlich die Tür aufmachte und Charlotte einließ, sah die Wohnung aufgeräumt aus.

»Gott sei Dank haben sie nicht allzu viel durcheinandergebracht«, sagte sie bemüht fröhlich und optimistisch. Ganz so, wie sie es in dieser Situation für angebracht hielt.

»Ich habe die letzten zwei Stunden damit zugebracht, Ordnung zu machen«, sagte Freya. »Ehrlich gesagt, hätte ich ein wenig Hilfe gebrauchen können.«

Zwei Stunden? Charlotte sah zur Mikrowelle. Die grüne Digitalanzeige zeigte drei Minuten vor sieben an. Wie war das möglich? Sie war doch nur ganz kurz in The Station geblieben.

»Bei der Polizei hat es ewig gedauert«, sagte Charlotte. »Ich bin so schnell gekommen, wie ich konnte, Liebling.«

Freyas Gesicht versteinerte. Den Ausdruck kannte Charlotte nur zu gut. Freya schloss sie aus. Wie immer.

»Vielleicht hätte ich nicht herkommen sollen«, sagte Charlotte.

»Nein«, sagte Freya. »Du hättest lieber im Pub bleiben sollen.«

Die Ungerechtigkeit machte Charlotte wütend. Doch dann dachte sie, dass Freya ja gar nicht klar denken konnte.

»Tut mir leid«, sagte Charlotte. »Du musst erschöpft sein. Ich bin es jedenfalls. Warum setzt du dich nicht, Liebes. Ich mache uns Tee.«

Sie erwartete Widerspruch, doch zu ihrer Überraschung nickte Freya.

»Tee klingt gut«, sagte sie. »Ich sollte auch etwas essen, kriege aber nichts runter.«

Ein Tag ohne Essen konnte Freya nicht schaden. Charlotte hütete sich, etwas zu sagen. Auf der Arbeitsplatte in der Küche stand eine Flasche Wein. Sie überlegte, ob sie vorschlagen sollte, sie zu öffnen, besann sich aber eines Besseren. Außerdem war es Rotwein.

Nachdem sie den Tee aufgebrüht hatte, setzten sie sich in die furchtbaren Secondhand-Sessel, von denen Freya meinte, sie hätten Charakter. In Wirklichkeit sahen sie billig und schmutzig aus. Freya hatte sie in einem Spendenshop erstanden. Jedes Mal, wenn sie in einem der Sessel saß, stellte sich Charlotte einen alten Menschen darin vor, der langsam verweste.

»Haben sie viel mitgenommen?«, fragte Charlotte.

»Die Polizei?«, sagte Freya. »Den Laptop. Kierans Aufzeichnungen für die Uni. Keine Ahnung, was sie damit wollen.«

»Hättest du nicht auf einen Durchsuchungsbeschluss warten sollen?«, fragte Charlotte.

Freya seufzte. »Es ist eine Mordermittlung, Mutter. Für sie ist im Moment jeder verdächtig. Mir ist es lieber, sie sind gründlich. Dann erhöhen sich die Aussichten, herauszufinden, was ihm zugestoßen ist.«

Zum zweiten Mal an diesem Tag wünschte Charlotte, Nick wäre da. Er war immer gut zu Freya gewesen, auch in ihren schwierigsten Zeiten. Soweit es Charlotte anging, hatte sie die immer.

»Ich habe versucht, deinen Vater zu erreichen«, sagte sie. »Sein Handy ist ausgeschaltet. Wie üblich.«

»Du hast ihm doch nicht etwa eine Nachricht hinterlassen?«, fragte Freya.

»Selbstverständlich nicht.« Charlotte Miene verfinsterte sich. »Ich bin doch nicht komplett verblödet.«

»Gut«, sagte Freya.

»Du solltest dich bei ihm melden«, sagte Charlotte.

Nick würde auf der Stelle kommen, wenn er wüsste, dass Freya mit ihm sprechen wollte. Anscheinend ignorierte er nur die Nachrichten seiner Frau.

»Das habe ich längst«, sagte Freya. »Ich habe ihm eine Nachricht hinterlassen, dass er mich zurückrufen soll. Das macht er bestimmt.«

Davon war Charlotte überzeugt. Nichts war ihm für seine kostbare Tochter zu viel. Noch nie hatte Nick Freya einen Wunsch abgeschlagen. Egal, was es war, Freya bekam es. Darum hatte Nick ihr auch, als sie verkündete, sie wolle ausziehen, diese Wohnung gekauft. Charlotte konnte nachvollziehen, dass es gut war, Freya dabei zu helfen, auf der Immobilienleiter emporzuklettern. Aber in Hither Green? Charlotte versuchte nicht einmal, diese Entscheidung zu verstehen.

»Es ist in meiner Straße passiert«, wechselte Charlotte das Thema, sagte das, was ihr gerade in den Sinn kam. »Überall krochen Polizisten herum. Die Straße war abgesperrt. Wie im Fernsehen.«

Freyas Gesichtsausdruck verriet Charlotte, dass sie das Falsche gesagt hatte.

»Das hier ist nicht wie im Fernsehen«, sagte Freya. »Er ist verdammt noch mal tot, Mutter. Lieber Gott, er wurde erstochen.«

Charlottes Herz setzte aus. Sie erinnerte sich an ein Messer, an Blut. Das schockierte Gesicht ihrer Mutter. Sie schüttelte den Kopf, und Mutter verschwand.

»Woher weißt du das?«, fragte sie.

Freya sah sie an wie jemanden, der minderbemittelt war. »Die Polizei hat es mir gesagt. Überleg doch. Jemandem ein Messer in den Bauch rammen. Warum tut jemand so etwas?«

Die Gin Tonics machten ihrem Magen zu schaffen. Sie konnte nur an das eine denken: Ein Messer drang in sein Herz ein. Das Blut und der Schrei. Er muss geschrien haben, oder? Sie sah ihn vor sich, wie er taumelte, mit dem Tode rang, die Hände auf dem Brustkorb, Blut floss zwischen seinen Fingern hindurch.

»Es ist so furchtbar«, sagte Freya. »Jenseits jeglichen Vorstellungsvermögens.«

Freyas Augen füllten sich mit Tränen. Charlotte wünschte, sie fände die Kraft, sie in den Arm zu nehmen.

»Kann ich irgendwas für dich tun?«, fragte sie.

Freya wischte sich mit dem Ärmel über das Gesicht. Charlotte überlegte, ob sie ihr ein Taschentuch geben sollte, aber Taschentücher gehörten bestimmt auch zu den Dingen der Mittelschicht, die Freya verabscheute.

»Entschuldige«, sagte Freya. »Ich … es ist so schlimm, weißt du?«

Noch schlimmer ist es mit einem Kater, dachte Charlotte.

Sie wunderte sich, dass der Kater angesichts der Situation immer noch anhielt. Sie hätte gedacht, der Schock würde alles andere auslöschen. Das war augenscheinlich nicht der Fall. Der Kurzzeiteffekt der Drinks von vorhin ließ langsam nach. Sie fühlte sich todeselend. Wieder.

Freyas Wohnung war winzig. Charlotte konnte von da, wo sie saßen, in die Küche sehen. Sehnsuchtsvoll zur Rotweinflasche. Es war doch nichts dagegen einzuwenden, wenn sie jetzt einen Schluck tranken?

Freya würde bestimmt etwas Gemeines sagen, wenn sie den Vorschlag machte. Also hielt sie den Mund. Auf ihrem Nachhauseweg konnte sie noch mal im The Station vorbeischauen. Falls sie so lange durchhielt.

»Verrätst du es mir?«, fragte Freya. »Es macht mir nichts aus, ehrlich. Jetzt, wo er tot ist, muss ich es wissen.«

Charlotte fragte sich, ob sie etwas verpasst hatte. Sie war abgelenkt gewesen, hatte an einen Drink gedacht, wo sie doch hätte an Freya denken müssen. Ihr Selbsthass und eine schwache Panik drohten sich in etwas Schlimmeres zu verwandeln. Ihr stockte der Atem. Sie schloss die Augen, zwang sich, sich zu sammeln. Das Letzte, was Freya jetzt gebrauchen konnte, war eine Panikattacke ihrer Mutter.

Atme. Konzentrier dich aufs Atmen. Ein, aus, ein, aus. Wäre es doch bloß nicht so heiß hier.

Sie erhob sich, zog die Jacke aus, schenkte Freya ein, wie sie hoffte, beruhigendes Lächeln. Freya starrte sie an, wartete darauf, dass sie etwas sagte. Charlotte wühlte in ihren Gedanken nach irgendetwas, was klang, als habe sie die Kontrolle über die Situation.

»Worüber willst du sprechen, Liebling?«

»Über dich und Kieran«, sagte Freya.

Das Pochen in ihrer Brust fing wieder an, das Brausen im Kopf, das alles andere übertönte. Der Mund ihrer Tochter bewegte sich, aber die Worte, es war schwer, ihnen einen Sinn zu geben. Etwas darüber, dass sie wütend auf Kieran war, dass es etwas gab, was sie wissen musste. Lieber Gott.

»Da war nichts.« Sie redete laut. Brüllte. Freya sank in dem Sessel zusammen. So wie früher, als sie noch ein kleines Kind war. Bevor sie gelernt hatte zurückzubrüllen.

»Sorry«, brachte Charlotte heraus. »Ich bin nicht sauer. Worauf auch?«

Freyas Gesicht war hassverzerrt. Charlotte kannte diesen Ausdruck.

»Vielleicht erinnerst du dich nicht«, sagte Freya. »Letzte Nacht warst du ziemlich übel drauf, selbst für deine Verhältnisse.«

»Es war mein Geburtstag«, sagte Charlotte. Es war beschämend. Das war ihr klar. Egal, wie sehr Freya sie hasste, Charlotte hasste sich selbst noch viel mehr. Sie wünschte, Freya würde das verstehen. Vielleicht würde sie es dann auch in ihrem Herzen finden … was?

»Ich bin vierundvierzig«, sagte Charlotte. »Ich hasse es, älter zu werden. Aber du hast ja recht. Ich hätte mich nicht so betrinken sollen. Es tut mir leid.«

Sie hätte noch versprechen sollen, dass es nie wieder vorkommen würde. Doch sie wussten beide, dass sie ein solches Versprechen nicht halten konnte.

»Du warst wütend«, sagte Freya. »Hast mir gesagt, er verdiene mich nicht. Hast mich angefleht, ihn zu verlassen. Hast lauter verrücktes Zeug gefaselt.«

»Zum Beispiel?«

»Egal«, sagte Freya. »Sicher hast du die Hälfte davon nicht so gemeint.«

Eine weitere Welle von Selbsthass überrollte sie. Könnte sie sich doch nur erinnern. Sie wollte Freya fragen, was – was genau – sie gesagt hatte. War sich jedoch nicht sicher, ob sie es überhaupt wissen wollte. Wie betrunken sie auch immer gewesen sein mochte, sie hatte es mit Sicherheit Freya nicht auf die Nase gebunden. Glaubte sie zumindest. Auf der anderen Seite: Sie war wohl kurz davor gewesen.

Schlagartig fiel es ihr wieder ein. Er war tot. In einem Augenblick schien es so irreal zu sein, als hätte sich jemand all das ausgedacht, im nächsten durchfuhr sie der Schock, wie in dem Moment, als sie davon erfahren hatte. Wenn es ihr schon so ging, wie musste es dann erst für die arme Freya sein?

»Es ist furchtbar«, sagte sie. »Entschuldige, Liebling.«

»Was denn?«, fragte Freya. »Es ist nicht deine Schuld. Du hast ihn ja nicht umgebracht, oder?«

Charlotte fragte sich, ob Freya das ernst meinte oder einen Witz machte. Sie überlegte, was sie sagen sollte. Bevor ihr etwas einfiel, klingelte es an der Tür. Beide schraken zusammen.

»Ich gehe.«

Erleichtert rannte sie die Stufen hinunter. Sie wusste schon, wer es war. Erkannte seine Silhouette – groß und breitschultrig – durch das blickdichte Glas.

Sie zwang sich zu lächeln und machte die Tür auf.

Er trat einen Schritt zurück, als sei sie der letzte Mensch, den er in diesem Moment zu sehen wünschte. Pech, dachte sie. Sie ist auch meine Tochter. Und wenn ich bei ihr sein will, dann bin ich es auch.

»Hallo, Nick.«

SIEBEN

»Ich will heute Nacht alleine schlafen.«

Ellen stand in der Küche, räumte nach dem Abendessen auf, mit dem Rücken zu Pat. Hatte ihn nicht einmal reinkommen hören. Sie widerstand dem Verlangen, sich umzudrehen.

»Okay«, sagte sie so gleichgültig wie möglich. »Gute Idee. Ich bin ja gleich nebenan.«

»Können wir noch einen Film sehen? Wenn Eilish im Bett ist. Bitte, Mom?«

Sie schloss die Augen, zählte bis drei. Gerade heute wäre es ihr lieb, wenn er früh im Bett wäre. Sie hatte jede Menge Arbeit nachzuholen.

»Ich weiß nicht, ob wir Zeit für einen Film haben«, sagte sie. »Wie wäre es mit einer Doppelfolge der Simpsons?«

Sie wagte es, sich umzudrehen, erleichtert, als sie sein Lächeln sah.

»Super«, sagte Pat. »Ich bereite schon mal alles vor.«

»Nicht so hastig«, sagte Ellen. »Erst muss ich Eilish ins Bett bringen. Gib mir eine halbe Stunde, ja?«

Zwei Stunden später, sie hatte das Gefühl, zu viel Zeit in Gesellschaft von Homer und seiner Familie verbracht zu haben, hatte Ellen Pat endlich im Bett. In seinem Zimmer. Nachdem sie ihm einen Gutenachtkuss gegeben hatte, stand sie noch einen Moment lang vor der Tür und genoss das seltene Hochgefühl.

Pats Therapeut hatte ihr versichert – immer wieder –, dass Pat Fortschritte machte. Ellen hatte Veränderungen bemerkt, wagte jedoch nicht zu hoffen. Heute Abend ließ sie es zu. Nur für einen kurzen Moment. Sie wünschte nichts sehnlicher, als dass die Dinge wieder normal waren, bevor er im September auf die weiterführende Schule kam. Noch vier Monate. Heute hatte sie zum ersten Mal das Gefühl, dass alles wieder gut werden würde.

»Wo ist Freya?« Nick stand auf der Türschwelle, sah Charlotte an, als habe sie etwas falsch gemacht.

»Ich habe den ganzen Tag versucht dich zu erreichen«, sagte Charlotte. »Wo, zum Teufel, hast du gesteckt?«

Eine Strähne seines rotblonden Haares war ihm ins Gesicht gefallen. Mit einer Kopfbewegung warf er sie zurück. Merkwürdig, sie hatte diese Geste einmal attraktiv gefunden. Bis sie ihn einmal vor dem Spiegel dabei ertappt hatte, wie er die Bewegung einübte. Wie konnte ein Mann nur so eitel sein.

Er wollte an ihr vorbei, doch sie wich nicht zur Seite. Nur dieses Mal würden die Dinge so laufen, wie sie es für richtig hielt.

»Freya!« Er schrie so laut über ihre Schulter in ihr Ohr, dass es weh tat.

»Beruhige dich«, sagte Charlotte, immer noch lächelnd, trotz ihrer Irritation.

Typisch, einfach hier aufzutauchen, ohne vorher anzurufen. So war es, seit sie sich erinnern konnte. Die beiden gegen sie. Sie war die Außenseiterin. Weder die eine noch der andere hatten ihr je das Gefühl gegeben dazuzugehören. Behandelten sie wie Luft, wo sie doch diejenige war, die kochte, sie umsorgte, Ehefrau war und Mutter.

»Es ist etwas vorgefallen«, sagte sie.

Wieder versuchte er, an ihr vorbeizukommen. Wieder vergeblich.

»Sag schon«, sagte er. »Bitte. Ist etwas mit Freya? Auf dem Weg hierher bin ich fast durchgedreht. Bin so schnell ich konnte gekommen.«

»Woher?«, platzte es aus ihr heraus.

Etwas huschte über sein Gesicht, ein Ausdruck, den sie schon zuvor gesehen hatte. Verachtung oder Ekel – vielleicht beides – gemischt mit Überdruss.

»Ist das wichtig?«

Natürlich ist es wichtig, wollte sie ihm entgegenschreien. *Ich bin deine Frau! Dein Platz ist hier, bei mir.*

Sie wusste, wo er gewesen war. Nicht die Einzelheiten, selbstverständlich nicht. Es war jedes Mal eine andere. Sie hatte einmal einen Privatdetektiv angeheuert. Damals, als es sie noch interessiert hatte. Jetzt gaben sie sich nicht einmal mehr die Mühe, diskret zu sein.

»Es geht um Freya«, sagte sie. »Du hast recht.«

Sein Mund klappte auf, er schwankte. Sein Entsetzen war ihr Genugtuung. *Erwischt, du Mistkerl.*

Sie legte ihre Hand auf seine Schulter.

»Kieran ist tot«, sagte sie. »Wahrscheinlich ermordet.«

Ein Elektroschock hätte vielleicht eine ähnliche Reaktion ausgelöst. Er packte ihre Handgelenke, starrte sie mit einer Intensität an, die sie vergessen hatte.

»Er ist tot?«, fragte er, seine Stimme kratzend und unnatürlich. »Verarsch mich nicht, Charlotte. Wenn das deine Art ist, Witze zu reißen, dann …«

Plötzlich, aus unerfindlichem Grund, bekam es Charlotte mit der Angst zu tun. Sie versuchte sich loszureißen, aber er hielt sie zu fest. Sie fing an zu reden. Die Worte überschlugen sich, erzählte hastig, nicht wie sie es geplant hatte, egal, Hauptsache, er ließ sie los und sah sie nicht länger an, als hätte er den Verstand verloren.

Als sie fertig war, stieß er sie zur Seite, nahm zwei Stufen auf einmal, rief nach seiner Tochter. Charlotte lief ihm nach. Oben sah sie, wie Freya ihm in die Arme fiel, schluchzend, ihm sagte, Gott sei Dank sei er da. Immer und immer wieder.

Charlotte schob sich an ihnen vorbei und griff nach ihrer Handtasche. Jetzt, wo Nick da war, konnte sie zurück in das Pub, ohne sich schuldig zu fühlen. Hier wurde sie sowieso nicht gebraucht. Am allerwenigsten ertrug sie es, Nick dabei zuzusehen, wie er den Superhelden spielte, und sie daneben saß, unbeachtet und unerwünscht.

Die frische, kühle Nachtluft war nach der Wärme in Freyas Wohnung erholsam. Charlotte ließ die Brise ihre heißen Wangen kühlen. Das Licht in Freyas Wohnung war an, die Vorhänge aufgezogen. Sie konnte die sich auf und ab bewegenden Schatten ihres Mannes und ihrer Tochter sehen.

Endlich war sie draußen. Freyas Schmerz erstickte sie. Charlotte konnte damit nicht umgehen. Nick war da, sie wurde nicht vermisst. Dennoch, sagte sie sich, als sie den Hügel hinabeilte, weg von Freyas Wohnung hin zum Pub, hätte sie die Wahl, bliebe sie lieber bei ihrer Tochter, stünde ihr bei, ob es Freya passte oder nicht.

ACHT

Ellen war sich darüber im Klaren, dass Pat vielleicht schon morgen Abend nicht wieder alleine schlafen wollte, er später aus einem Alptraum aufwachen konnte. Trotzdem … es war, als hätten sie eine Hürde genommen. Sie ging nach unten. Ihre

Stimmung war besser als in den ganzen vergangenen fünf Monaten.

Im Wohnzimmer legte sie Musik auf und wollte am Laptop ein paar Dateien durchgehen. Kaum hatte sie angefangen, klingelte das Telefon. Ger.

»Abby beschäftigt sich eingehender mit Burton«, sagte sie. »Die Techniker nehmen sich seinen Computer vor. Bisher nichts.«

»Was ist mit seinem Handy?«, fragte Ellen.

»Ist passwortgeschützt«, sagte Ger. »Abby hat Freya nach der PIN gefragt. Sie hat keine Ahnung.«

»Seltsam«, sagte Ellen. »Was wollte er vor ihr verheimlichen?«

»Das werden wir früher oder später herausfinden«, sagte Ger. »Abby hat Kierans Schwester ausfindig gemacht. Emer Dawson. Sie macht Urlaub auf den Kanaren. Sie will spätestens Montag wieder in London sein.«

»Was ist mit Nick Gleeson?«, fragte Ellen.

»Er ist bei Freya«, sagte Ger. »Abby war auf ihrem Nachhauseweg noch einmal dort, hat mit beiden gesprochen. Charlotte war nicht da. Weiß nicht, was das zu bedeuten hat. Vielleicht gar nichts.«

»Freya und ihre Mutter sind sich nicht besonders grün«, sagte Ellen. »Ich frage mich, wie sie sich mit ihrem Vater versteht.«

»Können Sie die Familie überprüfen?«, fragte Ger. »Nick, Charlotte, Freya. Sprechen Sie mit Raj. Vielleicht kann er uns etwas über Pete Cooper erzählen, Gleesons Geschäftspartner.«

»Sie meinen, es besteht ein Zusammenhang zwischen Cooper und dem Mord?«, fragte Ellen.

»Möglich«, sagte Ger. »Schauen Sie mal, was Sie herausfinden können. Schaffen Sie das?«

Die Frage war nicht herablassend gemeint, für Ellen klang es trotzdem so. Darum war sie jetzt noch entschlossener, Ger Cox zu zeigen, wozu sie in der Lage war. Sie beendete das Gespräch und machte sich an die Arbeit.

Zuerst nahm sie sich Nick Gleeson vor. Ein Selfmade-Unternehmer, bekannt für seine außergewöhnlich erfolgreiche Restaurantkette Totally Tapas. Familienfreundlich, Tapas zu vernünftigen Preisen. Ellen kannte die Kette; die Filiale in Greenwich war bei ihr und den Kindern äußerst beliebt.

Gleeson hatte den Ruf eines ehrlichen Mannes. Ein Familienmensch, der den Eindruck vermittelte, sauberer als sauber zu sein. Keine Gerüchte über schmutzige Geschäfte oder außereheliche Affären. Nichts. Außerdem war er der Liebling der Lokalpresse. Ellen fand einige schmierige Interviews mit Gleeson, einige Abbildungen von seiner glamourösen und ihn unterstützenden Ehefrau Charlotte. Keine Fotos von Freya.

Ihre Überprüfung von Freya brachte nichts. Anders bei der Mutter. Zwei Anklagen wegen Trunkenheit am Steuer und ein tätlicher Angriff auf einen Taxifahrer. Kieran Burton war auch kein unbeschriebenes Blatt. Als Teenager war er wegen Ladendiebstahls, Trunkenheit am Steuer und Cannabisbesitz aufgefallen. In den letzten Jahren hatte Burton offenbar die Kurve gekriegt. Ein Bachelor in Politik, danach ein Masterstudium in Soziologie und Politik, das er nicht beenden würde.

Ellen dachte an den heutigen Vormittag, als sie die Nachricht von Burtons Tod Charlotte Gleeson überbracht hatte. Die Frau war ehrlich bestürzt gewesen. Wäre das auch der Fall, wenn sie den Freund ihrer Tochter missbilligt hätte? Wahrscheinlich, beschloss Ellen. Tod war Tod. Immer tragisch, egal, wer das Opfer war.

Zu viele Fragen. Sie war müde, konnte nicht klar denken. Sie klappte den Laptop zu und erhob sich. Die Musik war schon seit einer Weile aus. Im Zimmer war es zu still. Noch stiller ohne Rosie. Ellen fragte sich, warum das Au-Pair-Mädchen noch nicht zurück war. Dann fiel es ihr ein. Rosie übernachtete bei einer Freundin.

Ellen schickte Rosie eine SMS, ob alles okay sei. Eigentlich war das überflüssig, aber sie vermisste Rosies belebende Anwesenheit. Ein paar Minuten später klingelte das Telefon. Sie sah Rosies Nummer und nahm ab.

»Hi, Ellen, wie geht's?«

Ellen lächelte. Vinnys Nichte hatte diese Wirkung auf sie. Ihr sonniges Gemüt war das reinste Elixier und eine ständige Erinnerung an Vinny. Obwohl Rosie ihrem verstorbenen Mann nicht sehr ähnlich sah, war die Familienähnlichkeit doch frappierend. Rosie hatte dieselbe einnehmende Persönlichkeit, dieselben langen Gliedmaßen und denselben weichen westirischen Akzent, den Ellen so liebte.

»Gut«, sagte Ellen. »Und wie sieht dein Abend aus?«

»Oh, Ellen, es ist fantastisch. Ich bin im Atelier eines Künstlers in Deptford. In einem großen alten Haus. Alle Zimmer sind in Ateliers umgewandelt worden. Heute ist offenes Haus. Man kann sich die Kunst ansehen und die Künstler treffen.«

»Mit wem bist du da?«, fragte Ellen.

Rosies Talent, interessante Menschen kennenzulernen und sich mit ihnen anzufreunden, war, seit sie vor zwei Monaten nach London gekommen war, immer wieder eine Überraschung.

»Na ja«, sagte Rosie. »Ich und Karen haben ein paar Leute getroffen, die sie aus Spanien kennt. Einer ist ihr Arbeitskollege.«

Rosies beste Freundin Karen wohnte bei einer englischen Familie. Unter der Woche arbeitete sie als Au-Pair und am Wochenende half sie auf dem Greenwich Market an einem Stand aus.

»Sie sind wundervoll«, sagte Rosie. »Egal. Einer von denen, Carlos, ist Künstler und hat uns eingeladen.«

»Wann fahrt ihr zurück?«, wollte Ellen wissen. »Nicht zu spät, sonst verpasst ihr den Zug.«

»Mir geht es großartig«, sagte Rosie lachend. »Du machst dir immer so einen Kopf, weißt du das?«

»Ja«, sagte Ellen. »Ich weiß. Geh zu deinen Freunden und amüsiere dich. Aber pass auf dich auf, und schick mir eine SMS, wenn ihr bei Karen seid, okay?«

Sie legte auf. Ihre Gedanken wanderten von Rosie zu ihren eigenen Kindern. Besonders zu Pat. Das Hochgefühl kam zurück. Sie wäre am liebsten in die Luft gesprungen, hätte jemanden umarmt und getanzt. Sie wollte jemandem von dem heutigen Meilenstein erzählen.

Sie griff zum Telefon, wollte ihre Eltern anrufen. Sie waren verreist, hatten Ablenkung von allem gebraucht. Pat war nicht der Einzige, den die Ereignisse des Nachmittags von vor fünf Monaten mitgenommen hatten. Auch Ellens Mutter brauchte eine Auszeit. Wie Ellen und Pat war sie in den Strudel der Geschehnisse geraten, die damit endeten, dass Ellens Haus bis auf die Grundmauern niedergebrannt war.

Darum wohnten Ellen und die Kinder jetzt in diesem gemieteten Haus in der Nähe des Parks.

Ellen hatte plötzlich ein anderes Verlangen. Ihre Finger zuckten. Sie blickte auf das Telefon. So ein harmloses Ding. Sie streckte die Hand aus, zog sie jedoch gleich wieder zurück, als habe sie sich verbrannt.

Vor fünf Monaten hatte sie den Mut gefunden und ihre leibliche Mutter angerufen. Es war nicht gut gelaufen. Die Zurückweisung hatte das Verlangen verstärkt. Darum saß sie da, Nacht für Nacht, versuchte, noch einmal den Mut aufzubringen.

Briony, ihre Therapeutin, hatte gesagt, Ellen suche einen Abschluss. Ellen mochte das Wort nicht, aber Briony hatte recht, zumindest teilweise. Sie hasste das Gefühl, dass sie etwas nicht zu Ende brachte. Doch es steckte mehr dahinter. Der Mangel an Kontrolle, die Tatsache, dass sie die Dinge nicht beeinflussen konnte, dass sie Noreen, ihre leibliche Mutter, nicht dazu bringen konnte, mit ihr zu reden, setzte ihr zu.

Wie so oft ließ sie jene Nacht Revue passieren. Es war ihr nicht leichtgefallen, zum Hörer zu greifen. Das Herz hatte gerast, das Blut in ihrem Kopf gerauscht, während sie gewartet hatte. Eine Frau hatte abgenommen. Nicht Noreen. Ellen hatte das sofort erkannt. Ihre Mutter war Irin. Die Frau mit dem dicken Newcastle-Singsang in der Stimme war definitiv keine.

»Ich möchte mit Noreen McGrath sprechen.«

»Noreen? Selbstverständlich. Ich hole sie. Darf ich ihr sagen, wer Sie sind?«

Wie sollte sie das beantworten?

»Eine alte Freundin.«

Pause.

»Und Ihr Name?«

»Ellen.«

»Okay, Ellen«, sagte die Frau. Sie hatte eine freundliche Stimme. »Ich hole sie. Einen Moment bitte.«

Eine Ewigkeit des Wartens und dann: Der Moment, auf den sie sich vorbereitet hatte, seit sie ihre Mutter vor Jahren in einer kalten, nassen Nacht in einer Wohnung eines Hochhauses in Peckham verloren hatte.

Am anderen Ende der Leitung das Geräusch von jemandem, der den Hörer in die Hand nahm, atmete.

Die sich schnell steigernde Aufregung, die urplötzlich abgelöst wurde von Verwirrung. Und von etwas, das sie nicht gleich deuten konnte. Erst Monate später wusste sie, was es gewesen war. Wut.

»Ellen?« Dieselbe Frau. Weich, nördlich, sympathisch. »Es tut mir leid. Mein Fehler. Noreen ist nicht da. Wollen Sie vielleicht später noch einmal anrufen?«

Sie sagte ja, natürlich. Sie würde es ein anderes Mal versuchen. Aber sie hatte nicht angerufen.

Ihre Mutter hatte sich in jener Nacht geweigert, ans Telefon zu gehen. Die Wahrheit starrte Ellen ins Gesicht. Hatte sie die ganze Zeit angestarrt. Ihre Mutter hatte sie im Stich gelassen, weil sie es so gewollt hatte. Weil sie sie nicht liebte und sie wohl auch nie geliebt hatte. Hätte sie ihre Kinder geliebt, hätte sie niemals eines von ihnen umgebracht.

Ellen wachte auf, verschwitzt. Reste des Traums nagten an den Rändern ihres Hirns. Sie brauchte einen Augenblick, um ihn abzuschütteln und zu realisieren, wo sie war.

Trotzdem war sein Gesicht noch da. Billy Dunston. Der Mann, der ihren Mann umgebracht hatte, durch den ihre perfekte Welt einen tiefen Riss bekommen, der alles für immer verändert hatte.

Sie weigerte sich loszulassen, weigerte sich, eine Welt zu akzeptieren, in der Billy Dunston weiteratmen und -leben durfte, während Vinny – ihr schöner, perfekter Mann – nicht mehr war.

In Augenblicken wie diesen, allein in der dunklen Stille der Nacht, fragte sie sich, ob Dunstons Geist sie heimsuchte. Er schien immer bei ihr zu sein. Manchmal war ihr sein Gesicht, kurz bevor sie ihn erschossen hatte, gegenwärtiger als das ihres Mannes.

Zwei Frauen liefen am Haus vorbei. Das Klackern ihrer Absätze und ihr leises Lachen erfüllte die leere Nacht, wehte in

Ellens Schlafzimmer. Sie stellte sie sich vor, jung, hübsch und voller Leben.

Billy Dunstons Gesicht war immer noch da. Hinter den Lidern, in ihrem Kopf. Tot.

Ellen lag auf dem Kissen. Sah zu, wie Dunstons Gesicht verschwand, während sie ihm die Waffe an den Kopf hielt und abdrückte. Lächelnd schlief sie ein.

»Woraus sind kleine Mädchen gemacht, Charlotte?«

Sie spielte mit ihrer Puppe Bella und hatte ihre Mutter nicht kommen hören. Charlottes Bauch fing an weh zu tun. Sie hielt ihre Bella fest und schaute an ihrem Kleid hinab, ob es Flecken hatte. Sie sah nichts, aber das hatte nicht viel zu bedeuten. Oft dachte sie, dass nichts Schlimmes passiert war, und dann entdeckte ihre Mutter etwas, das Charlotte nicht gesehen hatte.

»Charlotte, Liebes, ich warte.«

»Sugar and spice and all things nice«, *sagte Charlotte.*

Mutter lächelte und Charlotte fühlte sich gleich ein bisschen besser. Noch besser fühlte sie sich, als ihre Mutter ihren engen Rock hochzog und sich vor sie hinhockte, so dass ihr Gesicht direkt vor Charlottes war. Mutter sah so hübsch aus, wenn sie lächelte. Charlotte wollte auch so schön sein. Nicht wie ihr langweiliger alter Daddy mit seinen langen Beinen, seiner zu großen Nase und seinem dunklen Haar, das so gar nicht war wie das glänzende blonde, wellige Haar ihrer Mutter, bei dem Charlotte immer an goldene Zuckerwatte denken musste.

Mutter fragte, ob Charlotte eine Süßigkeit haben wollte dafür, dass sie so ein gutes Mädchen war. Charlotte nickte und sagte, ja bitte, ohne zweimal darüber nachzudenken. Fehler. In dem Moment, als sie es sagte, hörte ihre Mutter auf zu lächeln.

Charlottes Bauch rumorte. Sie wollte, dass er aufhörte. Selbst Mutters Gesichtsausdruck brachte ihn nicht dazu, aufzuhören, diese schrecklichen Geräusche zu machen. Ihr Bauch sagte Charlotte, dass sie Hunger hatte, doch das konnte nicht sein. Sie hatte heute Morgen eine Schüssel Cornflakes gegessen, und obgleich es sich anfühlte, als wäre es eine Ewigkeit her, so sagte ihr ihre Mutter immer wieder, sie müsste nur ein »bisschen Selbstkontrolle üben« und schon wäre alles gut.

»Wollen wir uns die Fingernägel lackieren?«, fragte Charlotte. Ihre Stimme klang dünn und weit weg. Das war seltsam, denn ihr Körper hatte sich doch gar nicht bewegt.

Es war egal, wie ihre Stimme klang. Wichtig war, dass sie das Richtige getan hatte. Dass sie nicht um eine Süßigkeit gebeten hatte. Nägel lackieren war eine prima Sache. Mutter war jetzt froh, denn sie wusste, Charlotte konzentrierte sich darauf, das Richtige zu tun und nicht schwach zu sein wie so viele Frauen, die sich vollstopften und ihre Körper als Müllhalde betrachteten statt als die einzige Anlage, über die sie verfügten.

Mutter nahm ihre Hand und betrachtete ihre Fingernägel.

»Hast du wieder geknabbert?«

Charlotte schüttelte den Kopf.

Mutter seufzte. »Na ja, sie sehen schrecklich aus. Wir haben noch eine Menge Arbeit vor uns, bevor wir auch nur daran denken können, sie zu lackieren. Komm mit.«

Mutter zog Charlotte am Arm durch das Zimmer ins Bad. Charlotte erinnerte sich an das letzte Mal, als Mutter sie hierhergebracht und sich ihre Nägel vorgenommen hatte. Sie fing an zu weinen, wünschte, sie wäre stark genug, ihrer Mutter zu sagen, dass sie das nicht wollte. Aber das würde Mutter nur noch mehr verärgern. »Es tut mir leid.« Sie weinte jetzt richtig. Heulte wie ein Baby. Tränen vermischten sich mit Rotz. Jetzt sah sie noch hässlicher aus als sonst. Bella rutschte ihr aus der Hand.

Charlotte griff nach der Schnur, die aus dem Rücken der Puppe kam. Sie zog daran, und Bella fing an, das Lied zu singen. Charlotte konnte es auswendig.

Mutter hörte Bella nicht. Sie war zu beschäftigt mit Charlottes Händen. Presste sie zusammen und umwickelte sie mit dem weißen Klebeband.

Charlotte weinte immer noch, nur konnte sie niemand hören, weil Bella sang. Mutter summte mit Bellas hoher Stimme mit, lächelte vor sich hin, als Bella beim Refrain ankam.

»Sugar and spice and all things nice.
You know that little girl is mine.«

SONNTAG

EINS

Abby wachte früh auf. Sonnenstrahlen fielen durch die Lücke zwischen den Vorhängen. Sonntagmorgen. Zeit zum Ausruhen und Entspannen. Für andere. Sie sah nach der Uhrzeit und sprang aus dem Bett, erpicht darauf, an die Arbeit zu gehen. Erpicht darauf, so viel wie möglich zu schaffen, bevor Ellen aufkreuzte.

Nach einer schnellen Dusche zog sie sich zur Musik von *Melt Yourself Down* an. Sam, mit dem sie Freitagnacht ins Gespräch gekommen war, hatte ihr von der Band erzählt. Sie hatte das Album gestern heruntergeladen und seither ununterbrochen gehört. Ebenso ununterbrochen hatte sie an Sam gedacht. Das war albern und unprofessionell. Sie befand sich inmitten einer Mordermittlung. Eine echte Chance, sich zu beweisen. Besonders, da Ellen jetzt die zweite Geige spielte. Nicht, dass sie Ellen nicht mochte. Sie verehrte sie. Wenn Ellen sie nicht gerade wahnsinnig machte. Das geschah die Hälfte der Zeit. Vielleicht sogar häufiger. Nur Abby gefiel die größere Verantwortung, die sie in den letzten Monaten trug.

Selbstverständlich war Ellen noch immer der Boss. Abby hätte es nicht anders gewollt. Sie wünschte auch niemandem das, was Ellen und ihrer Familie zugestoßen war. Allerdings musste sie zugeben, dass ihr die neue Herausforderung, eigenverantwortlicher handeln zu müssen, ohne dass Ellen sie ständig überprüfte, Spaß machte.

Abbys Lieblingstrack »Kingdom of Kush« begann. Sie drehte die Musik lauter, verlor sich im funkigen Mix schmetternder Bläser, des trommelnden Schlagzeugs und traditioneller Rhythmen.

Sam wollte sie wiedersehen. Sie hatte ihm ihre Telefonnummer gegeben und gesagt, er solle sie anrufen, wenn er es ernst meinte. Spielte die Coole, dachte, das wäre das Beste. Nur, das war Freitagnacht gewesen, und heute war schon Sonntag. Sie hatte zumindest eine Textnachricht erwartet. Langsam glaubte sie, dass sie ihn falsch verstanden hatte. Er wirkte ehrlich, aber vielleicht war das nur eine Masche. Es war nicht das Ende der Welt, wenn er sich nicht meldete. Ihr Stolz wäre ein wenig angekratzt. Sie würde es überleben.

Sie schminkte sich zu Ende und betrachtete sich im Spiegel. Glänzendes schwarzes, glattes Haar umrahmte ein Gesicht, das Männer attraktiv fanden. Ihr gefiel ihr Aussehen. Ihr gefiel die Wirkung, die ihr Aussehen auf Menschen machte. Sie war nicht eingebildet, nur ehrlich. Etwas anderes vorzugeben wäre dumm.

Wenn Sam nicht anrief, sein Pech.

Nachdem sie in der Küche aufgeräumt hatte, machte sie sich eine Tasse Kaffee. Sie trank ihn auf dem Balkon und genoss den kurzen Moment der Ruhe, bevor sie in den Tag startete. Sie ging den Fall durch, machte sich einen Plan. Zuerst musste sie ein paar Berichte schreiben, auch eine Zusammenfassung des Telefongesprächs mit Kierans Schwester Emer. Sie lebte in Norwich, machte zurzeit Urlaub auf den Kanaren. Verheiratet, zwei Kinder, Finanzmanagerin bei einer großen Supermarktkette.

Es war kein einfaches Gespräch gewesen. Emer hatte die meiste Zeit geweint. Abby bekam nur schwer etwas Brauchbares aus ihr heraus. Im Grunde wirkte Emer betroffener als Freya. Abby wusste jedoch, dass die Reaktion einer Person kein Indiz dafür war, was wirklich in ihr vorging.

Vor ihr und um sie herum schimmerte und glitzerte das Glas des Dockland-Gebäudes in der Morgensonne. Abby wohnte seit einem Jahr in diesem Apartment und liebte es. Dass sie bald ausziehen musste, gefiel ihr überhaupt nicht. Sie versuchte es zu verdrängen. Erst gestern hatte Lucy das Thema wieder angesprochen, wollte wissen, wie es mit Abbys Wohnungssuche voranging, ob sie irgendwie helfen könnte. Subtext: Wann ziehst du endlich aus, damit ich die Wohnung für mich haben kann?

Abby war es gewöhnt, die Dinge auf ihre Art zu regeln, und es ärgerte sie, wenn Lucy darauf zu sprechen kam.

Der Fairness halber musste Abby zugeben, dass sie vollkommen danebenlag. Vor drei Monaten hatte Lucy ihr eröffnet, dass Crispin einziehen würde, und sie hatten eine Abmachung getroffen.

Jetzt war er da. Abby mochte Crispin nicht. Mit zwei verliebten Turteltauben zusammenzuwohnen war nicht gerade perfekt. Aber Ausziehen auch nicht. Sie hatte ein bisschen herumgesucht und sofort wieder aufgegeben, als ihr klargeworden war, dass sie sich mit ihrem bescheidenen Polizistengehalt nur eine miese Wohnung leisten konnte. Sobald dieser Fall ad acta gelegt war, würde sie mit aller Kraft eine neue Bleibe suchen. Zuerst die Arbeit. Einen Mörder finden und ihre Chefin beeindrucken. Keine Zeit zu verlieren.

Die Fahrt mit dem Zug von Canary Wharf nach Lewisham ging schnell. Abby liebte diesen Elektrozug, und sie wurde es nie überdrüssig, auf diese Weise zur Arbeit zu kommen. Sie war immer ein wenig enttäuscht, wenn die Reise zu Ende war.

Vor dem Polizeipräsidium hörte sie jemanden ihren Namen rufen. Sie drehte sich um. Malcolm McDonald rannte auf sie zu. Sein dicker Bauch wippte auf und ab. Wie ein Ballon, den ihm jemand vor den Körper gebunden hatte.

»Wollte Sie gerade anrufen«, sagte Malcolm. »Hab Ellen eine Nachricht hinterlassen, aber sie hat noch nicht zurückgerufen. Wissen Sie, wo sie steckt?«

»Sie kommt später«, sagte Abby. »Wenn überhaupt. Sie arbeitet nicht mehr an Wochenenden.«

Malcoms Gesicht war verschwitzt. Er trocknete es mit einem zerknitterten marineblauen Taschentuch.

»Hab ich vergessen«, sagte er. »Ich hab was von der Kameraüberwachung, hatte angenommen, Ellen würde es gleich sehen wollen. Ob sie später reinkommt?«

»Sie müssen nicht auf Ellen warten«, sagte Abby. »Was ist es denn?«

Malcom war damit beauftragt worden, die Aufnahmen der Kameraüberwachung auf Belmont Hill in der Nähe von St. Joseph's Vale auszuwerten.

»Ich weiß nicht, ob ich es Ihnen sagen kann«, sagte er. »Sie will es sicher zuerst sehen.«

»Seien Sie nicht albern«, sagte Abby. »Ellen ist die Letzte, die will, dass wir etwas hinauszögern, nur weil sie nicht da ist. Kommen Sie schon, McDonald. Spucken Sie es aus. Was haben Sie?«

In der unteren Etage gab es einen separaten Raum, in dem man die Aufnahmen ansehen konnte. Abby folgte Malcolm. Alastair war bereits da. Abby fragte sich, ob er je nach Hause ging oder irgendein Leben neben der Arbeit hatte.

»Waren Sie die ganze Nacht hier?«, fragte Abby.

»Ich habe die Zeugenaussagen durchgearbeitet«, sagte Alastair.

»Irgendwas Interessantes?«, fragte Abby.

»Vielleicht«, sagte Alastair. »Sehen Sie sich das erst mal an.«

»Zehn Stunden Material«, sagte Malcolm, während Abby sich setzte. »Das meiste ist unbrauchbar. Ich hatte schon fast aufgegeben, als wir das hier gefunden haben. Hier, das ist oben auf St. Joseph's Vale. Es ist dunkel, man kann es schlecht erkennen. Achten Sie auf die Fahrbahn, wenn ich Play drücke. Sagen Sie mir, was Sie sehen.«

Der Bildschirm war eingefroren. Es war schwierig, irgendetwas zu erkennen. Nach und nach machte Abby einige Details aus. Die hellere graue horizontal verlaufende Linie war die Belmont Road. In der Mitte, der dunklere Fleck, war die Einmündung zur St. Joseph's Vale. Die digitale Zeitanzeige sagte, dass dieses Bild drei Minuten nach Mitternacht aufgenommen worden war.

Malcolm drückte Play, und die Sekunden der digitalen Zeitanzeige zählten aufwärts. Sonst nichts. Dann ein plötzlicher Lichtschein. Schweinwerfer eines Wagens auf der Belmont Hill. Als der Wagen St. Joseph's kreuzte, noch etwas.

»Spulen Sie zurück«, sagte Abby. »Jetzt langsam vor. So langsam, wie es geht.«

Die Szene wurde erneut abgespielt. Jetzt behielt Abby die Mündung der Straße im Blick. Ein Schatten bewegte sich über den Bildschirm. Eine Person. Es konnte aber auch genauso gut etwas anderes sein. Vielleicht spielte das Scheinwerferlicht ihnen einen Streich.

»Da«, sagte sie.

Der Bildschirm fror ein. Abby starrte auf den Schatten. Zu dunkel, um sicher zu sein …

»Es ist eine Person«, sagte sie. »Merkwürdig. Sie scheint nur dazustehen.«

»Als warte sie auf jemanden«, sagte Alastair.

Die Gestalt stand fast komplett im Dunkeln. Es war unmöglich, irgendwelche charakteristischen Merkmale zu erkennen.

»Spulen Sie noch mal ein bisschen zurück«, sagte Abby.

Die Scheinwerfer bewegten sich rückwärts.

»Und jetzt wieder vor.«

Die Lichter kamen zurück. Für einen kurzen Moment, so kurz, dass es ihr fast entgangen wäre, sah Abby einen farblichen Schimmer auf dem Schatten aufleuchten.

»Sehen Sie.« Abby packte Alastairs Arm und deutete gleichzeitig auf den Bildschirm.

»Da! Was ist das?«

»Vielleicht eine Waffe?«, fragte Malcolm.

Abby schüttelte den Kopf. »Ich glaube, es ist ein Logo.«

Die ratlosen Gesichter verrieten Abby, dass die beiden keine Ahnung hatten, worauf sie hinauswollte.

»Ich dachte, ihr Orkney-Jungs kennt solche Outdoor-Ausrüstungen«, sagte sie. »Ich bin mir sicher, ich kenne die Marke.«

Irgendeine Erinnerung regte sich in ihr. Sie versuchte sich zu konzentrieren, aber nichts.

»Wir bitten Rui, sich das mal anzusehen«, sagte sie. »Vielleicht kann er was damit anfangen. Vielleicht erinnere ich mich, wenn ich es deutlicher sehe.«

Sie stand auf. Im selben Moment wurde die Tür geöffnet. Ellen. Abby wollte sie daran erinnern, dass Sonntag war und sie nicht hier zu sein brauchte, besann sich jedoch eines Besseren.

»Ich hab gehört, dass Sie hier sind«, sagte Ellen. »Hätte jemand die Freundlichkeit, mir zu sagen, warum Sie so zufrieden aussehen?«

ZWEI

Die Morgensonne fiel durch die Glaswände und das Glasdach, tauchte die Küche in weißes Licht. Es war noch früh und die Wärme mild. Um diese Jahreszeit war es in der Küche auszuhalten. Im Sommer verwandelte sich der Raum in einen Backofen. Charlotte saß an der Kücheninsel, trank tassenweise schwarzen Kaffee und wartete auf ihren Mann.

Die Nacht war lang geworden. Sie hatte einfach nicht einschlafen können. Das Gespräch mit Ellen Kelly ging ihr nicht aus dem Kopf, jede Frage, jede Antwort. Sie versuchte, sich einzureden, dass sie nichts zu befürchten hatte. Je länger sie wach im Bett lag, desto mehr vermischte sich das Gesagte mit anderen Dingen. Ellen Kellys warme Südlondon-Stimme verwandelte sich in die ihrer Mutter. Schrill. Hyazinthenduft. Sie stellte keine Fragen, sie brüllte Anschuldigungen.

Warum war Nick nicht nach Hause gekommen? Sie hatte ihm mehrere Nachrichten hinterlassen. Jede wütender als die vorherige proportional zu der Menge Rotwein, die sie getrunken hatte. Egal, was sie gesagt hatte, er hatte nicht zurückgerufen und war auch nicht nach Hause gekommen. Vielleicht war er bei Freya geblieben. Auch das hätte er ihr mitteilen müssen.

Er behauptete immer, er habe viel mit den neuen Restaurants um die Ohren. Das erste sollte in ein paar Wochen eröffnen. Als sie das letzte Mal unangemeldet im Tipico Totale reingeschaut hatte, war von ihm weit und breit nichts zu sehen gewesen.

Heute morgen endlich eine Nachricht.

Bin um 10 zu Hause.

Jetzt war es zehn Uhr siebenunddreißig.

Sie waren einmal glücklich gewesen. Das war lange her. Sie traute nicht einmal mehr ihren Erinnerungen. Dieses elende Nichts, das sie jetzt miteinander teilten, war schon so lange Wirklichkeit, es war schwer vorstellbar, dass es einmal anders gewesen war.

Sie hörte sein Auto in der Einfahrt. Das tiefe Brummen eines Beemer-Motors. Er war ein unachtsamer Fahrer. Unachtsam in so vielen Dingen. Früher hatte sie das anziehend gefunden. Jetzt brachte sie es nur noch zur Raserei.

Die Tür ging auf. Sie war angespannt, weil sie wusste, dass sie sich streiten würden.

»Charlotte?«

Früher hatte er sie Charlie genannt. Bis sie ihm eines Tages, am Anfang ihrer Ehe, gesagt hatte, dass sie das nicht wolle. Warum hatte sie das getan?

»Ich bin hier«, sagte sie.

Als er die Küche betrat, war sie dabei, einen zweiten Kaffee aufzubrühen. Neuerdings mochte er brasilianische Bohnen. Charlotte gab die Bohnen in die Mühle, schaltete sie ein. Der Krach war ohrenbetäubend. Sie löffelte das Pulver in eine Kanne und goss es mit heißem Wasser auf – nicht kochendes, das verbrennt den Kaffee –, rührte, verschloss die Kanne mit einem Deckel.

Erst danach drehte sie sich um. Ihr Mann stand im Türrahmen, blickte finster.

»Kaffee?« Sie hielt lächelnd die Kanne hoch. »Extra stark, ganz wie du ihn magst.«

Er machte ein paar Schritte auf sie zu, blieb aber stehen, weit vor der Kochinsel mit der weißen Tasse auf der Untertasse, dem Silberlöffel und der exquisiten silbernen Zuckerdose. Alles für ihn. Gott sei Dank hatte sie die Putzkolonne für gestern bestellt. Er hasste ein unordentliches Haus.

»Überall lungert die Presse herum«, sagte er. »Wie ein Rudel Wölfe. Wer weiß, was los ist, wenn sie herausfinden, dass er Freyas Freund war. Hast du irgendwas Neues gehört?«

Finde es auch schön, dich zu sehen, dachte sie.

»Bisher nicht«, sagte sie. »Wie war es letzte Nacht?«

»Was glaubst du denn?« Er schüttelte den Kopf, seufzte. »Ich konnte sie nicht alleine lassen, Charlotte. Das verstehst du doch.«

»Natürlich.«

Sie hasste ihn. Wie er alles verdrehte, es immer so aussehen ließ, als sei sie an allem schuld. Er hätte ihr doch nur zu sagen brauchen, dass er bei Freya blieb. Dann hätte sie sich nicht die halbe Nacht sonst was für Gedanken gemacht. Und sie hätte ihn nicht pausenlos angerufen. Nun war er sauer und sah nicht ein, dass es seine Schuld war.

»Ich habe mir Sorgen gemacht«, sagte sie. »Das ist alles. Sorry.«

Immer entschuldigte sie sich. Tat alles, um ihre zerrüttete Ehe zu retten. Überließe sie es ihm, wären sie schon vor Jahren geschieden worden.

Sie trug die Kanne zur Kücheninsel. Der Ärmel rutschte zurück. Die lila Stellen, wo er sie letzte Nacht zu fest gehalten hatte, kamen zum Vorschein. Auch an den Handgelenken. Sie bekam leicht blaue Flecken. Sie durfte nicht vergessen, ein Foto zu machen. Nur für alle Fälle.

»Gestern kam noch mal eine Polizistin vorbei«, sagte Nick. »Sie war freundlich, aber es war klar, dass sie uns überprüfen wollte.«

»Sie sagen uns nichts.« Charlotte schenkte den Kaffee ein. Sie sah ihm zu, wie er näher kam, die Tasse hob. Kein Dankeschön.

»Wieso waren sie überhaupt hier?«, fragte Nick. »An einer deiner Partys war Freya ganz sicher nicht interessiert. Sie hat gesagt, er und du hätten gestritten. Worüber? Oder ist es dir entfallen?«

Er betonte »entfallen«. Sie hasste ihn auch dafür. Er war der Lügner, nicht sie.

»Vielleicht war es ein Raubüberfall, der aus dem Ruder gelaufen ist«, sagte Nick, bevor sie Gelegenheit hatte zu antworten. »Ja. Das ergibt Sinn. Ich meine, da unten, an der Straße, ist es nachts einsam. Man riskiert sein Leben, wenn man nach Einbruch der Dunkelheit da langläuft. Er kommt also zur Party. Bedient sich am Büfett und trinkt Alkohol. Hat wie immer kein Geld fürs Taxi und läuft. Irgendein Irrer überfällt ihn, und es läuft schief. Das klingt überzeugend, oder? Ich meine, was soll sonst gewesen sein?«

»Warum willst du unbedingt wissen, wer ihn umgebracht hat?«, fragte Charlotte. »Du hast ihn doch gehasst.«

Sie wünschte, er würde sagen, wegen Freya. Weil Freya sein einziges Kind war und er wusste, wie unglücklich sie war. Zwar hatten Nick und Charlotte Kieran nicht sonderlich gemocht, aber das war jetzt irrelevant. Kieran war tot. Das Einzige, was jetzt zählte, war Freya.

Natürlich nichts von alledem. Er blieb seiner Angewohnheit treu, sie zu enttäuschen, sagte genau das, was sie erwartete.

»Es geht ums Geschäft. Mein neues Restaurant eröffnet bald. Ich kann mir keinen Skandal leisten. Kapierst du das?«

»Natürlich.«

Er trank aus, lehnte sich über die Kücheninsel, langte nach der Kaffeekanne.

Charlotte blickte an ihm vorbei zum Fenster mit dem Blick in den Garten. Graue Wolken zogen am Himmel entlang, schoben sich vor die Sonne. Der Himmel verdunkelte sich, die Schatten auf dem Rasen wurden länger, das Licht- und Schattenspiel verschwand, als würde das Leben selbst aus dem Garten gesaugt.

DREI

Ellen war gereizt und hielt auch nicht hinter dem Berg damit. Abbys Argument, sie habe von Ellens Anwesenheit nichts gewusst, war eine armselige Ausrede. Das war das Problem, wenn man nicht Vollzeit arbeitete. Man wurde anscheinend übergangen.

»Es handelt sich um eine verdammte Mordermittlung«, sagte Ellen. »Warum, zum Teufel, sollte ich nicht arbeiten?«

»Weil Sonntag ist.« Abby klang so angefressen, wie Ellen sich fühlte. »Sonntags arbeiten Sie nicht, schon vergessen?«

»Normalerweise arbeite ich sonntags nicht«, sagte Ellen. »Heute ist kein normaler Sonntag. Wir ermitteln in einem Fall von hohem öffentlichem Interesse. Was haben Sie erwartet? Dass ich zu Hause herumsitze und glückliche Familie spiele, während …«

Sie biss sich rechtzeitig auf die Zunge. Hätte beinahe gesagt »während Sie den Fall alleine lösen und die Lorbeeren ernten«.

»Sie hätten mich zumindest anrufen können.«

Ellen hätte noch mehr zu sagen gehabt, aber Abbys Handy piepste. Sie hatte eine SMS bekommen. Was auch immer darin stand, ihre Laune wurde schlagartig besser.

Abby lächelte. »Sorry, was haben Sie gesagt?«

Ellen nickte in Richtung Handy. »Irgendetwas Wichtiges?«

»Nur ein Typ. Ich hab ihn neulich kennengelernt«, sagte Abby. »Nichts Wichtiges.«

»Natürlich nicht«, sagte Ellen. »Darum grinsen Sie auch wie ein verdammter Narr. Vergessen Sie ihn fürs Erste.« Ellen steckte den Laptop ab und klemmte ihn sich unter den Arm. »Ich richte mich unten ein. Kommen Sie?«

Abby schüttelte den Kopf. »Kierans Handy ist bei den Technikern. Ich werd mal sehen, ob sie das Passwort geknackt haben. Okay?«

»Klar«, sagte Ellen. Darauf hätte sie selbst kommen sollen. Ungerechterweise gab sie Abby auch dafür die Schuld. »Kommen Sie zu mir, sobald Sie etwas wissen.«

Im zweiten Stock befand sich eine Reihe von Einsatzzentralen. Die größte war für die Morduntersuchung eingerichtet worden. Ellen fand einen leeren Tisch, auf den sie ihren Laptop stellen konnte. Während der Computer hochfuhr, sah sie sich um. Ein großes Whiteboard an der Wand; Fotos von der Leiche neben einem Bild von Kieran, als er noch lebte. Lächelte Ellen an, ahnungslos, welches Schicksal auf ihn wartete. Sie kannte das Bild. Es war von dem Foto auf dem Kaminsims in der Ennersdale Road abfotografiert worden. Freya war herausgeschnitten. Wie Kieran aus ihrem Leben.

Sie wandte sich ab. Blickte sich um. Erkannte McKeown unter den Uniformierten, die mit dem Rücken zu ihr saßen. Sie schien Ellens Blick zu spüren, sah auf und wurde rot.

»Wie geht's?«, fragte Ellen, als sie sich ihr näherte.

»Okay«, sagte McKeown. »Tippe gerade die letzten Zeugenaussagen ab.«

»Irgendwas Interessantes dabei?«, fragte Ellen.

»Bislang hat niemand Kieran auf der Party gesehen«, sagte McKeown. »Freya bestätigt als Einzige, dass er dort gewesen ist.«

Vielleicht log Freya, dachte Ellen. Oder vielleicht waren alle anderen zu betrunken gewesen, um einen ungepflegten herumlungernden Studenten zu bemerken.

»Gut«, sagte sie. »Noch was?«

»Ich habe mit Dermot Hogan gesprochen«, sagte McKeown. »Er war auch auf der Party. Sagt, Mrs. Gleeson sei aus irgendeinem Grund ziemlich sauer gewesen. Hogan habe versucht, sie zu beruhigen, ohne Erfolg. Virginia Rau – Mrs. Gleesons Freundin – meint, Hogan lügt. Hogan habe sich an Mrs. Gleeson rangemacht und sie wäre fuchsig geworden.«

»Sie glauben ihr nicht?«, fragte Ellen.

McKeown runzelte die Stirn. »Ich bin mir nicht sicher. Virginia hat erst erwähnt, dass Mrs. Gleeson verärgert war, als ich sie darauf angesprochen habe.«

»Das ist ein Argument«, sagte Ellen. »Sollte dieser Hogan Mrs. Gleeson tatsächlich verärgert haben, hätte Virginia Rau Ihnen gleich davon erzählt. Gute Arbeit, McKeown. Reden Sie nochmal mit Rau und Hogan, wenn Sie hier fertig sind. Vielleicht finden Sie heraus, wer von beiden die Wahrheit sagt. Oder warum einer von beiden lügt.«

McKeown wurde rot und lächelte. Plötzlich sah sie hübsch aus.

»Super«, sagte sie. »Danke, Ma'am.«

»Ellen!«, rief Abby. »Schauen Sie sich das an.«

Sie hielt ein Handy hoch. Ein teures Modell von Nokia. Sie kannte es, weil Sean das gleiche besaß. Er hatte es sich ausgesucht, weil man damit qualitativ hochwertige Fotos machen konnte und er sich für so eine Art Amateurfotograf hielt.

»Kierans Handy«, sagte Abby. »Schauen Sie.«

»Merkwürdig«, sagte Ellen und nahm das Telefon. Es entsprach nicht dem Bild, das sie sich langsam von Kieran Burton machte. Nach allem, was sie gestern gesehen hatte, schlussfolgerte sie, dass Kieran und Freya nicht viel Geld hatten. Das Handy erzählte eine andere Geschichte.

»Was ist merkwürdig?«, fragte Abby.

Ellen schüttelte den Kopf. Sie behielt ihre Gedanken für sich, bis sie wusste, was es mit dem Handy auf sich hatte.

»Unwichtig.«

Sie scrollte durch die Nachrichten, die Kontakte, scannte die Bildergalerie. Fast ausschließlich Landschaften, viele stimmungsvolle Aufnahmen von der Themse. Nur ein Foto von Freya. Noch etwas zum Nachdenken.

»Sehen Sie sich die Textnachrichten an«, sagte Abby.

Viele SMS von Freya, eher praktischer als romantischer Natur. Was er zum Abendessen wolle, eine Einkaufsliste, Verabredungen.

Und eine Nachricht von einundzwanzig Uhr dreißig Freitagnacht. Keiner von Kierans Kontakten. Ellen las, lächelte und gab Abby das Handy zurück.

»Na bitte, jetzt tut sich was«, sagte sie. »Sprechen Sie mit der Telefongesellschaft. Finden Sie heraus, wem die Nummer gehört. Gute Arbeit, Abby.«

Strahlend nahm Abby das Handy an sich und hüpfte zurück zu ihrem Schreibtisch. Nach scheinbar endlosem Warten stand Abby wieder vor Ellen und sah – wenn das überhaupt möglich war – noch zufriedener mit sich aus.

»Sie werden es nicht glauben«, sagte sie.

Sie nahmen einen Wagen aus dem Fuhrpark. Ellen saß am Steuer. Sie traute Abby nicht zu, schnell genug zu fahren. In Blackheath bog sie in die Heath Lane und fuhr durch das offene Tor auf den Kiesweg vor Gleesons Haus. In der Einfahrt stand ein dunkelblauer BMW quer. Ellen parkte dahinter und machte den Motor aus.

Das Haus – drei Etagen, Doppelfassade, georgianisch – stand auf einem Hektar Land. Mindestens fünf Millionen wert, schätzte Ellen, vielleicht mehr.

Die Detectives näherten sich der Haustür. Ellen klingelte. Sekunden später öffnete ein gutaussehender großer Mann die Tür.

»Kann ich Ihnen behilflich sein?«

»Mr. Gleeson?«, riet Ellen. Sie zeigte ihren Ausweis, stellte sich vor, machte eine Kopfbewegung in Richtung Abby. »DC Roberts kennen Sie bereits. Dürfen wir reinkommen?«

»Geht es um Kieran?«, fragte der Mann. »Schreckliche Sache. Schrecklich. Bitte. Treten Sie ein. Was kann ich für Sie tun?«

Sie wollten Charlotte Gleeson sprechen. Dass der Ehemann da war, war ein Bonus. Er trat zur Seite, ließ Ellen und Abby vorbei.

Eine Strähne seines Haars war vor sein Auge gefallen. Mit einer Kopfbewegung warf er sie zurück und präsentierte Ellen eine Reihe perlweißer Zähne. Ihr zog sich alles zusammen, aber sie zeigte es nicht.

»Nick«, sagte er und hielt ihr die Hand entgegen. »Sie sind? Sorry, ich habe Ihren Namen vergessen. Ich hab es nicht so mit Namen.«

»DI Kelly«, sagte Ellen, ignorierte die ausgestreckte Hand. »Ich möchte Ihnen ein paar Fragen stellen.«

»Kelly«, sagte er. »Meine Familie stammt aus der Grafschaft Kildare. Und Ihre?«

»Cork«, sagte Ellen, abgestoßen von seiner Einschmeichelei. »Wir müssen auch mit Ihrer Frau reden. Ist sie da?«

»Ich rufe sie«, sagte Gleeson. »Es dauert hoffentlich nicht allzu lang. Ich war gerade auf dem Sprung. Die gestrige Nacht habe ich bei meiner Tochter verbracht. Ich mache mir Sorgen um sie, wie Sie sich sicher denken können.«

»Natürlich«, sagte Ellen. »Wir werden uns beeilen.«

Gleeson rief seine Frau und führte Ellen und Abby in ein luftiges Wohnzimmer. Es war in verschiedenen Weißtönen gehalten. Sie setzten sich, hörten schweigend, wie sich Charlotte Gleeson unsicheren Schrittes über den Parkettboden dem Wohnzimmer näherte.

Heute sah sie anders aus. Gestern derangiert, heute gepflegt und elegant, weißer Hosenanzug, dazu hochhackige Schuhe. Das sorgfältig aufgetragene Make-up verdeckte die geplatzten Äderchen auf den eingesunkenen Wangen, das blonde Haar war ordentlich zurückgekämmt. Als sie das Zimmer durchquerte, schwebte ein Hauch blumigen Duftes hinter ihr her.

Ellen und Abby hatten auf dem Sofa neben dem Kamin Platz genommen. Nick saß gegenüber. Ellen hatte angenommen, Charlotte würde sich neben ihn setzen, doch sie wählte einen

Stuhl in der Nähe des großen Erkerfensters mit Blick in den ausgedehnten Garten. Charlotte schlug die Beine übereinander, lächelt nervös.

»Haben Sie Neuigkeiten?«, fragte sie.

»Mrs. Gleeson«, sagte Ellen, »würden Sie sich bitte neben Ihren Mann setzen? Wir müssen ein paar Fragen durchgehen. Es wäre einfacher, wenn Sie beieinander säßen.«

Sie zögerte. Ellen erwartete Protest. Doch sie lächelte und begab sich zu ihrem Mann. Ellen entging nicht, dass sie sich so weit wie möglich von ihm wegsetzte.

Ellen sah Nick an. »Wo waren Sie Freitagnacht?«

»Arbeiten.«

Er zeigte Ellen wieder seine weißen Zähne. Ellen beschloss, dass sie ihn nicht mochte.

»Sie haben sicher gelesen, dass ich eine neue Restaurantkette eröffne.«

»Mit Pete Cooper«, sagte Ellen. »Ja. Das ist mir bekannt. Waren Sie bei Mr. Cooper?«

Wieder fiel ihm eine Strähne ins Gesicht. Ellen fragte sich, warum er sie nicht einfach abschnitt. Es musste auf jeden anderen so irritierend wirken wie auf sie.

»Eine Weile«, sagte er.

»Und dann?«, fragte Ellen.

»Nun, ich habe mit einem alten Freund vom College früh zu Abend gegessen«, sagte Nick. »Danach war ich wieder im Büro. Habe gearbeitet und dort geschlafen. Das kommt momentan öfter vor. Wenn ich lange arbeite, will ich nicht nach Hause kommen und Charlotte stören. Das ist nicht nett, wissen Sie?«

»Sie haben hier kein Büro?«, fragte Ellen. »Ich dachte, das Haus sei groß genug für ein Homeoffice. Sie beide wohnen doch allein hier, hab ich recht?«

»Ich, na ja, ja. Ich arbeite lieber im Restaurant«, sagte Nick. »Bringe die Arbeit nicht gerne mit nach Hause. Trenne die Dinge lieber. So behält man sich das vielbeschworene ausgewogene Verhältnis zwischen Berufs- und Privatleben, wissen Sie?«

Ellen warf Abby einen Blick zu, die nickte. Auch ihr war nicht entgangen, dass der Typ ein mieser Lügner war.

»Ein neues Geschäft aufzubauen«, sagte Nick, »verlangt Zeit und harte Arbeit. Viele Menschen machen sich das nicht bewusst. Die Leute denken, all das hier«, er machte eine ausholende Armbewegung, »kommt von allein. Lassen Sie sich eines sagen, das stimmt nicht. Es ist das Ergebnis jahrelanger Schufterei. Ein Prozent Inspiration, neunundneunzig Prozent Transpiration.« Er lächelte. »Ein Zitat des großen Dichters höchstpersönlich. Mögen Sie Gedichte?«

»Es macht Ihnen nichts aus, dass Ihr Mann wegen seiner Geschäfte nicht zur Party kam?«, unterbrach Abby.

Charlottes Lächeln war so falsch, wie es strahlend war.

»Natürlich nicht. Nun, selbstverständlich hätte ich mich gefreut. Aber es ist so, wie Nick sagt. Seine Geschäfte sind sehr wichtig. Sie nehmen seine ganze Zeit in Anspruch. Ich verstehe das natürlich.«

Ellen verspürte plötzlich Wut. Ein Mann war ermordet worden. Der Freund ihrer Tochter. Und hier saßen die beiden in ihrer maßgeschneiderten Kleidung, umgeben von Reichtum und glaubten, sie könnten sich herauslügen, woraus auch immer. Sie verabscheute sie.

»Wollten Sie Kieran darum unbedingt sehen?«, fragte Ellen. »Vielleicht haben Sie sich an ihn gewendet, weil Ihr Mann nicht da war?«

Der Schreck in Nick Gleesons Gesicht war echt. Charlotte spielte die Erschrockene, aber nicht überzeugend. Hauptsächlich, weil da noch etwas war. Angst.

»Ich möchte, dass Sie uns zum Präsidium begleiten«, sagte Ellen. »Wir benötigen Ihre offiziellen Aussagen. Sie haben hoffentlich keine anderen Pläne für heute. Wenn doch, müssen Sie umdisponieren.«

Nick sprang auf, fing an zu toben, sagte Ellen, sie überschreite ihre Kompetenzen, wollte mit ihrem Vorgesetzten reden. Sie hob die Hand, brachte ihn zum Schweigen.

»Mr. Gleeson. Ich bitte Sie – freundlich –, uns zu begleiten. Wir ermitteln in einem Mordfall. Es wäre klug von Ihnen, das nicht zu vergessen. Sie haben die Wahl. Sie können freiwillig mitkommen, und wir wären Ihnen sehr dankbar dafür, oder ich verhafte Sie und Ihre Frau wegen Mordverdachts. Was soll es sein?«

»Sie lassen mir keine große Wahl«, sagte er.

Ellen lächelte, zeigte ihm jetzt ihre Zähne.

»Gehen wir.«

VIER

Ellen klopfte an Gers Bürotür und trat ein, ohne auf Antwort zu warten. Ger arbeitete an ihrem Laptop, das einzige Arbeitsmittel auf dem sonst makellosen Schreibtisch.

»Eine willkommene Abwechslung vom Berichteschreiben«, sagte Ger. »Was kann ich für Sie tun, Ellen? Keine Sorge, ich werde Sie nicht fragen, warum Sie an einem Sonntag hier sind. Ich bin zu froh, dass ich mit jemandem über etwas anderes als Daten, Daten, Daten reden kann. Setzen Sie sich.«

»Mr. Gleeson und seine Frau sind hier«, sagte Ellen. »Wollen Sie bei einer der Befragungen dabei sein?«

Ger zog durch die geschürzten Lippen Luft ein. »War das nötig?«

»Was?«

»Nick Gleeson spielt eine wichtige Rolle in der hiesigen Geschäftswelt. Wir haben lange gebraucht, gute Beziehungen zu ihr aufzubauen. Ich will nur wissen, ob Sie einen triftigen Grund haben, die beiden hier zu befragen. Das hätten Sie doch auch bei ihnen zu Hause erledigen können.«

»Sie meinen, weil er ein Kumpel von Nicholls ist«, sagte Ellen, »nicht wahr?«

»Damit hat es nichts zu tun«, sagte Ger. »Sagen Sie mir, warum Sie sie hergebracht haben.«

»Gleeson hat kein Alibi für die Mordnacht. Er sagt nicht die Wahrheit, wo er war.«

»Sind Sie sicher?«

»Absolut«, sagte Ellen.

Ger runzelte die Stirn. Ellen blickte sich im Büro um. Unzählige Male hatte sie hier gesessen und Fälle mit ihrem früheren Vorgesetzten Ed Baxter durchdiskutiert. Sie hatte erst bemerkt, wie sehr sie ihn vermisste, als sie vor zwei Monaten die Nachricht von seinem Tod erhalten hatte. Am Ende hatte er den Kampf gegen den Krebs verloren, der ihn gezwungen hatte, den Dienst zu quittieren.

»Haben Sie in letzter Zeit etwas von Andrea gehört?«, fragte sie, meinte die Frau ihres Ex-Bosses.

»Letzte Woche habe ich mit ihr gesprochen«, sagte Ger. Falls der Themenwechsel sie überraschte, zeigte sie es nicht. »Sie kommt klar, in Anbetracht der Umstände. Natürlich vermisst sie Ed. Sagte, sie glaube nicht, dass sich das je ändern werde. Sie wissen, wie sich das anfühlt.«

Ellen nickte.

»Sie hat nach Ihnen gefragt«, sagte Ger. »Sie sollten sie besuchen.«

»Das werde ich«, sagte Ellen und meinte es ernst.

»Gut.« Ger schob den Stuhl zurück, erhob sich. »Gehen wir zu Nick Gleeson. So kann ich wenigstens aufpassen, dass Sie ihn nicht noch mehr verärgern. Was ist mit seiner Frau? Gibt es einen bestimmten Grund, sie mitzuschleifen, oder war das nur praktisch?«

»Von wegen«, sagte Ellen. »Sie werden mir zustimmen, dass ich das Richtige getan habe, wenn Sie mich angehört haben.«

Charlottes Magen knurrte. Sie erschrak. Das Rumoren war zu laut in dem leisen Raum. Magensaft stieg nach oben, brannte, sie krümmte sich vor Schmerzen. Als es vorbei war, richtete sie sich wieder auf, lehnte sich gegen die harte Stuhllehne. Wartete, bis sie wieder gleichmäßig atmete. Der Raum fühlte sich zu heiß an. Sie wusste nicht, ob es an ihr lag, weil sich ihr Körper überhitzte, oder die Raumtemperatur wirklich zu hoch war.

Ein Styroporbecher stand vor ihr auf dem Tisch. Darin irgendetwas, von dem sie behauptet hatten, es sei Kaffee. Ein Schluck hatte ihr gereicht.

Abby, die hübsche Polizistin – Detective, musste sie sie nicht so ansprechen? –, hatte sie hierhergebracht, Kaffee geholt und sie allein gelassen. Charlotte hatte ihr hinterhergerufen, wie lange sie hier warten müsse, aber Abby hatte ohne eine Antwort die Tür hinter sich geschlossen.

Das Magenknurren hörte auf, ihr wurde schlagartig speiübel. Wann hatte sie das letzte Mal einen Bissen zu sich genommen? Ein Sandwich, nachdem sie gestern von Freya weggegangen war.

Wollten Sie Kieran darum unbedingt sehen?

Auf dem Rücksitz des abscheulich kleinen Autos, neben Nick gezwängt, sagte sie sich, es habe nichts zu bedeuten. Ein blöder Satz. Mehr nicht. Sie erinnerte sich nicht einmal mehr daran, ihn gesendet zu haben. Sie hatte ihn gestern gesehen, als sie ihr Handy gecheckt hatte.

Unzusammenhängende Bilder von Freitagnacht trommelten gegen die Schädeldecke. Geräusche und Gerüche. Das Gesicht eines Mannes. Regen auf ihren Wangen. Oder waren es Tränen? Der brennende Geschmack von Erbrochenem in der Kehle. Sie suchte zwischen all dem nach Kieran. Aber er war nicht da.

Die Tür wurde aufgerissen. Zwei Frauen kamen herein. Ellen Kelly und eine andere, die sie noch nicht gesehen hatte. Die neue Frau war auch groß, aber blond. Umwerfend. In einem wunderbaren Hosenanzug, ganz augenscheinlich von Japser Conran. Sie setzte sich, schlug die Beine übereinander, und elegante High Heels in Leopardenmuster kamen zum Vorschein. Charlotte hatte genau die gleichen. Darum erkannte sie sie. Kurt Geiger aus der Frühjahrskollektion.

Sie fühlte sich beinahe erleichtert. Endlich jemand, mit dem sie sich identifizieren konnte.

»Ich dachte schon, Sie hätten mich vergessen. Es wird doch nicht zu viel Zeit in Anspruch nehmen? Ich möchte heute Vormittag noch zu meiner Tochter.«

Die Blonde stellte sich vor und machte sich nicht die Mühe, Charlottes Lächeln zu erwidern.

»Ich bin Detective Superintendent Ger Cox, Mrs. Gleeson. Meine Kollegin DI Kelly haben Sie bereits kennengelernt. Danke, dass Sie heute Morgen hergekommen sind.«

»Ich hatte keine andere Wahl.« Charlotte lächelte, wollte nicht provozieren.

»Wir sind Ihnen sehr dankbar«, sagte die blonde Frau. Wie hieß sie noch? Ein ungewöhnlicher Name. »Kommen wir gleich zur Sache. Können Sie uns bitte etwas über Ihr Verhältnis zu Kieran Burton erzählen?«

Wollten Sie Kieran darum unbedingt sehen?

»Er war der Freund meiner Tochter«, sagte Charlotte. Sie lachte auf. »Oder *Partner,* wie Freya es auszudrücken pflegte. Offenbar ist ›Freund‹ eine aus der Mode gekommene Bezeichnung, die bedeutet, ach, ich weiß es auch nicht. Irgendetwas, das Frauen beleidigt. Freya hat alle möglichen merkwürdigen Vorstellungen von solchen Dingen.«

»Welchen Dingen?«, fragte Ellen.

Das war doch offensichtlich, dachte Charlotte.

Es überraschte sie nicht, dass Ellen diese Frage stellte und nicht ihre Kollegin, die, so nahm Charlotte an, sie genau verstanden hatte.

»Ach, Sie wissen schon. Beziehungen, ihre Rolle als Frau und gleichberechtigter Partner. Alles Unsinn, natürlich. Aber es hat keinen Sinn, ihr das zu sagen. Ich habe es versucht, glauben Sie mir. Sie hört einfach nicht. Denkt, sie weiß es besser. Das war schon immer so. Ich meine, was um alles in der Welt ist falsch daran, einen anständigen Mann zu finden und zu heiraten. Warum halten die jungen Frauen von heute das für eine schlechte Idee?«

»Charlotte«, sagte Ellen. »Gestern sagten Sie mir, Sie erinnern sich nicht, Kieran auf Ihrer Party gesehen zu haben.«

»Stimmt«, sagte Charlotte. »Ich erfinde es nicht. Ich hatte viel getrunken. Es war mein Geburtstag.«

»Sie haben auch gesagt, Sie hätten sich mit jemandem gestritten«, sagte Ellen.

Plötzlich musste sie wieder an gestern denken. Wie Ellen sie in einem Raum wie diesem mit Fragen bombardiert hatte. Der Kater machte alles unmöglich. Ihr Mund war zu trocken. Sie nahm den Becher. Erinnerte sich, wie der Kaffee schmeckte, und stellte ihn wieder hin. Leckte über ihre Lippen, bevor sie sprach.

»Ich kann mich an Einzelheiten nicht erinnern«, sagte sie.

Das Gesicht eines Mannes.

»Es war nicht Kieran. Ich bin mir sicher.«

»Wie können Sie sich sicher sein?«, fragte die Blonde. »Wo Sie sich doch an so wenig erinnern?«

Seine Hände auf ihrer Brust, sie schubst ihn weg.

Weil ich Kieran nicht weggestoßen hätte.

»Ich bin es einfach«, sagte sie. »Es war irgendein Typ. Er war aus der Bar mitgekommen. Dermot oder Declan oder … Hören Sie, ich habe es doch schon gesagt.«

»Ich weiß«, sagte die blonde Frau. Charlotte versuchte sich an ihren Namen zu erinnern. Jerry? Nein, kein Männername. »Sie hatten Geburtstag.«

Das war unhöflich, dachte Charlotte. Vielleicht hatten sie schon zu lange geredet. Sie wollten es genauso schnell wie sie hinter sich bringen.

»Noch etwas?«, fragte die Blonde.

Ger! So hieß sie. Charlotte lächelte erleichtert. Alles war gut. Würde gut. Ger Cox, in ihrem wunderbaren Anzug und den Schuhen, wusste rein gar nichts. Niemand wusste etwas. Charlottes Lächeln wurde breiter, sie entspannte sich.

»Warum wollten Sie mit Kieran sprechen?«, fragte Ellen.

Sie hatten sein Handy gecheckt. Das hatten sie ihr nicht gesagt, sie war von allein darauf gekommen. Das war schließlich üblich, wenn so etwas geschah. Sie überprüften die Telefonate des Opfers, um herauszufinden, mit wem er vor seinem Tod Kontakt hatte. Komisch, sich einen Mistkerl wie Kieran als Opfer vorzustellen. Komisch, wenn es nicht so furchtbar wäre.

Ich muss dich sehen.

Sie stöhnte auf. Bemerkte sogleich, dass beide Frauen sie anstarrten.

»Ich war betrunken«, sagte sie. »Und ich hatte mir in den Kopf gesetzt, dass er um Freyas Hand anhalten soll. Nennen

Sie mich altmodisch, aber es missfiel mir, dass sie einfach so mit ihm zusammenlebte. Ich wollte nicht, dass sie es ihm zu einfach macht. Ich fand, sie hat etwas Besseres verdient. Das wollte ich ihm sagen.«

Sie neigte den Kopf, senkte den Blick, lächelte schwach.

Die Prinzessin-Di-Masche. Funktionierte meistens bei Leuten, die sie nicht gut kannten.

Sie blickte wieder auf, lächelte immer noch, sah Cox direkt in ihre erstaunlich blauen Augen.

»Es war dumm von mir«, sagte sie. »Was soll ich sagen? Von zu viel Wein werde ich sentimental. Ich dachte, mein kleines Mädchen braucht jemanden, der für sie sorgen kann.«

Sollte sie je vor Gericht erscheinen müssen, dachte sie, müsste sie schwören, dass das die Wahrheit war und nichts als die Wahrheit. War es natürlich nicht, aber unter den gegebenen Umständen so nah an nichts als der Wahrheit wie möglich.

Denn die Wahrheit würde Freya das Herz brechen. Und egal, wie schwierig ihre Tochter auch war, das würde Charlotte niemals zulassen. Vielleicht war sie nicht die beste Mutter, aber wenigstens würde sie das für sie tun.

Sie stellten noch ein paar Fragen, es drehte sich immer wieder um dasselbe. Wollten sie reinlegen. Aber heute war sie gewappnet und gab immer dieselben Antworten. Nein, es gab keinen Grund für einen Streit. Ja, sie hatte eine SMS geschickt, doch nur, weil ihr die Interessen ihrer Tochter am Herzen lagen. Welche Mutter wollte nicht das Beste für ihr Kind?

Als sie sie endlich gehen ließen, war sie müde, und gleichzeitig jubelte sie. Sie hatte sich gut geschlagen. Hatte nichts Dummes von sich gegeben oder irgendetwas erzählt, was sie nicht hätte erzählen dürfen. Sie stand vor dem Präsidium, überlegte, ob sie auf Nick warten sollte. Das würde auch nichts bringen. Sie hatte keine Ahnung, wie lange sie ihn dabehielten.

Es war Sonntagnachmittag. Die Sonne schien. Sie hatte sich einen Drink verdient. Sie sah sich nach einem Taxi um. Sicher nicht leicht, hier in Lewisham eines zu finden. Sie hatte Glück. Langsam fuhr eines die Straße entlang, als wäre der Fahrer auf der Suche nach dem nächsten Gast. Als suchte er nach ihr.

Charlotte rannte die Stufen hinunter, winkte. Das Taxi hielt, Charlotte sprang hinein, lächelte dem Gesicht des Fahrers im Rückspiegel zu.

»The Princess Louise«, sagte sie.

Zehn Minuten später stand sie am Tresen und bestellte ein Glas Sauvignon Blanc.

»Groß, mittelgroß oder klein?«, fragte die Bedienung.

»Groß«, sagte Charlotte.

Das Mädchen schenkte ein, schob das Glas über den Tresen und nahm Charlotte die Zehnpfundnote aus der Hand. Die Sonne fiel durch das vordere Fenster in die Bar. Die Farben des Weins spielten damit, Grün und Gold durchwoben mit Silber.

Sie hob das Glas, der Wein schillerte. Charlotte hatte das Gefühl, nie zuvor etwas Schöneres gesehen zu haben.

FÜNF

Die Befragung von Nick Gleeson ergab nichts Neues. Er hatte ebenso wie seine Frau genügend Zeit gehabt, sich eine Geschichte zurechtzulegen.

»Also, im Klartext«, startete Ellen einen letzten Versuch, »statt Freitagnacht auf die Party Ihrer Frau zu gehen, haben Sie gearbeitet?«

»Korrekt«, sagte Gleeson. »Das habe ich Ihnen doch schon erklärt.« Er lächelte Ger an. »Sie verstehen das sicher, Detective Superintendent, ich bin ein vielbeschäftigter Mann. Ich fürchte, es gibt Momente im Leben, in denen die Arbeit an erster Stelle steht. Freitagnacht war so ein Moment.«

»Sie haben eine sehr verständnisvolle Frau.« Ger erwiderte das Lächeln.

Nick seufzte. »So in der Art. Die Wahrheit ist«, er beugte sich über den Tisch, als wollte er gleich ein großes Geheimnis lüften, »Charlotte und ich haben uns in den letzten Jahren auseinandergelebt.«

Ellen verdrehte die Augen. Das hier fing an, sie zu langweilen.

»Sie übernachten im Büro?«, fragte sie, betonte das Wort »Büro«, um ihrem Zweifel Ausdruck zu verleihen.

»Ach«, sagte Gleeson. »Ich habe noch eine kleine Wohnung, die ich von Zeit zu Zeit nutze. Ich komme spätabends nicht gern nach Hause und störe Charlotte. Besonders, da es zwischen uns momentan ein wenig angespannt ist. Sie ist etwas launenhaft, wissen Sie.«

Ellen interpretierte »kleine Wohnung« als Liebesnest. Gleeson hatte eine Geliebte. Sie sah einen Hauch von Rosa in Gers Gesicht. Ger hatte es auch so verstanden.

»Sie geben uns doch freundlicherweise die Adresse Ihrer Wohnung«, sagte Ger.

Gleeson nickte. »Selbstverständlich. Ähm. Es ist nur, Charlotte weiß davon nichts. Es würde ihr missfallen. Sie denkt, ich habe andere Frauen.«

»Warum wohl«, murmelte Ellen.

Gleeson wurde rot.

»Sie können so viele spitze Bemerkungen machen, wie Sie wollen, Detective Kelly. Sie haben keine Ahnung, wie es ist, mit einer Alkoholikerin zusammenzuleben.«

Freya hatte etwas Ähnliches angedeutet. Obgleich sie Nick Gleeson nicht sonderlich mochte, verspürte sie einen Anflug von Mitgefühl für diesen schmierigen Typen.

»Ich habe den Eindruck, Charlotte und Freya sind nicht immer einer Meinung«, sagte sie.

»Freya hasst ihre Mutter«, sagte Gleeson. »Ehrlich gesagt, ich kann es ihr nicht verdenken. Ihre ganze Kindheit lang musste sie zusehen, wie sich Charlotte langsam zu Tode trinkt.«

»Wenn es so schlimm ist«, sagte Ger, »warum verlassen Sie sie nicht?«

Gleesons Haarsträhne fiel ihm ins Gesicht. Mal wieder. Er warf die Strähne mit einer Kopfbewegung zurück. Mal wieder.

»Sie ist unberechenbar«, sagte Gleeson. »Ich weiß nicht, was sie tun würde, sollte ich einmal nicht mehr für sie sorgen.«

»Allerdings sind Sie, wie Sie selbst sagen, sowieso nicht besonders häufig zu Hause«, sagte Ger.

Nick seufzte. »Ich tue mein Bestes.«

Sie stellten noch ein paar Fragen, bekamen jedoch nichts Interessantes aus ihm heraus. Ger sagte, er könne gehen.

»Ich konnte Ihnen hoffentlich behilflich sein«, sagte er, schüttelte Gers Hand und blickte ihr mit gespielter Aufrichtigkeit in die Augen. Ellen musste an sich halten, um ihn nicht sofort wieder in den Verhörraum zu schleifen und weiter in die Mangel zu nehmen. »Sie werden den Täter doch bald haben, oder?«

»Da bin ich mir sicher.« Ger schenkte ihm ihr bestes Lächeln. »Wir werden uns demnächst bei Ihnen melden.«

»Natürlich«, sagte Gleeson. Er ließ ihre Hand los und holte aus seiner Manteltasche eine silberne Visitenkartenbox.

»Meine Kontaktdaten.« Er reichte Ger die Karte. »Beide Telefonnummern, Büro und Handy. Sie können mich jederzeit anrufen.«

Ellen, die hinter Gleeson stand, steckte den Zeigefinger in den geöffneten Mund. Ger ignorierte sie, begleitete Gleeson den Korridor entlang.

»So ein Fiesling«, sagte Ellen, als Ger zurückkam.

»Ganz meine Meinung«, sagte Ger. »Ich mag ihn nicht. Ich vertraue ihm nicht. Was denken Sie, jetzt, wo wir mit beiden gesprochen haben?«

»Ich denke, sie sagt uns nicht den wahren Grund für die Textnachricht«, sagte Ellen. »Und er hat eine Affäre.«

»Warum gibt er uns keinen Namen?«, fragte Ger. »Wenn er Freitagnacht bei jemandem gewesen ist, wäre das sein Alibi.«

»Vielleicht ist es ihm ernst mit dem, was er über Charlotte gesagt hat«, sagte Ellen. »Ist sie wirklich so unberechenbar, wie er behauptet, wer weiß, wozu sie fähig ist, wenn sie herausfindet, dass er eine andere hat?«

»Sie weiß doch längst, dass er herumvögelt«, sagte Ger. »Das wette ich. Vielleicht ist das der Grund für ihre Trinkerei. Und wir wissen immer noch nicht, warum sie diese Nachricht geschickt hat. Ich frage mich, ob sie und Kieran etwas miteinander hatten.«

»Mit dem Freund der Tochter?«

Ger zuckte mit den Schultern. »Warum nicht? Sie muss sich einsam fühlen in dem alten Haus. Sitzt herum und wartet auf ihren Mann, der nicht kommt.«

»Okay«, sagte Ellen. »Nehmen wir an, Charlotte und Kieran hatten etwas miteinander. Das würde die Nachricht erklären. Sollte Nick davon Wind bekommen haben, würde das erklären, warum er nicht zur Party gekommen ist. Und wenn er geglaubt hat, dass Burton, der Freund seiner Tochter, seine Frau bumst, wäre das ein Motiv.«

»Auch eins für Freya«, sagte Ger. »Falls sie davon wusste. Mehr haben wir nicht, Nur Wenns, Wenns, Wenns. Wir brauchen mehr. Rufen Sie Pritchard an. Lassen Sie sich auf den neuesten Stand der Post-mortem-Untersuchung bringen. Die Techniker durchforsten Burtons Computer und sein Online-Profil. Er scheint kein Fan von sozialen Netzwerken gewesen zu sein. Hatte allerdings einen Cloud-Account, auf dem er seine Collegesachen und Fotos gespeichert hat. Offenbar viele Fotos.«

»Ein paar habe ich gesehen. Auf seinem Handy«, sagte Ellen. »Landschaften.«

»Flussszenen«, sagte Ger. »Sehen Sie sich bitte alle an. Aber zuerst Pritchard.«

Ger hatte augenscheinlich vergessen, dass Ellen gar nicht da sein sollte. Gut so. Ellen war lieber hier, mittendrin, als zu Hause allein mit ihren Gedanken.

Mark ging sofort ans Telefon.

»Ellen, ich wollte dich gerade anrufen. Heute Morgen bin ich mit der Obduktion fertig geworden. Jetzt bin ich sauhungrig. Du hast nicht zufällig Zeit zu lunchen? Bei der Gelegenheit könnte ich dir von den Ergebnissen berichten.«

Ellen war auch »sauhungrig«. Lunch mit Mark klang verlockend, doch sie hatte jede Menge zu tun.

»Sehr gerne«, sagte sie. »Aber ich kann nicht. Nicht, wenn ich meine Kinder sehen will, bevor sie zu Bett gehen.«

»Na ja«, sagte Mark. »Ein anderes Mal vielleicht?«

»Klar«, sagte Ellen. »Was hast du für mich?«

»Der Mörder hat es gleich beim ersten Mal richtig gemacht«, sagte Mark. »Ein Messerstich durch die untere Thoraxwand. Punktierte die rechte Herzkammer. Der Tod muss schnell eingetreten sein.«

»Wusste der Mörder, was er tat?«, fragte Ellen.

»Schwer zu sagen«, sagte Mark. »Ein paar Zentimeter nach links oder rechts, und das Messer hätte Knochen getroffen. Andererseits, er hätte trotzdem sofort medizinische Hilfe erhalten müssen. Selbst wenn unser Mörder das Herz komplett verfehlt hätte, er wurde erst am nächsten Morgen gefunden. Er wäre so oder so gestorben.«

»Wenn ich jemanden umbringen wollte«, sagte Ellen, »ich wüsste nicht, wie ich gleich das Herz treffen kann.«

»Äußerst beruhigend«, sagte Mark. »Der Mörder hat ein Messer mit breiter Klinge benutzt. Ähnlich denen in den jüngsten Messerstechereien. Abgesehen von einer Sache.«

»Und die wäre?«

»Bei den Messerattacken in Lewisham wurde ein Jagdmesser verwendet«, sagte Mark. »Üblich bei Gangmorden. Entschuldige, das weißt du schon. Bei Kieran Burton war es eine glatte Klinge. Das kann man an der Wunde erkennen.«

Noch vor einer Minute hatte sie Hunger gehabt. Jetzt hatte sie das Gefühl, als bekäme sie nie wieder einen Bissen hinunter.

Mark hatte nichts mehr hinzuzufügen, Ellen beendete das Gespräch und suchte Abby. Sie wollte ihr klipp und klar zu verstehen geben, dass sie vorhatte, den ganzen Tag zu bleiben. Das hier war Ellens Fall. Sie würde sich nicht zurücklehnen und ihn sich von Abby aus der Hand nehmen lassen.

SECHS

Zu viele Menschen drängten sich in der Wohnung. Freya nahm es den Atem. Stevie und Anna waren in der Küche, bereiteten irgendein vegetarisches Curry zu. Der Gestank hing in allen

Zimmern. Das Essen würde sowieso nur nach Blumenkohl und Currypulver schmecken. Alex und Paula lungerten im Wohnzimmer herum, behandelten sie wie eine Irre. Slash, Johnno und Mac saßen auf dem Boden an der Wand, ließen einen Joint rumgehen und gaben irgendwelchen Scheiß von sich.

Freya wollte losschreien, sie sollten verschwinden und sie in Ruhe lassen.

»Ich hab noch mehr Tee gemacht.«

Alex stellte ein Tablett auf den Boden vor Freyas Füße. Wie eine Opfergabe, dachte Freya säuerlich.

Alex setzte sich neben das Tablett, legte ihre langen dünnen Beine übereinander. Sie trug keinen BH, trug nie einen, und als sie sich vorbeugte, um den Tee einzuschenken, sah Freya die kleinen Brüste herunterhängen. Freya wendete angewidert den Blick ab.

»Nicht für mich«, sagte sie.

»Sicher?«

Alex' Mitgefühl und Freundlichkeit waren unerträglich. Freya erhob sich und ging ins Schlafzimmer, der einzige Ort, an dem sie allein sein konnte. Sie setzte sich aufs Bett und schloss die Augen. Dass das von jetzt an ihr Leben sein sollte, war für sie unvorstellbar. Allein in dieser Wohnung, die sie von Anfang an nicht gewollt hatte. Auf der Immobilienleiter emporzuklettern war Kierans Idee gewesen. Er hatte sie irgendwie davon überzeugt, dass sie als Wohnungsbesitzer noch lange keine Kapitalisten waren.

»Es gibt uns die Freiheit, wichtige Entscheidungen zu treffen«, hatte er gesagt. Sie war nicht seiner Meinung gewesen, aber wie immer hatte er sie überredet. Für nichts und wieder nichts, wie sich jetzt herausstellte. Weil er nicht mehr da war und sie nun alle Entscheidungen allein treffen musste.

Ein Klopfen an der Tür. Alex.

»Darf ich reinkommen?« Ohne Freyas Antwort abzuwarten, setzte sich Alex zu Freya aufs Bett und legte ihren Arm um sie. Freya musste ihre ganze Kraft aufbringen, ihn nicht abzuschütteln.

»Ich gehe, wenn du willst«, sagte Alex.

Freya schüttelte den Kopf. »Ist schon okay.«

Das war es nicht, aber sie wusste nicht, wie sie es sagen sollte, ohne preiszugeben, was sie wusste. Sie hatte Kieran versprochen zu schweigen. Doch dann drückte Alex ihre Schultern, und sie wurde so wütend, dass sie nicht anders konnte.

»Bitte«, sagte sie. »Fang jetzt nicht an so zu tun, als hättest du mich gerne.«

Der verletzte Gesichtsausdruck von Alex brachte Freya beinahe zum Lachen. Am liebsten hätte sie Alex in ihr blasses hübsches Gesicht geschlagen.

»Ich weiß Bescheid«, sagte Freya.

Alex schüttelte den Kopf, runzelte die Stirn, als hätte sie keinen blassen Schimmer, wovon Freya sprach.

»Du und Kieran«, sagte Freya. »Was? Du glaubst, er hätte mir das nicht erzählt? Lieber Gott, Alex. Angeblich bist du meine Freundin.«

»Ich *bin* deine Freundin«, sagte Alex. »Das ist der Grund, warum ich … hör zu Freya. Ich weiß nicht, was Kieran dir erzählt hat, aber zwischen uns ist nichts gelaufen. Ich schwöre.«

»Nur, weil er es nicht zugelassen hat«, sagte Freya.

»Ach, Freya«, sagte Alex voller abscheulichen Mitleids, so dass Freya sie noch mehr hasste. »Hat er das gesagt? Meine arme Liebe?«

»Halt den Mund!« Freya sprang auf und öffnete die Tür. »Halt den Mund und verschwinde. Ich will es nicht hören.«

Alex stand auf, ging aber nicht aus dem Zimmer.

»Freya, tu das nicht. Du bist meine Freundin. Ich habe dich lieb.«

Freya hielt sich die Ohren zu, wollte nichts mehr hören. Liebe. Alex warf mit dem Wort um sich, als wäre es einfach, jemanden zu lieben. Als erforderte es nicht harte Arbeit, als würde einem nicht dauernd das Herz gebrochen, so dass man am Ende gar nichts mehr fühlte.

Alex, mit ihren langen Beinen und ihrem perfekten Gesicht und ihren kleinen kecken Brüsten. Was wusste sie schon von der Liebe?

»Er hatte dich nicht verdient, Freya«, sagte Alex. »Ich sage das nicht gerne, aber es ist die Wahrheit.«

»Raus!«

Freya nahm undeutlich wahr, dass die anderen hereinkamen, sehen wollten, was vor sich ging. Starrten sie voller Mitleid an. Sie wusste, was sie dachten. Was sie immer gedacht hatten, was sie aus lauter Feigheit nicht gewagt hatten, ihr ins Gesicht zu sagen, solange er noch am Leben gewesen war. Jetzt, wo er tot war, würde es losgehen. Die Geheimnisse und Lügen, die sie ihr vorenthalten hatten. Jeder von ihnen würde den stillen Moment finden und ihr sagen, wie er wirklich war.

Sie umdrängten sie, murmelten ihre sinnlosen Sympathiebezeugungen, taten so, als ob ihnen ihr Verlust leid täte, wo sie doch alle in Wirklichkeit dachten, sie wäre ohne ihn besser dran.

Sie umzingelten sie mit ihrem Gestank nach Gras, Patschuli und fettigem Haar. Sie schlug um sich, wollte sich ihren Weg durch die glasigen Augen, die Rastalocken und das verdutzte Mitleid auf ihren unwissenden Gesichtern freiprügeln. Alles fing an sich zu drehen, Gesichter, Stimmen und Gerüche, sie fiel, und sie konnte ihre Stimme hören, sie schrie sie an, aber sie klang so weit weg und wusste nicht, wie sie es stoppen konnte.

»Freya.«

Plötzlich fiel sie nicht mehr. Ihr Vater war da, hielt sie im Arm. So wie er es immer getan hatte.

SIEBEN

In der Wohnung stank es nach Curry und Gras. Nick hatte das Fenster geöffnet, es nutzte nichts. Er hatte Freyas Freunde hinausexpediert, doch der Geruch war geblieben. Wahrscheinlich sollte er mit ihr über das Marihuana sprechen, aber jetzt war nicht der richtige Zeitpunkt. Das arme Kind war vollkommen durcheinander. Nick versuchte sich in sie hineinzuversetzen und wusste, ihm würde es genauso gehen.

»Ich wünschte, ich könnte irgendetwas tun«, sagte er.

Sie saßen auf dem kleinen Sofa. Freya an ihn geschmiegt wie früher, als sie noch ein kleines Mädchen gewesen war.

»Du bist hier«, sagte sie.

»Ich bin immer für dich da, Prinzessin.«

Er hatte seinen Arm um sie gelegt, drehte ihn leicht, schaute auf die Uhr. Sie bemerkte es nicht. Vierzehn Uhr zwanzig. Bis drei Uhr musste er in seinem Apartment sein. Kein Problem. Er war seit zwei Stunden hier. Wenn er ihr sagte, er müsse gehen, würde sie das verstehen.

Das mitgebrachte Buch lag auf der Armlehne. Ein Gedichtband über Verlust und Tod. Eines der Lieblingsbücher seines Vaters. Er wollte ihr etwas daraus vorlesen, aber als er es vorschlug, verzog sie nur das Gesicht und sagte, ein Gedicht wäre das Letzte, was sie jetzt gebrauchen könnte. Er war enttäuscht von ihrer Reaktion. Bemühte sich jedoch, es nicht zu zeigen. Sagte sich, sie wusste nicht, was sie sagte. Vielleicht versuchte er es noch einmal, bevor er losmusste.

Nach dem Tod seiner Mutter waren es die Gedichte gewesen, die ihn und seinen Vater zusammengeschweißt hatten. Nacht für Nacht setzte sich der alte Mann an Nicks Bett und las ihm vor. Sein Lieblingsgedicht war »When you are old«. Dad rezitierte die Zeilen, Tränen rannen ihm über das Gesicht, während er an seine verstorbene Frau dachte, die niemals alt und grau werden würde.

»Es fühlt sich alles unwirklich an«, sagte Freya. »Ich meine, das passiert normalerweise nur anderen. Weißt du, was ich meine? Paula sagt, ich soll etwas tun. Eine Gedenkfeier. Sie sagt, das sei wichtig. Was meinst du?«

Nick dachte an nachher. Dachte, er könne sich ruhig ein paar Minuten verspäten. War vielleicht sogar besser. Sollte sie vor ihm da sein, konnte sie sich für ihn herrichten. Er konnte ihr auf dem Weg eine SMS schreiben, sie solle sich ausziehen und daran denken, was er gleich mit ihr anstellen würde.

»Dad!«

»Sorry, Liebling. Was ist?«

Das war das Problem, wenn man jemanden liebte. Es lenkte einen ab. Man richtete sein Augenmerk nicht auf das, was wirklich wichtig war. Freya. Und die Tatsache, dass er heute Morgen von der Polizei vernommen worden war.

Der Gedanke daran schnürte ihm die Kehle zu. Die zwei Frauen, arrogant und selbstgefällig. Behandelten ihn wie einen gewöhnlichen Kriminellen. Taten so, als wüssten sie etwas, obwohl er sicher war, dass sie nichts wissen konnten, denn wäre es so, hätten sie es gesagt, oder?

Nein.

Er musste damit aufhören. Musste die Ruhe bewahren.

Die Polizei wusste nichts. Das von heute Morgen war nur ein Fischen im Trüben gewesen. Er war im Augenblick ebenso wenig tatverdächtig wie jeder andere. Weniger noch als Charlotte, um ehrlich zu sein. Was zum Teufel hatte sie sich dabei gedacht? Als die Kommissarin ihm von ihrer Textnachricht erzählte, war sein erster Gedanke, sie wisse Bescheid. Im nächsten Moment verspürte er große Erleichterung. Wüsste Charlotte Bescheid, käme alles ans Licht, und er könnte endlich aufhören, etwas vorzuspielen. Nein. Sie hatte keine Ahnung. Was also trieb sie eigentlich?

»Freya, Liebes.«

»Ja?«

Er verachtete sich für das, was er gleich tun würde. Es konnte für sie alles nur noch schlimmer machen, aber er sah keine Alternative. Er musste wissen, was Charlotte im Schilde führte.

Er räusperte sich. Suchte nach den richtigen Worten.

»Die Polizei«, sagte er. »Na ja, die Sache ist, sie sagten, deine Mutter hat Kieran Freitagnacht eine Textnachricht geschickt.«

Sie sagte nichts. Er konnte spüren, wie sich ihr Körper anspannte. Könnte er doch ihr Gesicht sehen, damit er eine Ahnung bekam, was sie dachte. Aber so wie sie dasaß, an ihn geschmiegt, sah er nur auf ihr Haar.

»Freya?«

Sie seufzte. »Ach, Dad, du weißt doch, wie sie ist. Sie ist vollkommen ausgetickt. Richtig schlimm. Sie … na ja, sie war total auf Kieran fixiert. Sie sagte sogar … nein. Nicht so wichtig.«

»Natürlich ist es wichtig«, sagte Nick, zwang sich, ruhig zu bleiben, obwohl er nicht ruhig war. Verfluchte Charlotte. Was zur Hölle hatte sie gesagt?

»Freya.« Er schüttelte sie sanft. »Du musst es mir sagen.«

»Warum?«

»Es könnte wichtig sein. Ich bin dein Dad. Ich muss es wissen, damit ich dir helfen kann.«

»Okay.« Sie schniefte. »Aber ich warne dich. Es klingt verrückt.«

»Verrückt?«, sagte er. »Charlotte? Niemals.«

Das brachte sie wenigstens zum Lachen.

»Na ja, es war das Übliche«, sagte Freya. »Du weißt schon, er sei nicht gut genug für mich, ich hätte etwas Besseres verdient. Blabla. Doch dann wurde es echt merkwürdig. Sie sprach davon, dass er böse sei und ihn jemand aufhalten müsse.«

Wieder die Angst. Eisfinger, die das Leben aus seinem Körper pressten.

»Was hat sie damit gemeint?«, fragte er.

Freya zuckte mit den Schultern.

»Scheiße, woher soll ich das wissen?«

Er fuhr zusammen, hasste es, wenn sie fluchte.

»Sorry«, sagte sie. »Wen juckt's? Sie war betrunken, keifte herum. Eigentlich ihr Normalzustand, oder?«

Betrunken, herumkeifend, gewalttätig. Ging mit einem Messer auf Leute los. Je mehr er darüber nachdachte, desto leichter fiel es ihm, sich vorzustellen, wie sie es angestellt hatte.

Die Erinnerung an eine lange zurückliegende Nacht. Vollmond, groß und gelb. Sein Licht fiel auf die Blutflecken auf Charlottes Ärmel, spiegelte sich in der silbernen Klinge des Messers in ihrer Hand. Tränen flossen über ihr Gesicht. Wiederholte in einem fort, dass es ihr leidtat, dass sie das nicht gewollt hatte. Sorry.

Die Angst wurde schwächer. Stattdessen ein Hoffnungsschimmer. Wenn Charlotte für die Mörderin gehalten wurde, würde sie eingesperrt werden. Wäre ein für alle Mal verschwunden aus seinem Leben.

Er schüttelte den Kopf. Das war Unsinn, unrealistisch. Oder doch nicht? Sie hatte es schon einmal getan. Wer konnte sagen, dass sie es nicht noch einmal tun würde?

ACHT

»Es ist ein solches Durcheinander«, sagte Charlotte. »Weißt du, was das Schlimmste ist? Ich werde das Gefühl nicht los, dass ich an allem schuld bin.«

»Das ist doch absurd«, sagte Ginny.

Die Weinflasche war leer. Ginny gab Jacques, dem Barkeeper, ein Zeichen, dass sie eine neue wollten.

Charlotte wusste gar nicht, ob ihr nach noch mehr Wein war. Aber was sollte sie sonst tun? Der Gedanke, allein in dieses leere Haus zurückzukehren, war zu deprimierend, um ihn in Worte fassen zu können.

»Wüsste ich doch nur, dass sie okay ist«, sagte sie.

»Freya?«, fragte Ginny. »Es ist sicher nicht leicht für sie. Erst recht nicht, wenn es zwischen den beiden in letzter Zeit geknirscht hat.«

Ein Anflug von Angst. Sie hatte doch Ginny nichts erzählt, oder?

»Was meinst du?«

Ginny zuckte beiläufig mit den Schultern. Charlotte kannte sie zu gut, wusste, dass die Freundin ihr irgendetwas verheimlichte.

»Ginny?«

»Es ist nichts«, sagte Ginny. »Nur, als ich sie auf der Party gefragt habe, wie es ihm geht, schien sie … wütend zu sein. Vielleicht gab es einen anderen Grund. Freitagnacht war sie ganz und gar nicht sie selbst. Ich dachte, weil … ach, egal. Hör mich an, ich plappere vor mich hin. Und du? War es schlimm bei der Polizei? Sie sind ziemlich hartnäckig, oder?« Ginny schauderte. »Irgend so eine emporgekommene kleine Schnepfe in Uniform hat mich schon zweimal verhört.«

Jacques erschien mit einer zweiten Flasche Sauvignon Blanc. Dieses Weinlokal in einem Souterrain war Ginnys Idee gewesen. Sie stand auf Jacques, den Besitzer, und es war schwer, sie irgendwo anders hinzulotsen.

Charlotte beschwerte sich nicht. Es gab eine anständige Weinkarte, und es wurde nie zu voll. Außerdem war das Lokal die letzten paar Male so lange geöffnet gewesen, dass sogar Charlottes Weindurst irgendwann gestillt war.

Sanfte Jazzmusik lief im Hintergrund – Miles Davis. Einer von Nicks Lieblingsmusikern. Bei dem Gedanken an Nick kehrte ihre Wut zurück.

»Bei der Polizei war es furchtbar«, sagte sie. »Nick war noch schlimmer. Ich schwöre, Ginny, ich glaube, er denkt, ich hätte Kieran umgebracht. Ich kann ihm nicht einmal einen Vorwurf machen. Er weiß ja, wozu ich fähig bin.«

Ginny legte ihre Hand auf Charlottes.

»Hör zu«, sagte sie. »Das ist Vergangenheit, Lottie. Die einzigen Menschen, die von jener Nacht wissen, sind du, deine Mutter, ich und Nick. Deine Mutter ist tot. Ich werde niemals darüber reden. Nick auch nicht. Ihm liegt zu viel an seinem guten Ruf. Bleibst nur du. Du kannst jetzt nicht davon anfangen. Das verstehst du doch, oder?«

Charlotte nickte. Ginny hatte recht. Es fiel ihr nur so schwer. Sie konnte seit Kierans Tod an kaum etwas anderes denken.

»Vielleicht, wenn er auf eine andere Art und Weise umgebracht worden wäre«, sagte sie. »Dann fiele es leichter, beides voneinander zu trennen.«

Ginny füllte die beiden Gläser und stellte die Flasche zurück in den Flaschenkühler.

»Besser, du tust es«, sagte sie.

»Mit Nick nicht darüber reden zu können, hilft auch nicht«, sagte Charlotte. »Er behandelt mich, als ob er mich hasst.« Sie schniefte, erfüllt von Selbstmitleid. »Albern, nicht wahr? Ich dachte, in Krisenzeiten halten Paare zusammen. Das hier scheint den gegenteiligen Effekt zu haben. Egal, wie schlimm es vorher war, jetzt ist es eine Million Mal schlimmer. Weißt du, was er zu mir gesagt hat? Wenn ich nicht so eine Dramaqueen wäre und nicht auf der Party bestanden hätte, wäre Kieran noch am Leben. Wie herzlos kann jemand sein?«

Ginny drückte Charlottes Hand fester. »Darling, ich weiß, wir sprechen nicht zum ersten Mal darüber. Aber meinst du nicht, du wärst ohne ihn besser dran? Der Mann ist ein Schweinehund, er behandelt dich schlecht. Hat er dir gesagt, wo er Freitag- und Samstagnacht war?«

Charlotte zog ihre Hand weg, unterdrückte das Verlangen, sich die Ohren zuzuhalten. Warum musste Ginny wieder davon anfangen? Gerade jetzt?

»Hör auf«, sagte Charlotte. »Ich will darüber nicht reden. Das weißt du doch.«

Ginny, die ihren Ehemännern in null Komma nichts den Laufpass gab, hatte leicht reden. Charlotte war anders. Sie glaubte an die Ehe, so war sie erzogen worden, und, weiß Gott, sie würde um ihre Ehe kämpfen. Denn was wäre sie ohne sie? Ein Nichts.

»Okay«, sagte Ginny. »Sorry. Lass uns von Kieran sprechen. Hat die Polizei schon einen Tatverdächtigen?«

»Abgesehen von mir, meinst du?«

»Sie verdächtigen dich doch nicht wirklich«, sagte Ginny. »Das weißt du. Sie exerzieren alles durch. Das müssen sie.«

Könnte sie Ginny nur sagen, dass es so einfach nicht war. Dass sie etwas getan hatte, was sie für den Rest ihres Lebens bereuen würde. Mit der verfluchten SMS, sie müssten sich unbedingt treffen, hatte sie es nur noch verschlimmert. Noch einmal versuchte sie, sich an Freitagnacht zu erinnern. Fragte sich, an welchem Punkt sie so verzweifelt gewesen war, dass sie ihm diese Nachricht geschickt hatte. Es fiel ihr nicht ein. Sie entsann sich einzig und allein, dass sie, als sie den Entschluss gefasst hatte, Freya zu sagen, sie solle Kieran verlassen, plötzlich glasklar denken konnte. Sie war sich ihrer Sache so sicher gewesen.

»Wir haben uns gestritten«, sagte Charlotte. »Kieran und ich. Erinnerst du dich?«

Ginny zog die Stirn in Falten. »Ich habe Kieran auf der Party nicht gesehen. Sicher?«

»Vielleicht habe ich mich mit ihm irgendwo draußen gestritten«, sagte Charlotte. »Keine Ahnung.«

»Wenn du keine Ahnung hast«, sagte Ginny, »woher willst du dann wissen, dass ihr gestritten habt?«

»Freya hat es mir erzählt«, sagte Charlotte. »Ich war wütend auf ihn, sagte sie.«

Ginny wollte etwas sagen, schien sich jedoch im letzten Moment eines Besseren zu besinnen.

»Was?«, fragte Charlotte. »Gibt es ein Problem?«

»Nichts«, sagte Ginny. »Ich dachte nur, wenn du einen Streit hattest, wird die Polizei früher oder später davon erfahren. Wenn ich du wäre, würde ich so bald wie möglich mit Freya reden und herausfinden, wovon zum Teufel sie spricht.«

»Glaubst du, es ist wichtig?«

Ginny umfasste ihre Hand, drückte sie. »Er wurde ermordet, Lottie. Natürlich ist es wichtig. Glaub mir, du brauchst eine hieb- und stichfeste Story, wenn die Polizei an deine Tür klopft und wissen will, warum zur Hölle ihr gestritten habt und ob du aus Wut beschlossen hast, ihn umzubringen.«

Charlotte trank einen großen Schluck Wein, wollte etwas Witziges sagen, um die Stimmung aufzulockern. Es kam ihr nichts in den Sinn. Sie dachte nur an das, was sie nicht aussprechen konnte. Nicht Ginny gegenüber, niemandem gegenüber. Dass sie Kieran Burton mehr als jeden anderen Menschen gehasst hatte, es ein Grund zum Feiern und nicht zum Trauern war, dass sein leidiges Dasein aus ihrem Leben verschwunden war.

NEUN

Um acht Uhr speicherte Abby das Dokument, an dem sie gearbeitet hatte, und schaltete den PC aus. Sie erhob sich. Stundenlang hatte sie sich über die Tastatur gebeugt und war davon ganz steif geworden. Sie ließ die Schultern kreisen.

Um diese Zeit war es ruhig im Büro. Außer Abby war nur noch Alastair da. Nicht ungewöhnlich. Alastair war immer hier. Abby ging zur Tür und blickte den Flur entlang. Gers Bürotür stand offen. Ihre Chefin war also auch noch da.

Abby ging den Flur entlang in Richtung Toiletten. Wurde vor Gers Büro langsamer. Hoffte, bemerkt zu werden. Es klappte.

»Noch bei der Arbeit?«, rief Ger.

»Ich will den Überblick behalten«, sagte Abby. »Ellen meint, die ersten beiden Tage einer Mordermittlung sind die wichtigsten.«

Ger lächelte, als hätte Abby etwas Witziges von sich gegeben. »Wieso das?«

»Weil alles noch frisch ist«, sagte Abby, als müsse sie sich rechtfertigen. »Nicht nur für die Betroffenen. Auch für uns, die

Ermittler. Je länger die Lösung eines Falles braucht, desto müder werden wir und desto schwerer fällt es, daran zu glauben, den Täter zu fassen. Am Anfang ist man fest davon überzeugt. Mit diesem Gefühl sieht man klarer. Man ist irgendwie weniger verkrampft.«

Sie wurde wieder unsicher. Aber Ger nickte. Abby war froh, dass sie sich nicht komplett zum Trottel gemacht hatte.

»Klingt plausibel«, sagte Ger. »Wo stehen wir jetzt mit unseren Ermittlungen?«

»Zwischen Freya und ihrer Mutter stimmt etwas nicht«, sagte Abby.

»Viele Mütter und Töchter kommen nicht miteinander aus«, sagte Ger. »Treten Sie ein, Abby. Ich komme mir vor wie eine Schulleiterin, wenn Sie da so in der Tür herumstehen.«

Abby folgte der Einladung.

»Vielleicht ist es unwichtig«, sagte sie und setzte sich auf den Stuhl, auf den Ger gedeutet hatte. »Aber genau das meine ich: die Dinge anders sehen. Es könnte wichtig sein, nur weiß ich noch nicht, inwiefern. Noch nicht.«

»Sie meinen, dass Charlotte ihn umgebracht haben könnte?«, fragte Ger.

»Beide kommen in Frage«, sagte Abby. »Oder keine von beiden. Gestern wirkte Charlotte vollkommen verstört. Das war nicht nur dem Schock geschuldet. Sie ist irgendwie hysterisch. Freya ist ganz anders. Sie ist so eine Art linke Aktivistin. Ich bezweifle, dass ihre Mutter ihre politischen Ansichten teilt. Sorry, ich schweife ab. Es ist schwierig zu sagen, wie sie wirklich sind. Das einzig Echte gestern war die Spannung zwischen ihnen beiden.«

»Nun, ich muss Ihnen nicht sagen, dass Sie Ihr Augenmerk nicht nur darauf legen sollten«, sagte Ger. »Aber Sie sollten es auch nicht ignorieren. Wenn Sie dieses Gefühl haben, Abby, dann aus gutem Grund. Noch etwas?«

Abby schüttelte den Kopf. »Ich dachte, ich fahre mal beim Meridian vorbei. Dem Weinlokal in Hither Green. In der Nähe von The Station. Kennen Sie es?«

Ger lächelte. »Wollen Sie mich auf einen Drink einladen?«

»Nein«, sagte Abby. »Ich meine, wenn Sie wollen, natürlich gerne. Freya arbeitet im Meridian. Vielleicht kriege ich aus einem der Stammgäste etwas über sie heraus.«

»Gute Idee«, sagte Ger. »Ich würde Sie gerne begleiten, aber ich wollte gerade nach Hause fahren. Mein Mann schickt mir dauernd Nachrichten, ob ich mich noch an eine Familie erinnere. Frecher Kerl. Ist Alastair noch da?«

Abby nickte. Der plötzliche Themenwechsel verwirrte sie.

»Nehmen Sie ihn mit«, sagte Ger. »Er muss öfter mal raus. Danke für das Update, Abby. Bis morgen.«

Abby wusste, wann sie entlassen war. Sie stand auf, sagte gute Nacht und ging. Die Aussicht, Alastair mitschleppen zu müssen, war nicht sonderlich erheiternd. Doch sie missachtete den Befehl lieber nicht.

Sie begab sich in der leisen Hoffnung zurück ins Großraumbüro, dass Alastair nach Hause gegangen war. Kein Glück. Da war er, sein langer Körper über die Tastatur gebeugt, in seine Welt vertieft oder in was auch immer.

»Al?«

Er schaute hoch, blinzelte und schien sie im ersten Augenblick nicht zu erkennen.

»Alles in Ordnung?«, fragte er.

Sie erzählte ihm, wo sie hinwollte, und wiederholte Gers Anweisung. Sie war davon ausgegangen, dass er ablehnen würde. Stattdessen verzog sich das Stirnrunzeln, und er lächelte.

»Ein Bier am Sonntagabend?«, sagte er. »Mit Ihnen? Liebend gerne. Danke für die Einladung.«

»Es ist kein Date«, sagte sie schnell. »Ich habe nur gefragt, weil die Chefin meint, es täte Ihnen gut.«

»Sie hat recht«, sagte Alastair. »Und keine Sorge, Roberts. Ich weiß, dass es kein Date ist. Ich habe nicht eine Sekunde daran gedacht. Ich hätte nein gesagt. Sie sind nicht mein Typ.«

Das Telefon klingelte. Ellen hätte es wegen des Lärms, den ihre Kinder machten – eins überschrie das andere bei dem Versuch, ihr von seinem Tag zu erzählen –, beinahe nicht gehört. Sie drückte sich an ihnen vorbei, die Stimmen folgten ihr aus dem Wohnzimmer in den Flur.

Sie hatte den Anruf erwartet. Ihre Eltern hatten, seit sie weggefahren waren, täglich um diese Uhrzeit angerufen. Sie waren in Irland. Die erste gemeinsame Reise seit Ellens Hochzeit in Westport vor vierzehn Jahren.

»Du vermisst uns doch hoffentlich nicht allzu sehr?«, fragte ihr Vater.

Das schlechte Gewissen nagte an ihr. Sie vermisste sie nicht einmal halb so sehr, wie sie es von ihr erwarteten. Arbeit, die Kinder und ihre krankhafte Besessenheit von Noreen nahmen all ihre Zeit und Energie in Anspruch.

»Wir kommen zurecht«, sagte Ellen. Das Nagen wurde schlimmer. »Macht euch keine Sorgen um uns. Erzähl von Cormac.«

Cormac Flanagan, der ältere Bruder ihres Vaters, verlor, was noch von seinem Leben übrig war, an Alzheimer. Cormac war der Grund für den Urlaub. Als seine Frau Ellens Eltern angerufen und ihnen davon erzählt hatte, hatte Ellen darauf bestanden, ihnen die Reise zu bezahlen, damit sie ihre Familien wiedersehen konnten. Falls Ellen mit dieser Geste ihr Gewissen hatte beruhigen wollen, so hatte es nicht funktioniert.

»Heute war ein guter Tag«, sagte Ellens Vater. »Einer von wenigen, fürchte ich. Na ja, wer will schon davon reden? Gib mir eines der Kinder, ja?«

Der Hörer wurde von Pat zu Eilish zu Sean zu Terry gereicht. Danach bekam Ellen ihn wieder zurück. Sie sagte ihren Eltern, sie bräuchten nicht jeden Abend anzurufen – als machte das einen Unterschied –, und legte auf, bevor sie ihr gesamtes Urlaubsgeld für einen einzigen Anruf vergeudeten.

»Das hätten wir schon vor Jahren machen sollen«, sagte Sean. »Ihnen eine Reise zu ihren Familien bezahlen.«

»Wir haben es versucht«, sagte Ellen. »Weißt du nicht mehr? Dad hat sich immer geweigert, es überhaupt in Betracht zu ziehen. Mom wäre niemals alleine gefahren.«

»Warum nicht?«, fragte Terry.

Sie saßen am Bauerntisch in Ellens gemütlicher Küche im hinteren Teil des Hauses, das Ellen gemietet hatte, bis ihr eigenes wieder aufgebaut war.

»Ich glaube, es fällt ihm schwer«, sagte Ellen. »In seinem Herzen hat er Irland nie verlassen. Wenn er dort ist, kommt er sich vor wie ein Außenseiter. Die meiste Zeit seines Lebens hat er woanders gelebt. Und jedes Mal, wenn er dorthin reist, fühlt er sich noch fremder.«

Sie dachte an ihr eigenes Leben. Sie hatte nie, abgesehen von diesen frühen schwierigen Jahren, irgendwo anders gewohnt als in Greenwich. Hatte es auch nicht gewollt.

»Wir haben Glück«, sagte sie. »Wir mussten nie einen geliebten Ort verlassen und anderswo neu anfangen.«

»Sie sind ja nicht ans andere Ende der Welt gezogen«, sagte Pat. »Ich meine, Irland ist nicht so anders, oder?«

Bevor Ellen antworten konnte, ging die Haustür auf und jemand polterte durch den Flur.

»Ellen? Hallo! Bist du hier?«

Ellen blickte Sean an und lächelte.

»In der Küche«, rief sie Rosie entgegen.

Absätze klapperten über das Parkett, und eine Gestalt in Rosa und Blau stürmte herein. Rosie war zu Hause.

»Hier seid ihr! Sean und Terry auch! Cool. Wie gefällt euch meine neue Frisur, Leute? Super, oder?«

»Blau«, sagte Ellen, als sie ihre Sprachlosigkeit überwunden hatte.

»Wie Kate Perry!«, kreischte Eilish. »Mommy, darf ich auch so eine Frisur haben? Bitte?«

Rosie drehte sich, die Kinder sprangen um sie herum, wollten ihren blauen Igel anfassen. Gestern Morgen war das Haar noch schulterlang, braun und glänzend gewesen.

»Deine Eltern werden mich erwürgen«, sagte Ellen.

»Was ist denn mit dir los?«, fragte Sean. »Sie ist jung, schön, und die Frisur ist stupend. Lass die Kids, Ellen.«

»Ich soll auf sie aufpassen«, sagte Ellen. »Du weißt doch, wie Caroline und Martin sind.«

»Mom und Dad werden es lieben«, sagte Rosie. »Okay, vielleicht nicht. Aber sie müssen es ja nicht sehen. Ich habe nicht vor, bald nach Hause zu fahren. Ich hab auch keine Lust, dass sie herkommen. Du sicher auch nicht. Also alles großartig. Bis sie mich wiedersehen, ist alles wieder so wie vorher.«

Ellen lachte. Es war unmöglich, sie nicht zu lieben. Das wusste Rosie nur zu gut und nutzte es zu ihrem Vorteil.

»Rosemary Kelly«, sagte sie. »Du hast nicht die Absicht, die blauen Haare jetzt oder in absehbarer Zeit herauswachsen zu lassen. Im Übrigen wolltest du heute Abend mit ihnen skypen.«

Rosemary zwinkerte Sean zu. Er zwinkerte zurück.

»Hätte niemals einen Job bei einer DI annehmen sollen. Man kann sie unmöglich hinters Licht führen. Du hast ja recht,

Ellen. Ich wollte mit ihnen skypen. Das werde ich jetzt auch tun. Bringe es hinter mich. Wünscht mir Glück.«

Ellen hörte Rosies Schritte durch das Haus, über die Treppe, bis nach oben ins Loft. Plötzlich hatte sie das Gefühl, etwas verloren zu haben, als sei gerade etwas Furchtbares geschehen. Sie wusste, was es war. Mehr als jedes ihrer Kinder, mehr als jedes andere Kelly-Familienmitglied erinnerte Rosie sie an ihren toten Mann. Rosie erinnerte sie immer und immer wieder daran, was sie verloren hatte.

ZEHN

The Meridian war ein kleines Lokal bei der Hither Green Station neben einem Blumenladen und einem Café. Als Abby und Alastair ankamen, war es proppenvoll. Sie bahnten sich ihren Weg durch die Sonntagstrinker und fanden eine freie Ecke in der Nähe der Bar.

»So«, sagte Abby, während sie darauf warteten, dass der Barkeeper ihnen seine Aufmerksamkeit schenkte. »Was ist denn Ihr Typ?«

»Bevor Sie das aus mir herauskitzeln, muss ich schon ein paar Bierchen intus haben«, sagte Alastair und tippte sich mit dem Finger gegen die Nasen. »Gerammelt voll hier. Nicht meine Vorstellung von einem ruhigen Bier. The Dacre. Das ist ein echtes Pub. Kein Fernseher, keine laute Musik und keine Menschenmenge.«

»Ich mag keine Pubs«, sagte Abby. »Lieber Weinbars.«

»Warum überrascht mich das nicht«, sagte Alastair. »Ah, na bitte.«

Der Barkeeper – groß, gutaussehend, Anfang zwanzig – lächelte sie an. Das Lächeln verschwand, als Abby ihren Ausweis vorzeigte und sagte, sie wolle mit demjenigen sprechen, der hier das Sagen hatte.

»Geht es um Freyas Freund?«, fragte er. Er sprach mit purem Liverpooler Akzent. Das erinnerte Abby an Sam.

»Könnten wir irgendwohin gehen, wo es ein wenig ruhiger ist?«, fragte Alastair.

Er deutete auf eine Tür hinter der Bar. »Ins Büro. Kommen Sie durch. Ich hole den Manager. Er ist hier irgendwo. Ich sag ihm, dass Sie da sind.«

Abby und Alastair bedankten sich und gingen um die Bar herum. Das Büro war überraschend geräumig. Es gab zwei hässliche schwarze Ledersofas und einen Bildschirm, der an eine Kamera angeschlossen war, mit gutem Überblick über die geschäftige Bar.

»Nehmen Sie Platz«, sagte der Typ. »Ben ist gleich bei Ihnen.«

»Ich erinnere mich noch, als das hier noch richtig heruntergekommen war«, sagte Alastair, nachdem sie sich gesetzt hatten, nebeneinander, auf ein Sofa.

»Die Bar oder die Gegend?«, fragte Abby.

»Beides«, sagte Alastair. »Ach, Hither Green war immer in Ordnung, doch in den letzten Jahren hat es sich stark verändert.«

»Ganz London hat sich verändert«, sagte Abby.

»Vor fünf Jahren«, sagte Alastair, »wohnten hier noch Lehrer und Facharbeiter. Sie sind von Bankern, Ärzten und Rechtsanwälten weggedrängt worden, die die Gegend mögen, weil sie in der Nähe des Zentrums liegt und die Häuser – für ihre Verhältnisse – bezahlbar sind. Es ist eine Schande, Abby, das sage ich Ihnen. Sie wohnen in Docklands, richtig? Gefällt es Ihnen? Reizt mich gar nicht.«

»Ich liebe es«, sagte Abby. »Aber ich bin da nicht mehr lange. Der Freund meiner Mitbewohnerin zieht ein, und ich muss raus.«

»Ach«, sagte Alastair. »Sorry, dass ich gefragt habe.«

Durch die offene Tür sah Abby den Barkeeper mit einem anderen Mann mit blond gefärbtem Haar und gebräunter Haut sprechen. Hoffentlich war das der Manager. Sie hatte keine Ahnung, wie lange sie diese gezwungene Unterhaltung noch ertragen konnte. So war es immer zwischen ihnen. Zu jedem anderen aus dem Team hatte sie ein gutes Verhältnis. Natürlich wurde Alastair von den Kollegen verehrt. Sie teilte dieses Gefühl nicht. Wahrscheinlich, weil er sie nicht mochte. Er konnte es gut verbergen, war immer zuvorkommend, allerdings ihr gegenüber immer reservierter als bei jedem anderen.

»Was ist mit Ihnen?«, fragte sie. »Wo wohnen Sie?«

»Wapping«, sagte Alastair. »Ich liebe es. Wenn ich da nicht wohnen würde, würde ich überhaupt nicht in London wohnen.«

Abby blickte ihn an und fragte sich, ob er sie verarschte. Er sah ernst aus, aber … Wapping war eine der coolsten und teuersten Gegenden in der Stadt. Nichts an Alastair war cool oder Geld.«

»Wapping?«

Er lächelte. »Tun Sie nicht so überrascht.«

Sie wollte noch etwas sagen, aber der blonde Mann stand jetzt vor ihnen, im Gesicht das künstlichste Lächeln, das Abby je gesehen hatte.

»Ben Lowe, erfreut, Sie kennenzulernen.«

Abby und Alastair stellten sich vor und warteten, bis Ben sich gesetzt hatte.

»Furgus mixt Drinks«, sagte Ben. »Entschuldigen Sie, dass Sie so lange warten mussten. Es ist jede Menge los, wie Sie sehen. Freya fehlt uns heute Abend. Schrecklich, das mit Kieran. Wie kann ich behilflich sein?«

»Kannten Sie Kieran?«, fragte Abby.

»Natürlich«, sagte Ben und sah betrübt aus. »Er war Stammgast. Kam oft, wenn Freya arbeitete. Viele hier kannten ihn. Den ganzen Abend haben Leute nach ihm gefragt.«

»Wie war er?«, fragte Abby.

»Wie?« Ben runzelte die Stirn. »In Ordnung. Ja. Ich kannte ihn ja nur aus der Bar, wissen Sie. Aber er wirkte freundlich. Mehr kann ich Ihnen nicht sagen, es tut mir leid.«

»Waren sie glücklich?«, fragte Abby. »Kieran und Freya?«

»Ich denke schon«, sagte Ben. »Sie fahren beide auf Demonstrationen und solche Sachen ab. Wem's gefällt.«

»Wie wirkte er auf Sie am Freitagabend?«, fragte Alastair.

Ben runzelte die Stirn. »Freitag? Sorry, ich verstehe nicht. Er war nicht hier.«

»Aber Sie haben ihn getroffen«, sagte Alastair. »Sie waren von neun bis kurz nach zehn zusammen im The Dacre Arms, richtig?«

Ben fiel die Kinnlade herunter. Abby wusste genau, wie er sich jetzt fühlte.

»Woher wissen Sie das?«, fragte Ben. »Sorry, das klingt falsch. Ich meine, ja, wir haben uns getroffen, auf einen Drink. Er war auf dem Weg zu einer Party. Von seiner Schwiegermutter. Sie ist ein Partygirl, wie man hört.«

»Sie haben sich gestritten«, sagte Alastair. »Wollen Sie uns davon erzählen?«

Ben strich sich mit der Hand über das Gesicht.

»Ich glaub, ich brauche einen Anwalt«, sagte er, »bevor ich weiter Ihre Fragen beantworte. Kann ich einen anrufen?«

»Das können wir auf dem Präsidium klären«, sagte Alastair. »Wenn Sie uns anstandslos begleiten, machen wir kein Aufhebens. Keine Handschellen oder so etwas.« Alastair lächelte. Ein freundliches, süßes Lächeln. Als schenkte er Ben Lowe einen wohlgemeinten Rat. »Wir wollen Sie auf gar keinen Fall in Verlegenheit bringen. Bereit?«

Abby sah zu, wie Ben Lowe sich erhob und Alastair kleinlaut durch das Pub folgte. Sie eilte hinter ihnen her und fragte sich, wie der Abend plötzlich eine solche Wendung nehmen konnte und wie – ohne Vorwarnung – Alastair die Kontrolle über die Ermittlung übernommen hatte.

Charlotte stieg aus dem Taxi und bezahlte. Der Fahrer war eine miserable Gesellschaft gewesen, sie machte sich nicht die Mühe, ihm Trinkgeld zu geben. Er war nicht sehr glücklich darüber, aber das kümmerte sie nicht. Er fuhr ab, sie drehte sich um und blickte auf das dunkle leere Haus.

In solchen Momenten hasste sie diesen Ort. Zu groß, zu wenig von irgendetwas, was heimelige Wärme ausstrahlte. Es sollte ein Familienhaus sein. Als sie hier mit Nick eingezogen war, war sie begeistert gewesen. Sie planten eine große Familie. Vier Kinder, zwei Jungen, zwei Mädchen. Das Haus war groß genug, Herrgott noch mal.

Sechs Schlafzimmer. Für jedes Kind eins, und es war trotzdem noch Platz genug für Gäste. Doch dann hatten sie Freya bekommen, und alles wurde anders.

Sie machte ein paar Schritte vorwärts, wankte über die mit Kies bedeckte Einfahrt. Sie redete sich ein, dass es an ihren hohen Absätzen lag und nicht am Wein. So viel hatte sie doch gar nicht getrunken. Eine Flasche, noch eine Flasche und fast eine halbe. Für ihre Verhältnisse war das ziemlich gut.

Sie schaltete das Licht erst gar nicht an. Die Vorhänge waren nicht zugezogen, und sie konnte genug sehen. In der Eingangshalle hing ein riesiger Kronleuchter – französisch, alt –, der den Raum mit Licht durchflutete. Das ertrug sie jetzt nicht. Das graue Halblicht war ihr lieber.

Sie schleuderte die Schuhe von den Füßen und genoss das Gefühl, den Druck am Ballen los zu sein. Wäre sie doch nur mutig oder groß genug, dann müsste sie sich nicht mit solchen Schuhen abplagen.

Sie ging auf die Treppe zu, hielt bei der ersten Stufe inne, weil sie ein Geräusch gehört hatte.

»Nick?«

Keine Antwort. Sie wartete, lauschte, hörte aber nichts. Sie seufzte erleichtert. Sie war jetzt nicht zu einem neuen Streit aufgelegt. Er war so ein Schwein. Und seit der Sache mit Kieran war es noch schlimmer geworden. Als ob sie nicht schon genug am Hals hatte.

Charlotte fragte sich, wer seine neueste Schnalle war. Eine kleine Schlampe in Freyas Alter oder jünger, die Parfüm trug, das nach Frühlingsblumen duftete. Manchmal rochen seine Sachen danach.

Eines Tages würde sie Freya sagen, was für eine Sorte Mann ihr Vater war. Sie hatte schon oft daran gedacht, viele Male, hatte es sich aber in letzter Minute immer anders überlegt. Konnte der Auseinandersetzung, die folgen würde, nicht ins Auge sehen. Doch das war nicht der wahre Grund. Der Grund, warum sie nicht dem Mut fand, Freya von Nicks zahllosen Affären zu erzählen, war, dass Freya ihr die Schuld geben würde. Egal, was Charlotte tat, egal, wie sehr sie sich um ein gutes Verhältnis zu ihrer Tochter bemühte, Freya drehte am Ende alles so, dass Charlotte diejenige war, die etwas falsch gemacht hatte. Es war unfair.

Die Treppe schraubte sich durch die Mitte des Hauses nach oben. Früher einmal, als solche Sachen ihr noch wichtig gewesen waren, war sie ihr in diesem Haus voller Schönheit das liebste Accessoire gewesen. Jetzt, da sie sich Stufe für Stufe hochkämpfte, wünschte sie, sie wäre weniger lang.

Allein und erschöpft wanderten ihre Gedanken jenseits des Schutzwalls, den sie über die Jahre vorsichtig um sich errichtet hatte, tat so – nur für einen Augenblick –, als lebte sie ein anderes Leben. Sie hielt inne, schloss die Augen und sah es vor sich. Ein liebender Ehemann, der im Bett auf sie wartete. In den Schlafzimmern die Kinder, sicher, in ihrer eigenen Traumwelt. Sah, wie sie sich von Zimmer zu Zimmer bewegte, die Bettdecken glatt strich, sich hinabbeugte, die geröteten Wangen küsste und sich des sanften gleichmäßigen Atmens eines jeden schlafenden Kindes vergewisserte.

Das dumpfe Geräusch von Schritten holte sie in die Wirklichkeit zurück. Oben war jemand.

Charlotte erstarrte, ihr Herz pochte so laut, dass sie kaum etwas anderes hören konnte.

»Ist da wer?«

Die Alarmanlage. Sie erinnerte sich nicht, sie beim Reinkommen ausgeschaltet zu haben. Normalerweise piepste sie, wenn sie die Haustür aufmachte, und erinnerte sie daran, dass sie den Code eingeben musste, um sie abzustellen. Scheiße. Sie hatte vergessen, sie einzuschalten, bevor sie das Haus verlassen hatte. Wieder einmal. Hatte es einem Einbrecher leichtgemacht.

»Ich rufe die Polizei.«

Sie klang kläglich. Schwach und zitternd, zeigte ihre Angst. Sie stellte sich mehrere Männer vor – schmutzige, ruppige –, die ihr weh tun würden.

Ein Schatten tauchte über ihr auf. Jemand stand oben auf dem Absatz. Bewegte sich auf sie zu. Schnell. Sie drehte sich um, wollte wegrennen, stolperte, fiel beinahe. Konnte sich gerade noch am Treppengeländer festhalten.

Die Schritte kamen näher. Sie konnte vor sich nichts sehen und hatte Angst zu stürzen.

Ein Stoß in den Rücken schleuderte sie nach vorne. Plötzlich hatte sie keinen Boden mehr unter den Füßen. Ihre Beine hingen in der Luft, versuchten Halt zu finden. Die Hände griffen nach dem Geländer. Zu spät. Sie fiel in die Dunkelheit und konnte nichts dagegen tun.

ELF

Der Tag kam ihr unendlich lang vor. Mitternacht lag Stunden zurück, und sie war immer noch wach. Sie hatte, als sie nach Hause gekommen war, eine Flasche Wein geöffnet. Seither saß sie hier. Trank Rotwein und hörte Musik, versuchte das schreiende Durcheinander in ihrem Kopf zu beruhigen. Die Erinnerungen an die letzten Tage kamen wie ein Rudel Wölfe immer wieder und drohten sie zu zerfleischen. Der Druck war unerträglich. Wie viel sie noch ertragen konnte, ohne innerlich zu zerbrechen, sie wusste es nicht. Sie redete sich ein, es würde alles gut werden. Sie musste nur die Ruhe bewahren, und alles würde gut. Das war nicht leicht.

Elvis' samtweiche Stimme summte ihr zu. Das war eine ihrer Lieblingsplatten. Eine von mehreren Elvis-CDs, die ihr Vater ihr über die Jahre geschenkt hatte. Elvis und Yeats. Seine zwei großen Leidenschaften. Sein Vater hatte sie an ihn weitergegeben, und dann wurden sie in die nächste Generation weitergereicht. Sollte Freya je Kinder haben, würde sie ihnen die Liebe zur Musik und zur Poesie beibringen, so wie Dad sie an sie weitergegeben hatte.

Die ersten Takte von »Love me tender« ergossen sich über sie. Freya schloss die Augen, stellte sich vor, Kieran wäre da, säße neben ihr auf dem Bett. Das Stück war so schön. Das perfekte Loblied auf ihre Liebe. Ihre Liebe füreinander. Sie sang leise mit, ihre Stimme nur ein Flüstern und der des mächtigen Königs in keiner Hinsicht gewachsen.

Kieran hatte immer so getan, als mochte er Elvis nicht. Die Musik hatte er trotzdem gehört. Besonders nach ein paar Drinks. Die meiste Zeit hatte Freya mitgespielt, gelächelt, wenn er seine Witze über die kitschige Musik riss. Im Innersten wusste sie, es war nichts Kitschiges an dem Gefühl, das die Stimme in ihr wachrief.

So viel Zeit hatten sie damit verbracht, sich zu verstellen. Nicht nur, was Elvis anging. Alles. Taten so, als seien sie in dieses Zusammenleben hineingeschliddert. Als sei es etwas, das ohne Planung und Voraussicht passiert. Taten so, als gehörten sie zu diesen entspannten Typen, für die das mondäne In-den-Tag-hinein-Leben etwas sei, das sie sich aussuchen konnten. Waren immer mit den großen Themen beschäftigt: Klimawandel, Armut in der Dritten Welt, Kindersklaverei, in einer Welt zu leben, in der ein Prozent der Bevölkerung neunundneunzig Prozent des Reichtums besaß.

Ja, sie wusste, all das spielte eine Rolle, und natürlich war es ihr nicht gleichgültig. Doch im Moment kümmerte sie einzig und allein, wie leer alles plötzlich war. Letzte Woche war das Leben noch perfekt gewesen. Hier, in dieser Wohnung, mit einem Mann, von dem nie jemand für möglich gehalten hatte, dass er sich für sie entscheiden würde. Ein Leben mit einem Sinn, voller Leidenschaft und mit einer Aufgabe. Vollkommen anders als der stumpfsinnige Weg, den ihre Mutter eingeschlagen hatte.

Freya war nicht blöd. Sie wusste, Kieran war nicht perfekt. Sie begriff nur nicht, wieso das so wichtig war. Na und? Niemand in der Welt musste perfekt sein, oder? Abgesehen davon, welche Fehler er auch immer hatte, wichtig war doch Folgendes: Von allen Frauen auf der Welt hatte er sie gewählt. Und weder ihre Mutter noch Alex noch sonst wer konnte etwas dagegen tun. Er hatte Freya ausgewählt, und jetzt war er fort.

Sie schenkte sich noch mehr Wein aus der Flasche zu ihren Füßen ein. Er schmeckte sauer, brannte in ihrem Magen und erinnerte sie zu sehr an ihre Mutter. Sie trank ihn trotzdem, musste irgendetwas tun, damit das Wogen der Bilder, der Geräusche und Gerüche, das nicht nur in ihrem Kopf zu sein schien, sondern auch um sie herum, und das immer näher kam, damit das Gefühl, ersticken zu müssen, endlich aufhörte.

Sie würde nicht wie ihre Mutter enden. Als erbärmliche Alkoholikerin, die sich an ihr leeres, sinnloses Leben mit einem Mann klammerte, der sie nicht liebte. Freya schüttelte den Kopf. Nein. Sie war besser als das.

Ihr Freund schaute sie von dem Foto auf dem Kaminsims an. Sie hatte Kerzen angezündet. Der warme Schein zum harten Licht der Lampe über dem Bilderrahmen war ihr lieber. Durch das Flackern changierten die Farben auf Kierans Gesicht – und ihrem.

Er hatte seinen Arm nachlässig um ihre Schultern gelegt. Er lächelte nicht. Komisch, dass ihr das noch nie aufgefallen war. Manchmal sah man die Dinge nur, wenn man von ihnen Abstand nahm. Oder wenn man sämtliche Fakten kannte und etwas so sehen konnte, wie es wirklich war.

Ihre Augen wanderten von Kierans Gesicht zu ihrem. Strahlend vor Glück. Sie hatten an jedem Morgen miteinander geschlafen. In dem kleinen Zelt. Sie erinnerte sich, dass sie sich einen Kopf darüber gemacht hatte, dass die anderen sie vielleicht hörten, aber das hatte sie nicht gehindert. Nicht für eine Sekunde. Damals hatten sie dauernd Sex. Kein Wunder, dass sie so verflucht glücklich aussah.

Sie zwang noch einen Schluck Wein hinunter. Das weckte erneut Erinnerungen an ihre Mutter, die sich im Wein und Selbstmitleid suhlte. Sie stellte das Glas angewidert hin, wünschte, Dad wäre bei ihr. Er hatte versprochen, noch einmal vorbeizukommen. Bis jetzt Fehlanzeige. Es war nicht seine Schuld. Sie wusste, er wäre bei ihr, wenn er könnte. Aber er war zu beschäftigt, sie konnte nicht erwarten, dass er alles stehen und liegen ließ, tagelang bei ihr saß und ihr dabei zusah, wie sie Trübsal blies. Wie ihre Mutter. Ihr schauderte.

Ihr Handy vibrierte – eine Textnachricht. Sie zog es aus der Tasche ihrer Fleecejacke – hoffte, es wäre ihr Vater. Aber es war nur wieder Emer.

Ich muss mit dir reden. Bitte ruf an.

Freya löschte die Nachricht. Kieran war seiner älteren Schwester, solange er gelebt hatte, scheißegal gewesen. Jetzt war es zu spät.

Das Lied endete traurig, der letzte Akkord schwebte davon, bis nur mehr das Echo in der Stille hing. Ein neuer Song, schnellerer Beat, »Suspicious Minds«. Kein Wunder, dass Freyas Gedanken zu ihrer Mutter wanderten. Dumme Kuh, heulte herum und heuchelte Mitgefühl, wo doch jeder wusste, dass der einzige Mensch, den ihre Mutter interessierte, sie selber war.

Wut löste Trauer ab. Sie nahm die Fernbedienung und schaltete die Musik aus.

Genug Elvis und genug Selbstmitleid.

Vorhin hatte sie sich elend gefühlt. Elend vor Sorge und Angst und dem puren, schwindelerregenden Schock über den Tod. Noch immer konnte sie es nicht fassen. Hoffte – mit einer Leidenschaft, die gefährlich, aber unausweichlich war –, dass es sich um einen großen Irrtum handelte, die Tür jeden Moment aufging und er hereinkam, als sei nichts geschehen.

Er kommt nie wieder zurück.

Sie sah wieder das Foto an, hasste es für die Lüge. Ihr Lächeln, sein Arm um sie geschlungen, die gleichen Jacken, die in die Welt hinausschrien: Sie waren ein Paar. Ein glückliches Paar verblendeter Idioten, vor denen ein Leben voller Glück lag.

Er kommt nie wieder zurück.

Es war ein körperlicher Schmerz. Ein harter Klumpen in ihrer Brust und der Kehle, so dass sie kaum sehen, hören oder atmen konnte. Sie stand auf, nahm den Bilderrahmen vom Sims und schleuderte ihn durch das Zimmer. Er schlug gegen die Wand. Das Glas splitterte, verteilte sich in kleinen Scherben auf dem Boden. Die scharfen Kanten reflektierten das Licht von den Kerzen. Der ganze Boden schien funkelnd zu tanzen.

MONTAG

EINS

Alastair saß schon an seinem Schreibtisch, als Abby am Montagmorgen zur Arbeit erschien. Sie war durchnässt und fror. Auf ihrer Zugfahrt hatte es angefangen zu regnen. Optimistisch hatte sie sich vom blauen Himmel täuschen lassen und den Regenschirm zu Hause gelassen.

Alastair grinste, während sie den Mantel schüttelte, bevor sie ihn an die Garderobe hing. Sie fand ihn unerträglich arrogant. Das war nicht fair von ihr, das wusste sie. Er hatte jeden Grund, sich etwas auf sich einzubilden. Bis letzte Nacht hatte Abby nicht begriffen, warum Ellen und die anderen so viele Stücke auf ihn hielten. Die Identifizierung von Ben Lowe war nichts weniger als genial gewesen. Das musste sie ihm lassen, auch wenn sie gleichzeitig einen Stich von Eifersucht verspürte. Vielleicht zog sie darum so eine Show ab, als sie ihn Malcolm gegenüber pries, der nur wenige Minuten nach ihr kam.

»Haben Sie schon von letzter Nacht gehört?«, fragte sie.

»Vom Kerl aus dem Pub?«, sagte Malcolm. »Ja. Al hat mir erzählt, dass Sie ihn zum Verhör reingebracht haben. War nicht besonders glücklich darüber, die ganze Nacht bleiben zu müssen. Der Polizeibeamte vom Dienst sagte, er hätte einen ziemlichen Aufstand gemacht.«

»Moment mal«, sagte Abby. »Wollen Sie mir sagen, das Genie hat Ihnen nicht erzählt, woher er wusste, dass Ben Lowe unser Mann ist?«

»Er hat nicht viel gesagt«, sagte Malcolm. »Sie wissen doch, wie er ist. Hat irgendwas von einem glücklichen Zufall gemurmelt und dann den Rest der Zeit telefoniert.«

Sie war Alastair gegenüber zu geringschätzig. Das sah sie jetzt ein. Hatte seine stille Zurückhaltung und seinen Mangel an Ego fälschlicherweise für einen Mangel an etwas anderem gehalten. Persönlichkeit vielleicht. Sie hatte sich dumm verhalten. Die Eifersucht verflog, an ihre Stelle trat Respekt.

»Er ist die Aufzeichnungen im Detail durchgegangen«, sagte Abby und ließ Alastair nicht aus den Augen. Er sollte sich den Verdienst ans Revers heften.

»Da war eine Notiz von einem der Beamten, die die Tür-zu-Tür-Befragungen durchgeführt haben. Sie haben nicht nur die Nachbarn befragt, sondern auch die Pubs vor Ort aufgesucht. Freya hatte gesagt, Kieran hätte sich vor der Party mit jemandem auf einen Drink getroffen. Es lag also nahe, dass er in einem der Pubs in der Nähe von Charlottes Haus war. Und genau so war es. Die Besitzerin vom The Dacre Arms hat sich an ihn erinnert. Er war dort mit einem anderen. Sind nicht lang geblieben. Beim zweiten Drink bekamen sie sich in die Wolle. Die Besitzerin wusste keine Einzelheiten, sagte aber, Burton sei aus der Kneipe gestürmt. Hat fast ein ganzes Pint stehen gelassen. Der andere Typ sei etwa eine halbe Stunde später weg.«

»Ben Lowe?«, fragte Malcolm.

Abby nickte. »Ja. Die Besitzerin kannte ihn nicht, aber sie hat ihn unserem Beamten beschrieben. Er hat alles fein säuberlich notiert. Alastair hat die Beschreibung gelesen und sich im Pub daran erinnert.«

»Es war nur eine Vermutung«, sagte Alastair. »Ein Schuss ins Blaue. Ich hätte genauso gut falschliegen können.«

»Haben Sie aber nicht«, sagte Abby. »Das zählt. Darum haben wir unsere erste richtige Spur. Und alles nur dank Ihnen.«

Alastair wischte das Kompliment weg und bedeutete Abby, sich zu setzen.

»Jetzt gibt es noch was«, sagte er. »Wenn Sie endlich einmal aufhören würden zu reden, könnte ich es Ihnen sagen.«

Abby zog einen Stuhl heran.

»Es geht um Charlotte Gleeson«, sagte Alastair.

Der Briefträger fing Ellen ab, als sie mit den Kindern aus der Tür eilen wollte.

»Nur ein Brief«, sagte er und reichte ihr einen Umschlag mit einem Logo. Sie erkannte es sofort und stopfte den Umschlag ungeöffnet in ihre Tasche. Er war von der weiterführenden Schule, die Pat ab September besuchen sollte.

Die Morgenglocken läuteten, als sie die Kinder vor der Schule absetzte. Sie raste durch Lewisham. Vor dem Präsidium begegnete sie Raj und überredete ihn, mit ihr gegenüber im Danilos noch einen Kaffee zu trinken.

»Ich zahle«, sagte sie. »Als Gegenleistung können Sie mir alles erzählen, was Sie über Pete Cooper und die Operation Rift wissen.«

»Da gibt es nicht viel zu erzählen«, sagte Raj, nachdem sie sich an einen Tisch am Fenster gesetzt hatten. Der Dampf der heißen Getränke stieg zwischen ihnen auf – Cappuccino für Raj, doppelter Espresso für sie.

»Na ja, nichts, was Sie wahrscheinlich nicht sowieso schon wissen. Es geht in der Hauptsache um Geldwäsche. Wir glauben, auf diesem Weg an ein paar richtig üble Leute ranzukommen. Cooper hatten wir zunächst nicht auf dem Schirm. Dem Schein nach ist er anständig. Einer dieser Typen mit Aktien und Möbelläden, Teilhaber eines Hotels in Greenwich, im Südosten besitzt er eine Reihe hochwertiger Immobilien, die er vermietet, und er ist einer der Hauptinvestoren vom Tramp.«

»Ah«, sagte Ellen. »Darum interessieren Sie sich für ihn?«

Tramp war ein kürzlich eröffneter »exklusiver« Gentlemen's Club am Flussufer unweit des Greenwich Yacht Clubs. Der Besitzer, Rob Brinton, war einer der Köpfe des organisierten Verbrechens in Südostlondon.

»Cooper und Brinton kennen sich schon ewig«, sagte Raj. »Sind zusammen zur Schule gegangen. Wir glauben, dass Brinton Coopers Geschäfte benutzt, um Geld aus seinen weniger sauberen Geschäften zu waschen. Prostitution, Drogen, wahrscheinlich auch Schwarzhandel. Coopers Beteiligung ist bislang schwer einzuschätzen. Allerdings sind wir definitiv an ihm interessiert.«

Ellen pustete in den Kaffee und trank einen Schluck. Er war gut. War er immer im Danilos.

Sie kannte sich aus mit Operationen wie Rift. Sie gehörten zu einer internationalen Initiative. Bekam man die Kriminellen nicht für ein Verbrechen dran, dann eben für ein anderes. Das Endresultat war das gleiche. Sie wurden eingesperrt. Vor einigen Jahren hatten sie es bei einem anderen schlimmen Finger aus Südlondon probiert. William – Billy Boy – Dunston. In Dunstons Fall kam es aber nie zu einer Verurteilung. Ellen hatte ihn vorher umgelegt. Jedoch nicht wegen Geldwäsche. Ihr Motiv war reiner. Rache.

Erinnerungen spulten sich in ihrem Kopf ab. Endeten mit dem Geruch von verbranntem Fleisch und dem Bild von Dunstons ruiniertem Gesicht, nachdem sie ein zweites Mal abgedrückt hatte.

»Sie glauben, Gleeson ist involviert?«, fragte sie.

»Nein.« Raj schüttelte den Kopf. »Er ist nur ein Idiot, den Cooper überredet hat, in diese neue Restaurantkette zu investieren. Ich glaube, er wollte das Projekt schon eine geraume Zeit starten. Es ist sehr ambitioniert. Er hat das Gebäude neben seinem schon existierenden Restaurant in Greenwich übernommen. Es soll das erste der Kette sein. Die Tapas-Kette ist ein Erfolg. Die neue hat im Grunde dasselbe Konzept, nur Italienisch und nicht Spanisch. Vielleicht fühlt er sich sicherer, wenn er es mit jemandem zusammen macht. Cooper kann charmant sein, wenn er will, und er wirkt, auf den ersten Blick jedenfalls, respektabel. Er ist das Geld hinter dem Unternehmen, Gleeson das Hirn. Aus Gleesons Sicht ist das sicherlich ein ziemlich guter Deal.«

Ellen musste an den blasierten, eingebildeten Mann denken, den sie gestern zum Verhör gezerrt hatte. Nick Gleeson troff nur so vor satter, jovialer Seriosität.

»Weiß er nicht, dass sein Ruf schaden nehmen könnte, wenn er mit einem wie Cooper Geschäfte macht?«, fragte sie.

»Er hat sicher keine Ahnung«, sagte Raj, »Wie ich schon sagte, bei Cooper ist vieles Fassade. Gleeson ist Geschäftsmann, Ellen. Sogar den Besten ist es egal, mit wem sie Geschäfte machen, Hauptsache der Rubel rollt. Sagen Sie bloß, Sie haben noch nie die Reality-Show *Der Lehrling* gesehen?«

»Nie«, bestätigte Ellen. »Werde ich hoffentlich auch nie.«

Raj grinste. »Hätte ich mir denken können. Noch was?«

»Ist es denkbar, dass Cooper Nick Gleesons neues Unternehmen als Kanal für das zwielichtige Geld seines Kumpels verwendet?«

»Durchaus«, sagte Raj. »Das untersuchen wir auch. Sagen Sie mal, Ellen, was wissen Sie über Pete Cooper?«

»Ich weiß, dass er mit Nicholls Golf spielt«, sagte Ellen. »Und dass er wahrscheinlich in alle möglichen schmutzigen Geschäfte involviert ist. Es zu beweisen ist schwierig. Warum?«

»Er steht nicht das erste Mal im Zentrum einer Ermittlung«, sagte Raj. »Wussten Sie das?«

Ellen schüttelte den Kopf.

»Vor fünfzehn Jahren«, sagte Raj, »verschwand Coopers Frau. Annalise. Ihre Leiche wurde ein paar Tage später auf dem Grund von Beachy Head gefunden.«

Zwei Bilder nebeneinander. Vinnys Leiche. Auf der Straße, nachdem er überfahren worden war. Billy Dunstons Gesicht, das binnen einer Sekunde verschwand, nachdem Ellen abgedrückt hatte.

»Cooper war verdächtig?«, fragte sie.

»Die richterliche Feststellung lautete, unbekannte Todesursache«, sagte Raj. »Niemand wurde angeklagt. Möglich, dass sie Selbstmord begangen hat.«

Ellen dachte an andere Selbstmorde, die sie untersucht hatte. Eine derartige richterliche Feststellung war nicht ungewöhnlich. Es gab normalerweise einen Grund, warum ein Gerichtsmediziner einen Tod nicht als Selbstmord klassifizierte.

»Haben Sie Zweifel?«, fragte sie.

Raj zuckte mit den Achseln. »Ich war bei den Ermittlungen nicht dabei, aber ich habe mit einem pensionierten Detective gesprochen, der es war. Er sagte, sie alle wussten, dass Cooper sie umgebracht hatte. Sie konnten es ihm nur nicht beweisen. Das war das Problem. Er hatte ein hieb- und stichfestes Alibi für die Nacht ihres Verschwindens. Dass jemand anderer es für ihn erledigt hatte, konnte ihm nicht nachgewiesen werden.«

»Warum waren alle so sicher?«, fragte Ellen.

»Annalise hatte eine Affäre«, sagte Raj. »Mit einem Kerl, der ab und zu für Cooper gearbeitet hat. Dan McNulty. Die Sache ist, McNulty verschwand in derselben Nacht. Seine Leiche wurde nie gefunden. Der Fall ist noch offen. Wie ein Stapel anderer ungelöster Fälle. Warten darauf, dass sich eines Tages jemand ihrer annimmt.«

»Hat er wieder geheiratet?«, fragte Ellen.

»Nie«, sagte Raj. »Es gibt ein Kind. Eine Tochter. Cooper hat sie alleine großgezogen. Nach allem, was ich höre, ist er ein hingebungsvoller Vater. Das Mädchen ist jetzt zweiundzwanzig. Wohnt noch zu Hause. Doktorandin an der Greenwich University.«

»Wo Kieran Burton seinen Master gemacht hat«, sagte Ellen. »Ich frage mich, ob die beiden sich kannten.«

Raj schob seinen Stuhl zurück und stand auf. »Halten Sie mich auf dem Laufenden. Ich habe in zwei Minuten eine Sitzung. Muss los.«

Durch die beschlagenen Fenster sah Ellen Abby auf das Café zulaufen.

»Ich muss auch los«, sagte sie. »Danke für Ihre Hilfe, Raj.«

»Kein Problem«, sagte er. »Passen Sie auf sich auf, Ellen.«

Er berührte ihre Schulter und war weg. Ellen sah ihn vor der Tür kurz mit Abby plaudern, bevor er über die Straße rannte und im weißen Betonkoloss verschwand, in dem sich das Polizeirevier von Lewisham befand.

Sie trank den letzten Schluck Kaffee und erhob sich. In diesem Moment kam Abby herein und wischte sich den Regen vom Gesicht.

»Charlotte Gleeson ist im Krankenhaus«, sagte Abby. »Behauptet, sie sei letzte Nacht in ihrem Haus überfallen worden.«

»Behauptet?«, fragte Ellen.

»Sie hatte ein paar zu viel«, sagte Abby. »Ist die Treppe runtergefallen. Sagt, jemand hätte sie gestoßen. Zwei unserer Jungs haben den Notruf entgegengenommen. Sie meinen, wahrscheinlicher ist, dass sie gefallen ist. Ich habe mit dem Krankenhaus gesprochen. Wir können zu ihr.«

»Fahren Sie zum Krankenhaus. Hören Sie sich an, was Charlotte zu sagen hat. Ich gehe zurück ins Präsidium und kümmere mich um Ben Lowe, okay?«

Sie trat in den nassen Morgen. Eine Windbö fegte durch die Straße, nahm ein wenig Abfall mit. Eine blaue Plastiktüte erhob sich vom Boden, schwebte über Ellens Kopf hinweg und landete wie ein Geschenk vor ihren Füßen.

Sie zog die Kapuze über, machte einen Schritt über die Tüte und bedeutete Abby, ihr zu folgen. Als sie das Präsidium erreichten, war das Gesicht von Billy Dunston weg.

ZWEI

Sie hatten Ben Lowe über Nacht dabehalten. Die Befragung absichtlich bis zum Morgen hinausgeschoben. Je länger sich etwas hinzog, desto schwieriger war es für den Verdächtigen. Eine Nacht in einer Zelle ließ das Adrenalin hochschießen. Brachte Verdächtige dazu, Dinge zu sagen, die sie lieber nicht sagen sollten. Manchmal.

Nachdem die Anwältin von Ben Lowe eingetroffen war, begab Ellen sich in das Verhörzimmer. Ellen kannte die Anwältin nicht, eine auffallende Frau, die sich als Janet Azikwe vorstellte.

Abby hatte die Idee gehabt, Alastair dazuzunehmen. Ellen wäre dieser Gedanke nie gekommen. Sie war immer davon ausgegangen, dass Alastair die andere Seite des Jobs bevorzugte: die Recherche, Berge von Beweisen durchforsten, nach Dingen suchen, die anderen entgangen waren. Als ihm der Vorschlag angetragen wurde, packte er die Gelegenheit beim Schopfe. Sie nahm sich vor, ihn öfter etwas Neues ausprobieren zu lassen. Alastair war nicht der Einzige in ihrem Team, der mehr Möglichkeiten zur Weiterentwicklung brauchte. Verglich sie ihre Managementfähigkeiten mit denen anderer Menschen, mit denen sie über die Jahre zusammengearbeitet hatte, hatte sie kein gutes Gefühl. Irgendwie musste sie, neben allen Herausforderungen der Arbeit und der, eine halbwegs annehmbare Mutter zu sein, die Zeit finden, eine bessere Abteilungsleiterin zu sein.

Ben Lowe nahm sofort den Mund voll. Pochte auf seine Rechte und dass er ein Geschäft zu führen hätte und blablabla. Als er endlich die Klappe hielt, drückte Ellen die Aufnahmetaste des Rekorders und begann mit dem Verhör. Sie nannte die Uhrzeit und die Namen aller Anwesenden, lehnte sich in ihrem Stuhl zurück und musterte Lowe.

Offensichtlich war ihm sein Aussehen sehr wichtig. Blonde Strähnen in seinem schütter werdenden Haar, eine Bräune, die nicht natürlich war. Kleidung, die auch noch gut aussah, nachdem er darin geschlafen hatte. Schade, dass er nicht ebenso viel Zeit auf seine Persönlichkeit verwendete.

»Freitagnacht haben Sie Kieran Burton auf einen Drink getroffen«, sagte sie. »Warum?«

»Eine Sekunde«, sagte Lowe. »Haben Sie nicht verstanden, was ich gerade gesagt habe? Ich will wissen, warum zum Teufel Sie mich die ganze Nacht eingesperrt haben und wann Sie mich wieder gehen lassen. Ich habe nichts getan, und Sie behandeln mich wie einen Verbrecher. Das lasse ich nicht zu. Verstanden?«

»Freitagnacht«, wiederholte Ellen.

Er fing an zu protestieren – doch Janet Azikwe legte ihre Hand auf seinen Arm. Mit einem Ausdruck von Überdruss, der Ellen an ihre Mutter erinnerte, legte Janet Ben nahe, auf die Fragen zu antworten, wäre der schnellste Weg, hier wieder rauszukommen.

Er schüttelte Janets Hand ab und blickte Ellen finster an.

»Ja, ich habe ihn getroffen«, sagte er. »Er ist ein Kumpel. Wollte meinen Rat. Also haben wir uns verabredet. Im Dacre, weil wir dachten, dort begegnet uns niemand, den wir kennen.« Er schnaubte. »Das hat wohl nicht geklappt. Jemand hat uns offenbar gesehen. Wer? Nicht Freya. Das, zumindest, weiß ich. Sie wusste nicht, dass Kieran sich mit mir trifft.«

»Woher wollen Sie das wissen?«, fragte Ellen.

»Weil er es ihr nicht gesagt hat«, sagte Ben. »Sie kann eine Zumutung sein, wissen Sie? Von Zeit zu Zeit hat er lieber sein eigenes Ding gemacht.«

»Was war denn *sein eigenes Ding?*«, fragte Ellen.

Ben zog die Schultern hoch. »Der Mann brauchte manchmal ein wenig Freiraum. Hören Sie. Ich arbeite mit Freya zusammen. Ich weiß, wie sie ist. Nimmt sich sehr wichtig. Sie behandelte ihn nicht wie ihren Freund. Es war seltsam. Eher wie eine Mutter. Verstehen Sie mich nicht falsch. Sie kümmerte sich um ihn. Aber das hatte seinen Preis, wissen Sie?«

»Nein, weiß ich nicht«, sagte Ellen. »Welchen Preis?«

»Sie wollte ihn kontrollieren«, sagte Ben. »Sie wollte über alles, was er trieb, Bescheid wissen. Darum entfernte er sich manchmal von der Truppe.«

»Was ist mit der Uni?«, fragte Ellen. »Freya konnte ihn da doch sicher nicht kontrollieren?«

Ben grinste. »Sie wusste nicht mal die Hälfte. Die reinste Ironie, finden Sie nicht? Sie verwendete all ihre Zeit, Anstrengung und ihr Geld darauf, ihn in ihren persönlichen Schoßhund zu verwandeln, und er stellte jeden Tag am College allen möglichen Unsinn an.«

»Welchen Unsinn?«, fragte Alastair.

»Sagen wir mal«, sagte Ben, »Kieran hielt nicht viel von Monogamie. Soweit ich weiß, hatte er mehrere Mädels am Start. Manche davon echte Hingucker. Eine andere Liga als die arme alte Freya.«

»Sie wissen das aber nicht mit Bestimmtheit«, vermutete Ellen. »Kieran hat es Ihnen erzählt?«

»Kieran hatte andere Frauen«, sagte Ben. »Hab sogar eine kennengelernt. Verflucht umwerfend.«

»Klingt, als seien Kieran und Sie gut befreundet gewesen«, sagte Alastair.

»Waren wir«, sagte Ben. »Ich kann es immer noch nicht glauben, wenn ich ehrlich sein soll. Soweit ich weiß, war ich einer der Letzten, die ihn gesehen haben.«

»Oder der Letzte«, sagte Ellen.

»Ich habe ihn nicht umgelegt«, sagte Ben. »Wir haben einen zusammen getrunken, das ist alles. Na ja, es war ein bisschen mehr. Wir hatten ein paar Drinks, er ist auf eine Party und ich wieder in die Bar. Sie können jeden im Meridian fragen. Ich war spätestens um zehn zurück.«

»Wenn Sie so gut befreundet waren«, sagte Alastair, »worüber haben Sie sich dann gestritten?«

»Nichts«, sagte Ben. »Wie ich schon sagte, wir hatten ein paar Drinks. Haben uns ein paar Dinge an den Kopf geworfen. Das passiert manchmal, wenn man trinkt.«

Ellen hätte beinahe losgelacht. Ben Lowe hatte die ganze Nacht Zeit gehabt, sich eine Geschichte auszudenken, warum er und Kieran sich in die Haare bekommen hatten. Kaum zu glauben, dass ihm nichts Besseres eingefallen war. Dem Ausdruck von versteckter Verachtung im Gesicht der Anwältin nach zu urteilen, glaubte sie ihm auch nicht.

Ellen beugte sich vor, starrte ihn an. Er starrte zurück, dann aber wich er ihrem Blick aus und zappelte auf seinem Stuhl herum. Seine rechte Hand lag auf dem Tisch, die Finger klopften einen disharmonischen Rhythmus auf die fleckige Resopalplatte.

»Ben.«

Das Klopfen stoppte. Er sah auf. Sein Gesicht leer. Doch Ellen sah ein erstes ängstliches Flackern in seinen Augen.

»Mehrere Zeugen bestätigen, Sie und Kieran streiten gesehen zu haben. Sie haben gedroht, ihn umzubringen. Ein paar Stunden später wurde Kieran ermordet. Im Augenblick sind Sie unser Hauptverdächtiger. Glauben Sie mir, es hilft Ihnen nicht, uns anzulügen. Wenn Sie wollen, dass ich Ihnen glaube, dass Sie nicht Kierans Mörder sind, erzählen Sie mir jetzt lieber die Wahrheit. Und sollten Sie eine Sekunde lang denken, ich glaube Ihnen, dass Sie sich nicht erinnern, worum es bei dem Streit ging, sollten Sie noch einmal nachdenken. Also, ich frage Sie zum letzten Mal. Worüber haben Sie gestritten?«

Kieran blickte zu Azikwe. Die verdrehte die Augen.

»DI Kelly«, sagte sie. »Könnten Sie uns einen Moment allein lassen?«

Ellen drückte die Pausentaste und stand auf.

»Wir machen eine Pause«, sagte sie.

Sie und Alastair verließen den Raum. Holten sich Kaffee am Automaten. Ellen fragte Alastair nach seinem Eindruck.

»Er ist ein verfluchtes Schwein«, sagte Alastair. »Aber er hat ihn nicht umgebracht.«

»Wieso nicht?«, fragte Ellen.

»Er hat nicht genug Angst«, sagte Alastair. »Ja, er lügt, und ich möchte gerne wissen, warum. Es würde mich nicht überraschen, wenn es um eine Frau ging. Nur nicht um die arme Freya. Vielleicht haben sie mit demselben Mädchen geschlafen. Irgend so was Kitschiges.«

Ellen stimmte zu. Ben Lowe war nicht der Mörder. So standen sie also wieder am Anfang. Plötzlich erschien ihr die Aufgabe unlösbar. Ein riesiger, unüberwindbarer Berg. Sie hatte keine Kraft, konnte so nicht weitermachen, immer und immer und immer wieder.

»Alles okay?«, fragte Alastair.

»Ja klar«, sagte sie. Dieselbe Lüge wie eh und je. »Kommen Sie. Bringen wir es hinter uns.«

Sie öffnete die Tür zum Verhörraum. Ben Lowe hatte einen trotzigen Ausdruck im Gesicht. Als wappne er sich für einen Kampf. Sie widerstand dem Verlangen, ihm eine reinzuhauen, setzte sich und drückte erneut die Aufnahmetaste des Rekorders.

Welchen Rat die Anwältin ihm auch gegeben hatte, es funktionierte. Als Ellen und Alastair zurückkamen, war er gesprächig.

»Wir hatten einen Streit«, sagte Ben. »Sie haben recht.«

»Also, worum ging es?«, fragte Ellen.

Lowe blickte zu seiner Anwältin, die nickte.

»Kieran sollte mir ein bisschen Speed besorgen«, sagte Lowe.

»Wollen Sie mir weismachen, Kieran hat mit Drogen gedealt?«, fragte Ellen.

Lowe zuckte mit den Schultern. »Dealen würde ich es nicht nennen. Manchmal hat er mir etwas Speed besorgt. Aber nur weil er einen Typen an der Uni kannte, der leicht drankam.«

»Und in dem Streit ging es um Drogen?«, fragte Ellen.

»Nur Speed«, sagte Lowe. »Nicht Drogen im Allgemeinen. Kieran hat mir Geld geklaut. Ich habe ihm fünfzig Piepen gegeben und nie was dafür gesehen. Er behauptete, der Typ hätte das Geld genommen, sich aber geweigert, ihm das Speed zu geben. Sagte, er könne nichts machen. Verlogener Schweinehund. Er hat das Geld einfach behalten. Als ich ihn damit konfrontiert habe, hat er gelacht und gemeint, wenn ich ihm nicht glaube, könnte ich ja zu den Bullen gehen.«

Ellen war ernüchtert. Ein blöder Streit über einen blöden Drogendeal. Ben Lowe war ein Stück Scheiße. Ellen war sich ziemlich sicher, dass er Kieran nicht wegen fünfzig Pfund ermordet hatte. Damit sie sich besser fühlte – ein sinnloser Versuch –, klagte sie Ben Lowe wegen illegalen Drogenbesitzes an. Danach musste sie ihn gegen Kaution freilassen unter dem Vorbehalt, dass er in vierzehn Tagen vor einem Richter erschien. Er würde eine Strafe aufgebrummt bekommen und einen Eintrag in den Akten.

Nachdem sie mit Lowe fertig war, begab sie sich ins Büro und fand einen Zettel auf ihrem Laptop vor:

Bin im Krankenhaus. Sobald ich zurück bin, will Ger einen Kaffee trinken und auf den neuesten Stand gebracht werden. A.

Ellen verdrehte die Augen. Die Aussicht auf einen anständigen Kaffee war eine geringe Entschädigung dafür, von ihrer Arbeit abgehalten zu werden, nur weil Ger danach war. Was die Chefin wollte, bekam die Chefin. So war der Lauf der Dinge. Das zu wissen hieß nicht, dass es ihr gefiel.

DREI

Gebrochen war nichts. Der Arzt – groß und dünn, mit einer überlangen Nase – sagte Charlotte, sie habe Glück gehabt. Charlotte war anderer Meinung. Sie hatte eine Gehirnerschütterung und eine schwere Prellung. Es tat höllisch weh. Trotz der Schmerzmittel. Sie hatte den Arzt dummerweise gefragt, ob sie Alkohol trinken dürfe.

»Alkohol ist wohl das Letzte, worüber Sie sich Gedanken machen sollten«, sagte er.

Arroganter Schnösel. Es hatte keinen Zweck, ihm zu sagen, dass jemand ihr das angetan hatte. Sie sah ihm an, was er von ihr hielt.

Sie lag in einem Achtbettzimmer. Jedes Bett belegt. Sie hatte ein blassblaues Nylonnachthemd an. Bei der Aufnahme hatten sie es ihr angezogen. Eine der Schwestern, eine dicke blonde, sagte ihr, ihre Kleidung läge in einem abschließbaren Schränkchen neben dem Bett. Sie würde furchtbar zerknittert sein, wenn sie sie wieder anzog.

Sie schloss die Augen. Bald würde der Arzt zurück sein. War er zufrieden, wurde sie entlassen. Das wollte sie nicht. Sie konnte nicht zurückgehen. Noch nicht.

»Hi.«

Charlotte machte die Augen auf. Sah in Ginnys liebliches Gesicht. Ohne Make-up sah es grau und müde aus, statt wie sonst sprühend vor Leben. Charlotte konnte sich nicht erinnern, wann sie ihre Freundin das letzte Mal ungeschminkt gesehen hatte.

»Gleich nach deiner SMS habe ich mich auf den Weg gemacht«, sagte Ginny und setzte sich auf die Bettkante und nahm Charlottes Hand. Angst und Sorge wurden sofort erträglich.

»Du hast mir einen ganz schönen Schrecken eingejagt, Lottie. Ich las das Wort Krankenhaus und … na ja, du weißt ja, wie ich sie hasse.«

»Sorry«, sagte Charlotte. »Ich wusste nicht, wen ich sonst kontaktieren sollte.«

»Oh, sei nicht albern.« Ginny drückte ihre Hand. »So meinte ich es nicht. Selbstverständlich will ich bei dir sein. Sieh dich nur an, Liebes.« Ganz sanft berührte sie Charlottes rechten Wangenknochen. Schon das tat höllisch weh. »Das wird ein schönes Veilchen. Was um Himmels willen ist passiert?«

Charlotte erzählte alles noch einmal von vorne, stockend versuchte sie die Todesangst zu beschreiben, die sie ausgestanden hatte. Die entsetzliche Gewissheit, dass sie sterben würde.

»Sie glauben, ich lüge«, sagte sie.

»Wer?«

Charlotte zog die Schultern hoch und bereute es sogleich, denn Schmerz durchfuhr ihren Arm. Wenigstens war es der linke. Wahrscheinlich sollte sie darüber auch noch froh sein.

»Die Polizei, der Arzt. Alle.«

»Mrs. Gleeson?«

Charlotte stöhnte. Abby, die hübsche Ermittlerin stand am Fußende des Bettes.

Abby. Hübscher Name für ein hübsches Mädchen. Sie war etwa im gleichen Alter wie Freya. Natürlich sonst in jeder Hinsicht anders. Der Vergleich zwischen Abby – glänzendes schwarzes Haar, manikürte Fingernägel und perfekter Teint – und ihrer Tochter schmerzte Charlotte. Wenn sich Freya doch nur ein wenig Mühe geben würde. Es würde sie nicht umbringen. In dem Alter bedurfte es noch keiner großen Anstrengung, gut auszusehen. Freya musste natürlich auch ein wenig an ihrem Gewicht arbeiten. Doch das war machbar.

Vielleicht war es das. Frei von Kieran konnte sie sich neu erfinden. Sie könnten es zusammen machen. Ein Mutter-Tochter-Projekt. Charlotte versuchte sich vorzustellen, wie sie und Freya zusammen shoppen gingen, sich frisieren und maniküren ließen. Die Bilder weigerten sich zu kommen. Sie seufzte. Freya würde sich nicht ändern. Charlotte musste das einfach akzeptieren. Egal, wie unerfreulich das war.

»Sollen wir den Vorhang vorziehen?«, fragte Abby und war schon dabei. Sie lächelte Ginny an. »Könnten Sie uns für ein paar Minuten allein lassen?«

»Nein.« Charlotte klammerte sich an Ginnys Hand. »Ginny soll bleiben.«

»Selbstverständlich«, sagte Ginny. »Ich gehe nirgendwohin. Keine Sorge.« Abby trat ganz nah heran. Wie sie da so lag, in ihrem Bett, die Polizistin über sie gebeugt, fühlte sich Charlotte verwundbar. Sie wollte sich aufsetzten. Aber das war gar nicht so leicht. Nichts war leicht, wenn der ganze Körper weh tat.

»Kann ich helfen?« Abby beugte sich vor und half Ginny, Charlotte in eine bequeme Position zu setzen.

»Danke«, sagte Charlotte.

»Wie geht es Ihnen?«, fragte Abby.

»Was denken Sie denn?«, fragte Ginny. »Jemand hat verdammt noch mal versucht, sie umzubringen.«

»Bitte, Mrs. Rau«, sagte Abby. »Ich möchte Charlottes Version hören.«

Ginny verzog das Gesicht. »Sie wissen, wer ich bin, weil ich bereits eine Zeugenaussage gemacht habe. Gut. Können wir bitte fortfahren? Charlotte braucht Ruhe.«

»Der Arzt ist der Meinung, es geht ihr gut genug, um einige Fragen zu beantworten«, sagte Abby. Sie wandte sich von Ginny ab und Charlotte zu. Charlotte versuchte zu lächeln, wollte zeigen, dass sie nicht eingeschüchtert war.

»Erzählen Sie mir von dem Unfall«, sagte Abby.

Wieder mischte sich Ginny ein.

»Es war kein Unfall. Jemand hat sie die Treppe in ihrem Haus hinuntergestoßen. Kann das nicht dieselbe Person gewesen sein, die Kieran ermordet hat? Ich habe darüber nachgedacht, wissen Sie? Lottie hatte Freitagnacht ein wenig getrunken und kann sich darum nicht an alles erinnern.« Sie drückte Charlottes Hand fester. Wollte ihr zu verstehen geben, dass sie nichts daran auszusetzen hatte, sondern sich nur verständlich machen wollte. »Ich glaube, sie hat etwas gesehen, was sie nicht hätte sehen sollen. Ich glaube, sie hat den Mörder gesehen. Und der kam letzte Nacht zurück, um … um sicherzugehen, dass sie, sollte sie sich erinnern, es niemandem erzählen kann.«

Charlotte wollte ihre Hand wegziehen, aber Ginny hielt sie fest. Das gefiel ihr nicht. Sie wollte nichts anderes denken, als dass ein Einbruch schiefgegangen war.

»Muss ich alles noch einmal erzählen?«, fragte sie.

»Ich bin hier, um zu helfen«, sagte Abby. »Das kann ich am besten, wenn ich verstehe, was vorgefallen ist. Ich bin auf Ihrer Seite, Charlotte.«

Sie lächelte, als sie das sagte. Die Freundlichkeit brachte Charlotte beinahe zum Weinen.

»Danke«, flüsterte sie.

Abby tätschelte die Hand, die Ginny hielt. »Nehmen Sie sich Zeit. Kein Grund zur Eile.«

»Ich wollte zu Bett gehen«, sagte Charlotte. »Ich war aus gewesen, müde und wollte nur noch schlafen.«

»Wo waren Sie?«, fragte Abby.

»In einem Weinlokal in Greenwich«, sagte Ginny. »Daran ist ja wohl nichts auszusetzen. Wieso spielt es überhaupt eine Rolle? Sollten Sie nicht lieber herausfinden, wer hierfür verantwortlich ist? Nicht, wo sie war oder mit wem? Lottie. Hör mich an. Denk nach. Als wir uns verabschiedeten, ging es dir gut. Du musst dich doch an etwas erinnern. Irgendetwas, das uns hilft, den zu finden, der dir das angetan hat.«

Irgendetwas stimmte heute Morgen mit Ginny nicht. Charlotte konnte verstehen, dass sich ihre Freundin Sorgen machte. Aber ihre Gewissheit, dass ihr jemand das absichtlich angetan hatte, fühlte sich falsch an. Warum dachte ausgerechnet Ginny, dass jemand ihr weh tun wollte? Sie wollte Ginny danach fragen, aber nicht, solange Abby da war. Im Kopf ging sie noch einmal den Freitagabend durch, versuchte eine Erklärung für Ginnys Vermutung zu finden. Leere. Große Löcher, wo Erinnerung sein sollte. Willkürlich verstreute Bilder. Nichts, das irgendeinen Sinn ergab.

»Wie meinen Sie das, letzte Nacht ging es ihr gut?«, fragte Abby.

»Ich hatte getrunken«, sagte Charlotte. »Aber ich war nicht betrunken. Das meinte sie. Und wenn schon.«

»Irrelevant«, sagte Abby. »Nach dem, was Kieran zugestoßen ist, kann ich es Ihnen nicht verübeln. Sie stehen noch unter Schock.«

»Das tue ich«, sagte Charlotte. »Ich bin am Boden zerstört. Ich kann immer nur an Freya denken. Ich will ihr helfen, aber sie lässt mich nicht.«

»Sie kommt sicher wieder zu sich«, sagte Abby. »Sie sind also letzte Nacht nach Hause gekommen. Was geschah dann?«

»Ich war auf dem Weg nach oben«, sagte Charlotte. »Da hörte ich ein Geräusch. Ich glaube, ich habe gefragt, wer ist da. Das Nächste, an was ich mich erinnern kann …«

Sie unterbrach sich. Alles kam urplötzlich zurück. Die Finsternis, die Angst, die Hand auf ihrem Rücken. Die plötzliche, erschreckende Gewissheit, dass sie dem Tod nahe war.

»Es muss beängstigend gewesen sein«, sagte Abby. »Haben Sie eine Ahnung, wer es gewesen sein könnte? Ich frage, weil zwei Beamte auf Ihren Notruf reagiert haben. Sie haben das Haus durchsucht. Kein Anzeichen für einen Einbruch.«

Als könnten diese unbrauchbaren Lumpen das beurteilen. Sie hatten ihr nicht geglaubt. Sprachen mit ihr langsam und laut, als sei sie eine verfluchte Geisteskranke. Erst als sie sie angeschrien hatte, fingen sie an, nach Spuren von einem Einbrecher zu suchen.

»Sie haben mir nicht geglaubt«, sagte Charlotte. »Ich sah es ihnen an. Wieso sollte ich lügen?«

»Das tun Sie nicht, davon bin ich überzeugt«, sagte Abby. Wieder lächelte sie, und Charlotte lächelte zurück, wartete.

»Noch eine Frage«, sagte Abby genauso freundlich. »Im Oktober vergangenen Jahres …«

Charlotte gefror das Lächeln. Sie wusste, was jetzt kam.

«… beschuldigten Sie einen Taxifahrer, Sie angegriffen zu haben. Das entsprach nicht ganz der Wahrheit, oder?«

Klar, dass die Polizei das wieder ausgraben würde. Damit sie alles verdrehen konnten. Ließen es so aussehen, als sei sie jemand, der nichts Besseres zu tun hatte, als unschuldige Leute zu belasten.

Ginny wollte etwas sagen, aber Charlotte sprach über sie hinweg.

»Das war etwas anderes.«

Abby zog die Brauen hoch.

»In jener Nacht war ich betrunken«, sagte Charlotte. »Das wissen Sie doch bereits.«

»Sie behaupteten, der Fahrer habe Sie angegriffen«, sagte Abby. »Dabei haben Sie ihn geschlagen. Sie haben sich im Taxi übergeben. Er wollte Sie aufsetzen, damit Sie nicht an Ihrem Erbrochenen ersticken, und Sie schlugen auf ihn ein.«

Verklemmte Kuh. Sollte sich mal ein bisschen entspannen. Charlotte wusste, es hatte keinen Sinn. Egal, was sie sagte, die Polizei glaubte ihr nicht. Sie schloss die Augen, wünschte, Abby würde sich in ihr beschissenes, wichtigtuerisches kleines Leben verpissen und sie in Ruhe lassen. Sie spürte Ginnys Hand und hielt sie fest. Als wäre Ginny die Einzige, die sie daran hinderte zu fallen.

Sie hörte, wie sich Abby verabschiedete und sagte, sie würde sich in den nächsten Tagen wieder melden. Dann ein Luftzug in ihrem Gesicht. Der Krankenbettvorhang wurde aufgezogen, danach das Klappern von Absätzen, das immer leiser wurde.

Als sie die Schritte nicht mehr hören konnte, öffnete sie die Augen wieder. Blickte in Ginnys blasses, missbilligendes Elfengesicht.

»Was ist?«, fragte Charlotte.

Ginny schüttelte den Kopf. Schenkte ihr ein falsches strahlendes Lächeln ohne Wärme.

»Sie hat weder Freya noch Nick erwähnt«, sagte Ginny. »Findest du das nicht merkwürdig?«

Charlotte erinnerte sich, dass sie gleich gedacht hatte: Nick. Er war es, der sich im Dunkeln bewegte. Sie fragte sich, ob sie richtiggelegen hatte, ob es sinnvoll war, die Polizistin zurückzurufen.

Sie hielt es nicht für nötig. Abby würde ihr sowieso nicht glauben.

VIER

Nick saß in seinem Wagen. Schaute auf das graue Wasser, das in Richtung Osten aus der Stadt hinausfloss. Er parkte auf einem Betonstreifen in Woolwich. Diesen Ort kannte er seit seiner Kindheit. Er war in einem der großen Betonblöcke um die Ecke aufgewachsen. Er hasste Woolwich, doch dieses unschöne Gewässer liebte er. Es erinnerte ihn an seinen alten Herrn. Sie waren jeden Sonntagsmorgen hier spazieren gegangen, Vater und Sohn, redeten über Gott und die Welt. Tot seit fünfundzwanzig Jahren, und es tat immer noch weh.

Er hatte alles versucht, seinen Vater stolz zu machen, aber er hatte nicht lange genug gelebt, hatte Nicks Aufstieg von

Woolwich in die Bleackheath-Villa nicht mehr erlebt. Das war das Einzige, was Nick in seinem Leben bedauerte. Natürlich gab es einiges, worauf er nicht besonders stolz war, aber damit konnte er leben. Seine Ehe, zum Beispiel. Ein totales Desaster. Wenigstens war Freya daraus hervorgegangen. Sie war vielleicht nicht eines Vaters Ideal einer perfekten Tochter, aber, Herrgott, er liebte seine kleine Prinzessin.

Das machte alles noch viel schlimmer. Er schlug mit beiden Händen gegen das Lenkrad, voller Wut, Angst und Verzweiflung, bis die Hände schmerzten. Er ertrug es nicht, sie leiden zu sehen. Gleich am Morgen war er bei ihr gewesen. Ihr Schmerz war unerträglich. Sie hatte ihr Bestes getan, es nicht zu zeigen. Aber er sah, wie tief er ging. Das hatte ihn fast zerrissen. Zumal dieses Stück Scheiße, um das sie trauerte, es gar nicht wert war.

Nick blieb, so lange er konnte. Doch nach einer Weile musste er einfach da raus. Er musste einen klaren Kopf bekommen, die nächsten Schritte überlegen. In Freyas Gegenwart war das unmöglich.

Er hatte Angst. Nicht leicht für einen Mann wie ihn, das zuzugeben. Aber so war es. All die Jahre der Plackerei, und nun drohte er alles zu verlieren. Er stieg aus, lief ans Geländer. Ein scharfer Wind fegte über das Wasser, schnitt durch die Kleidung bis auf die Haut. Er öffnete seine Jacke, begrüßte die Kälte. Das half ihm beim Denken.

Kieran Arschloch Burton. Er hätte es niemals so weit kommen lassen dürfen. Schon bei der ersten Begegnung war ihm klar, dass der Typ ein fauler Wichser war, der Freya nur ausnehmen wollte. Warum hatte Nick nichts dagegen unternommen? Was für einen Vater machte das aus ihm, zu wissen, dass seine Tochter mit Abschaum zusammenzog und er nichts dagegen tat? Lehnte sich zurück und sah zu, wie dieses schmierige Stück Scheiße sich in seine Familie zeckte und die letzten Fäden, an der sie hing, auseinanderriss.

Er fing an zu laufen, stampfte über den Beton, hielt das Gesicht in den Ostwind und zwang sich, jedes Detail noch einmal zu rekapitulieren, damit er nur ja nichts übersah.

Sein Handy war sauber. Das stellte kein Problem dar. Es bestand das Risiko, dass Kieran die Fotos behalten hatte. Aber Nick glaubte es nicht. Die Bullen hätten das schon gecheckt. Wäre das Foto noch da, hätten sie es gefunden.

Dann war da Loretta. Sie konnte zum Problem werden. Vor allem mit ihrer Vergangenheit. Vielleicht hätte er das anders regeln sollen, besser, aber woher sollte er wissen, dass es so weit kommen würde? Er musste trotzdem mit ihr reden. Ihr zu verstehen geben, was passierte, wenn sie ihren Mund nicht hielt. Sie war eine kluge Frau. Wenn er ihr die Wahl ließ zwischen einem guten Bonus und der Möglichkeit, um sich zu schlagen, sie würde das Geld nehmen.

Er lief, bis er jede Möglichkeit in Betracht gezogen hatte, jedes Detail, das ihn überführen konnte. Dann ging er jede Kleinigkeit noch einmal durch, eine nach der anderen, vergewisserte sich, dass er abgesichert war. Am Ende hatte er keine Angst mehr. Er hatte die Kontrolle wieder. Die Bullen hatten nichts in der Hand. Er war im grünen Bereich.

Mit diesem Wissen war er wiederhergestellt. Und noch etwas anderes war wiederhergestellt. Er schloss die Augen. Die letzte Nacht war so gut gewesen. Er zog das Handy aus der Tasche und wählte ihre Nummer. Hielt den Atem an, bis sie antwortete.

»Hast du Zeit?«, fragte er. »Ich muss dich sehen.«

»Ich habe gehofft, dass du anrufst«, sagte sie. »Habe gerade an dich gedacht.«

Beim Klang ihrer Stimme fing er an zu zittern vor Lust. Er sah ihr Gesicht vor sich, ihren Körper, ihre Lippen, dachte daran, wie sich ihre Lippen anfühlten. Er stöhnte auf. Sie lachte. Er sagte ihr, wo sie sich treffen würden, und legte auf. Eilig lief er zum Wagen zurück und fuhr los.

Vor wenigen Minuten hatte er sich noch gefragt, ob sie all das wert war. Er würde alles tun, um sie zu behalten, sie zu seiner zu machen. Das hatte er schon gewusst, als er ihr das erste Mal begegnet war. Nichts hatte sich daran geändert. Im Gegenteil. Je länger er mit ihr zusammen war, desto entschlossener war er, sie zu behalten. Ganz egal, welche Konsequenzen das hatte.

FÜNF

»Wie lief es mit Ben Lowe?«, fragte Ger.

Die Frauen saßen um Gers Schreibtisch, tranken frisch gebrühten Kaffee und sprachen den Fall durch. Ellen gab sich – vergeblich – Mühe, sich nicht bevormundet zu fühlen. Mit ihrem Ex-Boss Ed hatte sie so nicht gearbeitet. Sie wurde zusehends gereizter, weil sie nicht viel Zeit hatte. Endlich hatte sie den Brief von Pats neuer Schule gelesen. Sofort hatte sie zum Telefonhörer gegriffen und seinen Therapeuten angerufen. In einer Stunde hatte sie einen Termin.

»Enttäuschend.« Ellen zwang sich, nicht über Pat nachzudenken und sich auf die Arbeit zu konzentrieren. »Er ist kein angenehmer Zeitgenosse, aber er ist meines Erachtens kein Mörder. Kieran hat ihm Geld gestohlen.«

»Das ist allerdings ein Motiv«, sagte Ger.

»Fünfzig Pfund. Geld für Speed, das Kieran nie abgeliefert hat«, sagte Ellen. »Lowe war sauer, aber nicht sauer genug, um ihn umzubringen. Glaube ich jedenfalls. Und selbst wenn, hätte er sofort nach dem Streit lospreschen, ein Messer und Kieran finden und wissen müssen, dass Kieran in der St. Joseph's Vale ist. Die Besitzerin vom Dacre hat ausgesagt, Kieran habe das Pub zuerst verlassen. Ben ist geblieben, hat noch ein Bier getrunken. Er hätte das alles im Voraus planen müssen, damit es zeitlich passt.«

»Wir betrachten ihn vorerst weiterhin als Verdächtigen«, sagte Ger. »Was ist mit Charlotte?«

»Sie ist davon überzeugt, dass jemand im Haus war«, sagte Abby. »Allerdings hatte sie getrunken. Sie streitet es nicht ab, behauptet, es sei nicht viel gewesen, doch der Manager des Weinlokals sagt, Charlotte und ihre Freundin hätten an dem Abend zwei Flaschen Wein geleert.«

»Also war es ein Unfall?«, fragte Ger.

»Vielleicht.« Abby blickte beschämt, weil sie keine eindeutige Antwort auf diese Frage wusste. »Stützt man sich auf die Tatsachen, würde ich sagen, ja. Sie hat zu viel getrunken, kam verstimmt nach Hause und ist die Treppe hinuntergestürzt.«

»Aber?«, sagte Ger.

»Ich glaube ihr«, sagte Abby. »Sie wirkt so … ich weiß nicht, irgendwie verletzlich. Eine Freundin war bei ihr. Virginia Rau. Sie steht auf unserer Zeugenliste. Rein zufällig war sie auch Sonntagnacht mit Charlotte trinken. Sie ist davon überzeugt, dass Charlotte am Freitagabend irgendetwas gesehen hat, was mit dem Mord im Zusammenhang steht.«

»Sie wurde von einer unserer Polizistinnen vernommen«, sagte Ellen und erinnerte sich an ihre Unterhaltung mit McKeown. »Sie meint, Mrs. Rau verschweigt etwas.«

»Was?«, sagte Ger.

»Keine Ahnung«, sagte Ellen. »Charlotte war in jener Nacht aufgebracht. Mrs. Rau behauptet, irgendein Typ auf der Party sei der Grund gewesen. Das weiß ich von Laura McKeown. Sie hat Rau die Geschichte nicht abgenommen, hat sie sogar ein zweites Mal befragt. Neue Informationen hat sie nicht aus ihr herausbekommen, aber das Gefühl blieb.«

»Das ist doch blödsinnig«, sagte Abby. »Sie wollte mir weismachen, der Mörder habe Charlotte geschubst. Aber jemanden die Treppe hinunterstoßen? Das nenne ich nicht unbedingt einen idiotensicheren Modus Operandi, oder? Außerdem ist Charlotte noch am Leben.«

Ger lächelte und nickte zustimmend.

»Es war kein Einbruch. So viel ist klar«, sagte Ellen. »Es wurde nichts gestohlen. Warum sollte ein Dieb nichts stehlen? Ich werde noch einmal mit Virginia Rau sprechen. Auch wenn Sie das nicht wollen.«

»Ich habe nicht gesagt, dass ich es nicht will«, sagte Abby. »Ich versuche es nur zu verstehen, das ist alles.«

»Wer kennt die Kombination für die Alarmanlage?«, fragte Ger. »Sie war doch ausgeschaltet, nicht wahr?«

»Oder Charlotte hat vergessen, sie einzuschalten, bevor sie das Haus verlassen hat«, sagte Abby.

»Laut ihrer Aussage von letzter Nacht«, sagte Ellen, »kennen nur Charlotte, Nick und die polnische Putzfrau, die täglich kommt, den Code. Nick und die Putzfrau haben Alibis. Er war bis spät im Restaurant. Es gibt genügend Zeugen. Die Polin war bis Mitternacht im Polnischen Club.«

»Und Freya?«, fragte Ger.

»Guter Punkt«, sagte Abby. »Warum fragen wir sie nicht? Ellen und ich fahren nachher zu ihr.«

»Wieso nachher?«, fragte Ger. »Warum nicht gleich.«

»Emer Dawson ist auf dem Weg hierher«, sagte Abby. »Kierans Schwester. Sie ist heute Morgen aus dem Urlaub zurückgekommen. In einer halben Stunde sollte sie hier sein.«

»Ich habe einen Termin mit Pats Therapeuten«, sagte Ellen. »Würde es Ihnen etwas ausmachen, Emer ohne mich zu treffen? Es wird nicht lange dauern. Danach können wir zusammen zu Freya fahren?«

Abby errötete leicht.

»Natürlich macht es mir nichts aus. Danke, Ellen.«

Ger schob ihren Stuhl zurück, erhob sich.

»Warum setzen wir unser Gespräch nicht gegenüber fort? Ich würde sonst was für einen von Danilos extra starken Kaffees tun. Jamala hat für später eine Pressekonferenz anberaumt. Um das zu überstehen, brauche ich eine Dosis Koffein.«

»Wäre es schlimm, wenn ich mich nicht anschließe«, sagte Ellen. »Ich möchte zu diesem Termin nicht zu spät kommen.«

Ger nickte. »Selbstverständlich. Rufen Sie mich nachher an. Abby?«

Die drei Frauen verließen das Büro. Ger und Abby liefen durch den Flur zum Fahrstuhl. Ellen schaute ihnen nach. Ger beugte sich zu Abby und sagte etwas, Abby lachte. Plötzlich verspürte Ellen einen unangenehmen Druck im Magen, wie von einem schweren Stein.

Die Fahrstuhltüren öffneten sich, Ger trat einen Schritt zurück, ließ Abby den Vortritt. Im Fahrstuhl standen die beiden Frauen nebeneinander, Ellen zugewandt. Abby winkte, bevor sich die Türen schlossen. Ellen konnte ihr Lachen hören. Es hallte durch die leeren Korridore. Schließlich war das Lachen verstummt.

Ellen drehte sich um, ging in die entgegengesetzte Richtung und versuchte nicht darüber nachzudenken, warum sie sich plötzlich so einsam fühlte.

SECHS

Das Büro von Larry Paxman, Pats Therapeuten, lag im Erdgeschoss eines umgebauten Lagerhauses in Rotherhithe in einer engen Straße hinter dem Fluss. Ellen fand einen Parkplatz in der Nähe der U-Bahn-Station und ging von dort zu Fuß. Die hohen Gebäude auf beiden Seiten der Straße schienen sich über ihr aufeinander zuzubeugen. Vom Himmel war nur ein kleiner Streifen zu sehen. Zum Winteranfang war Ellen hier das erste Mal gewesen. Das weiße Licht hatte lange zackige Schatten auf die Straße geworfen. Heute wirkte alles grau.

Sie wurde von Larrys Empfangsdame begrüßt und sogleich in sein Büro geführt.

»Ellen.« Larry schüttelte ihr die Hand und setzte sich in einen niedrigen, bequem aussehenden Sessel. »Nehmen Sie doch Platz.«

Sie setzte sich ihm gegenüber und wartete.

Das Büro war in Osterglockengelb gehalten. An den Wänden Kinderbilder. Zwei rote Plastikkisten mit Spielzeug in der Ecke. Ein angenehmer Kontrast zum Rest der Welt.

»Pat macht sich gut«, sagte Larry. »Es hat eine Weile gedauert, aber ich denke, wir machen Fortschritte. Er ist ein kluger Junge. Das wissen Sie ja.«

»Beim eigenen Kind fällt es schwer, objektiv zu bleiben«, sagte Ellen.

Larry lächelte. »Ich weiß. Aber er ist wirklich klug. Nicht nur im akademischen Sinne. Er besitzt auch eine emotionale Intelligenz. Das heißt, er reagiert äußerst sensibel auf alles, was um ihn herum geschieht. Manchmal kann das einen negativen Effekt haben. Es bedeutet aber auch, dass er in der Lage ist, über seine Gefühle zu sprechen. Das hilft uns im Moment sehr.«

»Er fühlt sehr tief«, sagte Ellen. »Das macht ihn verletzlich. Ich habe Angst, dass er über diese Sache nicht hinwegkommt. Sie ihn daran hindert, sein Leben weiterzuleben und all die Dinge zu tun, von denen ich weiß, dass er sie kann.«

Sie redete zu viel. Wie in ihren Therapiesitzungen nach der Sache mit Billy Dunston. Wie schafften diese Leute das nur? Es lag an ihrem Schweigen, dachte sie. Sie sah Larry an, der sie ansah. Er hatte ein freundliches Gesicht. Wasserblaue Augen und einen weißen Bart. Glatze. Sein Schädel war so glatt, er rasierte ihn bestimmt.

Als könne er ihre Gedanken lesen, strich er sich über dem Kopf. Beschämt schaute Ellen weg.

»Wollten Sie mich darum sprechen?«, fragte Larry.

»Mehr oder weniger«, sagte Ellen und starrte ein Bild an der Wand an. Eine Kinderzeichnung. Ein Kreis, zwei Punkte und darunter eine nach oben gekurvte Linie. Rechts und links grüne Abdrücke von Händen.

»Hat das etwas zu bedeuten?« Sie deutete auf das Bild.

»Wollen Sie, dass es etwas bedeutet?«, fragte Larry.

Sie funkelte ihn an, merkte aber an seinem Lächeln, dass er nur gescherzt hatte.

»Viele Kinder, die zu mir kommen, malen Bilder für mich«, sagte er. »Ich hänge sie auf, damit ich sie mir ansehen kann. Sie erinnern mich daran, warum ich tue, was ich tue.«

»Wie lange werden Sie ihn noch sehen wollen?«, fragte Ellen.

»Schwer zu sagen«, sagte Larry. »Wie ich schon sagte, er macht Fortschritte. Ellen, habe ich irgendetwas verpasst? Bis heute nahm ich an, dass Sie zufrieden sind. Wollen Sie die Sitzungen aus einem bestimmten Grund beenden? Sagen Sie es mir bitte. Sollten Sie unzufrieden sein, okay. Das kann passieren. Ich kann Ihnen dabei behilflich sein, einen anderen Therapeuten zu finden.«

»Nein«, sagte Ellen. »Das ist es nicht. Entschuldigen Sie, Larry. Ich habe heute Morgen einen Brief von seiner neuen Schule bekommen. Sie wissen ja, dass er im September auf die weiterführende Schule wechselt.«

Larry nickte.

»Es findet ein Elternabend statt«, fuhr Ellen fort. »Im nächsten Monat muss ich alles Mögliche in Erfahrung bringen. Welche Fächer er haben wird, welche Sportart er wählen kann und weiß Gott was. Ich frage mich die ganze Zeit, ob er schon so weit ist.«

»Wofür?«, fragte Larry.

»Die weiterführende Schule«, sagte Ellen. »Es sind nur noch ein paar Monate bis dahin. Ich weiß, es ist eine gute Schule. Selbstverständlich werde ich denen sagen, dass er besondere Aufmerksamkeit benötigt, dennoch, er ist noch so klein und hat schon so viel durchgemacht. Vielleicht sollte ich ihn ein Jahr zurückstellen. Ein weiteres Jahr Grundschule würde ihm nicht schaden. Es gefällt ihm, und es ist eine sichere Umgebung …«

»Ellen.«

Sie hörte auf zu reden. Merkte erst zu spät, dass sie schon wieder wie ein Dummkopf vor sich hin gequasselt hatte.

»Er wird es schaffen.«

»Das können Sie nicht wissen.«

»Es wäre ein Fehler, ihn zurückzustellen«, sagte Larry. »Er muss sein normales Leben weiterleben. Ja, er hatte ein schreckliches Erlebnis. Aber er kommt damit klar. Er ist ein schlauer, zäher Junge. Im Leben geschehen schreckliche Dinge. Wir können Kindern nur die Instrumente in die Hand geben, die mentale Stärke, um mit diesen Dingen klarzukommen. Genau das machen wir im Moment mit Pat. Okay?«

Sie nickte, traute sich nicht, zu sprechen. Larry hatte recht. Man konnte niemanden vor der Scheiße bewahren, die das Leben auf einen warf. Egal, wie sehr man es auch versuchte.

Bald darauf ging sie. Sie hatte sich bei Larry bedankt und ihm versprechen müssen, sich nicht so einen Kopf zu machen. Es hatte zu regnen aufgehört. Sonnenstrahlen fielen durch die Lücken zwischen den hohen Gebäuden, malten helle Lichtflecken auf die enge Straße.

Ellen ging nicht gleich zum Auto zurück, sondern bog nach rechts zum Fluss ab. Es war Flut, das Wasser stand hoch. Ein kalter Wind blies darüber hinweg, kräuselte die Oberfläche. Die kleinen Wellen fingen das Sonnenlicht ein, und der ganze Fluss schien zu glitzern und bei jedem neuen Windstoß zu tanzen.

Charlotte saß auf dem Sofa, die Beine angezogen. Sie beobachtete Nick, der wie ein gefangenes Tier im Käfig hin und her lief.

»Kannst du dich nicht setzen?«, fragte sie. »So kann ich überhaupt nicht entspannen. Du weißt doch, was der Arzt gesagt hat. Für die nächsten achtundvierzig Stunden brauche ich absolute Ruhe.«

»Sorry.« Er setzte sich auf das Sofa gegenüber. »Es fällt mir schwer, das ist alles. In den letzten Tagen ist so viel passiert. Ich komme nicht wirklich dahinter. Herrgott, Charlie, als die Polizei im Restaurant auftauchte, dachte ich, verflucht … erst Kieran, jetzt das. Erzähl noch einmal, was geschehen ist.«

Also wiederholte sie alles noch einmal. Wartete nur darauf, dass er ihr vorwarf, betrunken gewesen und darum gestürzt zu sein. Aber nichts. Seit er sie aus dem Krankenhaus abgeholt hatte, hatte er nicht ein einziges Mal ein Wort darüber verloren. Warum war er bloß so nett? Sie wollte sich nicht beklagen. Sie wünschte nur, sie wäre früher darauf gekommen, wie sie wenigstens ein klein wenig Aufmerksamkeit von ihm bekam.

Sie verlagerte ihre Position, verzog das Gesicht vor Schmerzen. Sofort war er auf den Beinen.

»Ist schon gut.« Sie lächelte schmerzverzerrt. »Ich bin so froh, dass du hier bist. Allein fühlte ich mich nicht mehr sicher.«

Er sah weg. Hass stieg in ihr auf. Dieses Schwein. Würde er es jetzt sagen oder warten.

»Ich hatte solche Angst«, sagte sie, bevor er anfangen konnte zu reden. »Ich dachte, ich muss sterben, Nick. Ich konnte nur daran denken, was Kieran zugestoßen ist. Ich war mir sicher, dass der Mörder zurückgekommen ist.«

Sie drehte den Kopf weg, als könnte sie es nicht ertragen, wenn er sie weinen sah. Er kauerte sich neben sie, nahm ihr Gesicht in seine Hände und wischte mit beiden Daumen die Tränen weg.

Er musste nicht wissen, dass es Wuttränen und keine Angsttränen waren.

»Es muss furchtbar gewesen sein«, sagte er. »Es tut mir so leid, dass ich nicht hier war. Ich habe lange gearbeitet und wollte dich nicht wecken. Hätte ich es gewusst, wäre ich sofort hergekommen.«

»Jetzt bist du ja da, Liebling«, sagte sie. »Das ist die Hauptsache.«

Ein Zögern. Es war so offensichtlich. Sie sah ihm an, wie er mit seinem Gewissen kämpfte, wartete auf das Unabwendbare.

»Schatz«, begann er. »Es tut mir so leid.«

»Hör auf«, sagte sie.

»Mit dem neuen Restaurant befinden wir uns gerade in einer kritischen Phase«, fuhr er fort, entschlossen, sich nicht unterbrechen zu lassen. »Ich kann mir jetzt keine Pause leisten, nicht einmal für einen Nachmittag.«

»Nicht einmal für mich, meinst du.«

Sie wollte, dass er verschwand. Sein Verrat war noch verletzender, weil er so gut zu ihr gewesen war. Als bedeute sie ihm etwas. Wo er doch in Wirklichkeit nur daran dachte, wie er hier wegkommen konnte. Sie war drauf und dran, ihn zu fragen, ob es das Restaurant oder seine kleine Nutte war, wovon er sich nicht fernhalten konnte, aber sie unterließ es. Außerdem, wenn sie ihre Würde bewahrte, konnte sie ihm wenigstens ein schlechtes Gewissen machen.

»Ich weiß, wie wichtig es ist«, sagte sie. »Es ist deine Arbeit. Das respektiere ich. Aber ich habe Angst, Nick. Du wirst mich doch jetzt nicht alleine lassen?«

Er hatte sich wieder erhoben. Lief im Zimmer auf und ab. Redete schnell, so wie es seine Gewohnheit war, wenn er sich etwas in den Kopf gesetzt hatte.

»Ich habe bereits mit der Polizei gesprochen«, plapperte er. »Das Haus wird beobachtet. Ich werde Pete fragen, ob wir einen seiner Jungs für die kommende Nacht ausborgen können.«

»Einen von Pete Coopers Schlägertypen lasse ich nicht in mein Haus«, sagte Charlotte.

»Er muss ja nicht reinkommen«, sagte Nick. »Er kann im Auto sitzen bleiben. Ich bleibe nicht lange weg. Muss noch ein paar Sachen erledigen. Spätestens um zehn bin ich zu Hause.«

Natürlich meinte er eher Mitternacht.

»Was ist mit Ginny?«, fragte er. »Warum bittest du sie nicht, herzukommen? Ich hole sie ab.«

Er sah zufrieden aus, als hätte er ihr gerade einen Riesenstrauß Blumen überreicht oder ihr gesagt, sie würden am Wochenende verreisen.

»Ginny geht nicht ans Telefon«, sagte Charlotte. »Ich habe es schon ein paar Mal versucht, sie nimmt nicht ab.«

Wieder das Gefühl, dass irgendetwas nicht stimmte. Für Ginny war ihr Handy wie ein Körperteil. Sollte es ihr mal aus irgendeinem Grund nicht möglich sein, einen Anruf anzunehmen, rief sie für gewöhnlich binnen Minuten zurück. Innerhalb der letzten Stunde hatte es Charlotte dreimal probiert – nichts.

»Freya?«

Charlotte rollte mit den Augen. »Ach bitte. Glaubst du ernsthaft, sie will hier mit mir den Abend verbringen? Abgesehen davon will ich nicht, dass sie etwas von der Sache erfährt. Sie hat schon genug Sorgen.«

Nick nickte. »Natürlich. Entschuldige. Daran habe ich nicht gedacht.«

Das tat er nie. Er dachte immer nur an sich.

»Es ist, als wolle uns jemand an den Kragen«, sagte er. »Ich frage mich die ganze Zeit, ob es irgendeine Eifersuchtssache ist. Jemand, der neidisch ist auf meinen Erfolg.«

»Warum solltest du der Grund für alles sein?«, fragte Charlotte. »Denk nach, Nick. Sollte es jemand auf dich abgesehen haben, wieso wurde dann Kieran umgebracht? Es war ein offenes Geheimnis, dass ihr euch nicht leiden konntet.«

»Na ja, nicht leiden«, sagte Nick. »Ich fand ihn nur nicht gut genug für Freya. Ich habe versucht, höflich zu bleiben.«

»Du hast dir keine allzu große Mühe gegeben«, sagte Charlotte. »Jeder wusste, dass du ihn ablehnst.«

»Hoffentlich hast du das nicht der Polizei gesteckt«, sagte Nick.

»Wie meinst du das?«

Er fuhr sich mit einer Hand durchs Haar. »Lieber Gott, Charlotte. Denk doch mal nach. Wenn du dich darüber auslässt, dass Kieran und ich uns nicht grün waren, haben sie ein Motiv. Dass die Polizei ihre Nase in meine Geschäfte steckt, passt mir nicht. Schon gar nicht jetzt. Wir können uns keine negative Publicity leisten. Jetzt nicht, nie. Ich habe den Ruf eines anständigen, hart arbeitenden Familienmannes. Darauf baut mein Geschäft auf. Nichts, aber auch rein gar nichts, soll das gefährden.«

Sie fragte sich, ob er fähig war, einen Mord zu begehen. Ja. Das war er wahrscheinlich. Aber war das nicht jeder?

Sie glaubte nicht, dass Nick Kieran ermordet hatte. Nicht, weil es außer Frage stand, nein. Der Grund, dass sie an die Unschuld ihres Mannes glaubte, war eher praktischer Natur. Er hatte es selbst ausgesprochen. Er war dabei, eine neue Restaurantkette zu eröffnen. Der Erfolg hing von seinem unbefleckten Leumund als Mann der Gesellschaft ab. Er war einer der Guten. Er würde nichts tun, was das gefährdete. Seine Restaurants waren ihm viel zu wichtig.

Würde er doch ihre Ehe für ebenso wichtig halten, dachte Charlotte. Vielleicht gäbe es für sie dann wieder Hoffnung.

SIEBEN

Der Empfang rief bei Abby an. Emer Dawson war eingetroffen. Endlich.

»Die Dame sitzt da drüben«, sagte Ron Felix, der zuständige Beamte.

Abby wandte sich um. Eine dünne Frau mit blondem Bubikopf saß auf der Bank, eine übergroße Handtasche auf dem Schoß.

»Mrs. Dawson?«, fragte Abby.

»Emer.« Die Frau stand auf, gab Abby die Hand, bemüht um ein Lächeln.

»Danke, dass Sie gekommen sind«, sagte Abby.

»Tut mir leid, dass es so lange gedauert hat«, sagte Emer. »So schnell einen Flug zu bekommen war nicht einfach. Steve, mein Mann, wollte warten. Unser Urlaub dauerte sowieso nur noch vier Tage. Er fand, es sei rausgeschmissenes Geld, neue Flüge zu buchen. Für mich war es keine Frage.«

»Natürlich«, sagte Abby. »Das mit Ihrem Bruder tut mir sehr leid.«

Emer sah aus, als finge sie gleich an zu weinen.

»Auf der anderen Seite der Straße«, sagte Abby, »gibt es ein Café mit richtig gutem Kaffee. Wollen wir uns dort unterhalten?«

Abby bestellte im Danilos die Getränke. Die beiden Frauen saßen sich an einem Tisch am Fenster gegenüber.

Emer trank einen Schluck. »Sie haben recht, der ist wirklich gut.«

»Auf jeden Fall besser als der Kaffee aus der Kantine«, sagte Abby.

»Es ist alles so unwirklich«, sagte Emer. »Hier mit Ihnen zu sitzen. Unfassbar.«

»Standen Sie sich nahe?«, fragte Abby. »Sie und Kieran?«

Emer schüttelte den Kopf. »Nicht wirklich. Zwischen uns liegen fünfzehn Jahre Altersunterschied. Kieran war noch ein Kind, als ich auszog und zur Uni ging. Wir haben uns verstanden. Wir hatten aber nicht viel gemeinsam. Unsere Eltern sind tot. Erst Mom, dann Dad zwei Jahre später. Ich hatte gehofft, das würde uns näherbringen, aber es hat uns noch mehr voneinander entfernt.«

Abby dachte an ihren toten Bruder und wie nahe sie sich gewesen waren. Welches Glück sie gehabt hatte.

»Tut mir leid.«

Emer zuckte mit den Achseln. »Muss es nicht. Die Wahrheit ist, Kieran und Freya haben mich abgelehnt. Ich arbeite für eine Supermarktkette, bin mit einem Banker verheiratet und schicke meine Kinder auf Privatschulen. Alles Dinge, mit denen sie nicht einverstanden waren.«

»Haben Sie mit Freya gesprochen?«, fragte Abby.

»Das habe ich versucht«, sagte Emer. »Sie reagiert nicht auf meine Anrufe und auch nicht auf meine Nachrichten. Ich würde gerne zu ihr gehen, aber ich weiß nicht, ob ich eine Konfrontation aushalte. Was meinen Sie?«

»Ich gehe später zu ihr«, sagte Abby. »Ich könnte sie fragen.«

»Tun Sie das.«

»Selbstverständlich«, sagte Abby. »Wann haben Sie Kieran das letzte Mal gesehen?«

»Vor sechs Monaten«, sagte Emer. »Wir haben uns gestritten. Mein Bruder war ein Schnorrer. Hat sich ständig Geld geborgt und nie zurückgegeben. Das hat Steve wahnsinnig gemacht. Steve ist mein Mann. Ich bin nachgiebig, Kieran wusste das. Ich war in London, habe ihn angerufen, wollte mich mit ihm zum Lunch verabreden und war ehrlich überrascht, als er zusagte. Sonst hatte er immer eine Ausrede. Wir haben uns also getroffen, sind in ein sehr schönes Restaurant gegangen. Er hörte nicht auf, meinen Lebensstil zu kritisieren, hat aber trotzdem das Essen gegessen, das ich bestellte, und den besten Wein getrunken. Natürlich hat er mich bezahlen lassen und war dann noch so dreist, mich um Geld anzupumpen. Ich sagte nein. Das erste Mal, dass ich nein zu ihm gesagt habe.«

»Das passte ihm nicht?«, fragte Abby.

»Ganz und gar nicht«, sagte Emer. »Schimpfte mich eine eingebildete selbstsüchtige Kuh und stürmte raus. Danach habe ich nichts mehr von ihm gehört. Auf meine Anrufe hat er nicht reagiert. Einmal habe ich Freya erreicht, und sie … nun ja, es war nicht sehr erfreulich. Sie machte mir Vorwürfe, meinte, er müsse seine Studiengebühren zahlen. Und jetzt ist er …«

Sie fing an zu weinen, schluchzte leise.

»Sorry«, flüsterte sie. »Ich weiß nicht einmal, warum mich das so mitnimmt. Steve sagt, das sei dumm von mir.«

Steve schien ein echtes Prachtstück zu sein, dachte Abby.

»Das ist normal«, sagte sie. »Er war Ihr Bruder.«

Emer wischte sich mit dem Handrücken über das Gesicht und schniefte.

»Wir waren eine Familie«, sagte sie. »Ich, Mom, Dad und Kieran. Jetzt bin ich ganz allein. Ich weiß nicht, was ich tun soll.«

Abby hatte noch mehr Fragen. Zum Beispiel, wo Emer Freitagabend gewesen war, ob ihr jemand einfiel, der Kieran hätte umbringen wollen. Jemand wie Steve, ihr Mann. Doch das konnte ein paar Minuten warten.

Sie langte über den Tisch, strich über Emers Hand und sagte, sie könne sich ruhig Zeit lassen. Die weinende Emer nahm Abbys Hand, hielt sie so fest, als hinge ihr Leben davon ab.

Ellen fand keinen Parkplatz. Sie musste zweimal um den Block fahren, bevor sie schließlich eine Lücke entdeckte. Hastig lief sie die Ennersdale Road hinauf und stieß mit einer Frau zusammen, die ihr hügelab entgegenkam.

»Autsch!« Die Frau rieb sich die Schulter. »Passen Sie doch auf, wo Sie hinlaufen.«

Sie war klein, exquisit angezogen: erbsengrüne kragenlose Jacke, hautenge schwarze Lederhose und knallrote kniehohe, wadenumschmeichelnde Stiefel.

»Entschuldigen Sie«, sagte Ellen automatisch, bevor sie realisierte, dass es gar nicht ihre Schuld gewesen war.

Die Frau schüttelte den Kopf.

»Nein. Entschuldigen Sie, ich habe nicht aufgepasst.«

Ellen sagte: »Wir werden es beide überleben.«

»Für den Moment wenigstens.« Die Frau grinste und zeigte strahlend weiße perfekte Zähne. »Wiedersehen.« Sie zwinkerte Ellen zu und trabte weiter. Ein silberner Porsche parkte am Ende der Straße. Die Frau hielt einen Schlüssel in Richtung Wagen, entriegelte ihn, stieg ein und fuhr weg. Ellen sah ihr nach und ging dann zur Hausnummer neunzehn. Abby lief aus der anderen Richtung auf das Haus zu.

»Ich hatte gerade ein Gespräch mit Kierans Schwester«, sagte Abby. »Die arme Frau ist total durch den Wind.«

»Kommt sie Freya besuchen?«, fragte Ellen.

»Freya weigert sich, mit ihr zu sprechen«, sagte Abby. »Wirft ihr vor, Kieran vor ein paar Monaten, als er seine Gebühren für die Uni nicht begleichen konnte, nicht ausgeholfen zu haben.«

»Ist sie tatverdächtig?«, fragte Ellen.

Abby schüttelte den Kopf. »Sie und ihr Mann waren Freitag noch auf den Kanaren. Sie sagt, sie habe ihren Bruder nur selten gesehen. Ich glaube ihr. Wie war es beim Therapeuten?«

»Gut«, sagte Ellen. Wollte nicht darüber reden und drückte den Klingelknopf, hoffte, dass Abby den Fingerzeig verstand.

Freya war sofort an der Tür.

»Ich habe dir doch gesagt …« Sie unterbrach sich, schüttelte den Kopf und wurde rot. »Sorry. Ich habe jemand anderen erwartet.«

»Wen?«, fragte Ellen.

»Unwichtig«, sagte Freya. »Sie wollen zu mir?« Sie trat zur Seite, stieg die Treppe hoch und kümmerte sich nicht darum, ob die Ermittlerinnen ihr folgten.

Freya ging ins Wohnzimmer und setzte sich. Ellen nahm ebenfalls Platz und bedeutete Abby, dasselbe zu tun. Auf eine Aufforderung konnten sie lange warten.

»Ich habe gerade mit Emer Dawson gesprochen«, sagte Abby.

Freya schnaubte. »Wahrscheinlich gab das hochnäsige Weibsstück vor, traurig zu sein.«

»Sie ist traurig«, sagte Abby. »Sie möchte Sie sehen.«

»Ich aber nicht sie«, sagte Freya. »Richten Sie ihr das aus. Ersparen Sie mir die Mühe, mit ihr zu reden.«

»Wir sind wegen Ihrer Mutter hier«, sagte Ellen.

Freyas Wangen färbten sich rot, und in ihren Augen blitzte etwas auf. Vielleicht Wut, dachte Ellen.

»Was ist mit ihr?«, fragte Freya.

»Sie haben doch von dem Vorfall gehört«, erwiderte Ellen.

Freya beugte sich vor, durchbohrte Ellen mit ihrem Blick.

»Gar nichts habe ich gehört«, sagte sie. »Aber das muss Sie nicht verwundern, oder? Leute wie Sie behalten gerne alles für sich, bis Sie nicht mehr anders können. Welchen Vorfall? Was hat sie angestellt?«

»Gar nichts«, sagte Ellen. »Ich habe angenommen …« Dumm von ihr. Wieso sollte sie irgendetwas annehmen? War es nicht durchaus möglich, dass Charlotte Gleeson ihrer Tochter den Unfall aus Rücksicht verschwiegen hatte?

»Ihre Mutter hatte einen kleinen Unfall«, sagte Abby. »Es geht ihr gut. Kein Grund zur Sorge. Ein paar Blutergüsse.«

Die Nachricht versetzte Freya nicht in Aufregung, ganz im Gegenteil. Sie lehnte sich zurück und schlug die Beine übereinander.

»Wahrscheinlich war sie betrunken. Tun Sie nicht so. Das muss Ihnen doch schon aufgefallen sein. Meine Mutter ist eine Säuferin. Eine verbitterte, erbärmliche Alkoholikerin.«

Bilder traten vor Ellens geistiges Auge. Nacht für Nacht und nur Wein als Gesellschaft. Alles in Alkohol ertränken.

»Was?«, fragte Freya. »Glauben Sie, ich denke mir das aus? Fragen Sie meinen Vater. Wegen ihrer Trinkerei ist die Ehe im

Eimer. Wegen … nein. Das ist ungerecht. Ich habe es versprochen.«

»Was haben Sie versprochen?«

Freya sah sie nicht an. Schaute zur Seite, starrte zum Kamin.

»Sie … es ist nur einmal vorgekommen, und sie war total besoffen. Es hatte nichts zu bedeuten. Sie ist meine Mutter, Himmelherrgott.«

»Was?«

Freya machte eine Handbewegung, als täte sie das, was sie gleich sagen würde, im Voraus ab.

»Sie hat Kieran angemacht«, sagte sie. »Aber es ist weniger dramatisch, als es klingt. Sie hat sich zum Idioten gemacht. Kieran war das peinlich. Uns allen.«

Ellen konnte sich nicht vorzustellen, jemals derart betrunken zu sein. Niemals. Sie dachte an Jim O'Dwyer. Es war dumm von ihr gewesen, Lust für etwas zu halten, das mehr bedeutete.

»Ihrer Mutter muss es am peinlichsten gewesen sein«, sagte sie.

Freya grinste. »Ich glaube nicht, dass sie sich erinnern kann. Sie hat es nie erwähnt und ich auch nicht.«

»Und Kieran?«

»Gott, nein«, sagte Freya. »Er hat natürlich nichts zu ihr gesagt. Er wollte das Ganze vergessen. Ich meine, es ist doch ekelhaft.«

»Das war sicher nicht leicht für Sie«, sagte Ellen. »Hatte sie schon immer ein Problem?«

»Immer«, sagte Freya. »Meine Schuld. Das hat sie immer gesagt. Sie waren angeblich glücklich, bis ich kam und alles ruiniert habe.«

Das hasste Ellen. Durch ihre Arbeit die Geheimnisse aufzudecken. Die chaotischen und schrecklichen Leben von Menschen. Sie wollte von Charlotte Gleesons Alkoholproblem nichts wissen. Und schon gar nichts von einem kleinen Mädchen, das mit dem Gefühl aufgewachsen war, sie sei schuld am Unglück der eigenen Familie.

Sie räusperte sich. »Das glauben Sie doch nicht wirklich, oder?«

»Ich habe es geglaubt«, sagte Freya. »Sehr lange. Welches Kind würde es nicht tun? Erst später habe ich begriffen, dass sie verkorkst war, nicht ich. Das war einer der befreiendsten Momente in meinem Leben.«

»Wir müssen Ihnen ein paar Fragen zu letzter Nacht stellen«, sagte Abby und lenkte die Unterhaltung wieder zum Anlass ihres Besuches.

»Was soll damit sein?«, fragte Freya.

»Wo waren Sie?«

Freya zuckte zurück, als hätte Ellen versucht, sie zu schlagen.

»Wieso?«

»Weil wir es wissen müssen«, sagte Ellen.

»Hat das mit meiner Mutter zu tun? Sie sagten doch, es sei ein Unfall gewesen.«

»Sie ist die Treppe hinuntergestürzt«, sagte Ellen. »Sie behauptet, sie wurde gestoßen.«

Freya grinste.

»Behauptet? Natürlich. Nun, Sie können mich ausschließen. Ich war die ganze Nacht hier. Habe Wein getrunken, Musik gehört und mir leidgetan.«

»Kann das jemand bezeugen?«, fragte Abby.

Als Freya den Kopf schüttelte, empfand Ellen plötzlich Sympathie für sie. Auch sie hatte das schon durchgemacht, mit Wein und Musik ihren Kummer betäubt.

»Mein Dad wollte herkommen«, sagte Freya. »Aber er wurde aufgehalten. Sie können ihn fragen. Er hat mich auf dem Handy angerufen. Sorry. Er kann nicht wissen, ob ich wirklich hier war.«

»Wo war er?«, fragte Ellen.

»Arbeiten«, sagte Freya. »Wirklich. Ich habe Restaurantgeräusche gehört.«

Ellen fragte, um welche Uhrzeit sie miteinander telefoniert hatten. Freya konnte sich nicht erinnern, schob es auf den Wein. Mehr erfuhren sie nicht, darum bedeutete Ellen Abby, dass sie jetzt gehen konnten.

»Eine Frage noch«, sagte Ellen auf dem Weg zur Tür. »Wir überprüfen Kierans Bankauszüge. Sollen wir auf irgendetwas Bestimmtes achten? Ist er in letzter Zeit zu Geld gekommen?«

Rote Flecken zeigten sich auf Freyas Wangen, doch ihre Stimme war ruhig, beinahe desinteressiert.

»Wir haben kein Geld«, sagte sie. »Geld war uns nicht wichtig. Meine Eltern bestanden darauf, dass ich von ihnen Almosen annehme. Das hätte ich niemals getan. Glauben Sie mir.«

»Trotzdem haben Sie es Emer verübelt, dass sie Kieran nicht ausgeholfen hat«, sagte Abby.

»Das war etwas anderes«, sagte Freya. »Kieran wollte sich etwas borgen, bat nicht um Almosen. Er hätte es zurückgezahlt. Wir gehören nicht zu der Sorte Menschen, die sich einfach etwas nimmt.«

Es klang ernst gemeint. Ellen hielt es nicht für gelogen. Zumindest würde Freya sich nie einfach etwas so nehmen. Ob dasselbe auch auf Kieran zutraf, wagte sie zu bezweifeln.

ACHT

Ger stand vorne auf dem Podest. An die Wand hinter ihr war ein Bild von Kieran Burtons Leiche projiziert. Das Foto war am Tatort aufgenommen worden. Burtons leblose Augen starrten Ellen an.

Die Einsatzbesprechung war für alle Beamten, die in die Ermittlungen einbezogen waren; die Streifenpolizisten und die Detectives des Sondereinheitskommandos, die neben Ellen in der vorderen Reihe saßen. Ger ging alles durch, was sie bisher über das Opfer und potenzielle Zeugen wussten. Ellen, die schon mit jedem Detail vertraut war, hörte nur mit halbem Ohr hin und konzentrierte sich darauf, die Frage zu ignorieren, die in Kierans Augen stand.

Als Ger fertig war, bat sie Harry Grahame, zu ihr zu kommen. Harry war einer der ranghöchsten Tatortermittler und, wie Ellen, schon am längsten mit dabei. Sie mochte Harry. Nicht nur das, sie respektierte ihn.

Er wartete geduldig, bis Ruhe im Raum eingekehrt war, stellte Augenkontakt mit denen her, die er kannte. Sein Blick fiel auf Ellen, und er lächelte. Als sie sein Lächeln erwiderte, blickte er schon zu jemand anders.

Harry zählte alle Beweisstücke auf, die sie am Tatort sichergestellt hatten. Er sprach ausführlich über Bodenproben, Reifen- und Fußspuren.

»Dann ist da noch die Kleidung des Opfers«, sagte er. »Wie Sie alle wissen, ist es gängige Praxis, dass sämtliche Kleidungsstücke für eine eingehende Untersuchung an uns übergeben werden. Ich könnte Ihnen einen Vortrag über die Herkunft der Baumwolle von Kierans Jacke und die Marke seiner Jeans halten.« Er legte eine Pause ein, jeder im Raum lächelte dienstbeflissen. »Doch daran haben Sie sicherlich kein Interesse. Darum konzentriere ich mich auf ein bestimmtes Beweisstück. Werfen Sie bitte einen Blick hierauf.«

Er nahm die Fernbedienung für den Projektor. Kierans Gesicht wurde durch ein langes Haar auf weißem Untergrund ersetzt.

»Dieses Haar wurde auf Kierans T-Shirt sichergestellt«, sagte Harry. »Sie alle haben das Foto von Kieran gesehen und wissen, dass er blonde Haare hatte. Die Chancen, dass ein einzelnes Haar durch die Luft schwebt und auf Kierans T-Shirt landet, sind mehr als gering. Naheliegender ist, dass er mit demjenigen, dem dieses Haar gehört, körperlichen Kontakt hatte. Sehr wahrscheinlich kurz vor seinem Tod. Früher am Tag und das Haar wäre abgefallen. Bislang wissen wir nicht, ob es von einem Mann oder einer Frau stammt. Das wird noch untersucht. Sobald das Ergebnis vorliegt, können wir die DNA mit der unserer Tatverdächtigen vergleichen.«

Harry hörte auf zu sprechen. Gemurmel ging durch den Raum, während die Anwesenden die Implikationen dieses einzelnen Beweisstücks diskutierten.

»Wie lange wird es dauern, bis die Testergebnisse vorliegen?«, fragte eine Stimme aus dem Hintergrund.

»Vielleicht eine Woche«, sagte Harry. »Vielleicht länger. Für die forensischen Tests arbeiten wir mit einem Labor in Dartford zusammen. Es ist gut und darum sehr beschäftigt. Sobald wir das Ergebnis haben, werden Sie es erfahren, versprochen.«

Ger dankte Harry und rief Jamala Nnamani zu sich, die Kommunikationsmanagerin.

»Es gab bereits eine Pressekonferenz«, sagte Jamala. »Großes Interesse, wie Sie sich vorstellen können. Vor allem, als wir den Namen der Freundin des Opfers bekannt gegeben haben.«

»Wir hätten die Gleesons heraushalten können«, sagte Ger. »Wir dachten allerdings, früher oder später würde der Zusammenhang sowieso hergestellt, und haben uns dazu entschlossen, es zuerst öffentlich zu machen.«

»Richtig.« Jamala nickte. »So behalten wir die Kontrolle. Anzunehmen, dass heute im *Evening Star* darüber berichtet wird. Die Abendnachrichten werden etwas bringen. Dann haben wir noch die großen Zeitungen morgen.«

Jamala sah Abby an.

»Vielleicht wollen Sie die Familie vorwarnen. In den nächsten Tagen werden sie ungewollt im Fokus der Aufmerksamkeit stehen.«

Jamala instruierte alle, was sie sagen durften und was nicht, wenn Journalisten auf sie zukamen. Ellens Gedanken schweiften ab. Sie malte sich Kierans letzte Minuten aus. Hatte er auf der Straße jemanden treffen wollen? Das Haar auf seinem T-Shirt konnte von Freya sein. Der DNA-Test würde Gewissheit bringen, oder auch nicht. Wenn nicht, hatte Kieran dann eine andere Frau getroffen?

Irgendwann während der Frage-Antwort-Stunde von Jamala und Ger schaltete der Projektor auf Stand-by. Die Bildfläche war leer. Doch Ellen sah dort immer noch das Gesicht von Kieran, der sich fragte, wer ihn ermordet hatte und warum. Die Frage, die sie in seinen Augen gesehen hatte, blieb, verfolgte sie, bohrte sich in ihr Hirn, so lange, bis sie die Antworten wusste.

Am Montag aßen die Kinder und sie bei Sean und Terry in Limehouse zu Abend. Es gab selbstgemachte Pizza und Knoblauchbrot. Wie immer schmeckte es köstlich. Nach dem Essen überredete Eilish Terry, Musik von Katy Perry aufzulegen, und tanzte mit ihm, während Ellen und Sean aufräumten.

»Er musste offenbar nicht lange überzeugt werden«, sagte Ellen und sah zu, wie Terry Eilish an den Händen fasste und mit ihr durch das Zimmer wirbelte. Er tanzte gut. Nicht wie Ellen, die das mangelnde Rhythmusgefühl ihres Vaters geerbt hatte. Das hinderte sie jedoch nicht daran, mit einer Leidenschaft zu tanzen, die schon an Wahnsinn grenzte. Bei Vinny war es nicht anders gewesen.

»Warum tanzt du nicht mit?«, schlug Ellen Sean vor. »Wir müssen nicht beide sauber machen.«

»Macht mir nichts aus«, sagte Sean. »Außerdem können wir uns dabei unterhalten. Neulich ist mir Jim über den Weg gelaufen. Er hat nach dir gefragt.«

»Ich wüsste nicht, warum«, sagte Ellen. »Er sieht mich oft genug. Wenn er wissen will, wie es mir geht, kann er mich selbst fragen.«

Sean berührte ihren Arm. »Sei doch nicht so, El.«

Sie schüttelte seine Hand ab.

»Lass es, Sean. Bitte.«

Sie wandte sich ab, bevor er sie weiter ausquetschen konnte, sah lieber ihrer Tochter zu. Sommersprossen und rotblondes Haar. Arme und Beine wirkten im Gegensatz zum Rest des Körpers noch zu lang. Das sonnigste Gemüt auf der ganzen weiten Welt. Manchmal fragte sich Ellen, ob sie irgendetwas von ihr geerbt hatte. Eilish war wie Vinny. Meistens war diese ständige Erinnerung an ihren Mann ein Segen. Manchmal, wie in diesem Augenblick, quälte es sie. Anfänglich war die Trauer wie ein riesiges Biest, das ihr die Eingeweide herausriss. Fraß sie langsam von innen auf, höhlte sie aus, bis nichts mehr da war. Allmählich hatte das Biest seine Kraft verloren. Es ging nie weg, sondern verfiel in eine Art Winterschlaf, im Verborgenen, aber erträglich. Gerade so.

Dann, ohne Vorwarnung, erwachte es, und wumm! Die Attacke war so mächtig wie in den ersten Tagen. So wie jetzt. Eilishs Bewegungen, der Song, alles vermischte sich mit Erinnerungen an Vinny, bis es ihr dem Atem nahm. Die Ungerechtigkeit, diese verfluchte Ungerechtigkeit. Einfach unerträglich.

Sie zwängte sich an Sean vorbei in das großzügige Wohnzimmer und raus auf den Balkon. Sie atmete die kalte, schmutzige Londoner Luft ein, nahm kaum den Lastkahn auf dem Fluss wahr, hielt die Hände vor ihren ausgehöhlten Bauch, schrie im Stillen in die gefühllose Welt hinaus.

»Mom?«

Pat. Ihr Mini-Ich. Ellen so ähnlich wie Eilish Vinny. Er stand neben ihr, auf der Stirn seines perfekten kleinen Gesichts eine Sorgenfalte. Ihr schöner, vielschichtiger, perfekter Junge. Sie war drauf und dran, ihm zu sagen, es ginge ihr gut, er könne wieder hineingehen, müsse sich keine Sorgen machen, sie käme gleich nach. Irgendetwas hielt sie zurück.

»Sorry, Liebling. Ich habe an deinen Dad gedacht und brauchte einen Moment für mich.«

Die Sorgenfalte verschwand und Pat nickte.

»So geht es mir auch manchmal. Im Park, wenn ich einen Dad mit seinen Kindern Fußball spielen sehe, so wie Dad mit mir. Er war nicht besonders gut, stimmt's?«

Ganz plötzlich zog sich das Biest zurück, geschlagen vom Mitgefühl eines Elfjährigen und der Liebe einer Mutter.

»Er war grottenschlecht«, sagte sie. »Trotzdem hat er es versucht. Und weißt du was, Pat? Dafür habe ich ihn geliebt.«

»Ich wünschte, er wäre nicht tot«, sagte Pat. »Das ist unfair, oder?«

»Es ist unfair«, sagte Ellen. »Ich hasse es auch. Aber wir haben uns. Und Sean und Terry und Eilish und Großmutter und Großvater. Wir haben Glück.«

»Ja«, sagte Pat. »Ich weiß.«

Er klang nicht überzeugt. Sah auch nicht so aus, machte ein

böses Gesicht. Ellen nahm ihn in den Arm, küsste ihn auf die Stirn.

»Dein Haar muss gewaschen werden«, sagte sie. »Schon wieder. Die Hormone. Das ist normal in deinem Alter.«

»Mo-o-om!« Er wand sich aus ihren Armen. »Hörst du bitte auf damit?«

Aber er lächelte, Ellen lächelte zurück, und dann mussten sie beide loslachen.

Der Kahn auf dem Fluss machte genau unter dem Balkon halt, als könnte er nicht weiterfahren, ohne diesen perfekten Moment mit ihnen zu teilen.

DIENSTAG

EINS

Der Hauptcampus der Greenwich University am Südufer der Themse bestand aus drei Barockgebäuden von dem Architekten Christoph Wren.

Ellen und Abby waren vor dem Eingang gegenüber vom Trafalgar Pub verabredet. Ellen war früh dran, doch Abby stand schon am gusseisernen Tor und ignorierte geflissentlich die Blicke mehrerer Studenten.

»Was für ein schöner Morgen«, rief sie Ellen zu. »Frühling liegt in der Luft. Ich spüre es.«

»So gute Laune?«, fragte Ellen. Der Himmel war grau. Das Beste, was man über das Wetter sagen konnte, war, dass es nicht regnete. Noch nicht.

»Hier entlang«, sagte Abby und führte Ellen über den Vorplatz zu dem nächstgelegenen Gebäude am Fluss. »Der Fachbereich Soziologie befindet sich hier. Hab schon nachgesehen.«

Abby lief voran, und Ellen fiel ein, warum die Opferschutzbeamtin heute Morgen so aufgekratzt war.

»Ihr Date«, sagte sie, als sie sie eingeholt hatte. »Es lief gut?«

Abby tippte sich mit dem Finger an den Nasenflügel und grinste. »Ich sag nichts. Also gut, wenn Sie darauf bestehen. Es war großartig, Ellen. Wir haben uns prima verstanden. Ich dachte, er wäre ziemlich langweilig. Ich meine, ein Anwalt. Ich dachte, er ist ein Arsch.«

»Und?«

Abby wurde rot. »Er ist reizend. Er heißt Sam. Heute Abend wollen wir uns wiedersehen. Er hat mich ins Strand eingeladen. Ganz oben gibt es eine Champagnerbar, wussten Sie das?«

Ellen erinnerte sich an eine Nacht vor sechs Monaten. Hoffentlich hatte Abby mehr Glück nach ihrem Date als sie.

»Die kenn ich«, sagte sie. »Es wird Ihnen gefallen. Ah, da sind wir ja.«

Sie standen vor einer Tür mit der Aufschrift »Soziologie«.

»Sorry, dass ich dauernd von Sam rede«, sagte Abby. »Kommt nicht wieder vor, versprochen.«

Ellen lächelte. »Seien Sie nicht albern. Kommen Sie, suchen wir diesen Professor Holmes.«

Ellen hatte fälschlicherweise angenommen Professor Holmes wäre ein Mann. Sie hatte sich ein ungenaues Bild von einem spießigen Akademiker mittleren Alters mit krausen angegrauten Haaren und Brille gemacht. Als sie Holmes schließlich in einem Büro im zweiten Stock ausfindig gemacht hatten, stand eine kleine rothaarige kurvige Sexbombe vor ihnen.

Das Büro war geräumig und aufgeräumt. Die großen Fenster gaben einen Blick auf den Fluss frei.

»Danke, dass Sie sich Zeit für uns nehmen«, sagte Ellen und blickte verstohlen an den wilden Haaren der Professorin vorbei, genoss die wunderbare Aussicht hinter dem Schreibtisch.

»Schön, nicht wahr?«, fragte Professorin Holmes. »Ohne dieses Büro hätte ich Greenwich schon lange den Rücken gekehrt.«

Zwei Stühle standen vor dem großen Schreibtisch nebeneinander.

»Ich habe heute Morgen meine Brille vergessen. Ohne sie sehe ich gar nichts«, sagte sie. »Könnten Sie die Stühle ein wenig heranziehen, damit ich Ihre Gesichter erkennen kann? So ist es besser. Danke.«

Sie blickte von Abby zu Ellen.

»Sie sind wegen Kieran hier.«

»Wir versuchen, uns ein Bild von ihm zu machen«, sagte Ellen. »Mit seiner Freundin haben wir natürlich schon gesprochen. Unsere Kollegen haben Studenten auf dem Campus befragt. Sie waren Kierans Tutorin. Sie müssen einen guten Eindruck von ihm bekommen haben. Wir wollen wissen, wie er war und ob Sie sich vorstellen können, warum ihn jemand umbringen wollte.«

Die ganze Zeit, während Ellen sprach, starrte die Professorin sie eindringlich an, blinzelte, als suche sie etwas in Ellens Gesicht. Ellen wusste, es lag daran, dass sie ihre Brille vergessen hatte, trotzdem empfand sie es als unangenehm. Sie war erleichtert, als sich die Professorin schließlich zurücklehnte und über Ellens Frage nachdachte.

»Ich mochte Kieran nicht besonders«, sagte Professorin Holmes. »Entschuldigen Sie, es ziemt sich nicht, schlecht über Tote zu sprechen, aber ich bin lieber ehrlich. Sonst brauchen wir unser Gespräch nicht fortzusetzen. Er hielt sich für außerordentlich charmant, und wahrscheinlich sind viele Studentinnen auf diese Masche reingefallen. Ich bin schon ein bisschen in die Jahre gekommen. Ehrlich gesagt hat er mir eine Gänsehaut verursacht. Er war beliebt, glaube ich. Warum, weiß ich nicht. Er war ein Typ, der seinen Charme nur bei denen einsetzte, die ihn interessierten. Die hübschen jungen Mädchen. Hatte er kein Interesse, war ihm sein Verhalten egal. Er konnte ziemlich ekelhaft sein.«

»Ekelhaft?«, fragte Ellen.

»Da war dieses Mädchen in seinem Kurs. Marina«, sagte Professorin Holmes. »Sie ist übergewichtig und sehr schüchtern. Wenn sie mal den Mut aufbrachte, eine Frage zu stellen, fing Kieran an zu kichern und zu flüstern. Ich musste ihn mehrmals zur Raison rufen. Ich habe ihn auch in der Mensa beobachtet.

Oft hat er stundenlang mit seinen Kumpels dagesessen und blöde Bemerkungen über jeden gemacht, der unvorsichtig genug war, an seinem Tisch vorbeizugehen. Schrecklich.«

Sie hörte auf zu reden und lächelte Ellen an – ein breites einladendes Lächeln. Ellen mochte diese Frau.

»Sie halten mich vielleicht für grausam, Detective. Ich versichere Ihnen, ich kann auch anders, wenn es die Situation erfordert. Aber Sie haben gefragt.«

»Das habe ich.« Ellen erwiderte das Lächeln. »Haben Sie Kierans Freundin kennengelernt?«

Die Professorin verzog das Gesicht. »Freundin? Ich wusste nicht, dass er eine hatte. Na ja, da ist Cosima. Aber ich glaube nicht, dass zwischen ihnen etwas gelaufen ist. Wenn Sie mich fragen, konnte Cosima Kieran ebenso wenig ausstehen wie ich. Außerdem ist sie eine Nummer zu groß für ihn. Nein, ein Mädchen wie sie würde sich auf so einen wie ihn nicht eingelassen.«

»Cosima?«, fragte Abby.

»Cosima Cooper«, sagte Professorin Holmes. »Studiert Psychologie. Kieran hat auch Psychologie belegt. Sie waren im selben Kurs. Er ist immerzu um sie herumscharwenzelt, aber wie ich schon sagte, sie schien nicht interessiert.«

Der Name sagte Ellen etwas. Sie kam nicht darauf, und Abby hatte schon wieder das Wort ergriffen. Sie musste sich darauf konzentrieren.

»Kierans Freundin heißt Freya«, sagte Abby. »Sie haben in Hither Green zusammengelebt.«

Professorin Holmes schüttelte den Kopf.

»Ich hatte keine Ahnung. Kieran machte nicht den Anschein, als sei er in einer Beziehung. Arme Frau. Ist besser dran ohne ihn.«

Ellen dachte an Freya – pummelig und unattraktiv – und musste der Professorin zustimmen. Blieben zwei Fragen. Erstens, wieso zum Teufel war ein Aufschneider wie Kieran mit einer wie Freya zusammen. Und zweitens:

»Diese Cosima Cooper«, sagte sie, »können Sie uns sagen, wo wir sie finden?«

Die Professorin lächelte erneut. »Nichts einfacher als das. Entweder im Fachbereich Psychologie. Ich kann Ihnen eine Wegbeschreibung geben. Oder zu Hause. Sie wohnt in Blackheath. In einer dieser pompösen georgianischen Villen an der Heide. Bei ihrem Vater. Pete Cooper. Vielleicht haben Sie schon von ihm gehört.«

ZWEI

Professorin Holmes erbot sich, Kierans Kurs zusammenzutrommeln, damit Abby und Ellen mit den Kommilitonen sprechen konnten. Ellen wollte lieber direkt zu Cosima nach Hause fahren, Abby konnte die Studenten übernehmen.

Auf einem Campus zu sein war eine komische Erfahrung. Abby gehörte zu der Generation Polizistinnen, die studiert hatte. Vor Kollegen hielt sie sich damit zurück. Nur Raj hatte noch einen Uniabschluss. Drei glückliche und unbeschwerte Jahre hatte sie an der Sussex University verbracht. Zwar hatte sie nicht sonderlich viel über Englische Literatur gelernt, dafür jede Menge über das andere Geschlecht. Immer hatte sie irgendeinen Freund. Für keinen hatte sie mehr als eine vorübergehende Zuneigung übrig. Abgesehen von ein paar Freundinnen war der Kontakt zu ihren früheren Mitstudenten abgebrochen.

Hier wurden die Erinnerungen wieder wach. Zum ersten Mal seit Brighton hatte sie nostalgische Gefühle für die kurze Zeit, in der das Leben unendlich und voller Möglichkeiten zu sein schien. Sechs Jahre war das jetzt her, aber es kam ihr viel länger vor.

Zusammen mit Professorin Holmes überquerte sie den Vorplatz. Überall wimmelte es von Studenten. In einer Ecke beugten sich vier Mädchen über ein Handy und kicherten. Sie waren groß, schlank, voller Selbstbewusstsein. Abby hatte sich damals bemüht, so zu sein wie die anderen Mädchen um sie herum.

Den Polizeidienst anzutreten war nicht geplant gewesen. Erst gegen Ende des Studiums, als die Zukunft greifbar wurde, aufregend und unsicher zugleich, hatte sie es in Erwägung gezogen. An einem sogenannten Karrieretag hatten Leute aus verschiedenen Berufssparten vor den Studenten gesprochen, verschiedene Möglichkeiten in Aussicht gestellt, wenn sie jener Bank beitraten oder dem öffentlichen Dienst oder … Abby hatte das alles unendlich gelangweilt. Bis der letzte Referent sich erhob. Ein großer, distinguierter Mann mit silbergrauem Haar, der aussah wie George Clooney. Er war Kripobeamter der Metropolitan Police, sprach über seinen Job, und Abby spürte etwas, was sie den ganzen Tag über vermisst hatte. Einen Funken Aufregung. Das Gefühl, dass das vielleicht, nur vielleicht, für sie in Frage kam.

Zwei Monate später wurde ihr Bruder getötet. Zur Polizei zu gehen war danach die einzige Option. Jetzt, nach sechs Jahren, wusste sie nicht, ob sie die richtige Wahl getroffen hatte. Je länger sie blieb, desto schwieriger war es, auch nur irgendetwas anderes in Betracht zu ziehen. Das war das Problem.

»Die Vorlesung ist gerade vorbei«, sagte Professorin Holmes. »Ich habe meinen Kollegen Richard Blakely angerufen und ihn gebeten, die acht Studenten, die Kieran am besten gekannt haben, zu bitten zu bleiben.«

Die Vorlesung hatte in dem alten Teil eines Gebäudes stattgefunden, der einmal das Naval College beherbergt hatte.

Abby folgte der Professorin durch endlos lange Korridore und fragte sich, ob sie jemals alleine wieder hinausfinden würde.

Im Hörsaal warteten neun Leute. Sie saßen im Halbkreis und unterhielten sich leise. Abby betrat den Hörsaal hinter Professorin Holmes. Neun Gesichter schauten sie neugierig an. Acht waren jung. Der neunte, ein älterer Mann, kam mit ausgestreckter Hand auf sie zu.

»Richard Blakely«, sagte er. »Professor für Sozialpsychologie. Ich werde Sie vorstellen und übergebe dann, okay?«

Sein Lächeln war so falsch wie seine weißen Zähne. Abbys Hand hielt er zu lange. Ende vierzig, schätzte sie, blasser Teint, schulterlanges Haar und eisblaue Augen, die sie aufmerksam anstarrten.

Abby entzog ihm ihre Hand und musste der Versuchung widerstehen, sie an ihrer Hose abzuwischen. Das Lächeln erwiderte sie nicht.

»Danke«, sagte sie. »Professorin Holmes, würde es Ihnen etwas ausmachen, zu warten, solange ich die Studenten befrage. Mir wäre wohler, wenn jemand von der Hochschule dabei wäre.«

»Nicht nötig, Harriet«, säuselte Blakely. »Ich kann bleiben.«

Er fasste Abby am Ellbogen und führte sie zu den Studenten. »Ich stelle Sie vor.«

Zum zweiten Mal binnen einer Minute entzog sich Abby seinem Griff und wandte sich an Professorin Holmes, die Blakely voller Ekel ansah.

»Ich bleibe, wenn Sie es wünschen«, sagte sie.

»Ja, bitte.« Abby sah Blakely an. »Das wäre alles, dankeschön.«

Er runzelte die Stirn. »Sie brauchen mich nicht?«

Wäre doch bloß Ellen hier. Abby konnte ihr Missfallen für andere Menschen nicht so deutlich zum Ausdruck bringen wie sie.

»Wirklich«, sagte sie. »Es ist gut.«

Sie drehte ihm den Rücken zu, bevor er einen neuen Anlauf nehmen konnte, und lächelte den Studenten ermutigend zu.

»Mein Name ist Abby Roberts«, sagte sie. »CID Lewisham. Sie alle kennen den Grund meines Hierseins. Ich ermittle im Mordfall Kieran Burton. Niemand steht unter Verdacht. Die meisten von Ihnen wurden bereits befragt. Ich möchte mir ein deutlicheres Bild von Kieran machen, darum bin ich hier. Was für ein Mensch war er, wer waren seine Freunde, wofür hat er sich interessiert; alles, was uns hilft herauszufinden, warum er sterben musste.«

Sie blickte in den Halbkreis, nahm mit jedem Studenten Augenkontakt auf, hoffte, aufrichtig zu wirken. Eine schlanke Brünette mit riesigen, seelenvollen Augen und einem elfenhaften Haarschnitt sah zu Blakeley, der immer noch da stand, wo Abby ihn hatte stehen lassen.

»Mr. Blakely«, sagte Abby. »Ich bitte Sie zu gehen.«

Er wollte etwas sagen, doch sie kam ihm zuvor, rief Ellens Geist in sich wach.

»Gehen Sie«, sagte sie. »Sollten Sie mir etwas zu sagen haben, komme ich nachher auf Sie zu. Auf dem Polizeipräsidium können Sie eine umfassende Aussage machen.«

Einer der Studenten kicherte, Blakely wurde rot. Es war eigentlich nicht Abbys Art, Menschen absichtlich gegen sich aufzubringen, und sie fragte sich, was an dem Mann sie so derart irritierte.

»Lassen Sie sich nicht einschüchtern«, richtete Blakely das Wort an seine Studenten. »Sie müssen nichts sagen. Wenn Sie sich unwohl fühlen …«

»Richard!« Professorin Holmes' Stimme war grell. Abby und ein paar andere zuckten zusammen.

»Wir kommen klar«, sagte die Professorin. »Gehen Sie.«

Nachdem er den Raum verlassen hatte, setzten sich Abby und Professorin Holmes zu den Studenten, die sie schweigend anstarrten.

»Vielleicht beginnen wir mit einer schwierigen Frage«, sagte Abby. »Können Sie mir Ihre Namen sagen?«

Sie erntete ein paar Lacher. Das war zumindest ein Anfang.

»Bethan«, fing ein Mädchen freiwillig an.

»Hi, Bethan.« Abby lächelte, das Mädchen lächelte zurück. Eine robuste attraktive junge Frau mit Sommersprossen und einem schwarzen Bob. Auf Abby wirkte sie sachlich. Hoffentlich konnte sie Abby eine objektive Sicht auf Kieran geben.

»Und die anderen?«, fragte Abby. Sie nickte einem schlaksigen Jungen mit langen Haaren und ungepflegtem Bart zu. »Wie heißen Sie?«

»Jed.«

Sie sagte hi und ging dann der Reihe nach vor. Ein übergewichtiges Mädchen mit kurzen Haaren und dicker Brille stellte sich mit Marina vor; das Mädchen, von dem Professorin Holmes erzählt hatte.

»Danke«, sagte Abby, als sie mit allen durch war. Sie lächelte Marina an. »Ich weiß, für keinen von Ihnen ist es leicht. Sie haben unter schrecklichen Umständen einen Freund verloren. Ihnen ist bestimmt nicht danach, hier mit mir herumzusitzen. Aber es ist wirklich wichtig.«

Schweigen. Abby fragte sich, ob es ihr noch gelänge, eine Unterhaltung in Gang zu bringen. Endlich ergriff Bethan das Wort.

»Es ist furchtbar. Wie sollen wir damit fertigwerden?« Sie sah Professorin Holmes an. »Sie haben uns gestern geraten, uns an den Universitätspsychologen zu wenden, aber wissen Sie was? Ich glaube nicht, dass das hilft. Sorry, es ist nur … Vor ein paar Tagen war er noch bei uns, und jetzt ist er tot.«

»Es ist total unwirklich«, sagte Jed. »Ich habe dauernd das Gefühl, er kommt jeden Moment zur Tür rein.« Er blickte die Reihe entlang, ein paar nickten. Sogar Marina wirkte traurig, dachte Abby.

»Das ist verständlich«, sagte Abby. »Ich habe meinen Bruder vor ein paar Jahren verloren. Ich glaube, man kommt nie darüber hinweg.«

»Er wurde erstochen, habe ich gehört«, sagte Bethan leise. »Stimmt das?«

Diese armen Kids. Noch so jung und mussten schon mit so etwas fertigwerden.

»Das stimmt«, sagte sie.

Bethan kniff die Augen zusammen, drehte ihr Gesicht weg, als wollte sie, dass niemand sie sah. Ein Mädchen namens Cazzie – groß und hübsch – fing an zu weinen.

»Warum tust du so traurig, Bethan? Du konntest ihn doch nicht ausstehen.«

Bethan wischte sich das Gesicht ab.

»Wir waren nicht befreundet«, erzählte sie Abby. »Cazzie hat recht. Ich bin auch nicht deshalb traurig. Ich kannte ihn, wissen Sie. Wir saßen in den Vorlesungen nebeneinander, ich hab mit ihm diskutiert, und auch wenn ich ihn nicht leiden konnte, er war am Leben. Dass jemand ihn ermordet hat, ist eine schreckliche Vorstellung. Ich muss immerzu denken, wie schrecklich es für ihn gewesen sein muss.« Sie schniefte. »Egal, wie er war. Das hat er nicht verdient.«

»Vielleicht hättest du ein bisschen netter zu ihm sein sollen«, sagte Cazzie.

»Konnten Sie ihn aus einem bestimmten Grund nicht leiden?«, fragte Abby.

»Wir sind … wir *waren* sehr verschieden«, sagte Bethan. »Kieran hielt mich für einen piekfeinen Hohlkopf. Nur weil ich aus Reading komme und mein Dad Chirurg ist. Er … ach egal.«

»Nichts ist egal«, sagte Abby.

Bethan seufzte. »Er hatte so ein Ding mit Leuten mit Geld. So ein Klassending.«

Cazzie, die aufgehört hatte zu weinen, verdrehte die Augen. »Das ist nicht wahr! Kieran war ein echter Schatz. Und er war auch echt witzig. Einfühlsam und so.«

Abby fielen die Worte der Professorin wieder ein. Einfühlsam konnte auch »gehässig« bedeuten.

»Er mochte Cazzie, weil sie hübsch ist«, sagte Marina. »Er war ein Scheißkerl. Gab sich nur mit den coolen, gutaussehenden Kids ab.«

Cazzie machte einen Schmollmund und schüttelte den Kopf.

»Kennt einer von Ihnen Freya?«, fragte Abby.

Die einzige Antwort, die sie bekam, waren ratlose Blicke.

»Seine Freundin?«, versuchte Abby es weiter.

»Niemals!« Bethan schlug sich die Hand vor den Mund, die Augen vor Schreck weit aufgerissen.

»So war er nicht«, sagte Cazzie.

»Wie meinen Sie das?«

»Na, Freundin und Freund und Monogamie und so. Das war nicht Kierans Ding. Er war *freier*. Diese sogenannte Freundin? Wahrscheinlich hat er nur ein paar Mal mit ihr geschlafen. Ich meine, da ist doch nichts dabei. Wenn man offen darüber spricht, weiß man, wie der andere tickt, und keiner fühlt sich vor den Kopf gestoßen.«

Abby nahm an, dass Cazzie Kierans Worte zitierte. Langsam bekam sie ein Gespür dafür, was für ein Mensch er gewesen war. Keiner, den sie gemocht hätte.

Ein zierliches asiatisches Mädchen namens Hisako meldete sich. »Bitte?«, flüsterte sie.

Abby lächelte aufmunternd. »Ja, Hisako?«

»Ich habe sie zusammen getroffen«, sagte sie. »Sie arbeitet in einem Weinlokal, glaube ich.«

»Nur, weil sie zusammen waren«, sagte Cazzie, »heißt das noch lange nicht, das sie *zusammen* waren, Hissy.«

Hisako runzelte die Stirn.

»Sie sagte, sie sei seine Freundin.«

Cazzie seufzte und schüttelte den Kopf. Offenbar war sie der Meinung, dass niemand Kieran so gut gekannt hatte wie sie.

»Wenn er wirklich mit jemandem zusammen war, hätte ich das gewusst. Er war mein Freund, Hissy.«

»Sie ist nicht sehr freundlich«, sagte Hisako. »Ich war mit ein paar Freunden dort. Bin zu ihm hin, als ich ihn sah, um hallo zu sagen, aber ihr gefiel das nicht.«

»Vielleicht kommt sie ja morgen her?«, sagte Bethan.

»Morgen?«, fragte Abby.

Bethan wurde rot und schaute zu Jed.

»Ein paar Freunde von ihm haben eine Gedenkfeier geplant, hat Jed erzählt.«

»Ja.« Jed nickte. »Steht auf Kierans Facebook-Seite. Das war Mac. Ein Kumpel von Kieran. Er und ein paar andere treffen sich morgen am Fluss.«

Abby erkundigte sich nach den Einzelheiten und fragte, ob es noch etwas gebe, was sie wissen musste.

»Haben Sie mit Cosima gesprochen?«, fragte ein Junge. Ein süßer Typ mit langen Haaren und einem süßen Lächeln. »Er stand auf sie.«

»Das hatte nichts zu bedeuten«, sagte Cazzie schnell.

Der Junge zuckte mit den Schultern. »Vielleicht nicht. Aber sie sagte, alles ist wichtig, oder?« Er nickte Abby zu.

»Absolut.« Abby strahlte ihn an. »Cosima ist Cosima Cooper?«

»Jep.« Der Junge nickte. »Ich sage nicht, dass es ernst war. Wie Cazzie schon sagte, er nahm das alles nicht so wichtig. Aber er mochte sie.«

»Da war nichts«, sagte Cazzie. »Er fand sie hübsch. Na und? Er fand viele hübsch.«

»Wenn da nichts war«, sagte der Junge, »warum hat ihr Dad ihn dann weggejagt?«

Die Fäden verknüpften sich. Abby spürte es. Das Knistern, wie beim Anzünden einer Lunte.

»Was war denn los?«

»Ich kenne nur Kierans Version«, sagte der Junge. »Cosimas Vater hat ihn bedroht. Wurde ein wenig handgreiflich, sagte, sollte er sich seiner Tochter je wieder nähern, würde es ihm schlimmer ergehen. Ich glaube, ihr Vater ist ein bisschen durchgeknallt.«

Abby stellte noch ein paar Fragen, kam aber nicht weiter und beendete die Sitzung. Bevor sie sich verabschiedete, verteilte sie ihre Visitenkarte und bat alle, sich bei ihr zu melden, falls ihnen noch etwas einfiel.

Als sie wieder draußen stand, versuchte eine schüchterne Sonne sich durch die Wolkendecke zu kämpfen. Auf dem Vorplatz schlenderten Studenten grüppchenweise herum, hatten die Zeit und die Jugend auf ihrer Seite. Sie zog ihr Handy heraus, wählte Ellens Nummer, versuchte, sie telepathisch dazu zu bringen, ranzugehen.

DREI

Pete Cooper wohnte in einem dreistöckigen Haus an der Südseite der Heidelandschaft. Ellen ging die breite, gepflegte Auffahrt hinauf. Vor dem Haus parkten ein hellblaues Mercedes-Cabrio und ein großer SUV.

Das Haus hatte einen großen Portikus mit einer osterglockengelben Tür, gerahmt von Fenstern aus altem Buntglas. Ellen sah keine Klingel, also klopfte sie zweimal mit dem polierten bronzenen Türklopfer, der die Form einer Klaue hatte.

Eine kleine blonde Frau öffnete.

»Cosima?«, fragte Ellen.

Die Frau schüttelte den Kopf.

»Wen darf ich melden?«

Ellen zeigte ihren Ausweis. Die Augen der Frau weiteten sich.

»Einen Moment.«

Ellen musste nicht lange warten. Die Frau bat sie einzutreten. Ellen folgte ihr durch den kathedralenartigen Eingangsbereich in einen großen Raum mit einem Erkerfenster und Blick auf die Heide.

Das Zimmer erinnerte Ellen an das Wohnzimmer von Nick Gleeson. Ähnlich elegant, teure Möbel, gedämpfte Farben und dezente Kunstwerke an den Wänden.

Es gab einen gigantischen, übertrieben verzierten marmornen Kamin. Ellen fand ihn hässlich. Darüber hing das Portrait einer jungen Frau. Schlank, mit schwarzem Haar und einem abgeklärten Lächeln. Die Frau war sehr schön. Ellen wollte sich das Bild näher betrachten, aber dieselbe Frau wie auf dem Bild stand schon im Zimmer und beobachtete sie.

»Cosima Cooper.« Die Frau näherte sich Ellen und hielt ihr die Hand entgegen. Ellen schüttelte sie, bemerkte, dass sie leicht verschwitzt war, aber im Gesicht des Mädchens deutete nichts auf Angst oder Nervosität hin. Es war ausdruckslos. Wie eine Maske.

»Bitte.« Cosima machte eine ausholende Geste. »Nehmen Sie Platz.«

Sie wartete, bis Ellen sich auf eines der großen Sofas gesetzt hatte. Danach wählte sie einen Stuhl ihr gegenüber. Sie setzte sich sehr vorsichtig, Rücken gerade, die Beine aneinandergepresst. Ihre Hände legte sie in den Schoß.

»Schönes Portrait«, sagte Ellen.

»Meine Mutter«, sagte Cosima.

»Oh.« Ellen legte die Stirn in Falten. »Sorry.«

»Kein Problem.« Cosima zuckte mit den Schultern. »Alle machen den gleichen Fehler. Wahrscheinlich sehe ich aus wie sie.«

»Es ist sehr schön«, sagte Ellen.

Ellen erinnerte sich daran, dass Raj ihr erzählt hatte, wie Cosimas Mutter gestorben war. Noch einmal betrachtete sie das Bild, suchte nach Anzeichen von Leid, das sie dazu gebracht hatte, sich von Beachy Head zu stürzen. Die Frau lächelte sie an. Kein Anzeichen von Depression. Oder Angst. Sie wirkte glücklich, dachte Ellen, und weitaus lebendiger als ihre Tochter.

»Sind Sie hier, um mich nach Kieran zu fragen?«

Ellen nickte. »Wenn das für Sie in Ordnung ist?«

»Sicher. Ich habe schon darauf gewartet.«

»Wieso?«

Cosima seufzte. »Er hatte etwas für mich übrig. Als ich hörte, er sei tot, vermutete ich, dass Sie das erfahren werden.«

»Wir versuchen mit jedem zu sprechen, der ihn kannte«, sagte Ellen. »Reine Routine.«

»Sicher«, sagte Cosima. »Oh Gott, wo sind nur meine Manieren? Darf ich Ihnen etwas zu trinken anbieten? Kaffee oder etwas anderes?«

»Kaffee wäre gut«, sagte Ellen. »Danke.«

Cosima nahm den Hörer eines schwarzen Telefons auf dem Tisch neben dem cremefarbenen Sofa in die Hand, bat leise um eine Kanne Kaffee und ein paar Kekse.

Sie legte auf und lächelte.

»Gleich.«

Ihr Lächeln war außergewöhnlich, erhellte ihr ganzes Gesicht, hob ihre Schönheit hervor. Ellen fragte sich, wie oft sie es einsetzte, um das zu bekommen, was sie wollte.

»Ich kannte Kieran nicht besonders gut«, sagte Cosima. »Er stand auf mich, aber das ist schon eine Weile her. Wir haben keine Zeit miteinander verbracht oder so.«

Sie hatte eine sanfte, wohlmodellierte Stimme, keine Spur von einem Südlondoner Akzent. Sehr viel Geld, dachte Ellen, musste geflossen sein, um diese Haltung und diese Stimme zu trainieren.

»Woher wussten Sie, dass Kieran Sie mochte?«, fragte Ellen.

Cosima runzelte die Stirn, als sei das eine dumme Frage.

»Es war offensichtlich. In Vorlesungen setzte er sich grundsätzlich neben mich. Er holte mich morgens ab, damit wir uns zusammen auf den Weg machen konnten. Tat immer so, als wäre er rein zufällig vorbeigekommen. Er hat geflirtet. Ziemlich heftig.« Sie schauderte. »Als fiele ich herein auf ›oh, zwischen uns besteht eine tiefe Verbindung, und ich glaube, wir sind uns schon in einem früheren Leben begegnet‹. Ernsthaft? Als wäre ich ein blöder Teenager, der nichts im Hirn hat.«

Sie tippte sich mit dem Finger gegen die Schläfe. Ihr Gesicht färbte sich rosa von dem plötzlichen Emotionsausbruch. Ellen war froh, dass sich hinter der kühlen Fassade ein echter Mensch verbarg.

»Sie mochten ihn nicht«, sagte Ellen.

Cosima blieb die Antwort erspart, denn in diesem Augenblick erschien die kleine blonde Frau. Sie schob einen Teewagen mit einer silbernen Kaffeekanne, einem Service und einer großen Platte voller Schokoladenkekse herein.

»Danke, Miriam.« Cosima entließ die Blonde mit einer Handbewegung, schenkte Kaffee ein, übernahm die Rolle der perfekten Gastgeberin.

»Es ist nicht so, dass ich ihn nicht mochte«, sagte sie, als sie den Kaffee serviert hatte. »Ich fand ihn nur ein wenig kindisch.«

»Und zwischen Ihnen ist nichts gewesen?«

»Um Gottes willen«, sagte Cosima. »Nie. Außerdem wusste ich, dass er mit Freya zusammenlebt.«

»Natürlich«, sagte Ellen. »Ist sie eine Freundin von Ihnen?«

Cosima zuckte mit den Schultern. »Nicht wirklich. Aber ich kenne sie. Arme Freya. Gott. Wie muss ihr jetzt zumute sein? Ich will es mir gar nicht vorstellen. Es ist schrecklich. Wie geht es ihr?«

»Sie kommt klar«, sagte Ellen. »So wie Sie. Das mussten Sie ja wohl auch früh lernen, nicht wahr?«

»Vielleicht.«

»Wie hat sich Kieran mit den anderen Studenten verstanden?«, wollte Ellen wissen.

Cosima trank einen Schluck Kaffee und schien nachzudenken.

»Gut, glaube ich. Na ja, er war ein wenig dreist. Und er fand sich wirklich toll. Viele Mädchen standen auf ihn. Er muss also irgendetwas an sich gehabt haben. Ich habe das nie gesehen, aber ich bin auch nicht wie die meisten anderen Menschen.«

Sie stellte Tasse und Untertasse vorsichtig auf den Tisch neben das schwarze Telefon. Ihre Hand zitterte leicht, und beinahe hätte sie die Tasse umgestoßen. Rechtzeitig hatte sie sich wieder im Griff. Ellen fragte sich, ob das Zittern dem Koffein geschuldet war oder den flatternden Nerven. Aber wieso sollte diese selbstsichere junge Frau nervös sein?

Ellens Handy klingelte. Sie entschuldigte sich, zog es aus der Tasche, sah Abbys Namen auf dem Display und antwortete.

»Ellen?« Abby klang aufgeregt. »Sind Sie noch bei den Coopers? Ich muss Ihnen etwas sagen.«

Abby erzählte Ellen, was sie herausgefunden hatte. Nach dem Gespräch wandte sich Ellen wieder an Cosima.

»Sie haben mir nicht gesagt, was Sie getan haben.«

»Was meinen Sie?«

»Um Kieran loszuwerden.«

Cosima wurde puterrot.

»Ich habe gar nichts getan«, sagte sie. »Das musste ich nicht. Er hat es am Ende kapiert. Das war's.«

»Nachdem Ihr Vater ihn gewarnt hat«, sagte Ellen.

»Nein.« Cosima schüttelte den Kopf. »Das ist nicht wahr. Ich habe nie … hören Sie. Ich habe Daddy gegenüber kein Wort darüber verloren. Das würde ich niemals tun.«

»Warum nicht?«

»Einfach so.«

»Weil Sie Angst davor haben, was er tun könnte?«

Ein Funkeln in Cosimas Augen. Angst, dachte Ellen.

»Das ist es nicht.« Sie lächelte. Diesmal war es ein Strahlen. »Daddy ist ein bisschen altmodisch«, sagte sie. »Ich bin seine kleine Prinzessin. Er liebt mich über alles, sorgt sich um mich. Ich habe ihm nichts von Kieran erzählt, weil ich nicht wollte, dass er sich Sorgen macht.«

Sie lächelte immer noch, als glaubte sie, sie könnte sich damit hinter ihrer Lüge verstecken.

»Sie sind eine sehr attraktive Frau«, sagte Ellen. »Viele Männer müssen etwas von Ihnen wollen. Haben Sie einen Freund? Halten Sie das auch vor ihm geheim?«

Cosima nahm die Kaffeetasse und setzte sie wieder ab.

»Ich habe keinen Freund«, sagte sie. »Nicht, dass ich nie einen haben werde, aber im Moment will ich keinen. Ich möchte mich auf mein Studium konzentrieren, auf einen guten Abschluss. Ich will etwas aus meinem Leben machen.«

Das klang ehrlich. Ellen musste an ihren Tatendrang und

ihre Entschlossenheit am Anfang ihrer Dienstzeit denken. Ihr Verlangen nach Wahrheit und Gerechtigkeit hatte sie getrieben. Ein Verlangen, das ihr im Rückblick naiv und zu simpel vorkam. Sie blickte sich im Zimmer um, sah zum Bild von Cosimas junger Mutter, und fragte sich, woher die junge Frau vor ihr die Zielstrebigkeit nahm, etwas aus ihrem Leben zu machen.

»Können Sie mir noch etwas über Kieran erzählen?«, fragte sie stattdessen.

Als Cosima den Kopf schüttelte, stand Ellen auf und reichte ihr ihre Karte.

»Sollte Ihnen noch etwas einfallen«, sagte sie, »rufen Sie mich an.«

Cosima legte die Karte unbesehen auf den Sims des Kamins. Unter dem Portrait stand ein Foto. Cosima oder ihre Mutter – unmöglich zu sagen – auf einem verschneiten Hügel neben einem Mann mittleren Alters, der seinen Arm um sie gelegt hatte. Der Mann lachte, aber die Frau blickte ernst. Ausdruckslos.

»Ihre Mutter?«, fragte Ellen.

»Das bin ich«, sagte Cosima. »Und Daddy. Jedes Jahr im Februar fahren wir nach Courchevel.«

»Courchevel?«

»Ein Skiresort«, sagte Cosima. »In Frankreich. Sehr schön. Sie sollten auch einmal dorthin reisen. Laufen Sie Ski?«

»Nein.«

Die Frau auf den Portrait und die auf dem Foto sahen sich zum Verwechseln ähnlich. Ellen überlegte, ob die Umstände des Todes der Mutter eine Erklärung für die Leere in den Augen der Tochter waren. Oder gab es einen anderen Grund?

»Eine Sache noch«, sagte Ellen an der Haustür. »Können Sie mir etwas über Ihre Beziehung zur Familie Gleeson sagen?«

Ein Schuss ins Blaue. Ellen war sehr wohl bewusst, dass sie möglichweise keine Antwort auf die Frage erhielt. Zu ihrer Überraschung hatte sie ins Schwarze getroffen. Cosima fiel die Kinnlade hinunter. Schweigend starrte sie Ellen für volle drei Sekunden an. Röte stieg ihr vom Hals in ihr hübsches Gesicht hoch.

»Was meinen Sie?«, fragte sie.

»Genau das. Wie gut kennen Sie die Familie? Sie sagten, dass Sie Freya nicht besonders gut kennen, aber ich habe nicht nach Charlotte und Nick Gleeson gefragt.«

»Dazu gibt es nicht viel zu sagen«, antwortete Cosima. »Er ist nett. Sie kenne ich nicht.«

»Wie ich höre, ist sie Alkoholikerin«, sagte Ellen.

»Davon weiß ich nichts«, sagte Cosima. Sie lächelte wieder, aber es wirkte gezwungen. »Sie müssen mich entschuldigen, Detective. Ich bin spät dran.«

Ellen bedankte sich bei dem Mädchen. Sie wartete, bis Cosima die Tür geschlossen hatte, zog ihr Handy heraus und rief Abby an.

»Sie behauptet, ihr Vater wusste nichts von Kierans Annäherungsversuchen«, sagte Ellen.

»Sagt sie die Wahrheit?«, fragte Abby.

»Keine Ahnung. Sie ist sonderbar. Ich möchte, dass Sie mit ihr reden. Ich möchte Ihre Meinung hören.«

»Faszinierend«, sagte Abby.

»Sie hat dunkle Haare«, sagte Ellen. »Aber das hat Freya auch. Wir warten, bis das Ergebnis vom DNA-Test vorliegt. Stammt das Haar von einer Frau, holen wir uns DNA-Proben von beiden. Wo sind Sie gerade?«

»Rui hat eine Nachricht hinterlassen«, sagte Abby. »Es gibt etwas auf den Überwachungskameras. Das möchte ich mir gleich ansehen.«

»Gut«, sagte Ellen. »Ich fahre jetzt zurück ins Präsidium. Rufen Sie mich nach Ihrem Treffen mit Rui an.«

»Wollen Sie wirklich, dass ich allein mit ihm spreche?«, fragte Abby.

Ellen lächelte. »Klar. Machen Sie schon, bevor ich es mir anders überlege.«

Ellen beendete das Gespräch und steckte das Handy wieder ein. Es hatte angefangen zu nieseln. Ellen hielt das Gesicht in den Regen. Auf ihrem Weg aus dem eleganten, wohlhabenden Blackheath hinunter nach Lewisham in das Herz Südost-Londons kühlte der Regen ihr die Wangen.

VIER

Rui bewegte sich wie kein anderer. Er hüpfte. Als habe er unsichtbare Sprungfedern unter seinen rot-weißen Chucks. Abby fragte sich, ob er so extrem dünn war, weil er ständig in Bewegung war, oder ob es an einem superschnellen Stoffwechsel lag. Vielleicht machte er sich auch einfach nichts aus Essen.

»Hier.« Er ließ seinen Arm vorschnellen und deutete auf einen Stuhl, auf dem ein Stapel Papiere lag. Mit einer einzigen Bewegung fegte er die Papiere auf den Boden und versetzte dem Stuhl einen Stoß. Der Stuhl rollte mit beängstigender Geschwindigkeit auf Abby zu, sie musste die Hände ausstrecken, damit er nicht in sie krachte.

Rui grinste. »Sorry.« Er klemmte seine dicken Locken, die ihm ins Gesicht hingen, hinters Ohr. »Unterschätze manchmal meine Kraft. Komm. Sieh dir an, was für ein Genie ich bin.«

Ruis Büro war klein. Eine Arbeitsplatte aus Holz lief an drei Wänden entlang. Jeder Zentimeter war vollgestellt. Abby zählte drei Laptops zwischen Papieren, Ordnern, Stiften und Gott weiß was.

Sie ignorierte das Chaos und nahm die Fotos, die er ihr auf den Schoß gelegt hatte. Rui schob Papiere auf dem Boden zur Seite, damit Abby Platz hatte.

Sie legte die Fotos vor sich hin, setzte sich zurück, während Rui sie in der richtigen Reihenfolge anordnete.

»Da.« Er zeigte auf das Bild ganz links. »Das ist das Original von der Kamera.«

Abby erinnerte sich. Der Farbfleck. Als bewege sich jemand zu schnell für eine präzise Aufnahme.

»Jetzt sieh dir die anderen an«, sagte Rui. »Ich habe mich auf das Orange konzentriert, wie du es mir aufgetragen hast. Hier habe ich es vergrößert, aber es ist unscharf. Dann habe ich eine andere Software verwendet – sie manipuliert … ach, egal. Das ist dabei herausgekommen.«

Er hielt Abby das letzte Foto vor die Nase.

»Das ist endgültig?«, fragte sie.

Rui machte ein böses Gesicht. »Ich verstehe nicht.«

»Ich meine«, sagte Abby, »ist das die vergrößerte Version des Originals oder eine *mögliche* Version des Originals?«

»Ah.« Rui nickte, eine manische Bewegung. Sein Haar wippte wie ein Zeichentricktier, das auf seinem Kopf saß. »Kapiert. Eine hundertprozentige Sicherheit gibt es nicht. Ich habe eine Weile herumgebastelt, verschiedene Varianten ausprobiert. Am Ende kam immer dasselbe heraus. Ziemlich gut, oder?«

Abby nickte. In der Tat, ziemlich gut. Sie hatte mit ihrer Ahnung richtiggelegen. Der orangefarbene Fleck war ein Logo. Ein Tiger auf dem Sprung. Darunter ein Wort.

»Taylor's«, las sie laut.

»Sportmarke und Outdoor-Bekleidung«, sagte Rui. »Habe ich schon gecheckt. Billigmarke. Das ziehen Amateure an oder

Leute, denen es egal ist, wie sie aussehen. Billig und hässlich. Ich würde so einen Scheiß nicht tragen. Ist echt geschmacklos.«

»Was sagt uns das über den Mörder?«, fragte sich Abby.

»Wenn es der Mörder ist«, meinte Rui.

»Bislang ist es unsere heißeste Spur«, sagte Abby. »So viel ist gewiss.«

»*Wenn* es der Mörder ist«, wiederholte Rui, »dann habt ihr es nicht mit einem zufälligen Raubüberfall zu tun. Kein Junge aus Lewisham, das ist schon mal sicher.«

»Woher willst du das wissen?«

»Abs, schau dir die Jacke an und denk für eine Sekunde nach. Du kannst sagen, was du willst, aber die bösen Jungs aus der Nachbarschaft haben zumindest eines: Stil. Keiner von denen würde so einen Scheiß anziehen.«

Abby dachte an die zwielichtigen Drogendealer und Kleinkriminellen, die ihr Brotverdienst waren. Rui hatte nicht ganz unrecht. Die meisten von ihnen nahmen es mit der Mode ernst. Die meisten.

»Was ist mit Osteuropäern?«, fragte sie.

Rui zuckte mit den Schultern. »Möglich. Ist aber nicht wirklich ihre Szene, oder?«

»Wer weiß«, sagte Abby. »Großartig, Rui. Ich werde einen der Jungs bitten, ein paar Sachen über Taylor's auszugraben. Statistiken darüber, wo die ihre Sachen verkaufen, den Kundenstamm und so weiter. Außerdem werde ich Ger fragen, ob es sich lohnt, damit an die Presse zu gehen. Du bist ein Genie, Rui, weißt du das?«

Er zwinkerte ihr zu. »Yeah, ich weiß.«

»Oh«, sagte sie. »Das hätte ich fast vergessen. Kierans Laptop. Habt ihr was aus dem rausholen können?«

Rui schüttelte den Kopf. »Wir sind alles durchgegangen. Er war auf Facebook. Andere Social-Media-Profile haben wir nicht gefunden. Hat auf seinem Computer hauptsächlich Mails und Seminararbeiten geschrieben. Er hatte auch One-Drive.«

»Was ist das?«, fragte Abby.

»Eine App, mit der man direkt auf den Cloud-Speicher zugreifen kann«, sagte Rui. »Er hatte ein anständiges Handy. Hat jede Menge Fotos damit gemacht. Hat sie da abgespeichert.« Er wedelte wild mit seiner Hand herum. »In der Cloud. Machst du das nicht?«

Abby schüttelte den Kopf.

»Na ja.« Rui zuckte mit den Achseln. »Vielleicht solltest du. Falls du dein Handy mal verlierst, sind wenigstens nicht alle Fotos weg.«

»Wo kann ich die Fotos sehen?«

»Ich habe Malcolm zwei Memory Sticks gegeben«, sagte Rui. »Auf dem einem sind die Kopien von dem Unizeugs, E-Mails und so weiter. Er hat einige echt coole Fotos gemacht. Die habe ich auf den anderen Stick gezogen.«

Abby legte die Fotos in einen gelben Ordner, den sie mitnahm. Das Tiger-Logo hatte sie irgendwo schon einmal gesehen. Auf dem Weg ins Büro überlegte sie, wo. Es wollte ihr nicht einfallen. Sie gab auf. Es konnte sonst wo gewesen sein.

FÜNF

Charlotte goss Wein ins Glas. Nicht zu viel, sie wollte sich welchen für später aufheben. Ginny kam sie besuchen. Charlotte hatte sich vorgenommen, nicht zu viel zu trinken. Sie trug das Glas ins Esszimmer und machte es sich auf dem Sofa bequem.

Sie war angespannt, nervös, schreckte bei jedem Geräusch auf. Das Haus war voller Geräusche – knarzende Dielen, Zweige, die gegen die Fensterscheiben schlugen, das Brummen des Kühlschranks, das entfernte Verkehrsrauschen jenseits der Heidelandschaft. Am schlimmsten war das Quietschen, Klagen, Schreien der Füchse im kleinen Wald hinter dem Garten.

Früher waren ihr diese Geräusche nie aufgefallen. Heute Abend waren sie ohrenbetäubend. Mit der Fernbedienung schaltete sie den Fernseher ein. Die Lautstärke war zu hoch eingestellt. Sie fuhr zusammen, drehte sie herunter. Ihr Handy klingelte. Wieder schreckte sie auf. Wein schwappte aus dem Glas über ihr Handgelenk. Sie sah, wie der Wein das Bündchen ihres Ärmels durchnässte. Das erinnerte sie an etwas. Doch an was?

Sie stellte das Glas ab und sah das Handy an. Freyas Nummer blinkte auf dem Display. Hastig überschlug sie, wie viel sie getrunken hatte. Ein Glas, höchstens zwei. Das würde man nicht aus ihrer Stimme heraushören.

»Liebling, welch eine schöne Überraschung. Wie geht es dir?«

Sie zuckte zusammen. Was für eine dumme, dumme Frage.

»Sorry«, sagte sie, »ich wollte nicht …«

»Ich habe von deinem Unfall gehört«, sagte Freya. Charlotte konnte nicht erkennen, ob Freya es vorwurfsvoll meinte oder ihrer Sorge Ausdruck verleihen wollte.

»Es war kein Unfall«, sagte Charlotte. Zu spät fiel ihr ein, dass sie ihrer Tochter nicht noch zusätzliche Sorgen machen sollte. »Ach, es tut mir leid, Liebes. Vielleicht war es ein Unfall. Ich weiß es nicht. Nein, ich habe nicht getrunken, ich schwöre. Ich bin gefallen und war ohnmächtig. Dumm von mir. Ich weiß. Hab einen geprellten Arm. Ziemlich unangenehm. Gott sei Dank nichts gebrochen. Hab noch mal Glück gehabt.«

Sie lachte, aber am anderen Ende war kein Lachen. Nur Schweigen.

»Darf ich dich morgen besuchen?«, fragte sie. »Ich denke an dich, weißt du?«

»Wo ist Dad?«

»Weggegangen.«

»Du bist allein?«

Hoffentlich schlug Freya ihr nicht vor, vorbeizukommen. Dazu war sie nicht aufgelegt.

»Ginny ist auf dem Weg«, sagte sie. »Na ja, noch nicht ganz. Ich erwarte sie um neun.«

»Das ist nicht dein Ernst. Saufrunden kannst du jetzt am allerwenigsten gebrauchen.«

»Darum kommt sie auch nicht her«, sagte Charlotte. »Wenn du es unbedingt wissen willst, sie hat mir etwas Wichtiges zu sagen.«

»Was?«, fragte Freya.

»Das weiß ich nicht.«

Charlotte setzte sich anders, irgendwie bequemer. Egal, in welcher Position, ihr Arm tat ständig weh.

Sie hörte auf zu reden. Sie war Freya keine Rechenschaft schuldig. Was auch immer sie und Ginny zu tun gedachten, es ging Freya nichts an.

»Wahrscheinlich hat sie sich ein Paar neue Schuhe gekauft«, sagte Freya gehässig.

Charlotte ersparte sich die Antwort.

»Sorry«, sagte Freya in das Schweigen. »Gut, dass sie kommt. Wann wollte sie noch mal da sein?«

»Gegen neun«, sagte Charlotte. »Sie wollte laufen. Sie hat eine neue App, die die Schritte zählt, die sie täglich zurücklegt.«

Sobald sie konnte, beendete sie das Gespräch. Ihr war weiß Gott nicht nach einer selbstgerechten Moralpredigt von ihrer Tochter. Sie hätte sich denken können, dass Freya meinte, Charlotte wäre selbst schuld an dem Unfall. Seit ihrer Geburt hatte Freya sich gegen sie gestellt.

Komisch, dass sie ausgerechnet jetzt daran denken musste, wie begeistert sie gewesen war. Es war eine einfache Schwangerschaft gewesen. Sie hatte es genossen. Hatte sich gesund ernährt, viel Sport gemacht und sich in den neun Monaten gut um sich gekümmert. Hatte nur drei Kilo zugenommen und war überzeugt, sie nach der Geburt wieder loszuwerden.

Die Geburt. Damit hatte es angefangen. Der langsame Zusammenbruch von allem, wofür sie so hart gekämpft hatte. Darauf war sie nicht vorbereitet gewesen. Sie hatten Geburtsvorbereitungskurse in einem großen alten viktorianischen Haus in West Greenwich besucht. Nick hatte nicht einen Kurs versäumt, trotz seiner Arbeitslast. Wie alles damals, hatte ihnen die Teilnahme an den einmal in der Woche stattfindenden Kursen zusammen mit anderen jungen reichen Paaren Spaß gemacht. Charlotte hatte sich eingeredet, es sei der Beginn von etwas. Das wundervolle Leben, von dem sie immer geträumt hatte.

Die Frau, die den Kurs leitete – dick und anmaßend – war eine Verfechterin der natürlichen Geburt. Charlotte und die anderen Frauen kicherten sich durch eine Reihe von Übungen, bei denen man lernte, »den Körper zu entspannen«, in Vorbereitung »auf die Geburt«. *Ein entspannter Kiefer sorgt für eine entspannte Vagina,* war eine Zeile, an die sich Charlotte jetzt erinnerte. Wahrscheinlich hatte sie alles andere gleich nach Freya Geburt verdrängt. Der traumatischste Moment ihres Lebens. Zwei Tage Horror, zwei Tage unerträglicher Schmerzen und Erniedrigungen.

Nick war die ganze Zeit bei ihr geblieben, immerhin. Seine sinnlosen Bemühungen, ihr Leid zu lindern, waren die ersten Vorboten ihres Hasses in den Monaten und Jahren nach der Geburt.

Und als wäre das alles noch nicht genug, war da noch dieses Kind. Ein schreiendes Bündel, das Charlotte … was eigentlich? Es war unmöglich, etwas, das die ganze Zeit so einen Terror machte, zu lieben. Selbst die Schwestern mussten zugeben und lächelten dabei, als sei es ein Scherz, dass es ein Schreikind war.

An all das wollte sie jetzt nicht denken. Sie fragte sich, was Ginny ihr so Wichtiges zu erzählen hatte. Am Telefon hatte sie merkwürdig geklungen. Charlotte hatte sie gebeten, deutlicher zu werden, aber Ginny meinte, das müsse bis heute Abend warten. Hoffentlich hatte es nichts mit Freitagabend zu tun. Die unterschwellige Angst war nach wie vor da. Und das Wissen, dass sie die Polizei angelogen hatte.

Hatte sie Ginny etwas erzählt? Möglich. Und wenn schon, was sollte Ginny schon unternehmen. Bis zu dem unwahrscheinlichen Moment, in dem Ginny plötzlich das schlechte Gewissen plagte, war Charlotte in Sicherheit.

Sie schüttelte den Kopf. Ein Feuerwerk unzusammenhängender Bilder explodierte in ihrem Kopf. Unerträgliche Gedanken. Sie stürzte den Wein hinunter und stand auf. Herumsitzen und darauf warten, dass etwas geschah, war nicht auszuhalten.

Sie sah auf die Uhr. Sieben Uhr dreißig. Bis neun schien noch eine Ewigkeit hin zu sein. In solchen Augenblicken, wenn sie das Gefühl hatte, in ihrem eigenen Wahnsinn eingesperrt zu sein, machte sie am liebsten eine Spritztour. Sie liebte es, durch die Nacht zu fahren. Durch die stillen Straßen der Vororte, in den Häusern hinter den Fenstern mit Vorhängen glückliche Familien.

Von Blackheath nach Lee, durch die verschlafenen Straßen von Hither Green bis Ladywell. Die hügeligen Straßen hinauf nach Brockley, dann durch Deptford und Greenwich, so nah und so lange am Fluss entlang wie möglich.

Sie betastete ihren Arm. Sie fuhr Automatik. Vorsichtig und langsam würde es schon gehen. Während sie hin und her überlegte, beschloss sie, noch ein Glas Wein zu trinken – nur ein kleines. So konnte sie wenigstens die nächsten zwanzig Minuten herumbekommen.

SECHS

Sie war zittrig und nervös. Ein ungewohntes Gefühl. Nicht gerade angenehm, aber auch irgendwie besonders.

Sie hatten sich vor dem Eingang der U-Bahn-Station London Bridge verabredet. Abby war überpünktlich. Oder kam er zu spät? Sie sah auf die Uhr. Sie war definitiv zu früh dran. Sie zog die Jacke enger, blickte sich um und hoffte, er würde bald da sein.

Jemand eilte an ihr vorbei. Groß und kräftig, hatte es eilig, rempelte sie fast um. Eine Hand unter ihrem Ellbogen stützte sie.

»Alles in Ordnung?« Sams Stimme, sein warmer Atem auf ihrer kühlen Haut.

Sie hörte kaum hin. Ihre Aufmerksamkeit galt dem Mann, der sie fast umgestoßen hatte. Einem Mann mit einer schwarzen Jacke mit orangefarbenem Logo. Sie rannte ihm nach und packte ihn am Arm.

»Hey?« Er wirbelte wütend herum. Ein Mann auf Mission. Leute treffen, Orte sehen.

»Sorry.« Sie schenkte ihm ihr schönstes Lächeln, merkte, dass es ihn milder stimmte. »Ihre Jacke«, sagte sie. »Wo haben

Sie die gekauft? Ich möchte meinem Freund so eine schenken.«

Der Mann blickte überrascht, dann geschmeichelt.

»Geschenk von meiner Frau«, sagte er. »Um ehrlich zu sein, mir gefällt sie nicht. Zieh sie nur an, damit sie glücklich ist. Ihnen gefällt sie?«

»Oh, ja«, sagte sie. »Ich finde sie toll. Danke.«

»Was war das denn?«, fragte Sam. Er hielt ein riesiges Bouquet Rosen in der Hand. Sie waren wunderschön. Er wirkte unbeholfen, als wüsste er nicht, was er mit ihnen anstellen sollte.

»Ich wollte ihn nach der Jacke fragen«, sagte sie.

Sam runzelte verständnislos die Stirn. Sie betrachtete seinen teuren Wollmantel und fing an zu lachen. Erst lächelte er, dann fing auch er an zu lachen, obwohl er, sie war sich sicher, gar nicht wusste, worüber. Sie wusste es eigentlich auch nicht. Aber es fühlte sich gut an. Sie war mit ihm zusammen, und sie lachten einfach grundlos. Sie konnte sich nicht erinnern, wann sie das letzte Mal so gelacht hatte.

Als sie sich endlich wieder unter Kontrolle hatten, küsste Sam sie sanft auf den Mund.

»Du hast das schönste Lächeln«, sagte er. Vielleicht hätte er noch mehr gesagt, aber er kam nicht dazu. Sie küsste ihn. Um sie herum Menschen, die aus der U-Bahn kamen oder zur U-Bahn gingen und sich in ihre arbeitsreichen Leben stürzten. Sie musste nachdenken. Es hatte mit der schwarzen Jacke mit dem orangefarbenen Logo zu tun. Sie konnte aber keinen klaren Gedanken fassen. Da war nur Sam. Kein Platz für etwas anderes. Egal, was es war, es hatte zu warten.

SIEBEN

Nachdem Ellen die Kinder ins Bett gebracht hatte, widmete sie sich ihren Unterlagen, brachte ihre Aufzeichnungen auf den aktuellsten Stand. Das Bild von Kieran Burton bekam Konturen. Je mehr sie über ihn erfuhr, desto weniger sagte es ihr zu.

Laut Freya hatten die beiden eine felsenfeste Beziehung. Entweder war sie verblendet, oder sie log. Ellen notierte, dass sie herausfinden musste, wer für die Miete und alle anderen Unkosten aufkam. Die Antwort, schätzte sie, war: Freya. Sie finanzierte sich und Kieran, während er studierte. Wie Freya wohl reagiert hätte, hätte sie gewusst, was ihr Freund an der Uni tagtäglich wirklich trieb.

In der Ecke des Zimmers lief stumm der Fernseher. Als die Lokalnachrichten kamen, stellte sie ihn lauter. Der Mord an Kieran war die dritte Story, gleich nach der Flüchtlingskrise in Europa und einem Bericht über einen Politiker, der mit der Frau seines Sohnes eine Affäre hatte.

Der Bericht über Kieran war relativ ausführlich. Etliche Bilder vom Tatort, danach Nick Gleesons Totally-Tapas-Restaurant in Greenwich. Eine hübsche Reporterin sprach in die Kamera, fasste Gleesons Hintergrund und seine Karriere zusammen. Der Lokalmatador, der mit seiner familienfreundlichen, preiswerten Restaurantkette ein Vermögen gemacht hatte. Nichts über seine alkoholsüchtige Frau, seine Affären und seine zwielichtigen Geschäftspartner.

Gelangweilt schaltete Ellen den Fernseher aus. In der Küche machte sie sich noch eine Tasse Tee. Sie versuchte, unter der Woche auf Wein zu verzichten. In Momenten wie diesem fiel es ihr nicht leicht, ansonsten schlug sie sich redlich. Die Kinder waren im Bett, Rosie war ausgegangen. Im Haus war es still. Ein Berg Wäsche wartete darauf, gebügelt zu werden.

Der Gedanke daran deprimierte sie noch mehr. Sie schluckte ihr Selbstmitleid hinunter, nahm den Tee mit ins Wohnzimmer und machte Musik an.

Der iPod und die Lautsprecher waren ein Weihnachtsgeschenk von Sean gewesen. Nach dem Brand hatte er ihr ein iTunes-Konto eingerichtet und eine riesige Auswahl ihrer Lieblingssongs heruntergeladen. Zuerst war sie sich der Bedeutung des Geschenks nicht bewusst. Sean musste ihr erst erklären, wie es funktionierte, das Scrollen durch die Alben mit den alten vertrauten Titeln, bis sie es begriff. Sie war in Tränen ausgebrochen.

Sie scrollte die Wiedergabelisten durch, wählte eine Sammlung schmalziger Liebeslieder, die alle möglichen Erinnerungen weckten. Alle gut. Zuerst kam Frank Sinatra mit dem Count Basie Orchestra und dem Titel »Fly me to the Moon«. Danach der andere Count. John Count McCormack. Seine reine Stimme erfüllte das Zimmer.

Der Song hieß »Macushla«. Ein erhebendes Stück über Liebe und Verlust. Ellen dachte an Brendan, Vinnys Vater. Er wiegte Pat in seinem Arm in den Schlaf und sang diesen Song mindestens halb so gut wie McCormack. Vinny dagegen war vollkommen unmusikalisch gewesen, sang aber trotzdem immerzu, egal, wie es klang.

Sie hörte sich noch ein paar andere Titel an, dann konzentrierte sie sich wieder auf die Arbeit. Nicht leicht. Der kurze Moment der Entspannung hatte alle Schleusen geöffnet. Immer neue Bilder stürzten auf sie ein. Ein kurzes Leben voller Glück.

Genug. Sie musste arbeiten. Es wurde langsam spät.

Sie schlug die Akte Annalise Cooper auf. Sie hatte sie aus dem Archiv. Ein Foto. Annalise saß in einem weißen, ärmellosen Kleid in einem Sessel, hatte ein pummeliges Baby auf dem Schoß. Schon damals war die Ähnlichkeit zwischen Mutter und Tochter frappierend. Das gleiche dunkle Haar, Alabasterhaut und riesige dunkle Augen. Eine schöne junge Frau mit einem wunderschönen gesunden Kind. Das ganze Leben lag vor ihnen. Kein Wunder, dass sie lächelte.

Ellen blätterte die Zeugenaussagen und Notizen der Ermittler durch. Überflog die Seiten, so dass sie beinahe einen Namen überlesen hätte. Die Zeugenaussage von Annalise' Cousine. Darin standen keine neuen Informationen. Annalise und McNulty waren definitiv ein Paar, Annalise hätte sich niemals das Leben genommen. In den anderen Aussagen stand mehr oder weniger dasselbe. Interessant fand Ellen den Namen der Zeugin: Virginia Rau. Charlotte Gleesons Freundin.

Auf einem Extrablatt notierte Ellen die verschiedenen Verbindungen. Kieran Burton und Cosima Cooper hatten zusammen studiert. Pete Cooper und Nick Gleeson waren Geschäftspartner, Virginia Rau und Charlotte Gleeson beste Freundinnen. Und jetzt das. Charlottes Freundin und Coopers tote Ehefrau.

Die Antwort darauf, wer Kieran ermordet hatte, verbarg sich hier irgendwo. Ellen schrieb einen weiteren Namen auf. Freya Gleeson.

Freya und Cosima. Was übersah Ellen?

Sie klappte den Laptop auf und gab Cosima Cooper in die Suchmaschine ein. Keine Links zu den üblichen Plattformen Facebook, Instagram oder Twitter. Nichts auf Goodreads oder LinkedIn. Cosima Cooper musste eins von den seltenen Exemplaren ihrer Generation sein, das ohne soziale Medien auskam.

Ellen hörte die Haustür, ein Rascheln. Jemand zog seine Jacke aus. Einen Augenblick später erschien Rosies blauer Schopf in der Tür.

»Hi, Ellen. Wie geht's?«

Ellen lächelte, ihre Stimmung hob sich augenblicklich. Mehr als sie jeden Moment liebte, seit Rosie bei ihnen war, fürchtete sie sich vor dem Tag, an dem sie wieder weggehen würde.

Ellen klopfte auf den Platz neben sich auf dem Sofa.

»Komm. Erzähl, was du gemacht hast. Ich sehne mich nach ein wenig Gesellschaft.«

Folgsam hüpfte Rosie durch das Wohnzimmer und ließ sich neben Ellen auf das Sofa fallen.

»Ich war mit meinen spanischen Freunden unterwegs«, sagte Rosie. »Sie sind toll.«

»Was habt ihr gemacht?«, fragte Ellen.

»Wir waren in einer neuen Bar in Deptford«, sagte Rosie. »Künstlerpublikum. Es hat Spaß gemacht.«

Rosie zeigte auf das Foto von Annalise mit Baby Cosima.

»Eine Freundin?«

»Sie ist Teil einer Ermittlung«, sagte Ellen. »Sie ist jetzt erwachsen und studiert in Greenwich. Kennst du sie? Sie ist das Abbild ihrer Mutter.«

Rosie grinste. »Was? Glaubst du etwa, ich kenne sie, weil alle jungen Leute an denselben Orten abhängen? Nein. Ich kenne sie nicht. Ich meine, so ein Gesicht vergisst man nicht so schnell, oder? Sie ist schön. Na ja, die Mutter. Wenn die Tochter auch so aussieht, würde ich mich an sie erinnern. Was studiert sie? Rafaels Freundin studiert in Greenwich, glaube ich. Soll ich sie fragen.«

»Nein«, sagte Ellen. »Das möchte ich nicht. Danke trotzdem.«

»Annalise Cooper«, las Rosie den Namen unter dem Foto.

»Das ist die Mutter«, sagte Ellen. »Ihre Tochter heißt Cosima.«

»Nee«, sagte Rosie. »Kenn ich nicht.«

»So soll es auch bleiben.«

Rosie grinste. »Keine Sorge. Ich mach keine Dummheiten. Okay. Ich bin fix und fertig. Ich mach mir noch eine Tasse Tee. Willst du auch einen?«

»Nein, danke«, sagte Ellen. Sie nahm das Telefon. »Ich muss telefonieren.«

»Super«, sagte Rosie. »Bis morgen. Gute Nacht.«

Ellen antwortete nicht. Sie wählte bereits Abbys Nummer.

»Ellen!« Abby klang fröhlich.

»Entschuldigen Sie, dass ich Sie noch so spät störe«, sagte Ellen. »Sie haben mir nicht von Ihrem Treffen mit Rui erzählt.«

Abby kicherte. »Ich hab's nicht vergessen. Ihr Handy war ausgeschaltet. Ich wollte es noch einmal versuchen. Doch dann war ich schon spät dran und wollte Sam nicht warten lassen. Ellen, ich hatte den schönsten Abend. Wir sind zuerst im Strand gewesen, danach hat er mich in dieses fantastische französische Restaurant eingeladen. Jetzt ist er bei mir, und ich werde ihn so schnell nicht wieder gehen lassen.«

Ellen musste lächeln. Die Frau klang so verflucht glücklich.

»Er hat mir Blumen mitgebracht«, sagte Abby. »Sie sind so schön. Ich – warten Sie. Wissen Sie, wie man ein Foto sendet? Ich bin total ungeschickt in solchen Dingen. Vielleicht weiß Sam es. Sam, Liebster? Kannst du mal kommen?«

»Vergessen Sie die Blumen«, sagte Ellen. »Wie war es bei Rui?«

»Rui hat das Bild von der Jacke bearbeitet«, sagte Abby. »Es ist das Logo der Marke Taylor's. Kennen Sie das?«

»Nein.«

»Überrascht mich nicht. Sie würden so was nicht tragen. Outdoor-Bekleidung. Jacken und so weiter. Billige Massenware. Ich habe heute Abend jemanden in einer solchen Jacke gesehen.«

»So? Es muss in London Tausende Leute mit solch einer Jacke geben.«

»Schon, aber ich habe sie schon woanders gesehen«, sagte Abby. »Als ich den Mann sah, fiel mir das wieder ein.«

»Natürlich haben Sie sie schon gesehen«, sagte Ellen.

Sie war müde, schlecht gelaunt und wollte ins Bett. Abbys Verliebtheit und Beschwipstheit halfen nicht.

»Ich dachte, fast ganz London hat so eine Jacke.«

»Ich wünschte, ich wüsste, wo ich sie gesehen habe«, sagte Abby. »Das könnte wichtig sein.«

»Schlafen Sie eine Nacht drüber«, sagte Ellen. »Vielleicht fällt es Ihnen morgen früh ein.«

»Ich habe nicht vor, heute Nacht viel zu schlafen«, sagte Abby.

Ellen lächelte. »Zu viel Information. Hauptsache, Sie sind morgen frisch und munter.«

Abby stöhnte. »Oh, Gott. Kierans Gedenkfeier. Das hatte ich schon vergessen. Wann geht es los?«

»Um fünf«, sagte Ellen. »Wenn die Sonne über dem Fluss aufgeht. Irgend so ein symbolischer Akt.«

»Ich habe mit Emer Dawson telefoniert«, sagte Abby, »und ihr davon erzählt. Das ist doch in Ordnung?«

»Ich denke schon«, sagte Ellen. »Er war immerhin ihr Bruder.«

Im Hintergrund hörte Ellen einen Mann. Sie konnte nicht verstehen, was er sagte, aber Abby kicherte gleich wieder los. Ellen wünschte gute Nacht und legte auf. Sie war alt und weise genug, um zu wissen, wann sie störte.

ACHT

»Und wenn ich mich irre?«

Die Frage blieb in der Luft hängen. Vielleicht weil niemand da war, der sie beantworten konnte. Hing ihr nach, als sie in ihre schweren Guiseppe-Zanotti-Bikerboots schlüpfte, sich ihren neuen Kaschmirmantel von Marc Jacobs – weich und warm – überzog und in die kalte Londoner Nacht hinaustrat.

Sie wohnte in einem hübschen Doppelhaus in georgianischem Stil in Point Hill in Greenwich, gleich um die Ecke von ihrem alten Zuhause in Diamond Terrace. Dort hatte sie bis zu ihrer letzten Scheidung gewohnt. Ihr Ex hatte das Haus behalten und fast alles andere. Sie hatte sich nicht dagegen gewehrt. Es war ihre Schuld, dass es zur Scheidung gekommen war. Sein Rachefeldzug während der sich in die Länge ziehenden Trennungsphase war einem gebrochenen Herzen geschuldet, er wollte ihr nichts Böses.

Sie hätte ihn niemals heiraten sollen. Eine Weile hatte sie an ein Happy End geglaubt. Dumm von ihr. Er war verrückt nach ihr gewesen, und sie hatte sich eingeredet, das sei ausreichend. Dass sie nicht das Gleiche für ihn empfand, spielte keine Rolle. Sie war unfähig, irgendeinen Mann zu lieben. Er hatte keine Schuld. Sie aber auch nicht. Sie hatte weiß Gott ihr Bestes gegeben. Bis zu dem Tag, an dem ihr bewusst wurde, dass sie lieber starb, als ihm noch einen weiteren Tag dabei zusehen zu müssen, wie er allmorgendlich sein Alpenmüsli in sich hineinschaufelte. Oder noch eine weitere Nacht, in der er auf ihr lag, so zu tun, als sei das, was er machte, ein Akt der Liebe.

Sie hatte eine Affäre. Mit dem Chauffeur. Einem italienischen Adonis, der unheimlich in sich selbst verliebt war. Einen Tag nach ihrem vorläufigen Scheidungsurteil hatte sie ihn abserviert und nicht mehr zurückgeblickt.

Manchmal gab es andere Männer. Wenn sie genug getrunken hatte, dass es ihr gleichgültig war, oder sie sich vormachte, für eine kurze Weile, dass der anders war als die anderen. Aber so war es nie, und sie war immer erleichtert, wenn sie morgens das Bett, in dem sie gelandet war, verlassen und in ihre Privatsphäre zurückkehren konnte.

Sie war nicht immer so gewesen. Vor langer Zeit hatte es einen Mann gegeben, den sie über alles geliebt hatte. Für den sie alles getan hätte. Doch er hatte sie verletzt, so sehr, wie sie es sich nie hätte träumen lassen. Nach ihm konnte sie nie wieder jemandem nahe sein. Mit einer Ausnahme. Das machte jetzt ja auch alles so kompliziert.

Kam diese *Sache*, von der sie wusste, jemals ans Licht, würde sie die betreffende Person zerstören. Sie wünschte sich so sehr, dass sie sich irrte. Hatte versucht, sich davon zu überzeugen, dass sie nichts gesehen hatte. Aber Leugnen hatte keinen Sinn.

Aus lauter Frust knirschte sie mit den Zähnen, während sie lief. Sie musste sich überlegen, was sie sagen würde.

Sie ging die Ereignisse von Freitagabend durch. Sie hatte getrunken, aber nicht so viel, dass sie sich nicht mehr erinnern konnte. Um vergessen zu können, brauchte man schon wesentlich mehr. In der Vergangenheit hatte sie sich oft gewünscht, es wäre nicht so.

Sie war fast da. An Bleackheath Hill vorbei und weiter auf die Hill and Billet Road. Sie beschleunigte ihren Schritt. Wollte es hinter sich bringen. Es führte nichts daran vorbei; sie hatte keine Alternative.

An der Ecke Hare and Billet Road und Mounts Pond blieb sie stehen, blickte nach links und rechts in die Nacht, bevor sie auf die Straße trat. Im selben Augenblick heulte ein Motor auf. Das Geräusch kam von links. Abrupt drehte sie sich um, sah das

Aufblenden von Scheinwerfern, dann setzte sich das Auto in Bewegung.

Sie zögerte. Blieb stehen. Zu spät wich sie aus. Sie hörte nur noch Motorengeräusch. Das monotone Brummen eines Sportwagens.

Sie versuchte aufzustehen. Der Wagen fuhr ihr in die Seite. Sie wurde nach hinten geschleudert, krachte zu Boden, ihr Kopf schlug gegen den Bordstein. Mühsam drehte sie sich auf den Bauch, kroch vorwärts, weg von der Straße, auf den schmalen Bürgersteig und die Heide zu.

Sie hörte das Kreischen von Bremsen. Der Wagen wendete. Für einen kurzen Moment das Gesicht der Person am Steuer im Profil. Helle Lichter rasten auf sie zu. Sie stand auf und wollte wegrennen. Das rechte Bein versagte ihr den Dienst, sie konnte nicht auftreten, fiel hin. Kroch auf allen vieren.

Sie musste es nur bis zur Heide schaffen. Zentimeter für Zentimeter, schreiend vor Angst und Schmerzen. Der Motor erstickte ihre Stimme.

Als der Wagen über sie hinwegfuhr, hatte sie nur noch einen Gedanken. Sie kannte die Antwort. Hatte sich nicht geirrt. Wusste, wer Kieran ermordet hatte und warum.

Das Gewicht des Wagens erdrückte sie. Ihr Wissen verschwand. Und damit auch alles andere.

MITTWOCH

EINS

Die Gedenkfeier fand Mittwochmorgen am Ufer der Themse statt. Ein weiterer trüber Tag, die aufgehende Sonne verborgen hinter einer dunkelgrauen Wolkendecke. Die ganze Angelegenheit war so erbärmlich, dass Kieran Ellen fast schon leidtat. Wenn es für sie einmal so weit war, würden ihre Nächsten und Liebsten sie hoffentlich vergnügter auf die lange Reise schicken.

Ein junger Mann mit dicken schwarzen Haaren hielt eine Rede. Ellen gab sich alle Mühe zuzuhören. Er führte in epischer Breite alles auf die Umwelt und die Zerstörung der Welt durch den Menschen zurück.

Insgesamt waren etwa zwanzig Leute anwesend, einschließlich Ellen, Abby, Nick Gleeson und Emer Dawson. Sie war zu spät gekommen und hielt sich im Hintergrund, als wollte sie nicht zu viel Aufmerksamkeit auf sich ziehen.

Auch ein paar Reporter waren aufgekreuzt, verhielten sich möglichst diskret. Trotzdem empfand Ellen ihre Anwesenheit als störend. Eine kannte sie. Martine Reynolds, diese Klatschreporterin. Ellen hasste Reynolds und war sich ziemlich sicher, dass das auf Gegenseitigkeit beruhte.

»Die Reynolds ist auch da«, flüsterte sie Abby zu. »Am liebsten würde ich ihr sagen, sie soll Leine ziehen. Diese Leute haben kein Recht, hier zu sein.«

»Sie gehören einfach dazu«, sagte Abby. »Leider. Von Charlotte keine Spur. Wundert mich, dass sie nicht hier ist. Vielleicht wollte Freya sie nicht dabeihaben. Andererseits ist das eine beschissene Ausrede. Emer ist ja auch da. Charlotte hätte sich wenigstens blicken lassen können.«

»Vielleicht hat Freya ihr nicht Bescheid gesagt«, sagte Ellen.

»Nick ist hier, sie muss es wissen.« Abby sagte noch etwas, aber Ellen schaltete ab. Den ganzen Morgen über hatte Abby nicht den Mund halten können. Ihre Laune war unerträglich gut, Ellen war erschöpft davon. Nach Sam hatte sie lieber nicht gefragt, das hätte Abby nur angespornt, noch mehr zu plappern. Außerdem brauchte sie gar nicht zu fragen. Abbys gute Laune war Beweis genug, wie die Nacht verlaufen war.

Abby redete immer noch, als Freya nach vorne trat. Ellen versetzte ihr einen kräftigen Stoß in die Rippen und hielt den Zeigefinger vor den Mund.

»Schsch.«

»'tschuldigung«, sagte Abby. »Oh, Gott, sie liest etwas vor? Frag mich, was. Sicher nichts aus der Bibel. Dafür sind sie alle ein bisschen zu hipp.«

»Abby!«

»Schon gut. Sorry.«

Freya, den Fluss und die Strahlen der sich durch die Wolken hindurchschmuggelnden rosa Sonne im Hintergrund, räusperte sich und fing an zu sprechen.

»Danke«, sagte sie. »Euch alle heute hier zu sehen bedeutet mir sehr viel. Manche kenne ich gar nicht.« Sie nickte der Gruppe von Studenten zu. »Vielen Dank auch an Mac.« Noch ein Nicken. Zu dem Typen mit dem schwarzen Bart. »Wir haben diesen Ort ausgesucht, weil Kieran ihn am liebsten mochte. Die meisten von euch wissen das sicherlich. Kieran kümmerte sich, wisst ihr? Um alles. Er war leidenschaftlich. In seinem Leben und in seiner Liebe für die Politik. Ich bin überzeugt, er hätte Großes geleistet, wenn …« Sie fing an zu schluchzen. Ellen musste den Blick abwenden.

»Sorry«, sagte Freya nach einer Weile. »Es fällt mir nicht leicht. Ich wollte etwas vorlesen. Ein Gedicht.« Sie blickte zu ihrem Vater, der ihr zulächelte.

»Ich danke meinem Vater, der das Gedicht für mich ausgesucht hat. Der Autor heißt James Mary Plunkett. Sorry. Joseph. Joseph Mary Plunkett. Ähm, Plunkett war auch ein Kämpfer, wie Kieran. Beide kämpften für das, woran sie geglaubt haben. Plunkett kämpfte für die Freiheit Irlands.«

Freya legte eine Pause ein, blickte die Leute in der ersten Reihe an, auch Ellen.

»Für Kieran war es ein noch größerer Kampf. Sein Kampf, liebe Freunde, ist unser Kampf. Auch wenn er nicht mehr unter uns weilt, muss es weitergehen.«

Wieder hielt sie inne, ein paar Leute klatschten. Einer mit kurzen Haaren und Aknenarben im Gesicht jauchzte.

»Der Kampf für die Welt, in der wir leben«, sagte Freya. »Wir dürfen nicht aufgeben, Freunde. Dieses Land, unser schönes Land, läuft Gefahr, zerstört zu werden. Kieran wusste das. Er hatte es sich zur Lebensaufgabe gemacht, es zu retten. Heute will ich ihm etwas versprechen. Ich werde seine Arbeit fortführen, weiterkämpfen. Gemeinsam werden wir unsere Welt retten.«

Noch mehr Applaus und ein paar Jauchzer von dem Aknegesicht. Gleich darauf las Freya das Gedicht vor. Ellen kannte es nicht und hatte auch nicht Bedürfnis, es je noch einmal zu hören. Etwas darüber, jemanden nach seinem Tode überall zu sehen. Ellen brauchte kein Gedicht, um zu wissen, was für ein Gefühl das war.

Ellen interessierte viel mehr die andere Seite von Freya, die sie heute gesehen hatte. Freyas kleine Rede hatte sie beeindruckt. Nachdem sie ihre Nervosität überwunden hatte, war Freya eine leidenschaftliche und überzeugende Rednerin. Zum ersten Mal konnte sie nachvollziehen, warum Kieran sich von ihr angezogen gefühlt hatte. Er war vielleicht ein Arschloch, aber er war ein Arschloch, dem an seiner Wirkung lag. In manchen Kreisen war eine Partnerin wie Freya eine Bereicherung.

Nachdem Freya zu Ende vorgelesen hatte, bat sie jeden, die Kerzen anzuzünden, die anfangs verteilt worden waren. Sie stellten die Kerzen in einer Reihe am Ufer auf, wo der Wind sie immer wieder ausblies.

Der Typ namens Mac bedankte sich bei jedem fürs Kommen. Das war's. Während die Leute langsam auseinanderstrebten, näherte sich Ellen Emer Dawson. Im selben Moment stürzte Freya an ihr vorbei.

»Du! Wer hat dich gebeten herzukommen? Du wagst es, hier aufzukreuzen? Das hier ist privat. Für die, die ihn geliebt haben. Nicht für solche wie dich, die sich kein bisschen aus ihm gemacht haben.«

»Bitte«, sagte Emer. »Hör auf.«

»Womit?«, fragte Freya. »Tu nicht so, als seien wir Freunde. Du wolltest mit Kieran nichts zu tun haben. Jetzt ist es zu spät, so zu tun, als hättest du ihn gerngehabt.«

»Du bist ungerecht«, sagte Emer. »Ich habe mein Bestes getan, Freya.«

»Schwachsinn.«

»Das ist kein Schwachsinn!« Emers Stimme erklomm die gleiche Höhe wie Freyas. »Ich hätte ihn gerne viel öfter gesehen, euch beide. Aber Kieran wollte sich immer nur dann mit mir treffen, wenn er etwas brauchte. Für einen, der immer von sich behauptet hat, er mache sich nichts aus materiellen Dingen, hat er sich dennoch nicht gescheut, mich um Geld zu bitten.«

»Lügnerin.« Zwei kleine rosa Flecken erschienen auf Freyas Wangen. »Er hat dich nur einmal um etwas gebeten. Einen

Kredit. Wir hätten ihn zurückgezahlt. Was bist du nur für eine Schwester.«

»Ach Freya.« Emer schüttelte den Kopf. »Hat er dir das weisgemacht? Dann hat er gelogen. Die Wahrheit ist, dass ich schon gar nicht mehr weiß, wie oft ich ihm in den letzten Jahren Geld geborgt habe. Jedes Mal, wenn wir uns gesehen haben, wollte er mehr. Zuerst hat es mir nichts ausgemacht. Er war mein kleiner Bruder. Ich dachte, ich muss dafür sorgen, dass es ihm gutgeht. Aber ich konnte so nicht weitermachen. Am Ende graute es mir sogar davor, ihn zu treffen, weil ich mich gefragt habe, wie viel er wohl diesmal von mir wollte.«

»Freya?« Nick Gleeson trat neben sie. »Liebes. Was ist denn?«

»Kannst du mich nach Hause bringen?« Freya wandte sich von Emer ab und lehnte ihren Kopf an die Brust ihres Vaters. »Bitte, Dad.«

Emer hob an, etwas zu sagen, doch Abby legte ihr die Hand auf den Arm.

»Lassen Sie sie«, sagte sie, als Nick Freya wegführte.

»Ich bin ratlos«, sagte Emer. »Ich will ihr beistehen, aber sie ist so wütend. Finden Sie, sie hat recht?«

»Womit?«

»Dass ich eine schlechte Schwester war.«

»Emer?« Ellen trat auf sie zu. »DI Ellen Kelly. Abbys Vorgesetzte. Ich leite die Ermittlungen im Mordfall Ihres Bruders.«

»Hi.« Emer schüttelte Ellens Hand. »Sorry. Könnten wir … könnten wir woanders reden? Ich halt es hier nicht länger aus.«

Sie wohnte im Novotel in Greenwich. Sie war mit dem Taxi gekommen und wollte zurücklaufen. Ellen bot ihr an, sie zu fahren. Sie nahm das Angebot dankbar an.

»Ich fahre heute noch nach Hause«, sagte sie, als Ellen ein paar Minuten später vor dem Hotel hielt. »Steve hat sich freigenommen und passt auf die Kinder auf. Er muss wieder zur Arbeit. Eigentlich will ich nicht fahren. Ich vermisse Steve und die Kinder. Natürlich. Aber wie kann ich hier weg, bevor ich nicht weiß, was mit Kieran passiert ist?«

»Wir halten Sie auf dem Laufenden«, sagte Abby. »Sie haben meine Nummer und meine Mailadresse. Sie können mich jederzeit kontaktieren.«

»Er hat es ihr nicht erzählt, oder?«, sagte Emer.

»Was?«, fragte Abby.

»Kieran hat Freya nie von dem Geld erzählt, das er von mir bekommen hat«, sagte Emer. »Er wollte es für sich behalten. Er war schon immer ein Egoist. Arme Freya, sie tut mir leid.«

Sie bedankte sich bei Abby und Ellen fürs Mitnehmen. Die drei Frauen stiegen aus. Emer fragte Abby, ob sie sie später anrufen dürfe.

»Selbstverständlich«, sagte Abby. »Wie ich schon sagte, jederzeit.«

»Freya hat unrecht«, sagte Ellen. »Sie sind eine gute Schwester. Er hat es nur nicht gewürdigt.«

»Und wird es auch nie.« Tränen rannen über Emers Gesicht. Sie bemühte sich nicht, sie wegzuwischen.

»Sie sind sehr freundlich«, sagte sie. »Danke.«

»Sonderbar«, sagte Abby, als Emer sich entfernte. »Freya tut so, als sei Geld das Übel in der Welt, und trotzdem ist sie sauer auf Emer, weil sie Kieran keins gegeben hat. Wieso?«

»Ich glaube, Emer sagt die Wahrheit«, sagte Ellen. »Sie hat ihm oft Geld geliehen. Einmal hat sie nein gesagt. Er hat es unverhältnismäßig aufgebläht, und Freya wurde wütend. Klingt nach einem kleinen verwöhnten Jungen.«

»Von seinen Eltern, seiner Schwester und seiner Freundin verwöhnt«, sagte Abby, streckte die Arme über den Kopf und gähnte. »Lust auf einen Kaffee?«

Ellen sah auf die Uhr. Sechs Uhr fünfunddreißig.

»Klar«, sagte sie. »Wie wär's, wenn wir danach Pete Cooper einen frühmorgendlichen Besuch abstatten?«

»Kann mir nichts Besseres vorstellen«, sagte Abby. »Aber zuerst Kaffee.«

Sie sprang ins Auto, hupte. Ellen zuckte zusammen. Abby lachte, und Ellen stöhnte. Später musste sie sich verkrümeln. Einen ganzen Tag in der Gesellschaft einer bis über beide Ohren verliebten Abby konnte kein Mensch ertragen.

ZWEI

»Mounts Pond Road ist immer noch gesperrt«, sagte Abby. »Wir müssen hier herumfahren und etwas weiter weg parken. Unfall mit Fahrerflucht. Das Opfer ist eine Frau. Kein Ausweis. Wir wissen also noch nicht, wer sie ist. Passierte kurz nach einundzwanzig Uhr. Ein Mann, der mit seinem Hund Gassi ging, hat alles mit angesehen. Sagt, sie wurde mit Absicht überfahren. Traurig.«

Abby klang nicht besonders traurig, doch bevor Ellen ihr das vorhalten konnte, fuhr diese mit ihrem Wortschwall fort.

»Glauben Sie wirklich, dass Pete Cooper als Mörder in Frage kommt? Ergibt Sinn. Er ist vorbestraft wegen tätlichen Angriffs und Raubüberfalls. Wenn er wusste, dass Kieran seiner Tochter nachstellt, wer weiß. Ziemlich dämlich. Kieran muss sich doch im Klaren darüber gewesen sein, dass man sich jemanden wie Pete Cooper nicht zum Feind macht. Oh, schauen Sie. Eine Parklücke. Perfekt, oder?«

Der graue Tag wurde noch grauer, der Eindruck von Winter verstärkt durch den kalten Ostwind, der Müll von den Straßen herumwirbelte.

Abby manövrierte den Mazda in die kleine Lücke zwischen zwei größeren Wagen. Ellen stieg aus, während der Motor noch lief, zog den Mantel enger. Ein vergeblicher Versuch, den Wind davon abzuhalten, durch die Kleidung bis auf die Haut zu schneiden.

»Hier lang.« Sie marschierte voran, blieb dann aber doch stehen und wartete auf Abby. Nur weil ihr eigenes Liebesleben nicht berauschend war, konnte sie wenigstens ein wenig Interesse und Freude für das eines anderen zeigen.

»War es schön mit ihm?«, fragte sie.

Abby strahlte. »Ich weiß, ich bin heute Morgen ein bisschen überdreht. Ja, es war super. Er ist anders als all die anderen.«

Ein Bild schoss Ellen durch den Kopf. Abby mit ihrem alten Boss Ed Baxter. Teddy, wie Abby ihn zu nennen pflegte. Sam musste eine Steigerung sein, was das anging. Ellen wollte gerade sagen, sie hoffe, Abby hätte diesmal den Richtigen getroffen. Unverheiratet. Sie hielt sich noch rechtzeitig zurück.

»Ich hoffe das Beste für Sie«, sagte sie. Und das meinte sie auch so. »Hier. Zeit, Sam für einen Augenblick zu vergessen. Schaffen Sie das?«

Abby seufzte gespielt melodramatisch. »Wenn es unbedingt sein muss.«

Der Geländewagen stand da. Voller Schlamm, als wäre jemand damit über Land gefahren. Auch das blaue Cabrio parkte vor der Tür. Ellen vermutete, dass es Cosima gehörte. Ziemlich schick für eine Studentin.

Ellen klopfte mit der bronzenen Klaue an die Tür. Sie mussten nicht lange warten. Die blonde Frau von gestern öffnete.

»Cosima ist nicht da«, sagte die Frau und kam Ellen zuvor.

»Das geht in Ordnung«, sagte sie und schob sich an ihr vorbei in die Eingangshalle. »Wir wollen Mr. Cooper sprechen. Wo ist er?«

»Hier.«

Ein großer, kräftiger Mann kam die Treppe hinunter und baute sich vor ihnen auf.

»Wer zum Teufel sind Sie?«

Ellen erkannte Pete Cooper vom Foto, das sie gestern auf dem Kaminsims gesehen hatte. Er trug perfekt gebügelte blaue Cordhosen und einen blassrosa Sweater. Cooper sah aus wie ein feiner Herr mit Muße. Die Stimme erzählte eine andere Geschichte. Tief, rau. Sein Akzent verriet seine wahre Herkunft. Eindeutig aus Südlondon.

»Detective Inspector Ellen Kelly.« Ellen zeigte ihren Ausweis. Seine Miene versteinerte. Genau wie die seiner Tochter am Tag zuvor.

»CID Lewisham«, sagte sie. »Ich hätte Sie gern kurz gesprochen.«

Cooper zog die Mundwinkel nach oben, ein künstliches Lächeln. Abgesehen davon keine Regung.

»Ich dachte, meine Tochter hätte all Ihre Fragen gestern beantwortet«, sagte er. »Natürlich helfe ich gerne. Die Gleesons sind Freunde der Familie. Eine furchtbare Sache. Aber ich kannte den armen Kerl kaum. Ich fürchte, ich kann Ihnen nicht viel sagen, Seargent Kelly.«

»Detective Inspector«, sagte sie. »Und ich fürchte, Sie irren sich. Es gibt einen Zeugen, der behauptet, Sie und Burton hatten Krach.«

Außer, dass er leicht rot anlief, noch immer keine Regung.

»Dieser Jemand lügt. Hören Sie, meine Liebe, meine Gedanken sind bei der armen Freya. Aber ich kann Ihnen nicht weiterhelfen.«

»Wie weit würden Sie gehen, um Ihre Tochter zu schützen?«, fragte Ellen.

»Cosima?«, sagte Cooper. »Für mein Kind würde ich alles tun. Selbstverständlich. Wer würde das nicht? Das macht mich noch lange nicht zum Mörder. Meine Cosima hatte mit dem Typen, der umgebracht wurde, nichts zu tun. Und ich auch nicht.«

»Uns ist zu Ohren gekommen, dass sie mit Kieran ausgegangen ist«, sagte Abby.

Coopers Blick wanderte von Ellen zu ihrer Kollegin.

»Cosima hat weiß Gott Besseres zu tun, als sich mit so einem einzulassen.«

»Wer ist ihr Freund?«, fragte Abby.

»Sie hat keinen.«

»Ihre Tochter ist sehr schön«, sagte Abby. »Bei solchen Mädchen stehen die Männer doch Schlange.«

»Sicher«, sagte Cooper. »Da gibt es einige. Das sieht man, wenn sie irgendwohin geht. Bei ihrer Mutter war es genauso. Aber Cosima ist klug. Sie würde niemals hinter dem Rücken ihres Vaters mit jemandem ausgehen. Wir sind so.« Er hob die rechte Hand, kreuzte Zeige- und Mittelfinger.

»Sie erinnern mich an meinen Dad«, sagte Abby. »Er denkt auch so. In Wirklichkeit hat er keinen blassen Schimmer von dem, was ich mache.«

Coopers Hände ballten sich zu Fäusten.

»Nicht meine Cosima«, sagte er. »So etwas würde sie nie tun.«

»Sie meinen, sie hat zu große Angst vor Ihnen?«, fragte Abby.

Cooper sah aus, als wollte er ihr gleich an die Gurgel gehen. Sein Arm zuckte.

»Ich kann Ihnen nicht mehr sagen«, sagte er. »Ich habe den Kerl nie gesehen. Und ich hatte mit seinem Tod nichts zu tun. Wenn Ihr Typen hier noch mal ohne Haftbefehl auftaucht, zeige ich Sie wegen Belästigung an. Kapiert?«

»Daddy?«

Cosima kam auf sie zu.

»Alles okay«, sagte Cooper. »Ich erledige das.«

Ohne auf ihn einzugehen, lief Cosima weiter. Als sie neben ihm stand, legte ihr Vater ihr seinen Arm um die Schulter, zog sie zu sich heran. Ellen hatte den Eindruck, als würde der Körper des Mädchens steif. Sicher war sie sich nicht, und das Gesicht verriet nichts.

»Die glauben, der Ermordete war dein Freund«, sagte Cooper.

»Das habe ich Ihnen doch schon erklärt«, sagte Cosima an Ellen gewandt. »Kieran hatte eine Freundin.«

»Wir müssten Ihnen noch ein paar Fragen stellen«, sagte Ellen. »Hätten Sie einen Moment?«

Cosima blickte ihren Vater an, als bäte sie um Erlaubnis.

»Sie hat Ihnen nichts mehr zu sagen«, sagte Cooper.

»Nun«, sagte Ellen, »das wollen wir selbst beurteilen. Wir können hier reden oder auf dem Polizeipräsidium. Wie hätten Sie es lieber?«

Cooper fing an zu protestieren, aber Cosima legte ihm die Hand auf den Arm, und er verstummte.

»Ist schon gut, Dad. Ich rede mit ihnen.«

Ellen machte sich auf noch mehr Wutgeschrei gefasst. Doch Cooper nickte, mit den Einwand, er wollte dabei sein.

»Ich fürchte, das wird nicht möglich sein«, sagte Ellen. »Ihre Tochter ist über sechzehn. Es muss kein Erwachsener anwesend sein.«

»Sie ist meine Tochter«, sagte Cooper. »Ich bleibe bei ihr.«

Das war's.

»In Ordnung«, sagte Ellen. »Wir erledigen das auf dem Präsidium.« Sie blickte zu Cosima. »Kommen Sie.«

Mit einer knappen an Cooper gerichteten Verabschiedung führten Abby und Ellen Cosima nach draußen.

Cooper zog wie ein braver Hund hinter ihnen her bis zum Auto. Ließ sie nicht aus den Augen. Trotz ihrer Abneigung für ihn bewunderte Ellen seine Entschlossenheit, seine Tochter zu beschützen.

Sie blickte in den Rückspiegel. Cooper hatte sich nicht vom Fleck gerührt, wurde kleiner und undeutlicher.

DREI

Im Präsidium fand Ellen eine Nachricht vor. Sie ließ Abby mit Cosima allein und eilte die Treppe hinunter. Charlotte stand vor der Tür und rauchte sich durch ein Päckchen Marlboro Lights.

Trotz der Kälte trug sie nur einen kurzen Rock und eine blassrosa Baumwolljacke. Sie schlotterte, und ihre Lippen und Wangen waren bläulich. Sie sah furchtbar aus.

»Kommen Sie rein«, sagte Ellen. »Sie sind ja halb erfroren. Sind Sie wegen heute Morgen hier?«

»Heute Morgen?« Charlotte blickte sie verwirrt an. »Ah, Sie meinen Freyas Gedenkfeier. Nein. Sie wollte mich nicht dabeihaben. Ich bin aus einem anderen Grund hier. Es gab einen Unfall. Auf meiner Straße. Es heißt, bei der Toten handele es sich um eine Frau. Das kann nicht sein. Nicht Ginny. Kann ich sie sehen? Bitte. Sie müssen mich zu ihr lassen.«

»Sie müssen sich beruhigen«, sagte Ellen sanft. Diese Frau wirkte zerbrechlich, wie kurz vor einem Nervenzusammenbruch.

»Wie soll ich mich beruhigen?«, schrie Charlotte. »Sie ist meine beste Freundin. Meine einzige Freundin. Wir kennen uns eine halbe Ewigkeit. Ich kann ohne Ginny nicht leben.«

»Charlotte, wir wissen noch nicht, wer das Opfer ist«, sagte Ellen. »Sie wurde noch nicht identifiziert. Wahrscheinlich ist es gar nicht Ihre Freundin.«

»Sie begreifen nicht«, sagte Charlotte. »Sie wollte mich gestern Abend besuchen, kam aber nicht. Und sie geht nicht an ihr Handy. Ich habe es schon x-Mal versucht. Das ist nicht ihre Art. Sie hat mich noch nie im Stich lassen. Nicht ein einziges Mal. Sie steht zu ihrem Wort. Sie ist hundertprozentig zuverlässig. Dass sie letzte Nacht nicht aufgetaucht ist, ist Beweis genug, dass ihr etwas zugestoßen sein muss. Sie geht nicht an ihr Handy. Habe ich das schon erwähnt? Wieso antwortet sie nicht?«

Ein paar Leute waren stehen geblieben, beobachteten den Aufruhr.

»Kommen Sie«, sagte Ellen sanft. »Vielleicht geben Sie mir eine Beschreibung Ihrer Freundin. Ich werde sehen, was ich herausfinden kann.«

Charlotte wischte sich mit dem Ärmel die Nase ab.

»Würden Sie das wirklich tun?«, fragte sie.

»Selbstverständlich«, sagte Ellen. »Sie sind besorgt. Ich möchte helfen.«

Charlotte nickte. »Okay. Ich habe ein Foto von ihr dabei.« Sie kramte in ihrer übergroßen Handtasche und zog ein kleines pinkfarbenes teures Handy hervor.

Sie drückte darauf herum und hielt es Ellen vor die Nase. Eine hübsche Frau lächelte sie vom Bildschirm an.

»Das ist sie«, sagte Charlotte. »Das ist Ginny.«

Ellen antwortete nicht. Sie war zu sehr damit beschäftigt, sich zu erinnern, wo sie diese Frau schon einmal gesehen hatte. Als es ihr eingefallen war, blickte sie Charlotte an und nickte.

»Ich brauche noch ein paar Informationen. Ginnys Familienname, Adresse, Angehörige. Nur für den Fall.«

Zurück am Schreibtisch fand Ellen den Namen des Beamten, der den Unfall mit Fahrerflucht in leitender Funktion untersuchte. DI John Cope aus Greenwich. Sie rief ihn an. Er teilte ihr mit, die Tote befände sich im Leichenschauhaus zur Obduktion. Die würde nur bestätigen, was sie ohnehin schon wussten: dass sie überfahren worden war.

»Mit ein wenig Glück bekommen wir Informationen zum Wagen. Ein Zeuge hat ausgesagt, es war Absicht. Heute Abend geht ein Aufruf an die Lokalsender raus. Vielleicht bringt das was.«

»Wurde sie schon identifiziert?«, fragte Elen.

»Noch nicht«, sagte Cope. »Oder wollen Sie mir etwas mitteilen?«

Sie erzählte von Charlotte. Cope seufzte, fand, es wäre den Versuch wert.

»Mailen Sie mir das Bild. Ich gehe gleich ins Leichenschauhaus und rufe Sie in der nächsten halben Stunde an.«

Ellen hatte Charlotte in die Obhut einer jungen Polizistin gegeben. Beide Frauen sahen ausgesprochen erfreut aus, als Ellen wieder den Raum betrat und Charlotte um das Handy bat. Sie musste sich das Foto nur an ihre dienstliche Mailadresse senden. Einen Augenblick später piepste ihr Blackberry, und sie leitete das Bild an DI John Cope weiter.

»Und jetzt?«, fragte Charlotte.

»Jetzt warten wir«, sagte Ellen. »Keine Sorge. Es dauert nicht lang. Vielleicht holt uns Police Constable Harris einen Kaffee. In der Zwischenzeit können Sie mir ein bisschen von sich und Ginny erzählen.«

Charlotte runzelte die Stirn. »Was wollen Sie wissen?«

»Alles«, sagte Ellen. »Wie und wann haben Sie sich kennengelernt? Wie versteht sie sich mit dem Rest der Familie, Freya zum Beispiel?«

»Freya«, sagte Charlotte. »Ach, sie verstehen sich gar nicht. Freya und Ginny hassen sich. Wieso fragen Sie? Ist das von Belang?«

Ellens Gedanken wanderten zurück zu ihrem letzten Besuch bei Freya. Die kleine hübsche Frau, mit der sie auf dem Bürgersteig zusammengestoßen war. Sie hatte aufgebracht gewirkt, als ob etwas – oder jemand – sie wütend gemacht hätte. Was hatte sie bei Freya gewollt, wenn die beiden sich hassten?

Charlotte starrte sie an, wartete auf eine Antwort. Ellen strich ihr über die Hand.

»Es ist sicher nichts von Bedeutung«, sagte sie. »Keine Sorge.«

VIER

Es fing in die Magengrube an. Ein Ziehen. Bis sie das Gefühl hatte, nur noch das eine zu sein – ein Knoten aus Grauen, der sie beherrschte und es ihr unmöglich machte, auch nur einen klaren Gedanken zu fassen.

Sie schluckte. Der Hals schmerzte, weil der Mund so trocken war. Sie versuchte ruhig zu atmen, aber ihr pochendes Herz übernahm die Oberhand. Ihr war, als raste sie auf etwas zu, wovor sie sich am meisten fürchtete, von wo es keinen Weg zurück gab.

»Kann ich Ihnen etwas bringen?«

Charlotte zuckte zusammen. Die Stimme der jungen Beamtin kam wie aus heiterem Himmel. Sie hatte sie ganz vergessen.

Sie schüttelte den Kopf.

»Wie lange noch?«, fragte sie.

»So lange es eben dauert, Ma'am.«

Was auch immer das bedeutete. Sie hatte ihr Handy. Das letzte Mal hatten sie es ihr abgenommen. Diesmal hatte Ellen ihr erlaubt, es zu behalten. Wieder wählte sie Ginnys Nummer. Wusste, dass es sinnlos war. Die Voicemail sprang an. Charlotte legte auf, hinterließ wieder keine Nachricht.

Charlotte versuchte sich vorzustellen, wie sie reagieren würde, wenn Ellen zurückkam und sagte, sie hätte recht gehabt. Die Tote wäre Ginny. Sie vermochte nicht, es sich vorzustellen. Wenn sie an dem Punkt angelangt war, an dem Ellen den Raum betrat, setzte Charlottes Hirn aus. Dem Schlimmsten konnte sie nicht ins Auge sehen.

Vielleicht war das ihre Strafe. Irgendwann war es so weit. Das hatte sie schon immer gewusst. Dummerweise hatte sie angenommen, ihre Unfähigkeit, ihren Mann zu halten oder ihre Tochter zu lieben, war Strafe genug.

Sugar and spice and all things nice.

Das Gesicht ihrer Mutter ganz nah vor Charlotte. Aus dem Mund stank sie nach Alkohol und Zigaretten. Die dämliche Puppe sang im Hintergrund.

Nein!

Charlotte verbannte Gesicht und Stimme, konzentrierte sich auf Ginny. Erinnerte sich, wie Ginny sie in jener Nacht gerettet hatte. Kam in ihrem neuen Citroën angerauscht. Übernahm das Ruder. Kümmerte sich nicht um die Blutflecken auf den Ledersitzen.

Ginny durfte nicht tot sein. Charlotte würde es nicht zulassen. Was hatte sie sich nur gedacht? Wieso sollte von allen Menschen in dieser riesigen Stadt ausgerechnet Ginny tot sein?

Sie stand auf.

»Ich muss gehen.«

Die Polizistin runzelte die Stirn und schüttelte den Kopf. »DI Kelly hat gesagt, Sie sollen warten, Ma'am.«

Dieses dumme kleine Ding. Klein und dick, das fettige Haar zu einem Pferdeschwanz gebunden. Charlotte hatte Mitleid mit ihr.

»Ich muss nicht«, sagte Charlotte. »Oder?«

»Sie kommt gleich«, sagte die Polizistin. »An Ihrer Stelle würde ich Bescheid wissen wollen.«

»Worüber?«

»Ob es meine Freundin ist«, sagte die Frau. »Sie haben schon so lange gewartet, dann können Sie jetzt auch noch ein bisschen durchhalten.«

Sie hatte recht. Charlotte sah auf die Uhr. Ellen war schon seit über fünfzehn Minuten weg. Sie hatte eine Nachricht auf ihrem Blackberry empfangen und den Raum verlassen. Zu Charlotte hatte sie gesagt, es dauere nicht lange. Charlotte fragte sich, wie Ellen »lange« definierte.

Sie brauchte eine Zigarette. Eigentlich wollte sie zu rauchen aufhören, aber das war auch schon egal. Der starke Hunger löste eine Erinnerung aus. Klar und deutlich, als passierte es in diesem Moment. Ihre erste Zigarette.

Ein nebeliger Herbstmorgen. Im Wald hinter der Schule. Eine Flasche Cider sollte sie warm halten. Eine Schachtel Zigaretten. Die blasse Sonne war untergegangen, die Nacht brach herein, schneller hier unter den Zweigen der alten Bäume. Charlotte fröstelte.

»Nervös?«, fragte Ginny.

Charlotte schüttelte den Kopf. Ihre Zähne, dachte Charlotte, klapperten so laut, Ginny konnte das nicht entgehen.

»Mir ist nur kalt«, sagte sie. »Hätte nicht gedacht, dass ich das jemals sagen würde, aber ich kann es kaum erwarten, bis wir wieder drin sind.«

Drinnen, das war das Schulgebäude des Internats, das sie seit vier Jahren besuchte. Seit ihrem zehnten Geburtstag. Sie hasste diesen Ort. Aber Mutter hatte ihr unmissverständlich zu verstehen gegeben, dass Charlotte in dieser Angelegenheit nichts zu melden hatte.

Ginny grinste. Ihre Zähne waren weiß und perfekt. Charlotte wünschte, sie hätte solche Zähne. Ihre waren groß und ungleichmäßig, wie ein Eselsgebiss. Seit drei Monaten trug sie eine Spange. Bisher allerdings konnte sie keinen Unterschied erkennen. Selbst wenn die Zähne gerade wurden, groß und hässlich wären sie immer noch.

Sie schraubte den Deckel der Flasche ab und trank einen Schluck. Sie schluckte zu hastig, zu viel Kohlensäure im Bauch. Sie musste zweimal aufstoßen. Nahm noch einen Schluck und reichte die Flasche Ginny.

Charlotte hatte Angst vor dem Rauchen, tat aber so, als wäre sie aufgeregt. Forderte Ginny auf, sich zu beeilen. Sie wusste nicht genau, was man eigentlich machen musste. Sagte, Ginny solle anfangen. Es waren schließlich auch Ginnys Zigaretten.

Ginny steckte sich die Zigarette in den Mund, zündete sie mit einem Streichholz an. Charlotte sah fasziniert zu, wie die Glut aufleuchtete, sobald Ginny zog. Schließlich hörte Ginny auf, an der Zigarette zu ziehen, hielt den Atem an, kehrte ihr Gesicht dem tintenblauen Himmel zu und blies blassgrauen Qualm aus.

Die beiden Mädchen sahen dem Rauch hinterher, der langsam davonschwebte. Dann gab Ginny Charlotte die Streichholzschachtel.

»Jetzt du.«

Charlotte griff nach der Flasche, trank noch einen Schluck von dem süßen Cider und betrachtete die Zigarette. Bereit.

»Wie ist es?«

Jetzt war sie erregt und nicht mehr ängstlich. Ginny sah so cool aus. Sie brauchte nur noch eine lange Zigarettenspitze, eine Hochsteckfrisur, und schon wäre sie die Doppelgängerin von Audrey Hepburn in Frühstück bei Tiffany. *Ihr gemeinsamer Lieblingsfilm. Zusammen mit* Pretty in Pink *mit Molly Ringwald.*

»Super«, sagte Ginny. »Zünde sie an, du wirst schon sehen.«

Sie machte es genauso wie Ginny. Zigarette, Streichholz, ziehen, ziehen, ziehen. Ihr Mund füllte sich mit Rauch, die Lunge. Es brannte. Sie bekam einen Hustenanfall, die Zigarette fiel ihr aus der Hand. Ihr wurde schwindelig, ihr Magen drehte sich wie die Trommel einer Waschmaschine, die Augen tränten, sie konnte nichts sehen, hustete sich die Lunge aus dem Leib.

Sie wischte sich die Tränen weg, sah Ginny an. Die grinste.

»Beim zweiten Mal geht es besser«, sagte Ginny.

»Sicher?«

»Glaub mir«, sagte Ginny.

Noch ein paar Versuche. Ginny hatte recht gehabt. Am Ende hatte sie den Dreh raus. Sie rauchten jede noch eine Zigarette. Danach kam es Charlotte so vor, als hätte sie schon ihr ganzes Leben lang geraucht.

»Es ist großartig«, sagte sie.

Ginny lachte, obwohl Charlotte gar nicht hatte witzig klingen wollen. Einen Augenblick wurde sie unsicher, dachte, sie hätte etwas Dummes von sich gegeben.

»Das habe ich dir doch gesagt«, sagte Ginny immer noch lachend. Charlotte merkte, dass Ginny nicht über sie lachte, sondern weil sie glücklich war.

Ginny schlang die Arme um Charlotte und küsste sie auf die Wange.

»Alles ist großartig«, flüsterte Ginny. »Die ganze Welt. Sie gehört uns, Charlotte. Verstehst du?«

Vielleicht lag es an der Mischung aus Cider und Nikotin, Charlotte drehte sich alles. Als hätte sie jemand auf eine riesige

Wolke gesetzt, die sich immer höher in den Himmel schraubte, wie der Qualm, dem sie zuvor nachgeschaut hatten.

Ein Wind ging durch den Wald, wirbelte Blätter auf, die Äste über ihnen wogten hin und her, tanzten, als trüge der Wind einen Song, den nur sie hören konnten.

Charlotte blickte in die Bäume, beobachtete ihren Tanz unter einem weißen Vollmond und fragte sich, ob sie je in ihrem Leben wieder so glücklich sein würde wie in diesem Moment.

Charlotte realisierte – erst jetzt –, dass Ginny damals schon geraucht haben musste.

Husten und Übelkeit nach den ersten abscheulichen Zügen hatte sie längst hinter sich, was den Beginn einer Nikotinabhängigkeit andeutete.

Charlotte wollte Ginny fragen. Wollte wissen, wann Ginny mit dem Rauchen angefangen und warum Charlotte davon nichts gewusst hatte. Plötzlich schien diese Frage die allerwichtigste in der Welt zu sein.

Genau das wollte sie Ellen sagen, die wieder zurückgekommen war, sich neben Charlotte setzte, ihre Hand nahm und auf sie einredete. Charlotte zog die Hand weg, weigerte sich zuzuhören. Wenn sie nicht zuhörte, konnte sie nicht erfahren, was Ellen ihr zu sagen versuchte, und dann wäre es auch nicht wahr.

Ellen sah sie an. Aber es war nicht Ellens Gesicht. Es war Ginnys. Eine Erinnerung jagte die andere. Sie schrie Ellen Kelly entgegen, sie solle endlich den Mund halten.

Ellen hielt nicht den Mund. Sie redete weiter. Charlotte hielt sich die Ohren zu, doch das half auch nichts. Sie konnte Ellen hören, die ihr sagte, was sie nicht hören wollte.

Charlotte ertrug es nicht. Sie schlug verzweifelt um sich. Ellen nahm sie in die Arme, die Stimme war sanft und weich, flüsterte, es täte ihr leid, so leid.

Ellen hielt sie, bis Charlotte die Kraft zum Kämpfen ausgegangen war und sie sich nur noch an die große starke Frau lehnen und weinen konnte.

Pete Cooper starrte aus dem Fenster seines Autos und wartete darauf, dass seine Tochter aus dem Polizeipräsidium zurückkam. Die Glastür schwang auf, und Pete war, als würde sein Innerstes nach außen gekehrt. Er setzte sich auf und räusperte sich. Statt seiner Tochter sah er eine dünne Frau, das fettige Haar aus dem spitzen Gesicht zu einem Pferdeschwanz gebunden. Sie bewegte sich hastig, blickte sich nervös um, als suchte sie jemanden. Irgend so eine erbärmliche blonde Cracksüchtige.

Die Vorstellung von seiner Tochter zusammen mit diesem Abschaum war unerträglich. Lag wie ein Stein in seinem Magen. Sie musste zu Hause sofort duschen, um sich den Dreck vom Leib zu waschen.

Er hatte Angst. Angst davor, sein kleines Mädchen zu verlieren. Angst, dass seine penibel aufgebaute Welt über ihm zusammenbrach. Ein zweites Mal.

Das war falsch.

Er schloss die Augen, sah Cosima in einer Zelle, helles Licht, weiß und rein, um sie herum Dunkelheit und Schmutz.

Gegen Ellen Kelly hatte er eigentlich gar nichts. Mit solchen Frauen kam er klar. Nichts an Ellen Kelly war vorgetäuscht. Was man sah, bekam man auch. Pete respektierte das. Bei Abby Roberts war das vollkommen anders.

Hübsche Frauen mit hübschem Lächeln, die so süß waren, dass sie einem das Herz brechen konnten. Solche Frauen konnten einen Mann leicht täuschen. Eine Frau, deren ganze Erscheinung die Welt glauben ließ, sie wäre das eine, wo sie doch im Grunde etwas ganz anderes war.

Abby. Annalise.

Huren.

Aus dem Augenwinkel sah er eine Bewegung. Sie stand auf dem Treppenabsatz, starrte zum Auto. Seine Laune wurde augenblicklich besser. Pete ließ das Seitenfenster runter.

»Cosima!«

Zuerst blieb sie reglos stehen. Einen furchtbaren Augenblick lang glaubte er, sie wäre nicht froh, ihn zu sehen. Doch dann stieg sie die Stufen hinab, und er sprang aus dem Wagen, um sie in den Arm zu nehmen, sie nach Hause zu bringen, dahin, wohin sie gehörte. Zu ihm.

Von einem Moment auf den anderen war seine Welt wieder in Ordnung.

FÜNF

Als Ellen vor Freyas Haus parkte, schüttete es wie aus Kannen. Sie stieg aus dem Wagen und rannte zum Haus, drückte die Klingel mehrmals, bis Freya erschien.

»Was ist denn?« Freya spähte aus der Tür.

»Lassen Sie mich rein?« Ellen wartete die Antwort nicht ab, sondern drängte sich in den dunklen Flur.

»Sie können hier nicht einfach reinplatzen«, sagte Freya. »Ich habe Rechte, wissen Sie?«

»Wo waren Sie gestern Abend gegen neun Uhr?«

»Wieso?«, fragte Freya. »Ist was passiert?«

»Beantworten Sie meine Frage.«

»Ich war hier«, sagte Freya. »Nein, warten Sie. Ich bin ins Meridian gegangen. Ich kann nicht … Ich halte es hier alleine nur schwer aus. Jede Ecke erinnert mich an Kieran. Ich ertrage es einfach nicht.«

Ellens Wut verflog. Sie konnte nur allzu gut verstehen, wie sich Freya fühlte. Sie wollte ihr sagen, dass es irgendwann leichter würde, war sich jedoch nicht sicher, ob das stimmte. Sie holte tief Luft, und als sie wieder zu sprechen anfing, war ihre Stimme ruhiger.

»Ich gehe davon aus, dass das jemand bestätigen kann«, sagte sie.

Freya nickte. »Natürlich.«

»Könnten wir vielleicht hinaufgehen?«, fragte Ellen. »Ich muss Ihnen etwas sagen.«

In der Wohnung war es stickig, im Wohnzimmer drückend heiß. Sie sah Freya vor sich, wie sie hier tagein und tagaus saß und sich an ein Leben allein gewöhnte.

»Eine schöne Gedenkfeier heute Morgen«, sagte Ellen. »Sie haben sehr gut gesprochen.«

»Danke«, sagte Freya. »Es war wichtig, irgendwas zu tun.«

»Kieran hatte offenbar viele Freunde«, sagte Ellen.

»Er war ein guter Mann«, sagte Freya stirnrunzelnd. »Aber darum sind Sie nicht hier, nehme ich an.«

»Ihre Mutter war vorhin bei mir«, sagte Ellen. »Sie machte sich Sorgen um ihre Freundin Ginny.«

»Was hat das mit mir zu tun?«, fragte Freya.

»Haben Sie sie in letzter Zeit gesehen?«, fragte Ellen.

»Wir verstehen uns nicht.«

»Das habe ich nicht gefragt.«

»Was ist los?«, wollte Freya wissen. »Es muss etwas passiert sein, sonst wären Sie nicht hier und würden nach Ginny fragen. Sie sagten, meine Mutter macht sich Sorgen um sie. Warum? Oh, Gott. Sie glauben, sie hat etwas mit Kierans Tod zu tun?«

»Trauen Sie ihr so etwas zu?«, fragte Ellen.

Freya schnaubte. »Diese Frau ist zu allem fähig.«

»Wie kommen Sie darauf?«

»Sie ist verrückt«, sagte Freya. »Sie und meine Mutter sind wie die psychotische Ausgabe der beiden Frauen in *Absolutely Fabulous*. Glauben Sie ja nicht, dass ich mir das ausdenke. Ginny säuft wie ein Loch, raucht wie ein Schlot und vögelt mit jedem, der sie anschaut. Natürlich ist sie reich. Hat so einen armen Trottel mit einem Haufen Geld geheiratet. Der hat sie verlassen, nachdem er spitzgekriegt hatte, dass sie mit dem Chauffeur bumst. Seither lebt sie allein, soweit ich weiß. Scheint nur noch in Weinlokale zu gehen und sich zusammen mit meiner Mutter zu besaufen. Sie leben dieses oberflächliche Nicht-Leben. Ich meine, sie haben all das Geld, und was machen sie damit? Kaufen sich Designerklamotten und gehen in teure Restaurants, wo sie das Essen kaum anrühren, weil sie so darauf bedacht sind, nur ja kein Pfund zu viel zu haben, damit sie – um Gottes willen – noch in die Jeans Größe 34 passen, die sie sich am Tag zuvor bei einem Designer gekauft haben, der zwanzig Jahre jünger ist als sie. Es ist lächerlich.«

Sie hörte auf zu reden, keuchte leicht, als wäre so viel am Stück zu reden zu viel Anstrengung gewesen.

»Sie rebellieren dagegen, indem Sie versuchen, die Welt zu verbessern?«

»Es ist keine Rebellion«, sagte Freya. »Das hieße, ich machte mir etwas aus meiner Mutter. Sie ist mir scheißegal. Ich habe mich bewusst für dieses Leben entschieden. Wenn Sie nichts tun, nicht wenigstens versuchen, die Welt zu verbessern, was hat das Leben dann für einen Sinn? Doch darum sind Sie nicht hier. Auch nicht, weil meine Mutter Ihnen erzählt hat, sie mache sich Sorgen um Ginny. Was zum Teufel geht hier vor? Bitte, sagen Sie es mir.«

»Ginny wurde gestern ermordet.«

»Wie bitte?«

»Virginia Rau ist tot.«

»Wie das?«, fragte Freya mit zitternder Stimme. Ellen dachte, gleich fängt sie an zu weinen, tat sie aber nicht.

»Unfall mit Fahrerflucht«, sagte Ellen. »Sie war offenbar auf dem Weg zu Ihrer Mutter. Mehr kann ich Ihnen im Moment noch nicht sagen. Die Obduktion wird hoffentlich für Klarheit sorgen.«

»Das begreife ich nicht«, sagte Freya. »Ja, sie war eine echte Nervensäge, aber wieso sollte jemand sie umbringen? Das war doch mit Sicherheit ein Unfall?«

»Möglich.« Ellen erhob sich. »Ich muss los. Tut mir leid, dass ich Ihnen zum zweiten Mal schlechte Nachrichten überbringe. Soll ich jemanden rufen, oder kommen Sie klar?«

»Geht schon«, sagte Freya. »Ich sagte Ihnen, wie ich zu Ginny stand. Ich bin schockiert, traurig bin ich nicht. Das klingt wahrscheinlich herzlos, aber so ist es nun mal. Gott, was ist mit meiner Mutter? Weiß sie es schon?«

»Ja«, sagte Ellen. »Sie ist sehr durcheinander. Verständlicherweise. Sie sollten sich bei ihr melden.«

»Ja«, sagte Freya. »Vielleicht.«

Der Regen hatte aufgehört. Sonne durchflutete den Raum, erleuchtete Freyas weißes Gesicht. Sie sah erschöpft aus und bemühte sich auch gar nicht, aufzustehen, als Ellen Anstalten machte zu gehen.

Ellen verabschiedete sich und versprach, sich zu melden.

»Noch eine Sache«, sagte sie. »Sie haben mir noch nicht gesagt, wann Sie Ginny das letzte Mal gesehen haben.«

»Ah«, sagte Freya. »Das ist leicht. Sie war gestern hier.«

»Und?«

»Nichts und. Sie wollte, dass ich meine Mutter besuche. Sie machte sich Sorgen um sie.«

»Wie haben Sie reagiert?«, fragte Ellen.

»Ich habe ihr gesagt, sie soll sich zum Teufel scheren«, sagte Freya. »Sie ist gegangen.« Die Mundwinkel zuckten, als wollte sie lächeln. »Es war mir nicht klar, dass ich sie das letzte Mal zu Gesicht bekommen würde.«

Bevor Ellen in den Wagen stieg, drehte sie sich noch einmal um und schaute hoch zur Wohnung. Die Sonne spiegelte sich in den Scheiben der Wohnzimmerfenster. Es war unmöglich, etwas zu erkennen. Sie glaubte, eine Silhouette zu sehen. Sie blieb noch für ein paar Minuten stehen, starrte da hin, wo sie Freya vermutete. Der Schatten bewegte sich. Vielleicht war es Freya. Vielleicht war es aber auch nur das Spiegelbild einer vorbeiziehenden Wolke.

SECHS

Es war acht Uhr und Ellen noch immer bei der Arbeit. Beide Kinder würden schon schlafen, wenn sie hier rauskam. Dieser Aspekt ihres Jobs missfiel ihr am meisten. Die langen Arbeitstage, so dass es ihr vorkam, als verbrächte sie nie so viel Zeit mit den Kindern, wie sie eigentlich mit ihnen verbringen sollte. Sie hätte schon längst zu Hause sein sollen. Ger hatte ihr Bestes versucht, sie zur Tür hinauszuschieben, doch Ellen hielt die Stellung. Es gab Zeiten – und jetzt war es der Fall –, in denen die Arbeit an erster Stelle kam.

Sie war im Verhörraum zusammen mit Ger, Pete Cooper und dessen Anwalt, ein übergewichtiger Schotte mit Glatze. Sein Name: James Wilson. Das Verhör war Ellens Idee gewesen. Virginia war eine Cousine von Coopers verstorbener Ehefrau. Die Verbindung war mehr als nur rein zufällig.

»Mein Mandant hat Ihnen schon gesagt«, sagte Wilson, »dass er bei einem Dinner im Rotary Club war. Es gibt jede

Menge Zeugen. Er kann Virginia Rau unmöglich umgebracht haben.«

Sie hatten das Alibi bereits überprüft. Sie mussten ihn wieder gehen lassen, wenn sie nicht noch etwas anderes gegen ihn in der Hand hatten.

»Mr. Cooper.« Ellen setzte sich gerade hin und nahm einen letzten Anlauf. »Nach dem Tod Ihrer Frau deutete Virginia Rau in einer Befragung an, dass Sie möglicherweise etwas damit zu tun hatten.«

»Sie hat gelogen«, sagte Cooper.

»Sie sagte des Weiteren aus, dass Ihre Frau eine Affäre hatte«, sagte Ger.

Die vertraute Röte stieg in Coopers Gesicht.

»Auch das war eine Lüge.«

»Kieran Burton«, sagte Ger. »Jetzt Virginia Rau. Zwei Menschen, mit denen Sie zu tun hatten, beide binnen weniger Tage tot.«

»Eine Verbindung herzustellen ist bestenfalls dürftig«, sagte James Wilson. »Mr. Burton war der Freund der Tochter eines Geschäftspartners von Mr. Cooper. Die beiden kannten sich nicht.«

»Unsere Zeugen sagen Gegenteiliges«, sagte Ger.

»Noch mehr Lügner«, sagte Cooper.

»Was ist mit Virginia Rau?«, fragte Ger. »Sie beschuldigte Mr. Cooper, seine Frau ermordet zu haben.«

»Ginny war nicht ganz richtig im Kopf«, sagte Cooper. »Wenn Sie Ihre Arbeit gründlich erledigen würden, wüssten Sie das.«

Ellen wurde unsicher. Ihre Untersuchungen rund um den Tod der Frau standen erst am Anfang. Was sie bisher wussten, konnte in ein paar Sätzen zusammengefasst werden. Dreimal geschieden, keine Kinder, die einzige Tochter von Alberto und

Sandra Rau aus Esher in Surrey. Beide Eltern verstorben. Ihr letzter Mann, Sylvester, machte Urlaub in Dubai. Die dortige Polizei hatte ihn über den Tod seiner Ex-Frau in Kenntnis gesetzt. Morgen kam er zur Befragung zurückgeflogen. Bislang kein Hinweis auf eine psychische Krankheit.

»Könnten Sie das bitte ausführen?«, fragte Ger.

Cooper lächelte. »Das steht mir nicht zu, oder?«

»Was ist mit Ihrer Tochter?«, fragte Ellen. Das war Coopers einziger Schwachpunkt. »Stand Sie Mrs. Rau nahe?«

»Sie kamen klar«, sagte Cooper.

»Cosima muss das sehr mitnehmen«, sagte Ellen.

Cooper hob die Schultern. »Sie kommt drüber hinweg. War ja nicht ihre Mutter.«

Sie ließen ihn gehen. Ellen und Ger waren frustriert, dass sie nicht mehr Informationen aus ihm herausbekommen hatten.

»Coopers Frau«, sagte Ellen. »Kieran Burton und jetzt Rau. Alle drei verbindet eines: Cooper.«

»Oder seine Tochter«, sagte Ger.

Ellen überlegte. »Ja. Nur war sie noch ein Kind, als ihre Mutter starb.«

»Finden Sie heraus, wie nahe sich sie und Rau wirklich standen«, sagte Ger.

»Ich werde Abby bitten«, sagte Ellen. »Sie soll versuchen, sie an der Uni zu erwischen, ohne Daddy, der sie beschützt.«

»Gute Idee.« Ger gähnte und sah auf die Uhr. »Ich bin todmüde. Sie nicht auch? Gehen wir nach Hause, legen wir uns aufs Ohr. Morgen sehen wir weiter.«

Es war fast neun Uhr. Es bestand die kleine Chance, dass Pat noch wach war und sie ihm gute Nacht sagen konnte. Eine winzige Chance. Federnden Schritts verließ sie das Büro und lief den Flur entlang zum Fahrstuhl.

SIEBEN

Sie war total leer. Eine Hülle. Sie hatte gedacht, das Leichenschauhaus wäre schlimm. Irrtum. Das Schlimmste war das Jetzt. Die Tage, Wochen, Monate und Jahre, die vor ihr lagen. All die vergeudete Lebenszeit – denn was war das für ein Leben, wenn man sich so fühlte – in einer Welt ohne Ginny.

Es kam in Wellen, wie ein Kater. In einer Ruhephase blieb das Gefühl, nagte an ihr. Das konnte sie ertragen. Gerade so. Sie befand sich in einer Blase aus Angst, Schmerz und Leere. Dann, wie aus dem Nichts, ohne Vorwarnung, überfiel sie die Trauer – eine Flutwelle schlug über ihr zusammen, riss sie mit sich, minutenlang, manchmal stundenlang.

Eine Flasche Wein und ein leeres Glas standen vor ihr auf dem Couchtisch. Sie musste die Flasche irgendwann geöffnet und davon getrunken haben. Sie saß im Wintergarten. Wusste nicht mehr, wie sie hier gelandet war.

Ein Tisch voller Fotos. Von ihr und Nick. Ihre ersten Jahre zusammen, auch ein paar Hochzeitsbilder. Ein Song in ihrem Kopf. The Human League. »Don't you want me«. Lief in dem Club, in dem sie sich kennenlernten. Phil Oakeys Stimme spiegelte ihre Zuneigung für Nick wider, als sie anfingen, miteinander auszugehen. Bevor sie wusste, was er wirklich für ein Mann war.

Ein schreckliches Foto von Freya und Kieran. Ein Abzug von dem Bild auf dem Kaminsims in Freyas Wohnung. Kierans Arme um Charlottes Tochter geschlungen. Freya blickte, als hätte sie gerade in der Lotterie gewonnen. Daneben ein älteres Bild von Charlotte und Ginny. Beide jung und glücklich. Sie schaute weg, ertrug es nicht.

Nick war nicht zu Hause. Wo er war, wusste sie nicht. Es war ihr auch gleichgültig. Wahrscheinlich war ihr von jetzt an alles gleichgültig. Käme er nach Hause, müsste sie es ihm erzählen. Sie glaubte nicht, dass sie die Kraft dazu hatte.

Das Licht hatte sie nicht angemacht, die Vorhänge nicht zugezogen. Sie saß im grauen Halblicht. Die Zeit kroch, und sie versuchte zu begreifen, was geschehen war.

Sie hätte im Leichenschauhaus bleiben sollen. Hätte sie geahnt, dass es das allerletzte Mal war, dass sie Ginny sah, sie hätte darum gebettelt, bleiben zu dürfen. Die Frau, die da vor ihr gelegen hatte, sah so überhaupt nicht aus wie ihre Freundin. Darum hatte sie nicht bleiben wollen. Jetzt wünschte sie, sie wäre bei Ginny und nicht in dieser unerträglichen, unendlichen Leere.

Sie griff nach der Flasche, füllte das Glas. Stellte die Flasche zurück, starrte das Glas an, fragte sich, was sie hier tat. Vergessen. Das war die einzige vernünftige Lösung, das einzige Ziel angesichts des Schmerzes.

Zwei Menschen innerhalb von wenigen Tagen tot. Einen hatte sie gehasst, den anderen geliebt. Sie entsann sich ihrer letzten Begegnung mit Kieran. Die fürchterlichen Dinge, die er ihr ins Ohr geflüstert hatte, während er sich an sie presste und ihren Protest ignorierte. Ihr Hände ballten sich zu Fäusten, die manikürten Fingernägel gruben sich in die Handflächen.

Ginny wusste davon nichts. Charlottes einziges Geheimnis. Sie hatte sich zu sehr geschämt. Ginny hatte es nicht gewusst. Und trotzdem … zwei Menschen tot.

Am vergangenen Freitag war Ginny irgendwie merkwürdig gewesen. Als wollte sie Charlotte etwas mitteilen. Charlotte hätte darauf bestehen sollen. Sie war überzeugt, was auch immer Ginny wusste, es war wichtig. Sie glaubte nicht an einen Unfall.

Ein Geräusch draußen ließ sie zusammenfahren. Irgendetwas krachte zu Boden. Danach ein Kreischen. Durch die

Scheiben des Wintergartens sah sie einen Fuchs über den Rasen laufen. Ihm hing etwas aus dem Maul. Eine Ratte, die um ihr Leben schrie. Der Fuchs verschwand durch die Lücke in der Hecke. Das Kreischen klang nach, klang aus, verhallte. Dann waren da nur noch die Flasche, das Glas und das blasse Licht des Vollmonds.

Abby schreckte aus dem Schlaf hoch. Zuerst stutzte sie, weil jemand in ihrem Bett lag. Dann erinnerte sie sich. Er lag auf der Seite, mit dem Gesicht zu ihr, die Hände unter der Wange. Schlafend sah er jünger aus, schöner. Sanft streichelte sie sein Gesicht, wollte ihn nicht wecken.

Sie hatte geträumt. Ein Spaziergang auf dem Lande in East Sussex mit ihrem Bruder. Sie trotteten durch die weite Landschaft, versuchten mit den anderen Schritt zu halten. Irgendwas an dem Traum war verstörend.

Sie stand auf und ging zum Fenster. Die Wohnung lag weit oben. Am liebsten schlief sie mit offenen Vorhängen. Vom Bett aus konnte sie den Himmel sehen. Für sie war es der reinste Luxus, vom Bett aus den Sternenhimmel zu betrachten.

Vollmond verwandelte die Welt in Silber und Grau. Irgendwie befreiend, nackt am Fenster im blassen Mondlicht zu baden. Von hier blickte sie über den Fluss nach Greenwich. Die Lichter von Südost-London spiegelten sich im Fluss, der die Stadt teilte.

Irgendwo da war Ellen. Allein in ihrem Bett. Oder auch nicht allein. Ellen hatte etwas davon erzählt, dass Pat bei ihr schlief. Abby wusste nicht mehr, ob die ganze Nacht oder ob er nächtens zu ihr kam oder was.

Wie sie damit fertigwurde, mal ganz abgesehen vom Tod ihres Mannes, konnte sich Abby kaum vorstellen. Nicht einfach, so viel war sicher. Abby kannte Trauer. Einmal hatte sie

sie fast zerstört. Den Ehemann verlieren, die eigene Trauer und die der Kinder verkraften, wie sollte das gehen? Und dann kam der Sohn auch noch beinahe ums Leben

Kein Wunder, dass Ellen war, wie sie war.

Sie hatte von Andy geträumt. Eigentlich hätte sie das froh stimmen sollen. Stattdessen machte es sie unruhig. Zwei Leute vor ihnen. Ein Mann und eine Frau. Sie liefen schnell. Abby und Andy rannten ihnen hinterher, weil sie etwas hatten, das Abby unbedingt sehen wollte. Es war wichtig. Doch dann hörte sie die Stimme ihres Bruders. Er schrie, so wie im Traum. Das machte sie traurig. Und sie versuchte aufzuhören, sich zu erinnern.

Sam bewegte sich, murmelte etwas. Dann war es wieder still. Abby legte sich wieder ins Bett. Sie hatte Glück. Sie lebte, und sie hatte das hier. Sie schlüpfte unter die Decke, schmiegte sich eng an Sam, schloss die Augen und ließ sich noch einmal vom Schlaf beruhigen.

DONNERSTAG

EINS

Pat wollte nicht in die Schule. Wären ihre Eltern da gewesen, hätte Ellen vielleicht nachgegeben. Er hätte den Tag bei ihnen verbringen können. Doch sie konnte sich nicht freinehmen. Nicht mitten in einer Mordermittlung. Außerdem fehlte ihm nichts. Larry hatte betont, Beständigkeit und Normalität wären jetzt das Wichtigste.

»Er wird Ihre Grenzen testen«, hatte Larry gesagt. »Ausprobieren, wie weit er gehen kann. Das ist normal. Wichtig ist, dass Sie nicht nachgeben. Ja, er hatte ein schreckliches Erlebnis. Aber es geht ihm besser. Er muss begreifen, dass die normalen Grenzen und Regeln, nach denen er sich bisher richten musste, weiterhin gelten. Wenn Sie ihm jeden Wunsch erfüllen, hilft Ihnen das auch nicht.«

Larry hatte recht. Trotzdem kam sie sich wie eine schlechte Mutter vor. Mit diesem beschissenen Gefühl brachte sie die Kinder zur Schule und eilte dann durch den Park zu Nick Gleesons Vorzeigerestaurant im Herzen von Greenwich.

Das letzte Mal war der leerstehende Laden neben Totally Tapas noch Baustelle gewesen. Jetzt sah man Nick Gleesons Vision langsam Form annehmen. Sie spähte durch die schmutzige Fensterscheibe.

Das Dekor war auf alt gemacht. Eine Bar aus Holz an einer Seite des Raumes, Holztische und Stühle im Rest. Von der Decke hingen altmodische Lampen; ein riesiger Pizzaofen nahm die hintere Wand ein. Am Fenster klebte ein kleines Plakat: »Tipico Totale, eine neue Art zu speisen«. Ellen fragte sich, was an Holzofenpizza und überteuerter Pasta so neu sein sollte.

Totally Tapas nebenan hatte schon geöffnet. Auf der anderen Straßenseite lungerten ein paar Journalisten und Paparazzi herum. Sie näherte sich dem Restaurant. Jemand machte ein Foto von ihr, das Blitzlicht irritierte sie. Reflexartig drehte sie sich weg. Dann sah sie eine Frau aus dem Rudel auf sie zulaufen.

»Ellen!«

Martine Reynolds.

»Ich habe Ihnen nichts zu sagen«, sagte Ellen und eilte an der Reporterin vorbei.

»Nur eine Frage«, sagte Martine. »Gibt es einen Zusammenhang zwischen den beiden Morden?«

»Es gab einen zweiten Mord?«, fragte Ellen. »Dann wissen Sie mehr als ich.«

»Virginia Rau«, sagte Martine. »Wir vermuten, dass sie ermordet wurde, weil sie den Mörder von Kieran Burton kannte. Würden Sie das kommentieren?«

»Nein.«

Ellen betrat das Restaurant, schloss die Tür und lehnte sich dagegen, sollte Martine die Absicht haben, ihr zu folgen.

»Diese verfluchten Journalisten.«

Eine große, auffällige Frau mit roten kurzen Haaren kam lächelnd auf sie zu. »Entschuldigen Sie die Belästigung. Wollen Sie einen Tisch reservieren?«

Ellen war schon oft hier gewesen, aber nie so früh am Morgen. Schon jetzt waren einige Tische besetzt. Offenbar war es ein guter Ort zum Frühstücken.

»Eigentlich suche ich Nick Gleeson«, sagte Ellen. Sie zog ihren Ausweis hervor.

»Ah. Nick müsste jede Minute hier sein.« Sie streckte ihre Hand aus.

»Loretta Lewis, Nicks Assistentin. Warum setzen Sie sich

nicht und probieren unseren Kaffee und Kuchen, solange Sie auf Nick warten?«

Ellen ließ sich zu einem kleinen Tisch weiter hinten führen, setzte sich und wartete, während Loretta bei einem gutaussehenden Kellner mit schokobraunen Augen und einem starken spanischen Akzent Kaffee und »eine Auswahl Gebäck« orderte.

»Alle Kellner hier sind Spanier«, erklärte Loretta, nachdem sie den Antonio-Banderas-Doppelgänger losgeschickt hatte.

»Obwohl sie natürlich nicht alle aus Spanien sind. Einige sind auch aus Lateinamerika. Authentizität ist wichtig für das Geschäft. Darum bin ich jetzt oft in Italien und rekrutiere Mitarbeiter für das neue Restaurant. Sie sind wegen Kieran hier, nicht wahr?«

»Ich gehe nur ein paar Hinweisen nach«, sagte Ellen. »Waren Sie Dienstagabend hier?«

»Dienstag?« Loretta kräuselte die Stirn. »Natürlich. Ich bin jeden Abend hier.« Ihre Augen weiteten sich. »Oh. Das ist der Abend, an dem die arme Frau getötet wurde. Sie glauben, es hat etwas mit Kieran zu tun? Das ist furchtbar.«

»Kannten Sie sie?«, fragte Ellen.

»Nein«, sagte Loretta. »Sorry, es ist einfach nur furchtbar.«

»Können Sie mir sagen, wer noch am Dienstagabend hier gearbeitet hat?«

»Ich kann Ihnen die Liste der Mitarbeiter ausdrucken, wenn Sie wollen«, sagte Loretta.

»Das wäre hilfreich«, sagte Ellen. »Danke.«

»Oh«, sagte Loretta. »Da kommt ja Javier mit unserer Bestellung.« Sie strahlte den Kellner an, er lächelte zurück. Als wollte er sich lustig machen, dachte Ellen.

»Ist er nicht umwerfend?«, flüsterte Loretta, als Javier ein weiteres Mal entschwand. »Natürlich schwul. Warum sind so viele atemberaubende Männer schwul? Oh, sorry. Hören Sie nicht auf mich. Bis vor kurzem war ich noch in einer Beziehung. Bin ein bisschen aus dem Gleichgewicht, seit es vorbei ist. Begehre alle möglichen ungeeigneten Männer. Schwule Kellner zum Beispiel. Kaffee?«

Der Kaffee war gut und das Gebäck zum Sterben köstlich. Ellen schlug zu und fragte weiter.

»Sie haben von Dienstag erzählt«, sagte sie.

»Da gibt es nicht viel zu erzählen«, sagte Loretta. »Wir haben gearbeitet. Das ist im Moment nicht außergewöhnlich. Derzeit scheine ich nur noch zu arbeiten. Nick war ungefähr bis ein Uhr morgens hier. Ich auch. Das Restaurant hat um elf zugemacht. Dienstage sind für gewöhnlich ruhiger.«

Der Zeuge hatte ausgesagt, dass Virginia Rau kurz nach neun überfahren worden war. Ellen fragte sich, wie leicht es für Gleeson war, sich zu absentieren, zur Heidelandschaft und wieder zurück zu fahren, ohne dass es jemand merkte.

»Ist Nick gewöhnlich im Restaurantbereich«, fragte sie, »oder eher in der Küche?«

»Weder noch«, sagte Loretta. »Meistens hockt er in seinem Büro. Da hinten. Neben der Küche.«

»Und nachdem das Restaurant geschlossen hatte?«, fragte Ellen.

»Bin ich nach Hause gegangen«, sagte Loretta. »Nick müssen Sie selbst fragen.«

»Wollen Sie sagen, er ist nicht nach Hause gegangen?«

»Ich will sagen, was Nick nach der Arbeit macht, ist Nicks Sache. Nicht meine. Oder irgendjemandes.«

Ellen trank einen Schluck Kaffee und dachte über diese Information nach.

»Was ist mit seiner Frau?«

»Sie können sich nicht ausstehen«, sagte Loretta. »Schon seit Jahren nicht. Das ist nicht Nicks Schuld. Zumindest habe ich das geglaubt. Sie ist ein halber Albtraum, um ehrlich zu sein. Ich dachte immer, an allen Problemen sei sie schuld.«

»Und jetzt?«

»Nun, sagen wir, ich bin mir nicht mehr so sicher«, sagte Loretta. »Ich kann mir denken, was Sie denken. Er ist verheiratet, und ich hätte es besser wissen müssen. Aber ich war überzeugt, er würde sie verlassen. Jeder sieht doch, dass die Ehe kaputt ist.«

»Warum sind sie noch zusammen?«, fragte Ellen.

»Er meinte immer, sie würde zu große Schwierigkeiten machen, wenn es zu einer Scheidung käme. Außerdem müsste er im Falle einer Trennung die Hälfte von allem abgeben. Das will er nicht. Geld ist ihm viel zu wichtig.«

»Also bleibt er lieber in einer unglücklichen Beziehung?«, fragte Ellen.

»Alles lieber, als auch nur einen Penny abzugeben, für den er so schwer geschuftet hat«, sagte Loretta. »Bis vor kurzem hatte er das Beste aus beiden Welten. Er hatte sein Geld und mich an seiner Seite. Ich machte ihm alles recht und wartete geduldig wie eine blöde Idiotin.«

Die Wut in der Stimme war echt. Ellen fragte sich, wie weit Loretta gehen würde.

»Sie müssen mich für wahnsinnig halten«, sagte Loretta. »Wahrscheinlich überlegen Sie gerade, ob ich eine von den Irren bin, die zu einem Mord fähig sind. Kann ich Ihnen nicht verdenken. Aber wenn ich jemanden umbringen wollte, dann Nick. Außerdem habe ich für jeden der letzten fünf Abende ein Alibi. Nachdem Nick mit mir Schluss gemacht hat, bin ich zu einer alten Studienfreundin gezogen. Hab es alleine nicht ausgehalten. Dort bin ich nach der Arbeit. Sie würde die Hand für mich ins Feuer legen.«

Ellen notierte sich den Namen und die Telefonnummer der Freundin, obgleich sie Loretta glaubte. Sie hatte keinen Grund,

Kieran oder Ginny umzubringen. Sie hatte es selbst gesagt: Die Person, der sie am liebsten weh tun würde, war noch am Leben.

»Was ist denn passiert?«, fragte Ellen.

»Er wollte seiner Ehe noch eine Chance geben«, sagte Loretta. »Ich glaube ihm nicht. Er hat eine andere kennengelernt.«

»Wie kommen Sie darauf?«

»Weil ich ihn kenne«, sagte Loretta. »Besser als er denkt. Mehr als einmal habe ich ihn dabei ertappt, wie er am Telefon mit jemandem flüsterte. Er machte dieses dumme, alberne Gesicht. Und er macht Mittagspausen. Lange.« Sie schüttelte den Kopf. »Wenn man so viel um die Ohren hat, leistet man sich keine langen Mittagspausen, es sei denn, man möchte sie mit einer besonderen Person verbringen.«

»Haben Sie eine Idee, mit wem?«, fragte Ellen.

»Keine Ahnung«, sagte Loretta. »Er macht ein großes Geheimnis daraus.«

»Das kann ich verstehen«, sagte Ellen.

Loretta schüttelte den Kopf. »Nein. Es ist merkwürdig. Jeder wusste von uns. Sogar Freya. Sie hatte einen Verdacht, und irgendwann hat sie Nick einfach darauf angesprochen. Er schenkte ihr reinen Wein ein. Dann ist sie zu mir gekommen. Wollte sich wohl vergewissern, dass ich es ernst meinte. Als ihr klar war, dass es so war, hatte sie kein Problem. Erzählte mir, zwischen ihren Eltern wäre es kompliziert und dass ihr Vater jedes Glück verdiene. Das hier ist anders. Keiner weiß, wer sie ist.«

In dem Moment betrat Nick Gleeson das Restaurant. Er sah Ellen mit Loretta zusammensitzen und kam direkt auf sie zu. Mit einem aufgesetzten Lächeln, so warm wie ein Eisberg.

»Detective Kelly«, sagte er. »Ich hoffe, Loretta hat sich gut um Sie gekümmert. Ah, gut, Sie haben Gebäck. Haben Sie schon die hier probiert? Sueños de Teruel? Kleine Käsekuchen. Köstlich.«

»Loretta war sehr hilfsbereit«, sagte Ellen. »Ich glaube, sie hat mir alles gesagt, was ich wissen wollte. Ich muss also Ihre kostbare Zeit nicht in Anspruch nehmen.«

Das Lächeln rutschte ihm aus dem Gesicht.

»Aber sicher …?«

»Sicher nichts«, sagte Ellen. Sie erhob sich. »Danke für den Kaffee. Und Sie haben ganz recht. Der Kuchen ist köstlich. Wiedersehen.«

Es hatte angefangen zu regnen. Ellen nahm es kaum wahr, weil sie noch ganz aufgekratzt war. Die Oberhand über Nick Gleeson zu gewinnen, machte gute Laune. Es war schon lange her, dass sie sich so gut gefühlt hatte. Sie rief Abby an und sagte ihr, sie mache sich jetzt auf dem Rückweg. Gerade als sie auf die Straße treten wollte, startete ein roter Sportwagen, der neben dem Bürgersteig geparkt hatte. Der Fahrer schien sie gar nicht wahrzunehmen, und Ellen musste zurückspringen, damit sie nicht angefahren wurde. Der Wagen fuhr durch eine Pfütze, das Wasser spritzte hoch und durchnässte Ellens Strumpfhose.

Sie protestierte mit erhobener Faust, aber es war sinnlos. Der Wagen raste die Straße entlang und verschwand in einem Nebel von Auspuff und Regen. Ellen sah den Bus kommen. Sie rannte zur Haltestille. Erst im Bus dachte sie wieder an das rote Auto. Es war nicht viel Zeit gewesen, aber sie hatte das Gesicht des Fahrers gesehen.

Sie blickte durch die regennassen Fenster und fragte sich, aus welchem Grund Nick Gleeson das Restaurant Hals über Kopf verlassen hatte. Und wohin er wollte.

ZWEI

An diesem Morgen war Abby wieder auf dem Campus der Universität und suchte Cosima. Die Befragung gestern auf dem Präsidium hatte nichts Neues erbracht. Cosima war verschlossen. Abby musste alles geben, um irgendwie zu ihr durchzudringen. Ellen hatte die Idee gehabt, es noch einmal zu versuchen. Diesmal hier.

»Sie sind nicht viel älter als sie«, sagte Ellen. »Sie kommen eher an sie heran als ich. Vielleicht haben Sie mehr Glück, wenn Sie mit ihr auf gewohntem Terrain reden.«

Abby hatte heute Morgen einen federnden Schritt. Mit Sam war es immer noch wundervoll, und mit dem Fall schienen sie auch voranzukommen. Ihr Verhältnis zu Ellen war entgegen aller Erwartung sehr viel besser geworden. Im Vergleich zu früher war es kaum vorstellbar, dass sie einen Punkt erreichen würden, an dem sie … ja was? Kolleginnen sein würden, die gut miteinander auskamen? Nein. Es war mehr. Ellen war ihre Freundin. Eine gute Freundin. Wie so oft wanderten ihre Gedanken zu dem furchtbaren Tag zurück, an dem Ellen sie und ihren Ex-Boss Ed Baxter in flagranti erwischt hatte. Vielleicht könnte sie Ellen eines Tages erklären, dass dieser Wahnsinn eine Reaktion auf den Tod ihres Bruders gewesen war. Vielleicht.

Ein kurzer Anruf bei Professorin Holmes, und Abby erfuhr, dass Cosimas Kurs im Fachbereich Psychologie gleich vorbei war. Die Tür war verschlossen. Sie wartete draußen, hörte die einschläfernde Stimme eines Professors.

Wenig später strömten Studenten durch die Tür, laut, bunt und energiegeladen. Abby suchte Cosimas Gesicht und wollte schon aufgeben, als sie das Mädchen entdeckte. Sie lief hinter der Menge her, nur zu offensichtlich allein.

»Cosima.«

Plötzlich Lebhaftigkeit. Abby war nicht sicher, ob es Interesse, Wut oder Angst war. Dann fiel das Gesicht wieder in seine Ausdruckslosigkeit zurück.

»Hallo.«

»Auf ein Wort, bitte«, sagte Abby.

Sie blickte sich um, suchte nach etwas, das bei Cosima vielleicht Widerhall fand.

»Das erinnert mich an meine Studentenzeit«, sagte sie. »Scheint schon ein ganzes Leben her zu sein.«

Sie wartete, ob Cosima sie fragte, wo und was sie studiert hätte und so weiter.

»Ich vermisse es«, sagte Abby. »Man weiß es erst später zu schätzen. Wissen Sie, was für ein Glück Sie haben, ohne Sorgen und Verantwortung hier in Ruhe studieren zu können? Ich habe erst gemerkt, wie gut ich es gehabt habe, als ich fertig war und das wahre Leben begann.«

Cosima runzelte die Stirn. »Wie konnten Sie das alles hier als selbstverständlich ansehen?«

Sie deutete auf die Korridore mit den hohen Decken, die vorbeiströmenden Studenten, die ganze Welt der akademischen Privilegien.

»Ich war jung«, sagte Abby. »Und dumm. Erst nach dem Tod meines Bruders wurde mir klar, wie viel Glück ich gehabt habe.«

»Was ist passiert?«

»Er wurde überfahren.«

Das erfüllte seinen Zweck. Cosima wurde rot, ihre Augen weiteten sich, voller Gefühl. Echt und nackt.

»Der Fahrer war betrunken«, sagte Abby.

»Oh.« Cosima verzog das Gesicht und schaute weg. »Das tut mir leid. Furchtbar.«

Abby fragte, ob es einen ruhigen Ort gäbe, an dem sie reden könnten. Cosima schlug die Mensa vor.

»Um diese Zeit ist es nie sehr voll«, erklärte sie und führte Abby in ein großes modernes Gebäude.

Dort war es alles andere als ruhig. Stimmen und das Geklapper von Geschirr hallten durch den Raum. Aber es gab viele freie Tische. Sie begaben sich zu einem Tisch im hinteren Teil der Mensa. Cosima setzte sich Abby gegenüber, Arme vor der Brust verschränkt, und wartete.

»Es tut mir wirklich leid, was Ihrer Cousine zugestoßen ist«, sagte Abby.

»Der Cousine meiner Mutter«, korrigierte Cosima sie. »Es ist schrecklich.« Sie ließ die Schultern sinken, sah müde aus.

»Wollen Sie etwas trinken?«, fragte Abby. »Tee oder Kaffee vielleicht?«

»Bringen wir es einfach hinter uns«, sagte Cosima. »Ich nehme an, Sie wollen wissen, wo ich war.«

»Eigentlich«, sagte Abby, »wollte ich Sie nach Ihrem Vater und Ginny fragen. Sie waren nicht immer einer Meinung?«

»Na und? Viele Menschen sind nicht immer einer Meinung. Darum bringt man sich nicht gegenseitig um. Außerdem wurde er gestern befragt, oder nicht? Ich kann Ihnen auch nicht mehr sagen.«

»Sie hat ihn beschuldigt, Ihre Mutter ermordet zu haben«, sagte Abby. »Das ist ein bisschen mehr, als nicht einer Meinung zu sein.«

Cosima schloss die Augen und holte mehrmals tief Luft, als kostete sie es große Anstrengung, ihre Gefühle zu kontrollieren.

»Ginny hatte viele Probleme«, sagte sie und öffnete die Augen wieder.

»Was für Probleme?«

»Ach Gott. Sie war eine dieser frustrierten Frauen, die Kinder wollten, aber keine bekamen. Das hat sie fertiggemacht.«

»Woher wissen Sie das?«, fragte Abby.

»Das war ein offenes Geheimnis«, sagte Cosima. »Jeder wusste das. Als meine Mutter schwanger wurde, hat sie sich mit ihr verkracht. Ginny war eifersüchtig. Kam damit nicht klar.«

»Aber mit Charlotte Gleeson war sie befreundet«, sagte Abby. »Sie muss ungefähr zur selben Zeit schwanger geworden sein wie Ihre Mutter.«

Cosima zuckte mit den Schultern. »Vielleicht war das auch ein Problem. Ich weiß es nicht.«

Das wusste Abby auch nicht. Aber sie hatte vor, es herauszufinden.

»Wann haben Sie sie das letzte Mal gesehen?«, fragte Abby.

»Vor ein paar Wochen«, sagte Cosima. »Ungefähr. Es war kompliziert. Ich hätte sie gerne öfter getroffen, aber Daddy konnte sie nicht ausstehen.«

»Sie war die einzige Verbindung zu Ihrer Mutter«, sagte Abby. »Es muss Ihnen doch am Herzen gelegen haben, diese Verbindung aufrechtzuerhalten.«

»Ist jetzt nicht mehr wichtig, oder?«, sagte Cosima. »Sie ist tot. Wenn sie nicht darauf bestanden hätte, die *Verbindung aufrechtzuerhalten,* wäre es vielleicht nicht so schwer.«

»Was?«, fragte Abby.

»Sie zu verlieren«, sagte Cosima. »Jetzt ist sie fort. Niemand ist mehr da, oder?«

DREI

Der Regen weckte sie. Ein Crescendo, laut und anhaltend, prasselte auf das Dach und an die großen Fenster im Wohnzimmer. Für einen kurzen, herrlichen Augenblick war die Erinnerung weggewaschen. Dann kam sie zurück. Der Schock war fast so groß wie beim ersten Mal.

Ihr tat alles weg. Sie war auf dem Sofa eingeschlafen und hatte schlecht gelegen. Hals und Rücken waren steif. Als sie sich anders hinsetzen wollte, stieß sie mit dem Ellbogen gegen die Armlehne des Sessels. Ein stechender Schmerz durchfuhr sie.

Das Telefon auf dem Sofatisch läutete. Sie sah Freyas Nummer.

»Hi.«

»Freya. Was willst du?«

»Ich wollte nur hören, wie es dir geht«, sagte Freya. »Ich habe das von Ginny gehört.«

Der Regen wie Trommelschläge, die durch das Haus dröhnten, durch ihren Körper. Sie fragte sich, ob sie je wieder in der Lage sein würde, irgendetwas zu tun. Vielleicht nicht. Vielleicht würde sie hier sitzen bleiben, immer schwächer werden, dahinwelken, bis sie – eines Tages und Gott sei Dank – nicht mehr war.

»Mom?«

»Sorry«, sagte Charlotte. »Gut, dass du anrufst. Danke.«

»Haben sie was gesagt?«, fragte Freya. »Die Polizei. Haben sie dir gesagt, was passiert ist?«

»Unfall mit Fahrerflucht«, sagte Charlotte. »Mehr weiß ich nicht. Warum? Hast du was gehört?«

»Nichts. Ich frage mich, ob es etwas mit Kieran zu tun hat.«

Auf dem Tisch stand eine offene Flasche Wein. Daneben ein leeres Glas. Charlotte schenkte sich ein wenig ein, nahm das

Glas an den Mund. Das Aroma stieg ihr in die Nase, ihr krampfte sich der Magen zusammen. Sie wusste gleich, sie würde ihn nicht bei sich behalten. Sie warf das Telefon aufs Sofa, rannte mit der Hand vor dem Mund aus dem Zimmer, stolperte über das polierte Parkett und die Treppen hinunter ins Bad. Gerade noch rechtzeitig. Auf den Knien, Kopf über der Schüssel, erbrach sie alles, was sich im Magen befand.

Als es vorbei war, blieb sie, wo sie war, schweißnass und zitternd, in der Nase der säuerlich bittere Geruch ihres eigenen Erbrochenen. Sie lehnte sich gegen die kühle, weiße Fliesenwand, Tränen rannen ihr über das Gesicht auf den Kragen ihres YSL-Pullis.

Sie verlor jegliches Zeitgefühl. Verlor das Gefühl für alles, bis das entfernte Klingeln eines Telefons in die graue Leere drang. Es war nicht ihr Handy. Das hatte einen anderen Klingelton. Es war auch nicht Nicks … er hatte so eine blöde Melodie aus einem 1980er-Action-Film. Das Klingeln hörte auf, ein paar Minuten fing es wieder an. So ging es, bis sie es nicht mehr aushielt.

Sie zog sich hoch, folgte dem Ton durch den Flur und die Treppe hinunter in die Küche.

»Ellen.« Ger spazierte in das Großraumbüro. »Haben Sie einen Moment Zeit?«

»Sicher.« Ellen drehte sich auf ihrem Bürostuhl herum und wartete, bis Ger sich gesetzt hatte.

»Malcolm besorgt die richterliche Anordnung, die uns Zugang zu Kierans Konten verschafft«, sagte Ger. »Das geht nachher rüber zu Mag's Court. Bis Feierabend müssten wir Einsicht bekommen.«

»Wunderbar«, sagte Ellen. »Ich habe gerade mit dem Labor gesprochen. Hab Druck gemacht wegen des Haars auf Kierans

Kleidung. Sie haben versprochen, das Ergebnis binnen zwei Tagen vorliegen zu haben.«

Ger nickte. »Wir machen also langsam Fortschritte.«

Die Tür ging auf. Abby und Alastair.

»Virginia Rau wurde von einem roten Wagen überfahren«, sagte Alastair. »Lackspuren an der Kleidung des Opfers. Allerdings nicht genug, um Aufschluss über Marke und Modell zu geben.«

Eine Erinnerung blitzte in Ellen auf, aber sie konnte sich nicht damit aufhalten, weil das Gespräch schon weiterging.

»Sind wir sicher, dass zwischen den beiden Morden ein Zusammenhang besteht?«, fragte Abby und nahm gegenüber von Ger Platz. Alastair blieb stehen.

»Nicht sicher«, sagte Ger. »Wir vermuten es. Beide Opfer hatten mit der Familie Gleeson zu tun. Jetzt sind beide tot.«

Einen Augenblick lang herrschte Schweigen. Ellen wusste nicht, was in den anderen vorging, sie stellte sich die letzten Minuten im Leben der beiden Opfer vor. Der Schreck und die Angst und, schlimmer noch, die furchtbare Gewissheit, dass irgendetwas zu Ende ging.

»Laut Cosima«, sagte Abby, »hatten Ginny und ihre Mutter einen Streit über Kinder. Ginny wollte Kinder, konnte jedoch keine bekommen. Cosima sagte, Ginny war deshalb ziemlich durch den Wind.«

»Vielleicht hat Cooper das gemeint, als er sagte, sie sei nicht richtig im Kopf«, sagte Ellen.

»Möglich«, sagte Ger. »Ellen, könnten Sie Charlotte auf Ihre To-do-Liste setzen? Fahren Sie zu ihr und tun Sie so, als wollten Sie wissen, ob es ihr gutgeht. Versuchen Sie, etwas über Ginny aus ihr herauszubekommen, und fragen Sie sie noch einmal nach der Geliebten ihres Mannes. Sie muss doch eine Ahnung haben, wer es ist. Abby, Sie sprechen mit Freya. Sagen Sie ihr, es ist zu ihrem Besten. Bleiben Sie bei ihr, auch wenn sie das nicht möchte. Lassen Sie sie nicht aus den Augen. Versuchen Sie, ihr Vertrauen zu gewinnen, fragen Sie nach Burton und seiner Beziehung zu ihren Eltern. Hatte Burton näher mit ihrem Vater zu tun? Was könnte er herausgefunden haben? Knacken Sie sie, okay?«

»Was ist mit dem Weinlokal?«, fragte Ellen. »Freya sagte, sie sei in der Nacht, in der Virginia Rau umgebracht wurde, dort gewesen. Ich hatte vor, ihr Alibi zu überprüfen.«

»Das kann Abby auf ihrem Weg zu Freya übernehmen«, sagte Ger. »Zeit ist kostbar, wir wollen sie nicht verschwenden. Okay?«

Das war nicht okay. Ellen war es gewohnt, die Dinge auf ihre Art zu erledigen. Ihr geschätzter Ex-Boss Ed Baxter war nicht perfekt gewesen, aber er hatte ihr freie Hand gelassen. Ger war viel pragmatischer. Das gefiel Ellen ganz und gar nicht.

Jeder machte sich an seine Arbeit. Abby stand an ihrem Schreibtisch, packte ein paar Sachen in ihre Handtasche, um gleich nach Hither Green zu fahren. Ellen schob ihren Stuhl zurück, war im Begriff aufzustehen, als es ihr einfiel.

»Nick Gleeson«, sagte sie.

Jeder verharrte in dem, was er tat. Sie schauten sie an. Ger, die schon an der Tür war, drehte sich um.

»Was ist mit ihm?«

»Er fährt ein rotes Auto«, sagte Ellen. »Ich habe ihn heute Morgen gesehen.«

»Sicher?«, fragte Ger.

Er war gerast. Sein Gesicht hatte sie höchstens für eine Sekunde gesehen. Alles war so schnell gegangen. Ihre Strumpfhose war immer noch feucht. Es war vielleicht alles schnell gegangen, aber ihre Erinnerung täuschte sie nicht.

»Absolut sicher«, sagte sie.

»Gut«, sagte Ger. »Gute Arbeit, Ellen. Überprüfen Sie das. Sofort.«

Ger lächelte. Ellen erwiderte das Lächeln, wusste, es war töricht, sich über das Lob zu freuen; trotzdem.

VIER

Pete lief im Flur auf und ab, blickte alle paar Sekunden auf sein Handy, wartete auf die SMS, die nicht kam. Es war fast zwei Uhr nachmittags. Cosimas Kurse waren seit Mittag zu Ende. Sie hatte versprochen, sofort nach Hause zu kommen. Jetzt war sie immer noch nicht da und reagierte weder auf seine Anrufe noch auf seine Textnachrichten. Pete war alles andere als froh darüber.

Er ging nach draußen, vom Tor aus suchte er die Straße nach ihrem Wagen ab. Er ging wieder hinein. Im Flur versuchte er, die lauten Gedanken zu ordnen. Sich einen Plan zu machen.

Clive, zuweilen sein Bodyguard, kam aus der Küche und wollte wissen, ob alles in Ordnung sei.

»Alles gut«, sagte Pete.

»Sie sehen beunruhigt aus«, sagte Clive.

»Ich sagte doch, alles ist gut«, sagte Pete und gab dem Idioten mit einer Handbewegung zu verstehen, wegzugehen. Clive war ein typischer Kraftprotz. Nur Muskeln, kein Hirn. Vollkommen eindimensional.

Die Wahrheit war, Pete hatte Angst. Wovor, das wollte er nicht zugeben, denn sobald er das tat, würde es zu einer Realität, mit der er sich auseinandersetzen müsste. Er begab sich ins Wohnzimmer, stellte sich vor das Portrait von Annalise. Er hatte es in Auftrag gegeben, als sie nur ein paar Jahre älter war als Cosima jetzt. Bevor ihr das Schwein McNulty den Kopf verdreht hatte.

Erinnerungsfetzen. Das Gesicht seiner Mutter. Er lag im Bett, konnte sich vor Angst nicht bewegen, und sie lachte ihn aus. Ihr Atem roch nach Alkohol und Zigaretten. Ihre Finger gruben sich in seinen Arm, als sie ihn aus dem Bett und ins Wohnzimmer zerrte, wo der Mann auf sie beide wartete.

Annalise' schüchternes Lächeln beim ersten Mal. Mit zitternden Händen öffnete sie die Schleife ihres weißen Nachthemds. Er hatte es extra für sie gekauft. Genau das gleiche hatte er Cosima zu ihrem einundzwanzigsten Geburtstag geschenkt.

Fotos vor ihm auf dem Tisch. Annalise, vor McNulty kniend. Machte Sachen, zu denen eine Frau niemals gezwungen werden sollte. Nackt in einem Hotelzimmer, entblößte sich wie eine billige Hure.

Es tat noch immer weh. Er hatte sie abgöttisch geliebt. Hatte ihr den Himmel auf Erden versprochen. Hatte ihr mehr gegeben, als sie sich je hätte erträumen können. Hatte sie von dem beschissenen Anwesen weggeholt und hierhergebracht. Das perfekte Zuhause für eine perfekte Frau.

Sie lächelte von oben auf ihn herab, das reinste, süßeste Lächeln. Er hätte alles getan, um sie zu beschützen, ihr das Gefühl von Sicherheit zu geben und eine Welt für sie zu schaffen, in der diese Perfektion bewahrt werden konnte. Er hatte alles Menschenmögliche getan. Es war nicht genug gewesen. Sie wurde zu etwas, was er nicht gewollt hatte. Eine billige Hure, genauso schlecht wie seine Mutter. Als er wusste, wie sie wirklich war, hatte er keine Wahl mehr gehabt.

Er war sich ihrer so sicher gewesen. Schon als er sie das erste Mal gesehen hatte. Sie war die Richtige. Am Anfang hatte sie ihn geliebt. Hatte ihm gehorcht, und für eine kurze, perfekte Zeit war sie genau das, was sie für ihn hatte sein sollen.

Dann tauchte dieser Daniel McNulty auf und nahm ihm alles weg.

Als Pete zum ersten Mal Gerüchte zu Ohren kamen, weigerte er sich, sie zu glauben. Redete sich ein, es wäre nur Klatsch von Leuten, die eifersüchtig auf ihn waren. Er war ein verdammter Idiot gewesen.

Nachdem alles vorbei gewesen war, war er am folgenden Morgen auf eine Leiter gestiegen und hatte das Bild von der Wand abgenommen. Plötzlich hatte er gemerkt, dass er auf das Gesicht seiner toten Frau weinte. Zuerst hatte er es nicht begriffen. Sie war die Tränen nicht wert. Dann wurde es ihm klar. Die Annalise auf dem Bild war nicht dieselbe Frau, der er sich hatte entledigen müssen. Die Annalise auf dem Bild verdiente es nicht, bestraft zu werden. Sie konnte bleiben, wo sie war. Sie war schuldlos. Nicht wie die Annalise, die sich von einem Mann ohne Anstand und Perspektive hatte unrettbar verderben lassen. Jene Annalise hatte den Tod verdient. Diese hier nicht.

»Daddy?«

Petes Herz setzte für einen Moment aus. Da war sie. Sie lächelte, er versuchte zurückzulächeln und dem Zweifel, der an ihm nagte, keine Beachtung zu schenken. Nicht darüber nachzudenken, warum sie ihr Handy kürzlich passwortgeschützt hatte. Als wolle sie nicht, dass er sähe, was sich alles darauf befand. Jetzt hatte ihr Blick auch etwas Unverbindliches, Verhaltenes und katapultierte ihn sogleich wieder in die andere Zeit zurück.

Wie die Mutter so die Tochter.

Nein. Das tat er sich nicht an. Das war ungerecht gegen sie beide. Sie durchquerte das Zimmer, derselbe Gang wie ihre Mutter, sah ihn an mit demselben Blick.

»Wo warst du?«

»Ich hatte ein Treffen mit meiner Tutorin«, sagte sie. »Nach der Vorlesung habe ich vergessen, das Handy wieder einzuschalten. Sorry.«

Sie stand jetzt so nahe bei ihm, dass er sie berühren konnte. Er strich ihr über die Wange, ihre weiche Haut löste einen Sturm der Erinnerungen aus. Und noch etwas anderes. Er wusste, er sollte sie lieber nicht berühren, wenn ihn solche Gefühle übermannten. Aber er konnte nicht anders.

Er ließ seine Finger auf ihrem Gesicht, schloss die Augen, atmete den süßen Duft ihres Parfüms. Er hatte es für sie gekauft. Sich vorzustellen, sie wäre Annalise, war das Leichteste von der Welt. Annalise, die in seine Arme kam und sich überall hinführen ließ, weil sie ihm stets zeigen wollte, wie dankbar sie ihm für das war, was er für sie getan hatte.

Er machte einen Schritt auf sie zu, hörte ein kurzes Einatmen und öffnete verwirrt die Augen. Annalise starrte ihn an, ein Ausdruck in ihrem Gesicht, den er nicht kannte und den er nicht mochte.

»Daddy?«

Nicht Annalise. Natürlich nicht. Er lächelte, tätschelte ihr Gesicht. Wollte sie beruhigen, schlug ein wenig zu heftig auf ihre Wange, hinterließ einen roten Streifen auf ihrer perfekten Haut. Sie blieb reglos stehen, zeigte ihm nicht, dass er ihr weh getan hatte. Die perfekte Lady, so wie er es ihr beigebracht hatte. Er schlug noch einmal zu, kräftiger diesmal. Der rote Fleck färbte sich dunkler. Noch immer bewegte sie sich nicht.

Er folgte mit einem Finger der roten Spur, um ihren Mund herum, über das Kinn und hörte erst am Schlüsselbein wieder auf. Er konnte ihren Herzschlag spüren. Hörte ihren stoßweisen Atem. Er umfasste ihren Hals.

»Du würdest es mir doch sagen«, flüsterte er, »oder?«

»Was?«

»Wenn ich mir Sorgen machen müsste.«

»Natürlich.«

Er ließ sie los, drehte sich um und schritt zum Barschrank aus Mahagoni. Er nahm eine Flasche Whisky heraus, goss sich zwei Finger voll in ein Kristallglas. Erst als er daraus trinken wollte, der Whisky aber an seinem Kinn hinunterlief, auf die weiche Seidenkrawatte, merkte er, dass er am ganzen Leib zitterte.

FÜNF

Er hätte es mit einem Passwort schützen sollen. Dann hätte Charlotte die Nachricht nie gelesen. Jetzt wusste sie Bescheid. Sie stand in der Küche, das Handy in der Hand. Es war nicht das, das er sonst benutzte. Das hier war ein schlankes iPhone, Model bablabla. Sie machte sich nichts aus solchen Dingen. Aber er. Sobald ein neues Modell auf den Markt kam, tauschte er es gegen das alte aus. Wie ein kleiner Junge. Hatte sie das wirklich einmal süß gefunden?

Sie las die Nachricht noch einmal. Überlegte, von wem sie sein konnte. Loretta? Charlotte war sich ziemlich sicher, dass das schon vor einer Weile im Sande verlaufen war. Als sie das letzte Mal im Restaurant gewesen war, hatte sie die Spannung zwischen den beiden spüren können. Eiskalt. Charlotte war zufrieden gewesen. Loretta war eine Schlampe. Hatte nicht eine Minute gezögert, mit ihrem verheirateten Chef zu vögeln. Strahlte Charlotte immer über das ganze Gesicht an, war charmant, obgleich Charlotte *Bescheid wusste*. Als bedauernswerte Frau, die sie war, hatte sie das Spiel mitgespielt. Hatte Lorettas Lächeln erwidert, Smalltalk mit ihr gemacht und niemals durchblicken lassen, dass sie nur einen Gedanken hatte: die Assistentin ihres Mannes mit gespreizten Beinen auf dem Rücken liegend und Nick, der sich auf ihr hoch und runter bewegte.

Sie spielte das Spiel mit, weil sie ein Feigling war. Aus Angst vor einem Ultimatum hatte sie keinen Aufstand gemacht. Wenn sie schwieg, allen vorgaukelte, alles wäre in Ordnung, würde Nick bleiben. Auch wenn sie seinen Anblick nicht ertrug, es gab keine Alternative. Kein schmutziges Wort, das mit »Sch« begann, würde ihrer Ehe ein Ende setzen. Vielen Dank.

Jetzt, hier in der Küche, mit dem billigen Plastikhandy in der Hand, vor ihr die Textnachrichten zwischen ihrem Mann und einer unbekannten Frau, fragte sich Charlotte, wie sie nur so dämlich hatte sein können.

Von draußen hörte sie das Knirschen von Reifen auf der Kieseinfahrt. Charlotte legte das Handy weg und rannte zum Fenster. Ihr kleiner Mercedes fuhr auf das Haus zu. Der Motor ging aus, und die große Gestalt ihres Mannes stieg aus.

Sie konnte ihm jetzt nicht gegenübertreten. Sie musste sich sammeln, überlegen, was das alles zu bedeuten hatte und was sie unternehmen würde. Eins wusste sie bereits. Sollte er irgendetwas mit dem Tod von Ginny zu tun haben, würde er dafür büßen.

Was machte er mit ihrem Wagen? Sie versuchte sich zu erinnern, ob er ihr gesagt hatte, dass er ihn nehmen würde. Sie konnte sich nicht erinnern, und es war ihr auch gleichgültig. Er konnte das verfluchte Ding haben, wenn es ihn glücklich machte.

Ihr Kopf war ganz leicht, alles drehte sich, als hätte sie zu schnell ein Glas Wein ausgetrunken. Magen und Brust waren wie zugeschnürt. Sie schloss die Augen, zwang sich, langsam zu atmen – ein, aus, ein, aus –, so wie ihr Therapeut es ihr geraten hatte. Irgendwo drehte sich ein Schlüssel im Schloss, gefolgt von der Stimme ihres Mannes, der ihren Namen rief. Sie steckte das Handy in die Hosentasche und verschwand durch die Hintertür.

»Charlotte?«

Keine Antwort. Das hatte nichts zu bedeuten. Die meiste Zeit war sie so weggetreten, dass sie es nicht mitbekam, wenn er nach Hause kam. Oder sie tat so. Er hatte aufgehört zu zählen, wie oft er geglaubt hatte, er wäre allein, um sie dann doch in der Küche oder im Wohnzimmer vorzufinden. Immer ein Glas Wein in der Hand. Mit Märtyrergesicht. Dieses verfluchte Gesicht. Als wäre er derjenige mit einem Alkoholproblem. Kein bisschen Liebe, Mitgefühl oder Mutterinstinkt. Die Frau, die er geheiratet hatte, war ein Monster. Ein alkoholsüchtiges Monster voller Selbstmitleid, das in einer Scheinwelt lebte. Die geistloseste, leerste, wehleidigste Person, die er zu seinem Unglück je kennengelernt hatte.

Er rannte die Treppe hoch, sah im Schlaf- und im Badezimmer nach. Rannte wieder runter, rief nach ihr, fürchtete sich vor dem Moment, in dem er eine Tür öffnete und sie dahinter wie eine Erscheinung aus einem Horrorfilm auf ihn wartete.

Sie war nirgends. Die blöde Kuh hatte sich tatsächlich aufgerafft. Keine jammernden Fragen, wonach er suchte, ob sie helfen könnte, warum er sich nicht zu ihr setzte, sie ihm eine Tasse seines Lieblingskaffees machen sollte, während sie vor sich hin lamentierte, dass sie ihre einzige Freundin verloren hatte. Sich nicht einmal fragte, warum es ihr nie gelungen war, noch jemand anderen zu finden, der es mit ihr auszuhalten bereit war.

Mit ihr verheiratet zu sein war wie ein langsamer Tod. Er hatte die Nase voll. Bis vor kurzem war er bereit gewesen, es hinzunehmen. Er hasste sie. Doch wenigstens an der Oberfläche funktionierte die Ehe, passte zu dem Image, das die Welt von ihm hatte. Der glücklich verheiratete, erfolgreiche Geschäftsmann. Seriös, hart arbeitend und loyal. Jetzt war alles anders. Zeit, sich zu verändern und diese dämliche Ziege endlich loszuwerden.

Er war nach Hause geeilt, weil er das Prepaid-Handy holen wollte. Beim Anblick von Ellen Kelly und Loretta in trauter Zweisamkeit war er durchgedreht. Er musste weg. War lange herumgefahren, hatte angehalten, um zu telefonieren, hatte bemerkt, dass er nur sein iPhone dabeihatte. Das durfte er nicht benutzen. So war die Vereinbarung. Die Anrufe konnten ohne weiteres zurückverfolgt werden.

In der Eingangshalle durchsuchte er die Taschen der Jacke an der Garderobe. Er war sich sicher, dass er es dort vergessen hatte. Nichts. Er überlegte. Letzte Nacht war er nach der Restaurantschließung mit dem Team noch etwas trinken gegangen. Er hatte diese Jacke angehabt, im Pub hatte er das Handy definitiv noch. Kurz nachdem er eine Runde ausgegeben hatte, war die SMS gekommen. Er hatte sich entschuldigt und war nach draußen gegangen. Gerade als er zurückrufen wollte, hatte sich Loretta an ihn herangemacht, fing an mit ihren Andeutungen und Anschuldigungen. Schließlich hatte er nur eine Kurznachricht geschickt und war wieder reingegangen, hatte Loretta allein im Regen stehen lassen.

Kalte Panik packte ihn. Vielleicht war ihm das Handy aus der Tasche gefallen, Loretta hatte es aufgehoben und die Nachrichten durchgescrollt. Er schüttelte den Kopf. Das konnte nicht sein. Er hatte das Handy in die Innentasche gesteckt. Das Jackett hatte er nicht ausgezogen. Er konnte das Handy nicht verloren haben.

Er nahm sein silbergraues iPhone, das er so liebte, und gab die andere Nummer ein. Er hörte das Freizeichen, hielt den Atem an, doch nirgendwo im Haus ein Klingeln.

Es passierte gar nichts.

Der Tag war grau und bedeckt. Sie hatte das Haus überstürzt verlassen und eine Jacke vergessen. Der kalte Wind fegte über die Heide, schnitt ihr bis auf die Haut. Das Handy in ihrer Hosentasche fing an zu klingeln. Sie zog es heraus. Vielleicht war sie es ja – diese Hure, mit der er sie betrog. Als sie Nicks Nummer sah, lächelte sie. Er war in Panik, suchte das Handy. Sie ließ es klingeln, sah ihren Mann vor sich, allein in dem großen leeren Haus, wie er verzweifelt immer und immer wieder diese Nummer wählte.

Am Rand der Heide angelangt, sie überquerte gerade Charlton Way in den Greenwich Park, riss die Wolkendecke auf. Die Luft wurde wärmer, der Wind ließ nach. Sie hielt das Gesicht in die Sonne, schloss die Augen, die Wärme umfing sie. In der Hand noch immer das Handy, das nicht aufhörte zu klingeln.

SECHS

Die Überprüfung bei der Zulassungsstelle ergab, dass ein roter Mercedes auf die Adresse der Gleesons angemeldet war. Charlotte Gleeson wurde als Fahrzeuginhaberin geführt.

»Sonderbar«, sagte Ellen und las noch einmal. »Er hat den Wagen gefahren. Nicht sie. Ganz bestimmt.«

»Vielleicht hat er sich den Wagen von seiner Frau geliehen«, sagte Alastair.

»Vielleicht«, sagte Ellen. »Wie auch immer. Ich muss da hin, ihm ein paar Fragen stellen.«

Sie war schon auf dem Sprung, als Malcolm in den Raum stürmte.

»Hab Burtons Bankinformation«, sagte er mit erhitztem Gesicht und außer Atem. »Hatte zwei Konten. Ein gemeinsames mit Freya, ein separates auf seinen Namen. Nichts Auffälliges.

Das meiste Geld zahlt sie ein. Von dem Konto gehen die laufenden Kosten ab, Miete, Rechnungen und so.«

»Und das andere?«, fragte Ellen.

Malcolm fing an zu strahlen.

»Monatelang nichts«, sagte er. »Fünfundzwanzig Pfund, die er schon jahrelang nicht angerührt hat. Vor vier Wochen dann eine Bareinzahlung über siebeneinhalbtausend.«

Siebeneinhalbtausend. Genug, um jemanden zu töten? Es waren schon Leute für weitaus weniger Geld umgebracht worden.

»Irgend eine Ahnung, wer das Geld eingezahlt hat?«, fragte sie.

»Laut Einzahlungsbeleg Burton höchstpersönlich«, sagte Malcolm.

»Gute Arbeit, Malcolm«, sagte Ellen. »Wir müssen das gegenchecken. Nehmen Sie sich zuerst die Gleesons vor – Privat- und Geschäftskonten. Bargeldabhebung in Höhe von fünf- bis zehntausend. In den letzten drei Monaten … Schließen Sie sich mit Raj wegen Cooper kurz, auch wenn ich nicht davon ausgehe, dass wir etwas finden werden. War das Geld von ihm, wird er sämtliche Spuren verwischt haben.«

Dasselbe traf höchstwahrscheinlich auch auf Nick Gleeson zu. Zehntausend waren mehr als nur Kleingeld. Trotzdem mussten sie der Sache nachgehen. Eine langweilige und langwierige Aufgabe. Sie beneidete Malcolm nicht darum.

Sie zog den Reißverschluss ihrer Jacke hoch und wandte sich an Alastair.

»Ich fahre jetzt zu den Gleesons. Wollen Sie mitkommen?«

Er grinste. »Gerne.«

»Gut«, sagte Ellen. »Fordern Sie zwei Uniformierte an, sie sollen uns im Fuhrpark treffen.«

»Jemand Bestimmtes?«

»Ja.« Ellen erinnerte sich an die blonde Polizistin. »Fragen Sie, ob PC McKeown zur Verfügung steht. Wenn nicht, ist's egal. Los geht's.«

Die Atmosphäre in der Wohnung war fast so schlecht wie die Luft. Abby schlug vor, das Fenster zu öffnen, doch Freya wollte das nicht. Sie saß zusammengekauert und wortkarg neben dem Elektroheizgerät, während Abby in der Wohnung für ein wenig Ordnung sorgte und in der Küche Geschirr abwusch.

Als sie mit dem, was sie machen konnte, fertig war, fragte sie Freya, ob sie Lust auf einen Spaziergang hätte.

Freya schüttelte den Kopf.

»Sie müssen mal raus hier«, sagte Abby. »Ausnahmsweise regnet es nicht. Genießen wir die Sonne.«

Freya seufzte. »Wenn ich ja sage, hören Sie dann auf mit Ihrer verfluchten Penetranz?«

»Das kann ich nicht versprechen«, sagte Abby. »In dem Café im Park gibt es gute heiße Schokolade. Ich lade Sie ein.«

Zögernd zog sich Freya einen formlosen, viel zu großen Wollmantel über und trottete Abby hinterher.

Obwohl die Sonne schien, zog Freya den Mantel enger um sich, vergrub das Gesicht im Kragen. Sie liefen auf der Ennersdale Road in Richtung Mountfield Park.

»Er riecht noch nach ihm«, sagte sie. »Wie lange wohl, bevor auch das weg ist?«

Nach dem Tod ihres Bruders hatte Abby dasselbe gedacht. Sie hatte auf seinem Bett gelegen, das Gesicht in seinem Kissen vergraben, tief Luft geholt, den Atem so lange angehalten, wie sie konnte, weil sie verzweifelt das letzte Stückchen von ihm behalten wollte. Plötzlich hatte sie Mitleid mit Freya, fragte sich, ob sie vor ihrer Trauer auch schon so missmutig gewesen war.

»Erzählen Sie mir von Kieran«, sagte Abby. »Wie haben Sie ihn kennengelernt?«

Freya lächelte. Ihr Gesicht wurde weich und plötzlich hübsch. Zum ersten Mal sah Abby einen Funken von dem, was Kieran vielleicht an ihr angezogen hatte.

»Wir haben uns auf einer Demo getroffen«, sagte Freya. »Gegen die Schließung des Lewisham-Krankenhauses. Die Stimmung war großartig. Viele Leute waren da, um den staatlichen Gesundheitsdienst zu unterstützen. Ich kam mit Kieran ins Gespräch. Über nichts Ernstes, nur ein wenig Geplänkel. Nach der Demo wollten ich und ein paar Freunde noch in ein Pub. Ich fragte ihn, ob er mitkommen wollte. So fing es an. Danach ist er noch mit zu mir gekommen und kaum mehr weggegangen.«

»Wann war das?«, fragte Abby.

»Vor zweieinhalb Jahren«, sagte Freya. »Die schönste und glücklichste Zeit meines Lebens.«

Sie hatten den Park erreicht und liefen schweigend bis zum Café. Abby bestellte drinnen zweimal heiß Schokolade und ging dann wieder nach draußen zu Freya. Der aufsteigende Duft des süßen, warmen Kakaos ließ die Welt schöner erscheinen, als sie war.

»Und Sie?«, fragte Freya. »Haben Sie jemanden?«

Abby trank einen Schluck, blickte über den Park und überlegte sich ihre Antwort. Das Verlangen, jedem von Sam zu erzählen, war neu und ungewohnt. Sie sprach langsam, mit Bedacht.

»So in der Art«, sagte sie. »Erst seit zwei Tagen. Wir kennen uns kaum.«

»Für Frauen wie Sie ist es leicht«, sagte Freya.

»Was denn?«

Mountfield Park im Sonnenlicht war wunderbar. Abby sah sich plötzlich mit Sam hier spazieren gehen. Hand in Hand, den atemberaubenden Blick bis zum London Eye genießen.

»Beziehungen«, sagte Freya. »Männer sind so oberflächlich. Schauen nur selten unter die Oberfläche, denken nicht darüber nach, was für ein Mensch eine Frau wirklich ist. Und Frauen lassen sich vom Schein trügen. Enden wie meine Mutter, wollen immer perfekt sein. Und versagen. Bei Ihnen stehen die Männer doch bestimmt Schlange. Keiner von ihnen macht sich etwas daraus, wer Sie sind. Oder schlimmer noch, sie tun so, als seien Sie etwas, was Sie nicht sind, damit Sie dem Ideal einer kleinen Freundin entsprechen. Sehen Sie sich doch an. Perfektes Haar, perfekter Körper, perfekte Haut, perfekte Klamotten. Aber das ist alles nur Fassade, stimmt's? In Wirklichkeit können Sie die blödeste Ziege unter Gottes Sonne sein, dumm wie Bohnenstroh, neun von zehn Männern wäre es vollkommen egal. Sie würden trotzdem mit Ihnen ausgehen, weil Sie gut aussehen.«

Der Feindseligkeit in Freyas Stimme überraschte Abby. Wieder überlegte sie sich ihre Antwort gut.

»Sie haben recht«, sagte sie. »Das ist oberflächlich. Aber so ist das Leben. Man kann gegen den Strom schwimmen oder sich treiben lassen. Vielleicht bin ich nicht mutig genug, dagegen anzuschwimmen.«

»Ich könnte hübsch sein, wenn ich wollte«, sagte Freya. »Ich könnte ein wenig abnehmen, mein Haar schneiden lassen und ein paar neue Klamotten kaufen. Aber wozu? Ich will nicht mit jemandem zusammen sein, dem solche Dinge wichtig sind. Ich bin so!« Sie schlug sich so kräftig mit der Faust auf die Brust, dass es weh tun musste. »Darum war Kieran anders. Er durchschaute diesen ganzen oberflächlichen Schwachsinn. Dafür habe ich ihn geliebt.«

Aber er dich nicht, dachte Abby. Er hatte diesem armen Mädchen etwas vorgemacht, sie verarscht.

»Ich bin nicht dumm«, sagte Freya.

Abby dachte einen Moment lang, Freya hätte ihre Gedanken erraten.

»Ich weiß, was die Leute über uns geredet haben«, fuhr Freya fort. »Ich habe es ihnen angesehen. Wie kann ein Mauerblümchen wie die so einen Typen wie ihn abkriegen? Meine Mutter war die Schlimmste. Sie hat es nicht ertragen. Hasste Kieran dafür, dass er sich für mich entschieden hatte und nicht für sie. Laut ihrer Weltsicht konnte ein gutaussehender Mann doch kein Auge auf mich werfen. Sicher hat sie Ihnen gesagt, dass sie Kieran nicht guthieß. Das ist aber nicht wahr. Sie hat mit ihm geflirtet. Immerzu. Sie hieß ihn nicht gut, klar, aber nur, weil er sich nicht für sie entschieden hatte.«

»Aber Ihre Mutter ist verheiratet«, sagte Abby. »Sie ist *Ihre Mutter.*«

»Das hat sie noch nie gestört«, sagte Freya. Sie trank die Tasse leer, knallte sie auf den Tisch und stand auf.

»Mir ist kalt. Ich will nach Hause. Ich habe genug vom Sonnenschein und diesem falschen Mädchenschwatz. Sie glauben, ich durchschaue Sie nicht? Tun so freundlich, dabei wollen Sie nur wissen, wer ihn umgebracht hat.«

Freya zog Kierans Mantel eng um sich und entfernte sich. Abby lief ihr nach. Was hatte sie bloß getan oder gesagt, dass Freya so plötzlich zumachte. Sie ließ sich das Gespräch noch einmal durch den Kopf gehen. Erst als sie Charlotte erwähnt hatte, hatte Freya zugemacht.

Das hat sie noch nie gestört.

Was genau meinte Freya damit? Abby holte sie ein, legte ihr die Hand auf die Schulter.

»Sorry«, sagte Abby. »Ich wollte Sie nicht verärgern.«

»Schon gut«, sagte Freya. »Ich habe nur keine Lust, über meine Mutter zu reden.«

»In Ordnung«, sagte Abby. »Das müssen Sie auch nicht. Ich frage nicht wieder.«

»Versprochen?«

Abby lächelte. Das Lügen fiel ihr nicht schwer. Sie musste an Gers Worte denken. *Versuchen Sie, ihr Vertrauen zu gewinnen. Knacken Sie sie.*

»Versprochen.«

Sie hakte sich bei Freya ein. Zusammen liefen sie durch den Park zurück nach Hither Green, den Blick über die Stadt im Rücken.

SIEBEN

Der rote Wagen stand vor dem Haus, als Ellen, Alastair und die beiden Beamten ankamen. Laut Zulassungsstelle fuhr Nick Gleeson einen blauen BMW 730. Genau so einer hatte bei Ellens erstem Besuch in der Einfahrt gestanden. Heute war kein BMW zu sehen. Sie klingelte. Einen Augenblick später öffnete Nick Gleeson die Tür.

»Was dagegen, wenn ich reinkomme?« Ellen trat in den großen Eingangsbereich, bevor er auf ihre Frage antworten konnte. »Wir müssen Ihnen noch ein paar Fragen stellen. Ihnen und Ihrer Frau.«

»Meine Frau ist nicht hier«, sagte Nick. »Ich weiß auch nicht, wo sie ist, um Ihre nächste Frage zu beantworten.«

»Ist das nicht ihr Wagen da draußen?«, fragte Ellen.

Er zögerte. Als wüsste er nicht, was er sagen sollte.

»Mein Auto ist zur Inspektion«, sagte er. »Ich habe mir Charlottes für ein paar Tage ausgeborgt.«

»Für wie viele Tage?«

»Bitte?«

»Wie lange fahren Sie den Wagen Ihrer Frau schon?«, fragte Ellen. »Das ist doch eine einfache Frage.«

»Seit Mittwochmorgen«, sagte Nick. »Warum?«

»Wir brauchen die Adresse der Werkstatt«, sagte Ellen. »Damit wir das überprüfen können. Können Sie uns die Information jetzt geben?«

»Na ja, ja«, sagte Nick. »Ich verstehe nur nicht. Entschuldigen Sie, Officer …«

»Detective«, unterbrach Ellen. »Detective Inspector Kelly, Mr. Gleeson. Merken Sie sich das.«

Er blickte sie finster an. »Entschuldigen Sie, *Detective Inspector.* Gerne gebe ich Ihnen die Information. Selbstverständlich. Sagen Sie mir bitte, wozu Sie sie benötigen?«

Ellen musste Gott sei Dank nicht antworten. Alastair erschien.

»Ma'am? Das sollten Sie sich ansehen.«

Ellen folgte ihm nach draußen. Er deutete auf den Wagen.

»Kratzer vorne links«, sagte er. »Lackabrieb, kleine Dellen.«

Gleeson stand in der Tür und beobachtete sie.

»Mr. Gleeson«, sagte Ellen. »Wir müssen Sie leider mit auf das Präsidium nehmen und das Gespräch dort aufnehmen.«

Er fing an zu protestieren. Ellen entfernte sich. Alastair und die anderen beiden konnten sich um ihn kümmern. Sie untersuchte den Sportwagen genauer. Es war zwar noch zu früh für irgendwelche Vermutungen, aber eine jubelnde Stimme in ihrem Kopf sagte ihr, dass der Lack des Autos mit den Lackspuren auf Virginia Raus Kleidung übereinstimmen würde.

Charlotte stand vor Freyas Haus. Sollte sie klingeln? Sie war den ganzen Weg von Greenwich gelaufen. Ihre Füße taten weh, ihre Beine zitterten. Sie war außer Atem und schwitzte.

Warum sie hergekommen war, wusste sie nicht. Eine vage Hoffnung, dass sie wieder irgendeine Art von Beziehung zu ihrer Tochter aufbauen könnte, hatte sie getrieben. Wenn Freya das zuließ. Freya war das Einzige, was ihr noch blieb, jetzt, da Ginny tot war. Es war nicht perfekt zwischen ihnen, aber Freya war ihre Tochter, und das musste doch etwas bedeuten.

Aus dem Haus gegenüber hämmerte laute Musik. Konnten sie die nicht leiser drehen? Charlotte bekam von dem Lärm Kopfschmerzen. Wie konnten die anderen Nachbarn das aushalten. Allerdings war das sicher nicht das größte Übel in dieser Gegend.

Sie drückte auf den Klingelknopf. Wartete, drückte noch einmal. Nichts. Frustriert trat sie auf die Straße und sah nach oben zu Freyas Wohnung.

Nichts.

»Mom?«

Charlotte schwang herum. Freya kam auf sie zu. Neben ihr die hübsche Kommissarin. Voller Panik überlegte Charlotte, was sie machen sollte. Gehen oder bleiben? Sie durchforstete ihre Erinnerungen. Was verband Freya und diese Polizistin? Irgendetwas außer Kieran und Ginny? Ihr fiel nichts ein. Trotzdem fragte sie sich, was diese verfluchte Abby hier zu suchen hatte. Spazierte neben Freya her, als wäre sie ihre beste Freundin.

»Was ist denn los?« Freya blieb vor Charlotte stehen. Sie lächelte zwar nicht, Charlottes Anwesenheit schien ihr aber auch nicht allzu sehr zu missfallen. Das nahm Charlotte als gutes Zeichen.

»Es tut mir leid, Liebling«, sagte Charlotte. »Habe ich einen schlechten Zeitpunkt erwischt?«

»Kommt drauf an«, sagte Freya.

Ihr Haar war fettig und ungepflegt. Als hätte sie es seit Tagen weder gewaschen noch gebürstet. Charlotte fuhr sich mit den Fingern durch ihr Haar, dachte daran, wie viel Mühe sie sich jeden Morgen gab. Warum war Freya nicht wie sie? Natürlich, ihre Tochter trauerte, aber das tat Charlotte schließlich auch.

»Entschuldige«, sagte sie. Sie war dumm und voreingenommen. Jeder ging mit Trauer anders um. Sie hatte heute Morgen viel Zeit in ihr Äußeres investiert, weil das Ritual sie beruhigte. Freya hatte mit Sicherheit ihre eigenen Rituale. Charlotte würde sie weder verstehen, noch waren sie ihr wichtig.

»Wofür?«, fragte Freya.

»Ich hätte anrufen sollen«, sagte Charlotte. »Aber ich wollte dich sehen, Liebes. Mich vergewissern, dass es dir gutgeht. Kann ich reinkommen?«

Freya zuckte mit den Schultern, trat ins Haus und ging schon die Treppe hoch. Abby wollte ihr folgen, doch Charlotte schüttelte den Kopf.

»Können Sie uns alleine lassen?«, fragte sie.

Abby blickte zu Freya. Die musste ihr Einverständnis signalisiert haben, denn die Ermittlerin nickte und war einverstanden.

»Sie brauchen etwas zu essen.« Sie redete, als wäre Charlotte unsichtbar. »Ich gehe in den Supermarkt. Rufen Sie mich an, wenn Sie mich brauchen.«

Als sie weg war, sah Charlotte Freya absichtlich fragend an. Wie nicht anders zu erwarten, ignorierte Freya den Blick, ging weiter die Treppe rauf, so dass Charlotte nichts anderes übrigblieb, als ihr zu folgen.

Charlotte hatte erwartet, dass sich die Wohnung in einem ähnlichen Zustand befand wie ihre Tochter. Doch es war pikobello sauber. Auf dem Tisch stand eine Vase mit frischen Lilien. Der schwere, süße Duft erfüllte den Raum.

»Abby hat aufgeräumt«, sagte Freya, während sich Charlotte umsah.

»Schöne Blumen«, sagte Charlotte und versuchte noch immer, deren neues Verhältnis zueinander auszuloten. Nicht zum ersten Mal kam ihr in den Sinn, dass Freya vielleicht lesbisch war. Die Kleidung, das Haar schrien danach. Abby war es mit Sicherheit nicht. Selbst wenn etwas zwischen den beiden lief, mussten sich Polizisten nicht an einen Ehrenkodex halten? Charlotte seufzte, wünschte, sie würde es verstehen.

»Kieran hat mir jede Woche Blumen mitgebracht«, sagte Freya. »Ich habe sie gestern im Gedenken an ihn gekauft. Sie hätten ihm gefallen. Siehst du die Farbe? Ich habe noch nie solche Lilien gesehen.«

Sie hatte recht. Die Blätter waren indigoblau. Sehr ungewöhnlich. Sie versuchte sich Kieran vorzustellen, wie er jede Woche mit einem Strauß Blumen für Freya nach Hause kam, sie ihr gab und die beiden sich umarmten. Das Gedankenspiel war so lächerlich unwahrscheinlich, dass ihr ihre Tochter plötzlich leidtat.

»Soll ich uns Tee machen?«, fragte sie.

»Okay«, sagte Freya. »Ich helfe dir, wenn du willst.«

»Das wäre lieb«, sagte Charlotte. »Danke.«

In der Küche stand eine ungeöffnete Flasche Wein auf der Arbeitsplatte. Mit höchster Selbstkontrolle wendete sie den Blick ab und machte zwei Tassen Tee.

ACHT

Wieder die beiden Detectives. Die eiskalte Blonde, DSI Cox, und die Brünette, die bei ihm zu Hause gewesen war. Sie fragten, ob er einen Anwalt wünschte. Er lehnte ab, fand es unnötig. Inzwischen bereute er es. Er hatte angenommen, es ginge um Kieran. Sie waren jedoch mehr daran interessiert, wo er Dienstagabend gewesen war. Schnell war ihm klar, dass sie über Ginny sprechen wollten.

»Stimmt etwas nicht, Mr. Gleeson?«

Cox sah ihn an, runzelte die Stirn. Einen schrecklichen Augenblick lang dachte er, er hätte etwas Falsches gesagt.

»Alles gut«, sagte er. »Sorry. Ich versuche nur, meine Gedanken zu ordnen. Ich meine, wissen Sie, wie mir zumute ist? Vor einer Woche war mein Leben noch vollkommen normal.« Eine Lüge, aber keine schwerwiegende. »Plötzlich sind zwei Menschen, die meiner Familie nahestanden, tot. Der Freund meiner Tochter und die beste Freundin meiner Frau. Als hätte es jemand auf mich abgesehen.«

»Auf Sie?«, fragte Cox.

Zicke.

»Auf uns«, sagte er. »Ich meine selbstverständlich nicht nur mich. Freya, Charlotte und mich. Was kommt als Nächstes?«

Er schauderte, halb dramatisch, halb echt. Freya und Charlotte hatten die für sie wichtigsten Menschen verloren. Was, wenn ihm dasselbe widerfuhr?

»Ich habe Angst«, sagte er.

»Wovor?« Diesmal die Brünette. Kelly.

»Ich habe Angst«, wiederholte er. Langsam, als würde er einem Kind eine komplizierte Angelegenheit erklären. »Weil ich nicht begreife, warum all das geschieht. Normalerweise habe ich die Kontrolle. Dieses ganze … Chaos, ich habe keine Kontrolle mehr. Das hasse ich.«

Bildete er sich das ein, oder wurde Kellys Ausdruck weicher?

»Darum möchten Sie unsere Hilfe?«, fragte sie.

»Also, noch einmal«, sagte Cox. »Wo waren Sie Dienstagabend? Todsicher nicht zu Hause. Ihre Frau hat das bestätigt.«

»Ich habe lange gearbeitet«, sagte Nick. »Im Moment nicht ungewöhnlich. Ich habe derzeit viel zu tun. Das verstehen Sie doch.«

Er schenkte ihnen sein bestes Lächeln. Keine Reaktion.

»Kurz nach acht hatten Sie Besuch von Pete Cooper«, sagte Cox.

Nick nickte. Damit gab sich Cox nicht zufrieden. Sie zeigte auf das Aufnahmegerät und wiederholte die Frage.

»Geschäftlich«, sagte er. »Pete wollte über das neue Restaurant sprechen. Weiter nichts.«

»Wir haben die Aufnahmen von einer Kamera in der Nähe des Restauranteingangs«, sagte Cox. »Cooper betritt das Restaurant sechs Minuten nach acht, verlässt es kurz vor zehn. Richtig?«

Nick nickte wieder, erinnerte sich an das Aufnahmegerät und sagte: »Ja, das stimmt.«

Kelly runzelte die Stirn. Er überlegte, ob ihm ein Fehler unterlaufen war.

»Finden Ihre Geschäftstreffen immer so spät statt?«, fragte sie.

Vor Erleichterung hätte Nick beinahe aufgelacht. Sie hatten keinen blassen Schimmer.

»Manchmal«, sagte er. »Besonders wenn Pete gleichzeitig kostenlos speisen kann.«

»Ihre Assistentin hat ausgesagt, dass Sie noch da waren, als sie um Viertel nach eins ging«, sagte Kelly. »Laut Kameraaufzeichnung haben Sie das Restaurant nur wenig später verlassen. Vierundzwanzig Minuten nach eins, um genau zu sein. Wohin sind Sie gegangen?«

»In meine Wohnung«, sagte er. »Hören Sie, darf ich ehrlich sein?« Keine von beiden antwortete, also fuhr er fort. Er hatte schon angedeutet, wie es ihm ging. Zeit, ihnen reinen Wein einzuschenken.

»Charlotte ist eine gestörte Frau«, sagte er. »Sie ist eine Trinkerin. Manche Leute nennen es funktionierende Alkoholikerin. Wenn Sie mit ihr zusammenleben, merken Sie schnell, dass nur sehr wenig funktioniert.« Er lächelte. Das Lächeln, das er immer aufsetzte, wenn er diesen Satz von sich gab. Wieder keine Reaktion von den beiden Polizistinnen. Wirklich zwei herzlose Ziegen.

»Sie trinkt ohne Unterlass«, fuhr er fort. »Und sie kann ausfallend werden. Sogar aggressiv. Die Wahrheit ist, unsere Ehe ist seit Jahren zerrüttet.«

»Es gibt eine andere«, sagte Kelly. »Wollen Sie uns das sagen?«

Er war enttäuscht. Von der Blonden hätte er Hohn erwartet, aber nicht von Kelly, die, so nahm er an, ihn besser verstand, als sie vorgab. Er schüttelte den Kopf. Strengte sich an, traurig zu wirken. Wie ein vom Leid geprüfter Mann.

»Es gibt keine andere«, sagte er. »Ich habe die Wohnung, weil ich es oft nicht ertrage, nach Hause zu gehen, weil ich weiß, was mich dort erwartet. Das klingt hart, ich weiß. Aber es ist wahr, DI Kelly.«

Er hielt ihrem Blick stand, erwartete Mitgefühl. Nichts. Nicht, dass sie es nicht fühlte. Als Detective, so vermutete er, musste sie daran gewöhnt sein, ihre Gedanken zu verbergen.

»Sie tut mir leid«, sagte er. Die überstrapazierte Halbwahrheit kam ihm leicht über die Lippen. Er beugte sich vor. Blickte Cox direkt in ihre erstaunlich blauen Augen. »Sie haben meine Frau gesehen, Superintendent. Es muss Ihnen doch aufgefallen sein, wie labil sie ist. Sie ist eine unberechenbare Alkoholikerin. Schon einige Male wollte ich sie verlassen. Doch jedes Mal – nun ja, sagen wir, es nahm kein gutes Ende. Ich weiß nicht, was passiert, wenn ich es wieder tue.«

Er sah einen Anflug von Zorn in Cox' Gesicht und setzte sich zurück. Fühlte sich von ihrem Mangel an Empathie abgestoßen.

Sie konnte nicht wissen, wie es für ihn war. Er wünschte, er könnte ihr die Wahrheit sagen. Sie hielt ihn für eine erbärmliche Kreatur, gefangen in einer ausweglosen Ehe. Er dachte an letzte Nacht und all die anderen Nächte in den letzten Monaten. Das neue Glück, nach dem er sich so lange gesehnt hatte, das seinem Leben einen Sinn gab. Er wollte es hinausschreien, sehen, wie der Zorn aus Cox' Gesicht wich, sich in Respekt verwandelte. Was, wenn sie es nicht verstand? Was, wenn sie ihn, statt ihn zu respektieren, noch mehr verachtete? Er malte sich die Reaktion aus. Hohn gemischt mit Verachtung. Sie würde es nicht begreifen. Keine von beiden. Wie sollten sie auch? Man musste sie nur ansehen und wusste, Leidenschaft war für solche Frauen ein Fremdwort.

»Ist das alles?«, fragte er stattdessen. »Kann ich gehen?«

»Fast«, sagte Cox.

Er wusste, sie hatten den Wohnblock aufgesucht. Clarence, der Typ an der Rezeption, hatte es ihm gesteckt. Gott sei Dank hatte Nick ihn in weiser Voraussicht instruiert für den Fall, dass die Polizei kniffelige Fragen stellen sollte. An der Stelle gab es kein Problem.

Er wartete. Sie mussten fast durch sein. Noch ein paar sinnlose Fragen, und die Sache war vom Tisch.

»Wissen Sie, wann Ihr Wagen fertig ist?«, fragte Cox.

»Morgen«, sagte Nick. »Mit ein wenig Glück. Seit acht Jahren gehe ich zum selben BMW-Händler. Toller Typ. Ich würde ihm mein Leben anvertrauen.«

Er zuckte zusammen, als er das sagte, aber sie schienen darüber hinwegzugehen.

»Dazu kommt es hoffentlich nicht«, murmelte Cox.

»Noch etwas«, sagte Kelly, als Nick schon im Begriff war aufzustehen.

Er seufzte. »Ja?«

»Wir haben Ihre Telefonverbindungen überprüft«, sagte sie. »Drei Wochen vor Kieran Burtons Tod haben Sie fünf SMS von ihm erhalten. Wieso?«

Für einen endlos langen Moment war er sprachlos. Dämlich – so dämlich. Er könnte sich ohrfeigen. Das hatte er nicht bedacht. Wie konnte ihm das entgangen sein?

»Nichts von Bedeutung«, sagte er. »Ich wollte, dass er um Freyas Hand anhält. Ich bin Vater, Detective. Freya ist mein kleines Mädchen. Wenn Sie selber Kinder haben, werden Sie verstehen, warum mir so viel daran lag, aus Freya eine ehrbare Frau zu machen.«

»Per SMS?«, fragte Kelly.

»Nein«, tobte Nick. »Natürlich nicht. Wir haben geredet. Ein paar Tage später habe ich ihm eine Nachricht geschickt. Er schrieb, er habe darüber nachgedacht und würde es tun.«

Kelly schien gar nicht zuzuhören. Sie überflog das Blatt, das vor ihr lag. Nick versuchte zu lesen, was darauf stand, aber die Schrift war zu klein.

»Am Montag, den zweiten April«, sagte Kelly, »kam die erste SMS von Kieran, zusammen mit einem Bild. Das ist doch sonderbar. Was war auf dem Foto?«

Gedanken an diesen furchtbaren Moment schossen ihm durch den Kopf. Er hatte angenommen, er hätte die Lage im Griff. Und jetzt saßen sie hier, breiteten das ganze Chaos vor ihm aus. Das war nicht fair.

»Das Foto«, wiederholte Kelly wie ein verfluchter Sprung in einer Platte. »Was war da drauf?«

»Ein Ring.« Er sagte, was ihm als Erstes in den Sinn kam. »Er suchte einen Verlobungsring aus und wollte wissen, wie ich ihn fand.«

»Ich gehe davon aus, dass Sie das Foto noch haben«, sagte Cox.

»Ich glaube nicht«, sagte Nick. Er hatte das Bild augenblicklich gelöscht. Niemand sollte es sehen.

»Mr. Gleeson?« Eine sprach. Der Raum drehte sich. Mit allen anderen Geräuschen in seinem Kopf fiel es ihm schwer zu hören.

»Ich habe es gelöscht«, sagte er. »Ich dachte, es interessiert sowieso niemanden.«

Seine Stimme klang so normal, so natürlich. Als wäre alles in Ordnung.

»Nicht einmal Ihre Frau?«, fragte Kelly.

»Ich habe es Ihnen doch schon gesagt«, sagte er. »Wir reden kaum miteinander.«

»Egal«, sagte die Blonde. »Wir können das Foto sicher finden. Wir haben doch Zugang zu Kierans Online-Speicher, nicht wahr, DI Kelly?«

Kelly nickte, ließ Nick nicht aus den Augen. »Oh ja«, sagte sie, »das haben wir.«

Sie grinste, und er wusste, die Schlampe glaubte ihm nicht. Das war unfair, aber so waren Bullen eben. In ihren Augen war jeder ein potenzieller Verbrecher, sogar unschuldige Bürger. Er verspürte aufrichtige Wut für all jene, die unter voreingenommenen Polizisten zu leiden hatten.

Sie glaubten, er wäre Kierans Mörder. Und wahrscheinlich auch Ginnys.

»Charlotte war's«, sagte er. »Sie sollten sich sie vornehmen. Nicht mich.«

Schweigen. Zwei Gesichter starrten ihn an. Zwei Paar blaue Augen. Eisblau und tiefblau. Er blinzelte, erstaunt über die Schönheit, die er in Kellys unschönem Gesicht sah.

»Würden Sie das bitte näher erläutern?«, fragte Cox schließlich.

Er zögerte, wusste nicht, ob er das Richtige tat. Das hatte er nicht gewollt. Jeglicher Skandal war schlecht fürs Geschäft. Er hatte gedacht – dumm von ihm, das wurde ihm jetzt klar –, dass er die Polizei von seiner Familie ablenken konnte. Jetzt wusste er, er hatte keine Wahl. Entweder er oder Charlotte.

Er traf eine Entscheidung. Richtete sich auf, drückte den Rücken durch, warf sein Haar zurück, blickte von Cox zu Kelly und wieder zu Cox.

»Sie hat es schon einmal getan.«

NEUN

Sie saßen sich in Sesseln vor dem Kamin gegenüber. Tranken Tee. Auf dem Sofatisch zwischen ihnen stand ein Teller mit Schokokeksen. Charlotte sah wortlos zu, wie sich Freya einen Keks nach dem anderen in den Mund schob. Jeder trauerte anders, sagte sie sich wieder.

»Kommst du zurecht?«, fragte sie.

»Meistens«, nuschelte Freya mit vollem Mund. »Manchmal kommt es über mich. Dann habe ich das Gefühl, ich ertrage es nicht länger. Dann ist es wieder gut. Na ja, nicht gut, aber …«

Charlotte nickte. Ihr ging es ähnlich. Der dauernde unterschwellige Schmerz, der plötzlich wie ein Kloß im Hals steckte, so dass man das Gefühl hatte, man müsste ersticken.

»Ich weiß nicht, wie es mit uns weitergeht«, sagte sie. »Ich habe das Gefühl, dass ich im Moment gar nichts mehr weiß. Ich bin mir auch nicht sicher, ob es sehr hilfreich ist, wenn diese Polizistin dauernd hier ist. Verschweigst du mir etwas?«

»Sie macht nur ihre Arbeit«, sagte Freya. »Das ist alles. Hör mal, Mom, ich muss dir etwas über Ginny erzählen.«

Charlotte stockte der Atem.

»Sie war hier«, sagte Freya. »Dienstagnachmittag.«

»Wieso?« Sie wusste nicht, wie sie das Wort herausgebracht hatte.

»Sie wollte mit mir reden«, sagte Freya. »Über dich.«

Nein, bitte, lieber Gott. Nein. Nicht das. Nicht jetzt.

»Sie wollte, dass ich mich mehr bemühe.«

»Was?« Erleichterung und Verwirrung. Wovon, zum Teufel, redete Freya?

»Na ja, nicht nur ich«, sagte Freya. »Wir beide. Du und ich. Sie sagte, es mache dich traurig, dass wir uns nicht nahe seien, und dass du eines Tages nicht mehr wärst und ich es bereuen würde.«

»Das hat sie gesagt?«

Tränen stiegen Charlotte in die Augen. Freyas Gesichtszüge verschwammen. Die gute Ginny. Die beste Freundin. Charlotte hatte keine Ahnung gehabt. Sie hatten kaum über Freya gesprochen. Eigentlich sprach Charlotte mit überhaupt niemandem über Freya. Es war ein zu schwieriges Thema. Ihre Tochter war eine Schande. Eine Schande für sie und Nick, die schlechten Eltern. Eine Schande für Freya, dass sie so geworden war, wie sie war. Und hinter der Schande verbarg sich noch etwas anderes. Eine tiefe Traurigkeit, die alles so vollkommen verdorben hatte.

Ginny hatte das irgendwie verstanden.

»Sie hat dich wirklich gerne gehabt«, sagte Freya. »Sie und ich waren nicht immer einer Meinung. Trotzdem wollte ich, dass du weißt, sie war eine gute Freundin.«

»Danke«, flüsterte Charlotte. »Das bedeutet mir viel.«

»Glaubst du, sie wusste etwas?«, fragte Freya.

Wieder die Angst. Dieses Schwindelgefühl, dass am Ende alles auf diesen einen Fehler hinauslief. »Wusste was?«

»Wer Kierans Mörder ist«, sagte Freya. »Was denn sonst?«

Ein Messer in der Hand. Plötzlich Blut auf ihrem Handgelenk. Hochgefühl, abgelöst von Wut. Bevor Angst und Panik sie überkamen.

»Natürlich«, sagte sie. »Sorry, Liebling. Ich bin durcheinander. Du meinst, sie wusste es? Vielleicht. Nicht mit Sicherheit. Natürlich wusste sie es, warum sollte sie sonst jemand …? Das ist doch kein Zufall.«

»Es werden alle naselang Menschen angefahren«, sagte Freya. »Vielleicht irgendein Betrunkener. Wenn ich daran denke, wird mir schlecht.«

Spielte Freya auf etwas Bestimmtes an? Wahrscheinlich dachte Charlotte das nur aus ihrem schlechtem Gewissen heraus.

Sie erinnerte sich an vorhin, versuchte einen klaren Kopf zu bewahren. Sollte sie es aussprechen? Freya und sie kamen doch klar. Mit wem sonst sollte sie reden?

»Freya, Liebes«, sagte sie. »Ich muss etwas mit dir besprechen.«

»Was?« Freya klang kalt, alle Freundlichkeit wie weggeblasen. Charlotte blieb standhaft. Wenn Freya sie nur anhören würde, vielleicht könnten sie zusammen daraus schlau werden.

»Es geht um deinen Vater«, sagte sie. »Na ja, im Grunde um deinen Vater und Kieran.«

Sie ging es ganz falsch an. Hätte sich ein Konzept zurechtlegen sollen. Freya zog schon ihre Schlüsse, so wie sie sie ansah.

»Ich will gar nichts unterstellen«, sagte Charlotte schnell. »Lass mich bitte aussprechen.«

»Wie meinst du das, du willst nichts unterstellen?«, schnappte Freya. »Darum bist du also hier? Gott, Mutter, ich dachte wirklich, einmal in deinem Leben seist du meinetwegen gekommen. Ich soll allen Ernstes meinen eigenen Vater verdächtigen, meinen Freund umgebracht zu haben? Was auch immer du mir sagen willst, ich will es nicht hören.«

»Bitte«, flehte Charlotte. »Es ist wichtig.«

Freya war aufgestanden, packte Charlotte an ihrem verletzten Arm und zog sie hoch.

»Ich will, dass du gehst«, sagte Freya. »Sofort. Bevor ich dich die verfluchte Treppe runterwerfe.«

Charlotte zog ihren Arm weg. Freyas Griff schmerzte noch. Das half ihr, sich zu konzentrieren. Der Nebel in ihrem Kopf lichtete sich, plötzlich ergab alles einen Sinn. Nick hatte herausgefunden, was sie getan hatte. Natürlich war er sauer. Das eine war, dass er herumvögelte. Etwas anderes, wenn seine Frau es tat. Ja, das ergab Sinn. Darum war Kieran tot. Und Ginny auch.

»Ich weiß, was passiert ist«, sagte Charlotte. »Vielleicht bist du jetzt noch nicht so weit, aber eines Tages wirst du es dir anhören müssen.«

»Geh«, sagte Freya.

Charlotte wollte ihre Tochter umarmen, sie halten, ihr sagen, alles würde gut. Noch nicht einmal, als Freya klein gewesen war, hatte sie das getan. Jetzt war es zu spät.

»Es tut mir leid«, flüsterte sie.

»Das ist mir egal«, sagte Freya. »Oh, Gott. Wenn du nicht gehst, gehe ich.«

»Freya.«

Ihre Tochter entfernte sich aus dem Wohnzimmer, aus der Wohnung. Charlotte hörte ihre Schritte auf der Treppe, wie die Haustür zufiel. Charlotte ging ans Fenster. Freya rannte die Ennersdale Road entlang und verschwand aus ihrem Blickfeld.

Ger hatte einen Durchsuchungsbeschluss für Gleesons Haus.

»Ich glaube nicht, dass wir etwas finden werden«, sagte sie und reichte Ellen den Beschluss. »Als die Forensiker am Sonnabend eintrafen, war alles schön sauber.«

»Wozu dann die Mühe?«, fragte Ellen.

»Einschüchterung«, sagte Ger. »Ich habe es satt, von Nick Gleeson und seiner Frau für dumm verkauft zu werden.«

»Ich habe mit Abby gesprochen«, sagte Ellen. »Charlotte hat die Wohnung von Freya vor einer Stunde verlassen. Ist im Taxi nach Hause gefahren. Ich fahre zu ihr, damit sie uns nicht entwischt.«

»Malcolm besorgt die Krankenakte von Charlottes Mutter«, sagte Ger. »Innerhalb der nächsten Stunde sollte sie vorliegen. Glauben Sie, Nick hat die Wahrheit gesagt?«

Sie hat es schon einmal getan.

»Er ist klug genug zu wissen, dass wir es herausfinden würden, wenn er lügt«, sagte Ellen. »Allerdings sehe ich nicht, wie uns das weiterhelfen soll.«

»Sie hat eine Vorgeschichte«, sagte Ger.

Ellen nickte. Sie wollte nach Blackheath. Charlotte fragen, was sie vor achtundzwanzig Jahren dazu gebracht hatte, ihrer Mutter ein Messer in die Brust zu stechen.

ZEHN

Charlottes Welt bröckelte. Sie blieb ungeschützt und verletzbar zurück. Sie befand sich in einem gläsernen Labyrinth, und um sie herum zersprang das Glas. Draußen lauerte nur Gefahr. Sie hatte aus allem ein furchtbares Chaos gemacht. Aus ihrer Ehe, ihrer Tochter, der einzigen Freundschaft, die sie je hatte. Sie hatte ihre beste Freundin angelogen. Darum war Ginny jetzt tot.

Es gab niemanden, an den sie sich wenden konnte. Bilder wirbelten durch ihren Kopf, ihr wurde ganz übel davon. Sie schloss die Augen. Das machte alles nur noch schlimmer. Kierans Gesicht, ganz nah. Sein Atem, heiß und schwer, seine

Hände rissen an ihrer Bluse, seine Stimme in ihrem Ohr flüsterte, ja, genau das wollte er.

Nick war auch in ihrem Kopf. Stand in der Tür, beobachtete sie. Kam näher, sah ihr die ganze Zeit ins Gesicht. Kieran stöhnte, als er in sie eindrang. Nick lächelte.

Nein!

So war es nicht gewesen. Nick wusste nichts. Niemand wusste etwas. Es war drei Monate her, und niemand hatte es herausgefunden.

Du willst es auch.

Und ihre Stimme, hauchend und verzweifelt. *Ja, oh Gott, ja.*

Danach hatte sie ihn gehasst. Redete sich ein, er hätte sie ausgenutzt. Hätte sich ihr niemals in ihrem betrunkenen Zustand nähern dürfen. Hasste sich dafür, dass sie es zugelassen, der Verzweiflung und Sehnsucht nachgegeben hatte.

Sie hörte Motorengeräusch in der Einfahrt. Zwei marineblaue Wagen hielten vor der Haustür. Aus dem ersten stieg DI Kelly auf der Beifahrerseite aus. Die anderen Türen öffneten sich. Drei uniformierte Beamte.

Es klingelte. In der Eingangshalle betrachtete sie sich im golden verzierten Spiegel. Vor zehn Jahren hatte sie ihn bei einer Auktion in Greenwich erstanden. Sie sah mager und alt aus. Ihre Haut war trocken und faltig. Zu viele Stunden auf der Sonnenbank. Ihr Haar war wie Stroh und stand in alle Richtungen ab. Sie wandte sich von ihrem Spiegelbild ab und trottete zur Haustür. Langsam, langsam, bewegte sich ihre Hand zum Riegel, schob ihn zurück und öffnete die Tür.

Das grelle Sonnenlicht wirkte wie eine Schnellvorlauftaste, die zu lange gedrückt wurde. Geräusche und Stimmen und Ellen Kelly, die ihr ein Blatt vor die Nase hielt. Polizisten drängten sich an ihr vorbei. Schwere Schritte auf dem Parkett. Ihre eigene Stimme, die im Lärm unterging, fragte, was das alles sollte, obwohl sie es ahnte. Sie glaubten, sie hätte Kieran umgebracht. Und Ginny.

Ellen Kelly stand neben ihr, die Hand auf ihrer Schulter, führte sie ins Wohnzimmer. Sie schob die Hand weg und schrie, dass sie sich irrten.

»Es war Nick, nicht ich!«

Oben fiel etwas krachend zu Boden und zerbrach. Sie rannte an DI Kelly vorbei die Treppen hinauf. Ein Polizist stand in ihrem Schlafzimmer. Die Schubladen standen offen, ihre Kleider waren auf dem Boden verteilt. Auf dem Boden auch der Bilderrahmen. Sie kniete sich hin, sammelte die Scherben auf, zog das Foto heraus. Der Polizist schrie, sie sollte nichts anrühren. Sie ignorierte ihn, strich das Foto glatt. Ihr junges Gesicht schaute sie an. Faltenlos und unglücklich. In ihrem Arm ein kleines Kind in einer rosa Decke. Mit den Fingern strich sie dem Baby über den Kopf. Eine Erinnerung. Ein Geruch. Der weiche, pudrige Duft, wenn sie ihr Gesicht an den Kopf des Kindes drückte.

Ein Tropfen fiel auf das Bild. Dann noch einer. Sie wischte sie weg, presste sich das Foto an die Brust. So viele unnütze Tränen. Weinte über etwas, das niemals echt gewesen war. Sie hasste alles an diesen frühen Jahren des Mutterseins. Erst in dieser Woche – jetzt, da alles zu spät war – war ihr bewusst geworden, wie sehr sie ihre Tochter liebte. Wie konnte man durchs Leben gehen und so etwas Einfaches und Offensichtliches nicht wissen?

»Ma'am?«

Der Polizist.

»Das sollten Sie sich ansehen.«

Charlotte blickte auf. Er hielt etwas in der Hand. Sie musste sich bewegt oder etwas gesagt haben, denn er brüllte, sie sollte sich nicht von der Stelle rühren. Als sie sah, was er hielt, glaubte sie, er drohte ihr. Sie schrie, kroch rückwärts über den Teppich. Wieder brüllte er, sie sollte sich nicht bewegen.

Jetzt stand Ellen Kelly im Zimmer.

»Einpacken«, sagte Ellen.

Sie drehte sich zu Charlotte. »Sie müssen mitkommen.«

Charlotte schüttelte den Kopf. Der Polizist hielt noch immer das Messer. Ein Messer mit breiter Klinge und dickem Griff. Solche benutzte Nick. Unten in der Küche hatte er ein ganzes Set. Stellte sie an der Wand zur Schau. Morgens, wenn die Sonne in die Küche schien, glänzten sie wie Zähne.

Das Messer hier war schmutzig, dunkle Flecken an der Klinge und dem Griff. Nick besaß niemals solch ein Messer. Das wollte sie ihnen sagen. Irgendwie schien das wichtig zu sein. Sie fing an zu sprechen, aber ihre Worte ergaben keinen Sinn. Ellen Kelly runzelte verständnislos die Stirn.

Charlotte gab auf. Es hatte keinen Zweck. Als Ellen diesmal die Hand auf ihre Schulter legte, schob sie sie nicht weg. Wie ein Kind ließ sie sich die Treppe hinunterführen, in die sonnendurchflutete Eingangshalle. Aus Gewohnheit warf sie einen Blick in den Spiegel. Eine alte Frau mit strohigem, blondem Haar und leeren Augen starrte sie an. Charlotte suchte in dem Gesicht etwas Vertrautes. Sie konnte rein gar nichts finden. Die Frau im Spiegel war eine Fremde.

ELF

Loretta wartete schon auf Nick, als er ins Restaurant zurückkam. Sie ging praktisch auf ihn los. Auch Javier schien etwas von ihm zu wollen. Nick schüttelte den Kopf, was so viel hieß wie: kein guter Zeitpunkt.

Er war mit seinen Gedanken woanders. Auf dem Weg hierher hatte er zweimal zum Handy gegriffen, wollte Pete anrufen. Beide Male hatte er sich im letzten Moment gebremst. Besser, jetzt noch nichts zu sagen. Erst, wenn er wusste, was zu tun war.

Javier hatte den Wink verstanden und verzog sich in die Küche. Nicht jedoch Loretta. Sie konnte ein zähes Biest sein.

»Wir müssen reden«, sagte sie.

»Das muss warten«, sagte Nick. »Wurde wieder den ganzen Morgen verhört. Schikane, wenn du mich fragst.«

»Haben sie nach Kieran gefragt?« Ihre Stimme klang unschuldig. Ihr verschlagener Gesichtsausdruck verriet, worauf sie hinauswollte.

»Diesmal waren sie nicht an Kieran interessiert«, murmelte er.

Sie lächelte. Er hätte sie am liebsten geohrfeigt. Konnte nicht glauben, dass er dieses Lächeln einmal attraktiv gefunden hatte. Sie war nicht besser als Kieran, vielleicht sogar schlimmer – eine hinterhältige geldgeile Schlampe, die sich alles nahm, was sie kriegen konnte.

»Wir können auch hier reden.« Loretta erhob ihre Stimme und blickte sich im Restaurant um. Einige Gäste und alle Angestellten schauten neugierig, freuten sich wahrscheinlich schon auf einen Streit.

»In mein Büro«, sagte Nick. »Jetzt.«

Sie setzte sich und schlug die Beine übereinander. Er musste an eine Nacht vor zwei Jahren denken. Sie beide mehr als beschwipst. Loretta saß genau da, hielt ein Glas Champagner, stellte die Beine leicht gespreizt nebeneinander, lächelte und zog langsam den Rock über der cremefarbenen Strumpfhose hoch.

»Du bist es mir schuldig«, sagte sie.

Das Bild verschwand, wurde ersetzt durch ein anderes. Kieran auf demselben Stuhl. Stellte ähnliche Forderungen. Nick war müde, erschöpft von der Kraftanstrengung, die Kontrolle zu behalten.

Nachdem Kieran aus dem Leben geschieden war, hatte er gedacht, das Problem wäre aus der Welt. Er hatte sich geirrt. Beim Anblick von Lorettas Gesicht – voll habgierigen Wissens, das sie gegen ihn verwenden würde – hatte er das Gefühl, es nähme nie ein Ende.

»Das glaube ich jetzt nicht«, sagte er. »Wir haben eine Abmachung. Du hast bekommen, was du wolltest. Ich bin kein Goldesel, Loretta.«

»Ich finde, du kannst noch ein bisschen mehr entbehren«, sagte sie. »Meine Freundin will, dass ich endlich ausziehe, Nick. Und ich will nicht mehr mieten. Ich brauche meine eigene Bleibe. In Greenwich natürlich. Wenn du mir aushelfen könntest, wäre ich dir wirklich sehr dankbar.«

Was war los mit diesen Leuten? Wie er sich auch drehte und wendete, immer wollten sie etwas von ihm. Charlotte – wollte ihn in ihr Scheinleben zurückzerren, das glückliche Ehepaar in einem einsamen, überteuren, übergroßen Haus; Kieran – mit seinen immer frecher werdenden Forderungen und Andeutungen, was er täte, wenn Nick nicht nachgäbe; Cooper – und seine beschissene Besessenheit, der über jedes kleinste Detail über das Restaurant und die Finanzierung informiert sein wollte; und jetzt noch das.

»Ein Haus?« Seine Hände ballten sich zu Fäusten. Bevor er sichs versah, packte er sie an ihrem rosa Blusenkragen und schüttelte sie. »Ich soll dir ein verfluchtes Haus kaufen? Bist du übergeschnappt? Ich habe dir schon Geld gegeben, damit du den Mund hältst, und jetzt kommst du mir so? Ein Wörtchen zur Polizei oder zu sonst jemandem, und du wirst es bereuen.«

Er zog sie hoch, drückte ihr seine Faust gegen die zarte Wange, bis sie aufjaulte. Keine Selbstgefälligkeit mehr, nur noch Angst. Das Gesicht seines Vaters blitzte vor ihm auf, er konnte fast die Stimme des alten Herrn hören: Was tust du da?

Er ließ die Hand sinken und drehte sich angewidert weg.

»Dafür wirst du bezahlen«, sagte sie. Die Stimme zitterte, sie klang nicht überzeugend.

»Verschwinde.«

Sie entfernte sich, ihre Schritte unsicher, die Tür öffnete und schloss sich. Er blieb reglos stehen, zitterte am ganzen Körper. Hatte das Gefühl, er könnte ohne den Tisch, an dem er lehnte, nicht aufrecht stehen.

Irgendwann war er in der Lage, das Büro zu verlassen. Loretta war nicht zu sehen. Javier sagte, sie hätte sich unwohl gefühlt und wäre nach Hause gegangen. Nick sollte eigentlich froh sein, dass sie nicht da war. Stattdessen konnte er die tiefe Traurigkeit, die wie ein Gewicht auf ihm lastete, sich um seinen Körper schlang, ihm die Kehle zuschnürte, nicht abschütteln.

ZWÖLF

»Ich habe nichts verbrochen. Nick war's, nicht ich.«

Charlottes Stimme war schrill und hysterisch; sie sah aus wie ein Wrack. Ihr Anwalt hatte darauf bestanden, sie heute Nacht noch zu befragen. Darum saß Abby abends um zehn noch hier, statt bei Sam zu sein.

Um sieben hatte Ger Ellen nach Hause geschickt. Ellen war nicht sonderlich begeistert gewesen, und, ehrlich gesagt, Abby auch nicht. Unter normalen Umständen hätte sie die Gelegenheit beim Schopfe gepackt und Ger ihr Können gezeigt. Seit Sam war nichts mehr normal. Ihre Fokussierung auf ihre Karriere war verloren gegangen. Statt sich einhundertprozentig auf den Fall zu konzentrieren, ertappte sie sich dabei, wie ihre Gedanken abschweiften. Sie holte sie zurück, doch einen Moment später war sie wieder abgelenkt. Dachte an Sam, an die Zeit, die sie miteinander verbracht hatten, und den Wahnsinn, bis jetzt nicht verstanden zu haben, dass man solche Gefühle für eine andere Person haben konnte.

Ihr ganzes Erwachsenenleben lang war sie sich sicher gewesen – so einhundertprozentig sicher –, dass Romantik und Liebe und all der ganze Kram nichts für sie waren. Jetzt das. Genau in dem Augenblick, in dem alles, wofür sie so hart gearbeitet hatte, endlich Gestalt annahm. Sie war also auch nur eine von den ganzen dummen Frauen, die alles stehen und liegen ließen, sobald der Richtige auftauchte.

Panik erfasste sie. Ihr stockte der Atem. Was dachte sie da nur? Dass sie all das aufgeben konnte? Wofür? Um zu Hause mit einer Schar Kinder herumzuhocken, während Sam sich seiner glänzenden Karriere in der City widmete? Niemals. Sie hatten noch nicht darüber gesprochen, aber sie hatte ihm klipp und klar zu verstehen gegeben, dass sie ihren Job niemals aufgeben würde. Auch nicht für einen Mann. Nicht einmal für einen so lustigen, klugen und verdammt gut aussehenden wie ihn. Der Job war alles für sie. Sie musste DSI Ger Cox beweisen, dass sie die beste Ermittlerin im Team war. Wenn das hieß, die Sache mit Sam im Keim zu ersticken, war es eben so.

»Sie behaupten, Ihr Mann hat Kieran Burton ermordet?«

Gers Stimme katapultierte Abby in den Verhörraum zurück. Ger neben ihr, Charlotte und ihr Anwalt ihnen gegenüber. Ein neues Aufnahmegerät, das auf der Tischplatte festgeschraubt war, hielt jedes Wort fest.

»Ja«, sagte Charlotte. »Nein. Ich weiß nicht. Er ist … Ich meine, warum sollte er? Das verstehe ich nicht. Er mochte Kieran nicht. Niemand mochte ihn. Er hasste Ginny. Das beruhte auf Gegenseitigkeit. Aber wieso Kieran ermorden? Er ist nicht gerade der fürsorglichste Vater. Es interessierte ihn nicht sonderlich, mit wem Freya ausging. Das wäre der einzige Grund, der mir einfällt. Dass er sie beschützen wollte. Aber sie braucht keinen Schutz. Brauchte auch keinen. Sie liebte Kieran, und Nick war der Ansicht, das wäre allein ihre Sache.

Ich habe es gehasst, wissen Sie. Ihm war es offenbar egal. Die ganze Bildung, die Zeit, das Geld und die *Kraft*, ihr immer das Beste zu ermöglichen. Und sie hat es uns ins Gesicht geschleudert, als sie mit diesem schrecklichen Mann aufkreuzte.«

Charlotte hielt abrupt inne, ihre Augen sprangen von Abby zu Ger. Als würde ihr bewusst, dass sie zu viel gesagt hatte.

»Ist es das?«, fragte Ger. »Ihr Mann wollte nicht handeln, also haben Sie die Sache in die Hand genommen?«

»Das ist lächerlich«, sagte Charlotte. »Nick war's.«

Abby musste an die Begegnung mit Charlotte heute Morgen vor Freyas Haus denken. Als sie vom Einkaufen zurückkam, war Freya nicht mehr da gewesen. Charlotte ließ sich von einem Taxi nach Hause bringen. Abby fand Freya schließlich im Meridian. Sie trank Kaffee und war mies gelaunt; sie weigerte sich, Abby zu erzählen, was zwischen ihr und ihrer Mutter vorgefallen war.

»Das haben Sie Freya erzählt?«, fragte sie.

»Sie hat mir nicht geglaubt.« Keine Hysterie mehr, Charlotte flüsterte jetzt. Abby musste sich anstrengen, sie zu verstehen. »Sie glaubt mir nie. In Freyas Augen kann Nick gar nichts falsch machen. Egal, was ich ihr sage.«

»Wir müssen über das Messer sprechen, das wir in Ihrem Zimmer gefunden haben«, sagte Ger. »Können Sie uns sagen, wie es dort hingekommen ist?«

Charlotte sah ihren Anwalt an. Er nickte. Er hieß Jeremy Lawlor. Ein Pflichtverteidiger, der im Präsidium arbeitete. Abby hatte schon oft mit ihm zusammengearbeitet und mochte ihn. Er war kompetent. Charlotte hätte es schlechter treffen können.

»Nick hat es dort deponiert«, sagte sie. »Er will es so aussehen lassen, als hätte ich Kieran umgebracht.«

Ger gab vor, die Aufzeichnungen vor sich zu studieren. Abby wusste, dass sie nur so tat, denn Ger war vollkommen vertraut mit dem Geschriebenen. »Wollen Sie uns von der Nacht erzählen, in der Sie Ihre Mutter niedergestochen haben?«, fragte Ger.

Nach Aussage von Nick Gleeson hatte Charlotte versucht, ihre Mutter mit einem Messer umzubringen. Ein paar Wochen vor Nicks und Charlottes Hochzeit. Abby fragte sich, ob sie Sam noch heiraten wollen würde, wenn sie so etwas über ihn herausfand. Hoffentlich nicht.

»Es war ein Unfall«, sagte Charlotte.

»Laut Polizeibericht«, sagte Ger, »gab Ihre Mutter an, sie habe sich selbst verletzt. Wie sich jemand *aus Versehen* ein Messer in die Brust stechen soll, entzieht sich allerdings meinem Verständnis.«

Charlotte schüttelte den Kopf. Sie sah erschöpft aus. Abby war gespannt, wann sie einknicken würde.

»Sie war betrunken«, sagte Charlotte. »Sie wollte Briefe öffnen und ist mit dem Brieföffner abgerutscht. Ich war doch gar nicht da. Ich war bei Ginny. Meine Mutter rief an, bat mich, zu ihr zu kommen. Steht alles in Ihren Unterlagen.«

»Ihr Mann erzählt eine andere Version«, sagte Ger.

Charlotte fuhr sich mit den Fingern durchs Haar und stöhnte dramatisch.

»Er lügt. Er ist Kierans Mörder. Jetzt versucht er, es mir in die Schuhe zu schieben. Ich habe sein Zweithandy gefunden, und er hat Angst. Er hätte es mit einem Passwort schützen sollen. Ist mir ein Rätsel, warum er das nicht getan hat. Bei seinem iPhone hat er es auch gemacht. Ich habe die SMS gelesen. Sie finden, ich hätte es nicht tun sollen? Aber er ist mein Mann, und er hat ein Handy, von dem ich nichts weiß. Und jemand hat Kieran und Ginny ermordet …«

»Charlotte.« Gers Stimme war durchdringend. Charlotte hörte auf zu reden, ihr Mund blieb offen stehen. »Noch mal von vorne. Was wollen Sie uns hier weismachen?«

»Er hat noch ein zweites Handy«, sagte Charlotte. »Ich habe es in der Küche gefunden.«

»Wann?«, fragte Ger.

Charlotte runzelte die Stirn. »Gestern? Nein, nicht gestern. Heute Morgen. Sorry. Scheint schon länger her zu sein, aber es war heute Morgen. Ich habe die Anrufliste gesehen und die Nachrichten. Nur eine Nummer.«

»Wessen?«, fragte Abby.

»Keine Ahnung. Da steht nur die Nummer. Zwanzig oder dreißig Anrufe zwischen Nick und dieser Nummer.«

»Sie erwähnten eine SMS«, sagte Ger.

»Nur eine«, sagte Charlotte. »Vielleicht hat er die anderen gelöscht. Diese war von Dienstag. Als Ginny ermordet wurde. Da stand *Ich habe Angst.* Mehr nicht.«

»Und Sie haben keine Ahnung, von wem die Nachricht stammen könnte oder was sie bedeutet?«, fragte Ger.

»Nein«, sagte Charlotte. »Nick hat geantwortet. *Keine Sorge. Ich kümmere mich. Versprochen.*«

Abby stieß den Atem aus, den sie angehalten hatte. Charlottes Worte schwebten zwischen ihnen, das einzige Geräusch war das Ein- und Ausatmen der vier Anwesenden und das sanfte Summen des Aufnahmegeräts.

»Wovor hatte sie Angst?«, fragte Charlotte. »Und worum wollte Nick sich kümmern?«

»Was veranlasst Sie dazu zu denken, es sei eine Sie?«, fragte Abby.

»Wieso sollte er sonst ein Zweithandy benutzen?«, fragte Charlotte.

»Haben Sie es noch?«, fragte Ger.

Charlotte schüttelte den Kopf. Abbys Zuversicht schwand. Sie waren so nah dran gewesen, und jetzt hatte es den Anschein, als dächte Charlotte sich das alles aus.

»Ich nicht«, sagte Charlotte. »Sie. Ich musste meine Handtasche leeren, als ich herkam. Das Handy war da drin.«

Ein Klopfen an der Tür. Alastair. Flüsterte Ger etwas ins Ohr, verschwand wieder. Ger drückte den Pausenknopf, sagte zu Charlotte und ihrem Anwalt, sie wäre gleich wieder zurück, stand auf und bedeutete Abby mitzukommen.

»Es geht um Nick Gleeson«, sagte Alastair. »Wir haben ihn noch nicht ausfindig gemacht. Ich habe bei der BMW-Werkstatt angerufen. Seine Geschichte stimmt. Er hat den Wagen Mittwochmorgen reingebracht. Das bedeutet, er hat den Wagen seiner Frau am Dienstagabend nicht gefahren.«

»Gut«, sagte Ger. »Danke. Tun Sie mir noch einen Gefallen. Charlottes Sachen wurden verwahrt. Holen Sie mir das Mobiltelefon. Abby, fragen Sie Charlotte und ihren Anwalt, ob sie etwas trinken wollen. Wir machen eine Pause, sehen uns das Handy an und entscheiden danach, wie es weitergeht.«

Mutter füllte das Weinglas nach und starrte Charlotte über die halbmondförmige Brille an. Die Brille war neu. Mutter hatte sich jahrelang dagegen gesträubt. Hatte bestritten, dass mit ihren Augen etwas nicht stimmte. Obgleich es doch für jedermann offensichtlich war, dass sie blind war wie ein Maulwurf. Irgendwie hatte sie es geschafft, dass sich Charlotte auch dafür die Schuld gab. Der Stress des Mutterseins hatte sie frühzeitig altern lassen.

»Das hätte ich wissen müssen.«

Ihre Stimme war hart. Nach einer Flasche Wein hasste sie nicht mehr sich selbst, sondern Charlotte. So vorhersagbar.

»Ich hätte es wissen müssen.«

Charlotte sollte lieber gehen. Sie musste sich das nicht anhören. Nick hasste es, dass sie sich das von ihrer Mutter bieten ließ. Wieso, das konnte sie sich nicht erklären. Sie kannte es eben nicht anders.

Ihre Mutter lag auf dem Sofa ihr gegenüber. Auf dem kleinen Tisch die ungeöffnete Post vom Tage. Der silberne Brieföffner obenauf.

Mutter rauchte eine Zigarette in einer langen dünnen Spitze. Den Rauch blies sie in Charlottes Richtung. Der rote Lippenstift am Mundstück der Zigarettenspitze erinnerte Charlotte an Blut.

»Was weißt du denn von ihm, Charlotte? Wer sind seine Eltern? Hast du sie kennengelernt?«

»Seine Eltern sind tot«, sagte Charlotte. »Das habe ich dir doch schon erzählt, Mutter.«

Ihre Mutter lachte.

»Ein Waisenkind. Meine Tochter heiratet einen armen Waisenjungen. Natürlich, war ja klar, dass sie sich gleich vom Ersten vögeln lässt, der sie zweimal anschaut. Oh, Gott, sag nichts. Darum geht alles so schnell? Du bist schwanger. Hätte ich auch eher draufkommen können. Dumme kleine Hure. Das passiert,

wenn du dich ficken lässt. Hast am Ende eine Göre am Hals, die du nie haben wolltest.«

Charlotte wollte ihr sagen, dass das nicht wahr wäre. Sie wusste aber genau, sie würde nur losheulen. Sie hatte sich so gefreut, ihrer Mutter die Neuigkeit zu verkünden. Hatten sie sich das nicht beide gewünscht? Nick war mehr, als sie sich je hätte erträumen können. Mutter irrte sich, was ihn anging. Er besaß ein eigenes Restaurant. Das war nur der Anfang. Nick machte seinen Weg, und er nahm Charlotte mit.

Mutter, das Gesicht rot vor Wut und vom Alkohol, lehnte sich vor, ganz nah, schrie Charlotte an, sie wäre so verflucht dämlich, dass sie das mit sich machen ließ, bevor er sie zum Altar führte. Nannte sie eine Schlampe, Hure, ein dummes Miststück und …

Später, wieder in ihrem Zimmer, griff Charlotte zum Telefon. Die Hände zitterten, der Hörer fiel ihr aus der blutverschmierten Hand. Sie vertippte sich mehrmals. Schließlich wählte sie die richtige Nummer und hörte das Freizeichen. Es klingelte und klingelte. Sie war drauf und dran aufzulegen, als eine Stimme, süß und vertraut, fragte, wer da wäre.

Statt zu sprechen, fing Charlotte an zu weinen. Lautes, bebendes Schluchzen schüttelte sie.

»Lottie, bist du's, Liebes?«

»Oh, Ginny.«

»Was ist denn los?«, fragte Ginny.

»Kannst du herkommen?«, flüsterte sie. »Es ist etwas passiert. Ich muss dich sehen.«

»Geht es um deine Mutter?«, fragte Ginny.

Charlotte antwortete nicht. Ginny sagte, egal, sie wäre gleich da.

»Schnell«, flehte Charlotte. »Ich halte es keinen Augenblick länger aus.«

Sie legte auf, warf sich aufs Bett, schloss die Augen und wartete. Alles würde gut werden. Ginny war auf dem Weg. Sie wüsste, was zu tun wäre. Sie wusste es immer.

Die Kälte fraß sich durch die Haut in die Knochen. Sie spürte ihre Fingerspitzen nicht mehr. Die Zähne klapperten. Das Geräusch, ein Echo in ihrem Kopf, prallte von den Zellenwänden ab, wirbelte um sie herum wie die Bilder, die sie aufzufressen schienen. Sie konnte einfach nicht abschalten. Ihre Gedanken bewegten sich im Schnellgang. Vom Kater, dem Schlafmangel und der schieren Angst hatte sie Kopfschmerzen.

Das Gesicht ihrer Mutter, Schock und Schmerz, als sie rückwärts taumelte. Der immer größer werdende dunkle Fleck auf der blassblauen Seidenbluse. Ginnys Auto. Blut auf den Ledersitzen. Mutters Augen, die sich verdrehten, flatternde Lider.

Sag, ich war's.

Ginny nickte. Gab der Mutter recht. So wäre es das Beste. Mutters Hand auf Charlottes Arm. Krallender Griff.

Sie werden es nie erfahren.

Mutter konnte die Schande nicht ertragen. Jeder sollte denken, sie war's. Weniger Fragen. Weniger Risiko, dass irgendwer an der Fassade kratzte und die Wahrheit ans Licht brachte.

Ihr Körper krampfte sich zusammen. Sie schrie auf, schlang die Arme um sich. Ein erbärmlicher, vergeblicher Versuch, dem alles andere auslöschenden Schmerz Einhalt zu gebieten. Sie rollte sich auf der Liege zusammen und wartete, dass es vorüberging.

Später – Sekunden oder Stunden? – öffnete sie die Augen. Ihr war immer noch eiskalt. Auch die Bilder waren noch da. Der Schmerz war weg. Die Angst dafür umso größer. Die Erkenntnis, dass alles wahr war. Kein verrückter Albtraum. Sie lag auf der Seite, mit dem Gesicht zur Wand, so fest umklammert, dass Nacken, Arme und Beine weh taten. Sie rollte sich auf den Rücken, starrte die grauweiße Decke an, streckte sich. Lauter kleine Nadeln in den Zehen und Fingern, das Blut kehrte in die Adern zurück.

Sie setzte sich auf.

Sie war im Präsidium in einer Zelle. Über Nacht, hatten sie gesagt. Sie war in Panik geraten, regelrecht ausgerastet. Schrie und ging auf den unbrauchbaren Anwalt los. Das hatte auch nichts genutzt. Zwei Männer mussten sie wegzerren, sie festhalten, während eine Krankenschwester ihr eine Beruhigungsspritze verpasste.

Danach hatte sie eine Weile geschlafen. Als sie wieder aufwachte, befand sich nicht eine Spur des selbsterhaltenden Weins mehr in ihren Adern, und sie merkte die ersten Anzeichen von Entgiftung.

Ihr Magen krampfte sich zusammen, die Angst kroch in den Hals, kam als Schrei aus ihrem Mund. Sie sprang vom Bett, warf sich gegen die Tür, schlug gegen das Metall. Schrie und trommelte, bis sie keine Kraft mehr hatte. Erschöpft sank sie zu Boden, Wut- und Trauertränen rannen ihr übers Gesicht, sammelten sich in der Schlüsselbeingrube.

Sie glaubten, sie hätte Kieran ermordet.

Sie schloss die Augen, versuchte sich an jene Nacht zu erinnern. Cocktails, Sushi, mehr Cocktails. Das Bedürfnis, Ginny alles zu erzählen. Noch etwas. Das plötzliche betrunkene Verlangen, ihn zu ficken.

Sie hasste ihn.

Warum dann hatte sie ihn in jener Nacht begehrt? Was war mit ihr los gewesen?

Vielleicht hätte sie die Wahrheit sagen sollen. Wie hätte sich das abgespielt? Zuerst der Ausdruck von Schock, dann Sympathie in den Gesichtern der beiden Detectives. Sie stellte sie sich vor, wie sie es später, in der Teamsitzung oder wie sie es nannten, den anderen Kollegen erzählten. Wie die lachten. Schlimmer als das Lachen war die Vorstellung von dem, was sie sagen könnten.

Trauriges altes Flittchen.

Geile Trinkerin.

Bedauernswerte alte Schlampe.

Sie konnte es ihnen nicht erzählen.

Sie wollte es ihnen erzählen.

Vielleicht konnte sie sie davon überzeugen, Freya und Nick nichts zu sagen.

Ihr Magen rebellierte. Magensäure stieg ihr in den Hals, sie erbrach sich auf den Boden. Bis zur Toilette schaffte sie es nicht, war zu müde, und ihr war zu übel.

Kieran hatte es absichtlich getan. Er hatte sie betrunken gemacht und dann, als sie nicht mehr wusste, was sie tat, hatte er … was?

Wieder wanderten die Gedanken zurück zu jenem Nachmittag. Kieran war vorbeigekommen unter dem Vorwand, er suchte Freya. Aus Einsamkeit einerseits und guten Manieren andererseits hatte sie ihn hereingebeten. Sie hatten in der Küche Wein getrunken, Smalltalk gemacht. Er hatte besorgt und interessiert getan, hatte nachgefragt, wo er doch die ganze Zeit …

Sie erinnerte sich, gedacht zu haben, sie hätte ihn vielleicht falsch eingeschätzt. Vielleicht war er gar nicht so übel.

Nach der Hälfte der dritten Flasche Wein hatte er seinen Spielzug gemacht, und sie hatte nichts dagegen unternommen. Schlimmer noch, sie hatte es gewollt. Sie hatte auf dem schwarz-weiß gekachelten Boden gelegen, gestöhnt, als er sie da berührte, wo sie schon so lange nicht mehr berührt worden war, hatte ihre Beine um ihn geschlungen und ihn angefleht weiterzumachen.

Sie hatte gedacht, er wäre interessiert. Hätte so ein abartiges Ding mit älteren Frauen.

Blöd, blöd, blöd.

Er hatte Freya nicht gesucht. Geben wir es zu. Charlottes Haus war der letzte Ort, an dem Freya rumhängen würde.

Er hatte gewusst, sie war allein. Hatte gewusst, wie einsam sie war. Gewusst, sie wäre glücklich – sie, diese traurige, armselige Kreatur – für jeden Vorwand, einen Drink mit jemandem zu nehmen. Er hatte alles eingefädelt. Hatte ihr Komplimente, sie betrunken gemacht und sie dann verführt. Damit er es irgendwann gegen sie verwenden konnte.

Dumm, dumm, dumm.

Er hatte es Nick gesteckt. Sie war sich sicher. Darum hatte Nick ihn umgebracht. Und jetzt versuchte er, es Charlotte in die Schuhe zu schieben. Nahm Rache. Kieran und Nick. Beide hatten sie benutzt. Sie hatte genug. Es war an der Zeit, dass sie sie benutzte.

FREITAG

EINS

Ellen fing früh an zu arbeiten. Zuerst nahm sie sich die Fotos von Kierans Handy vor. McKeown war sie bereits einmal durchgegangen, hatte aber nichts gefunden. Ellen wollte sich vergewissern, dass McKeown nichts Wichtiges entgangen war.

Ein stimmungsvolles Bild nach dem anderen, fast alle in Schwarzweiß, fast nur Aufnahmen von der Stadt. Kein einziges von Freya, nicht eines, das Ellen einen Hinweis auf seinen Mörder gab. Die letzten Aufnahmen waren am Fluss gemacht worden, die meisten auf der Halbinsel. Kieran hatte Menschen und Objekte fotografiert. Er musste eine gute Kamera benutzt haben, die Fotos selbst waren allerdings nichts Besonderes.

»Was gefunden?«

Abby stand hinter ihr, sah auf Ellens Bildschirm.

»Bisher nichts.« Ellen stand auf und streckte sich. »Jedenfalls kein Foto von dem Ring.«

»Gleich ist unsere Besprechung«, sagte Abby. »Kommen Sie?«

Ellen checkte die Uhrzeit. Schon eine Stunde hatte sie sich mit den Bildern beschäftigt. Kein Wunder, dass Nacken und Schultern steif geworden waren.

»Okay«, sagte sie. »Gehen wir.«

In der Einsatzzentrale setzte sich Ellen nach hinten und folgte Gers Zusammenfassung.

»Die Ergebnisse der forensischen Untersuchung bekommen wir erst nach dem Wochenende«, sagte Ger. »Ich hoffe allerdings, dass das Blut am Messer mit dem von der Leiche übereinstimmt. Laut Pritchard passt die Klinge zu den Wunden. Malcolm, gibt es noch etwas?«

»Das Messer war in eine Damenbluse eingeschlagen«, sagte Malcolm. »Auf der Bluse befanden sich keine Blutspuren. Das heißt, das Messer wurde einige Zeit nach der Tat mit der Bluse umwickelt.«

»Das ergibt keinen Sinn«, sagte Ellen. »Wieso sollte Charlotte Kieran töten und das Messer dann in ihrem Schlafzimmer verstecken?«

»Vielleicht hatte sie vor, es loszuwerden«, sagte Abby. »Sie ist nur nicht dazu gekommen.«

»Kieran wurde draußen ermordet«, sagte Ellen. »Es wäre ein Leichtes gewesen, die Mordwaffe loszuwerden, bevor sie wieder nach Hause kam. Was ist mit der Jacke? Dem sonderbaren Logo? Im Haus haben wir sie nicht gefunden.«

»Wir wissen nicht, ob die Jacke dem Mörder gehörte«, sagte Alastair. »Vielleicht war das jemand, der zufällig dort vorbeigekommen ist. Jemand, der nichts mit dem Opfer zu tun hatte.«

Das überzeugte Ellen nicht. Sie kannte Joseph's Vale. Wusste, wie dunkel und unheimlich es dort bei Nacht war. Wusste auch, es war höchst unwahrscheinlich, dass jemand die Straße ungefähr zur Tatzeit entlanglief, ohne etwas mitzubekommen.

»Sie schwört, dass sie nicht weiß, wie das Messer dorthingelangt ist«, sagte Abby.

Ellen merkte, wie stolz Abby war, dass sie von der Befragung gestern Abend einen Bericht aus erster Hand liefern konnte. Merkwürdigerweise nahm sie es ihr nicht übel. Vielleicht fand sie endlich ihr Gleichgewicht wieder.

»Welche Erklärung hat sie dann?«, fragte Ellen.

»Sie beschuldigt ihren Mann«, sagte Abby. »Bisher hat sie uns noch keinen glaubwürdigen Grund genannt, warum ihr Mann Burton hätte umbringen sollen.«

Ellen schossen mehrere Erklärungen durch den Kopf. Sie bemühte sich, sie zu ordnen, welcher besondere Aufmerksamkeit gebührte und welche sie vorläufig verwerfen konnte.

»Vielleicht sagt Charlotte die Wahrheit«, sagte Alastair. »Dass jemand im Haus war. Vielleicht hat sich der Mörder reingeschlichen und ihr das Messer untergeschoben. Charlotte hat ihn dabei überrascht.«

»Jemand, der wusste, dass sie auch ein Motiv hatte«, sagte Ellen, und das Chaos in ihrem Kopf lichtete sich.

»Wir müssen noch einmal mit Charlotte sprechen«, sagte Ger. »Ellen und Abby, können Sie das übernehmen? Eine Nacht in der Zelle hat sie vielleicht davon überzeugt, zu kooperieren.«

Ellen stand auf. »Das machen wir gleich jetzt.«

Sie wartete auf Abby, und die beiden Frauen verließen den Raum.

Derselbe Anwalt wie gestern. Charlotte wollte protestieren, einen anderen verlangen, wusste jedoch nicht, ob ihr das zustand. Außerdem hatte sie nicht die Kraft, einen Aufstand zu machen. Ängstlich fragte sie, ob Jeremy Lawlor Nick ausfindig gemacht hatte. Der Anwalt schüttelte den Kopf und lächelte sie mitleidig an. Das letzte Fünkchen Hoffnung erstarb. Sie ballte die Hände hinter dem Rücken, damit sie ihm nicht eine verpasste.

»Sie sollen noch einmal befragt werden«, sagte Jeremy. »Die Detectives werden gleich hier sein. Sind Sie sicher, dass Sie mir nichts zu sagen haben, Charlotte?«

Seine Stimme war freundlich, auch sein Gesicht. Freundlichkeit konnte sie jetzt nicht gebrauchen, sondern einen von Nicks skrupellosen Partnern, einen hochbezahlten Widerling, dem er auf dem Golfplatz Honig ums Maul schmierte und mit dem er bis spät in die Nacht teuren Wein trank. Nicht diesen lächerlichen Weltverbesserer.

»Ich habe es Ihnen doch schon gesagt«, sagte Charlotte, »ich habe Kieran nicht umgebracht. Ich habe auch keine Ahnung, wie das Messer in mein Schlafzimmer gekommen ist oder warum Blut an meinen Turnschuhen war. Okay?«

»Sind Sie sicher?«, fragte Jeremy. »Das ist Ihre letzte Chance, meine Hilfe in Anspruch zu nehmen.«

Er meinte es gut, das sah sie. Vielleicht hatte er recht. Das *war* ihre Chance.

»Das ist alles Nicks Werk«, flüsterte sie.

»Davon sind Sie überzeugt?«

Sie hörte die Resignation in seiner Stimme und spürte einen kurzen Triumph. Jetzt würde sie Nick fertigmachen.

»Oh, ja«, sagte sie. Ihre Stimme klang fest. »Er will sich an mir rächen.«

»Wieso sollte er das tun?«, fragte Jeremy.

Sie wartete, bis er ihr direkt in die Augen schaute, bevor sie antwortete.

»Es ist etwas Furchtbares passiert«, fing sie an.

ZWEI

Die Atmosphäre in dem kleinen Verhörraum war heute Morgen anders. Das spürte Abby schon beim Eintreten. Eine bestimmte Schwingung, eine Art Vorahnung, dass die Dinge ins Rollen kamen und Charlotte endlich bereit war zu reden.

Abby und Ellen saßen Charlotte und ihrem Anwalt gegenüber. Ellen schaltete das Aufnahmegerät ein, nannte die Uhrzeit, das Datum und die Namen der Anwesenden. Danach begann die Befragung.

»Meine Mandantin verfügt über Informationen, die sie Ihnen mitteilen will«, sagte Jeremy.

»Zuerst eine Frage«, sagte Ellen. »Mrs. Gleeson, haben Sie Kieran Burton umgebracht?«

»Nein«, sagte Charlotte, klar und ruhig. Keine Spur von Nervosität oder Unsicherheit. »Das habe ich nicht. Ich schwöre es beim Leben meiner Tochter. Aber ich weiß, wer es war.«

Abby beugte sich vor. Die Wahrheit war in greifbarer Nähe.

»Nick«, sagte Charlotte. »Sehen Sie, er … es ist schwierig. Es tut mir leid. Es ist etwas vorgefallen. Nick hat es herausgefunden. Ich bin mir ziemlich sicher. Er hat Kieran umgebracht und lässt es so aussehen, als sei ich es gewesen. Er hat sich an uns beiden gerächt.«

»Wieso sollte er das tun?«, fragte Ellen.

»Kieran hat mich vergewaltigt«, sagte Charlotte. »In meiner Küche, falls es Sie interessiert. Er kam eines Nachmittags vorbei, behauptete, er suche Freya. Natürlich war sie nicht bei mir. Ich habe ihn hereingebeten, ihm ein Glas Wein angeboten, wir haben geplaudert. Sorry. Es fällt mir nicht leicht.«

»Schon gut«, sagte Ellen. »Lassen Sie sich Zeit.«

Sie log. Abby hatte nicht den geringsten Zweifel, auch wenn sie sich für diesen Gedanken verachtete.

»Ich war betrunken«, sagte Charlotte. »Das ist keine Entschuldigung, ich weiß. Ich will mich auch nicht rausreden, ich sage nur, wie es war. Ich mochte Kieran nicht. Verabscheute ihn sogar.«

»Warum baten Sie ihn dann herein?«, fragte Abby.

Charlotte zuckte mit den Achseln. »Einsamkeit? Gute Erziehung? Keine Ahnung. Vielleicht eine Kombination aus beidem. Zuerst war er so anders. Bis dahin wirkte er immer … aggressiv. Wir billigten das nicht. Er wusste das. Um die Wahrheit zu sagen, ich glaube, ihm gefiel unsere Missbilligung. Manchmal glaubte ich, er wollte uns absichtlich provozieren. Dass wir ihn noch weniger mochten. Verstehen Sie, was ich meine?«

»Nicht an jenem Nachmittag«, sagte Ellen.

»Nein«, seufzte sie. Der Seufzer einer vom Leben enttäuschten Frau, die nichts mehr zu verlieren hatte. Charlotte Gleeson war ein Paradebeispiel dafür, wie man ein Leben verpfuschen konnte, dachte Abby.

»Er war charmant«, sagte Charlotte. »Ich dachte, ich hätte ihn falsch beurteilt. Ich schämte mich sogar. Vielleicht habe ich auch etwas in diese Richtung gesagt. Erst als wir schon reichlich getrunken hatten, merkte ich, dass er mit mir flirtete. Zuerst dachte ich, es läge am Alkohol. Ich nahm es nicht sonderlich ernst. Doch dann … nun, vielleicht hätte ich mich mehr wehren sollen.«

Sie machte eine Pause, als wollte sie, dass Abby und Ellen sie beruhigten. Da sie schwiegen, fuhr sie fort.

»Ich wusste kaum, wie mir geschah«, sagte sie. »Plötzlich lag er auf mir, betatschte mich. Ich flehte ihn an aufzuhören. Ich habe wirklich versucht, ihn von mir zu stoßen, aber er war stark. Als er fertig war, tat er so, als hätten wir beide es gewollt. Ich habe geweint, sagte ihm, er solle gehen, aber er ging nicht. Erzählte mir, wie sehr es ihm gefallen hätte.«

Abby wurde schlecht. Das schmutzige Bild von Kieran Burton, der sich an der Mutter seiner Freundin verging, widerte sie an. Dass sie für Charlotte kein Mitgefühl empfand, machte es noch schlimmer.

Eine Träne rollte über Charlottes Wange. Abby musste an ein Rinnsal in einem ausgetrockneten Flussbett denken. Charlotte bemerkte Abbys Blick, starrte sie voller Selbstmitleid an. Doch da war noch etwas. Es dauerte einen Augenblick, bis Abby wusste, was es war. Charlottes blaue Augen waren voller Gerissenheit.

»Glauben Sie ihr, Abby?«, fragte Ger.

»Ich weiß nicht. Das sind schwerwiegende Vorwürfe. Vielleicht haben sie zusammen geschlafen, einvernehmlich. Allerdings, wieso schläft er mit der Mutter seiner Freundin? Das ist krank.«

Die beiden Frauen diskutierten in Gers Büro.

»Menschen machen alle möglichen komischen Dinge«, sagte Ger. »Nach allem, was wir wissen, sagt sie die Wahrheit. Wie auch immer. Kieran kann uns seine Geschichte nicht mehr erzählen. Wir kennen nur Charlottes Version. Ich bezweifle, dass sie sie zurücknehmen wird.«

»Ist es nicht falsch, zu denken, dass sie das alles erfindet?«, fragte Abby. »Ich meine, wenn es die Wahrheit ist und wir ihr nicht glauben, wie lässt uns das aussehen?«

Ger lächelte. »Gute Frage. Ich sehe es folgendermaßen: Ist wirklich etwas vorgefallen, auch einvernehmlich, war sie wahrscheinlich betrunken. Also müssen wir uns fragen: Hätte sie im nüchternen Zustand dem Geschlechtsverkehr zugestimmt? Wenn Sie glauben, die Antwort auf diese Frage lautet nein, kann man sich fragen, welche Sorte Mann eine betrunkene Frau ausnutzt.«

»Es sei denn, sie erfindet das alles, und es ist rein gar nichts passiert«, sagte Abby.

»Auch das ist möglich«, sagte Ger. »Okay. Reden Sie mit Freya. Finden Sie heraus, was sie über Kieran und ihre Mutter weiß. Von ihr wissen wir, dass Charlotte mit ihm geflirtet hat. Vielleicht weiß sie mehr, als sie vorgibt. Sollte sie denken, zwischen den beiden ist was gewesen, haben wir unser Motiv.«

Auf dem Weg zum Parkplatz kreisten Abbys Gedanken immer wieder um Kieran Burton, der Charlotte Gewalt angetan hatte.

Während sie nach Greenwich fuhr, war ihr, als schwebte eine dunkle Wolke über ihr, die aus allem die Farben zog und ihre gesamte Welt grau färbte.

DREI

Ellen war nach Greenwich gefahren, doch umsonst. Nick war nicht im Restaurant. Keiner der Angestellten schien zu wissen, wo er war. Von Loretta auch keine Spur. Sie rief bei beiden an, wurde aber jeweils auf die Voicemails umgeleitet. Sie hinterließ kurze Nachrichten. Frustriert beschloss sie, Mark aufzusuchen. Der Obduktionsbericht von Virginia Rau lag ihr noch nicht vor. Sie hoffte auf ein Update.

Die Tür zu Marks Büro im Leichenschauhaus war geschlossen. Ellen klopfte und trat ein. Er saß an seinem Schreibtisch, tippte etwas in den Computer. Bei Ellens Anblick erstrahlte sein Gesicht. Er trug eine Brille. Das stand ihm. Manchmal sah er zu knabenhaft aus. Als hätte ihm jemand ein Kindergesicht aufmodelliert. Die Brille half.

»Ellen!« Er erhob sich und umarmte sie. »Was für eine schöne Überraschung. Wie geht's? Und sei nicht mit einer schnellen Antwort zur Hand.«

»Gut«, sagte Ellen. »Wirklich.«

»Wie geht es Pat.«

»Okay«, sagte Ellen. Sie dachte kurz darüber nach. Nickte. »Ja.«

Und dann, vielleicht, weil sie es bisher niemandem erzählt hatte, vielleicht, weil sie Mark mehr als jemand anderem vertraute, erzählte sie ihm mehr. Von der Therapie, die offenbar anschlug. Dass er gut in der Schule mitkam. Und das Beste, er schliefe neuerdings wieder in seinem eigenen Bett.

»Ich glaube, er macht gute Fortschritte«, sagte sie.

Sie lächelte. Mark auch. Er drückte ihre Hand. »Natürlich wird alles gut, Ellen. Er hat doch dich.«

»Der Arme«, sagte sie und zog ihre Hand weg. »Sorry, Mark, ich wollte mich gar nicht so lange auslassen. Du hast viel zu tun. Wir beide. Ich bin hier, weil ich gehofft habe, dass du vielleicht mit dem Obduktionsbericht von Virginia Rau fertig bist.«

Bevor Mark antworten konnte, klingelte Ellens Handy. Sie entschuldigte sich und nahm den Anruf an.

»Loretta hier«, sagte die Stimme. »Nicks Assistentin. Ich habe Ihre Nachricht gehört. Können wir uns treffen? Ich muss Ihnen etwas sagen.«

»Natürlich«, sagte Ellen. »Ich bin gerade in Lewisham. Ich kann aber gleich in Greenwich sein, wenn Sie wollen.«

»Nein«, sagte Loretta schnell. »Nicht im Restaurant. Könnten wir uns bei Starbucks treffen? In einer Stunde?«

Sie verabredeten Zeit und Ort, und Ellen legte auf. »Entschuldige, Mark. Ich muss los.«

Er lächelte, aufgesetzt, so kam es ihr vor. Vielleicht war das auch nur ihre Einbildung.

»Wir sollten mal zusammen einen trinken gehen«, sagte er. »Vielleicht, wenn der Fall abgeschlossen ist. Wie wär's?«

»Klingt gut«, sagte Ellen.

»Die Obduktion ist abgeschlossen«, sagte Mark. »Ich wollte dich gerade anrufen. Todesursache waren die Verletzungen durch den Aufprall des Wagens. Kein Zweifel. Die Laborergebnisse liegen frühestens in einer Woche vor. Ihrem Mageninhalt nach zu urteilen, hatte sie ungefähr eine Stunde vor ihrem Tod ein anständiges Abendessen. Ich habe noch etwas Ungewöhnliches gefunden. Vielleicht ist es nicht von Bedeutung, wissen solltest du es trotzdem. Sie hatte eine Hysterektomie. Bei einer Frau in ihrem Alter eher selten. Die Operation wurde vor langer Zeit vorgenommen. Vor dreiundzwanzig Jahren. Ich habe ihre Krankenakte überprüft. Ziemlich tragisch. Ihr damaliger Partner hatte sie übel zugerichtet und liegen lassen.«

Ellen dachte an die kleine quirlige Frau, mit der sie auf der Ennersdale Road zusammengestoßen war. Dachte an ihre eigenen Kinder und wie das Leben ohne sie wäre. Sie schauderte.

»Noch etwas«, sagte Mark. »Die Arme war seinerzeit schwanger. Im siebten Monat. Sie hat also nicht nur ihren Uterus verloren, sondern auch ihr ungeborenes Kind.«

Bei seinen Worten hatte Ellen Virginia Raus Gesicht vor sich, nicht das vor Freyas Haus, sondern das auf dem Whiteboard in der Einsatzzentrale. Fotos vom Tatort. Der zerschmetterte Körper einer Frau am Straßenrand in Blackheath, die dunklen starrenden Augen, der zu einem stillen Schrei geöffnete Mund.

»Tee?«, fragte Freya.

»Nein, danke.« Abby schüttelte den Kopf. »Zu warm heute.«

Freya blickte in die Sonne, die durch das Fenster fiel, als hätte sie eben erst bemerkt, dass sie schien.

»Es ist schon gewöhnungsbedürftig«, sagte sie. »Vielleicht gehe ich später noch raus. Es macht mich fertig, wissen Sie, hier die ganze Zeit herumzusitzen und darauf zu warten, dass Sie mir sagen, wer ihn umgebracht hat.«

»Wir tun unser Bestes«, sagte Abby. Sie deutete auf einen der Sessel. »Wollen wir uns nicht setzen?«

»Ja, sicher.« Freya ließ sich in den Sessel fallen und wartete. »Und?«, fragte sie, als Abby auch saß. »Wieso sind Sie hier?«

Sie sah blass aus, ihr Haar war fettig und strähnig. Ihr Körpergeruch hing im Raum. Abby fragte sich, ob sie ihr vorschlagen sollte, ein Bad zu nehmen. Vielleicht nach einer Weile. Zuerst musste sie das hier erledigen.

»Nun«, sagte sie. »Ich wollte wissen, wie es Ihnen geht. Und ich habe eine Frage.«

»Ja?«

Abby nickte. »Mich stört etwas. Vor einiger Zeit erzählten Sie mir, dass sich Ihre Mutter einmal im betrunkenen Zustand an Kieran rangemacht hat. Erinnern Sie sich?«

»Natürlich«, sagte Freya missmutig. »Es war mir peinlich. Kieran auch. Was wollen Sie wissen?«

»Wann war das?«, fragte Abby.

Freya wurde nervös.

»Wieso?«, fragte sie. »Bitte, Abby. Wieso interessiert Sie das plötzlich?«

»Nur so«, sagte Abby. »Ich mache nur meine Arbeit. Sie hatten es erwähnt. Damals habe ich nicht weiter nachgehakt, also tue ich es jetzt.«

Freya schüttelte den Kopf. »Was hat sie Ihnen erzählt?«

»Wie kommen Sie darauf, dass sie uns etwas erzählt hat?«, fragte Abby.

»Klar hat sie das«, sagte Freya. »Sie haben Sie doch vernommen. Wen, glauben Sie, hat sie angerufen, als sie letzte Nacht meinen Vater nicht erreichen konnte? Also, was hat sie gesagt? Was es auch ist, es ist eine Lüge. Sie ist eine Trinkerin. Man kann ihr nicht vertrauen. Kapiert?«

»Ja«, sagte Abby. »Das ist mir klar.«

»Sie glauben, zwischen den beiden war was«, sagte Freya. »Stimmt's? Darum sind Sie hier. Sie hat Ihnen eine Lüge aufgetischt, und Sie glauben ihr. Sie sehen sie an, dann sehen Sie mich an. Sie sind auch nicht anders als alle anderen. Sie denken, wieso sollte er auch nicht?«

»Wie meinen Sie das, nicht anders als alle anderen?«, fragte Abby.

Freya schüttelte den Kopf. »Unwichtig.«

»Freya?«

»Einer der Typen, der in der Bar arbeitet«, sagte Freya. »Tom. Ich dachte, er wäre ein Freund. Aber er ist auch nur ein lügendes Arschloch. Er wollte mir weismachen, dass Kieran und meine Mutter … Er sagte, Kieran hätte so etwas angedeutet. Das war eine Lüge. Ich habe Kieran gefragt. Er wurde richtig wütend. Er kann meine Mutter nicht ausstehen. Konnte. Sie haben sich gehasst.«

Die Stimme zitterte, sie fing an zu weinen. Abby, die sich dafür verachtete, dass sie sie dazu gebracht hatte, wollte sie trösten. Doch Freya stieß sie weg. Abby dachte, sie würde sicher genauso reagieren.

Sie wartete, stand unbeholfen neben Freya.

»Kann ich Ihnen etwas bringen?«, fragte sie.

»Sie können gehen«, sagte Freya. »Bitte. Ich will allein sein.«

Sie schlug die Hände vors Gesicht und weinte weiter.

Abby berührte die Schulter des Mädchens, so sanft wie sie konnte, blieb, wo sie war. Freya wollte vielleicht allein sein, aber Abby würde sie so bald nicht alleine lassen.

VIER

Ellen war vor Loretta bei Starbucks in Blackheath. Sie musste nicht lange warten. Gerade hatte sie einen doppelten Espresso bestellt, als Loretta zur Tür hereinstürmte.

»Wollen Sie etwas trinken?«, fragte Ellen.

»Grünen Tee«, sagte Loretta. »Danke.«

Mit ihren Getränken suchten sie sich einen Tisch im hinteren Bereich des Cafés.

»Danke, dass Sie sich so schnell Zeit genommen haben«, sagte Loretta.

»Kein Problem«, sagte Ellen. »Alles okay?«

Loretta nickte, bemühte sich zu lächeln. Das Lächeln erreichte nicht einmal die Mundwinkel, ganz zu schweigen vom

Rest des Gesichts. Die grünen Augen blickten auf die Tasse, die sie nervös in den Händen drehte.

»Vielleicht hätten wir uns woanders treffen sollen«, sagte sie. »Nick und ich sind immer hergekommen, als wir anfingen … nun ja, Sie wissen schon, miteinander auszugehen. Gott, das kommt mir vor wie aus einem anderen Leben.«

»Er hat Sie zu Starbucks eingeladen?«, fragte Ellen. »Stilvoll.«

Loretta lächelte wieder. Diesmal ungekünstelter.

»Hier konnten wir sicher sein, dass uns niemand kennt. Charlotte würde lieber sterben, als zu Starbucks zu gehen.«

»Wie lange waren Sie ein Paar?«, fragte Ellen.

»Zwei Jahre«, sagte Loretta. »Mit Unterbrechungen. Ich war überzeugt, er würde sie verlassen. Sorry. Das habe ich Ihnen schon erzählt. Oder?«

»Schon gut«, sagte Ellen. »Das verstehe ich. Er hat Sie schlecht behandelt, und Sie sind noch verletzt.«

Sie wollte die Frau schütteln, ihr sagen, sie sollte aufhören, sich selber leidzutun, und einfach weiterleben. Was hatte sie denn erwartet. Eine Affäre mit einem verheirateten Mann! Wusste Loretta nicht, dass die ihre Ehefrauen nie verließen? Aber Ellen schwieg. Die Frau sollte glauben, sie wäre auf ihrer Seite.

»Das Problem ist nur«, sagte Loretta, »ich dachte, wir könnten wieder zusammenkommen.«

»Als wir das letzte Mal gesprochen haben, klangen Sie nicht so, als ob Sie noch daran glaubten.« Ellen zwang sich, sympathisch zu klingen.

»Da hatte ich wohl einen meiner besseren Tage«, sagte Loretta. »An manchen Tagen weiß ich, dass es nicht passieren wird, und komme damit klar. An anderen, so wie heute, habe ich Hoffnung. Auch wenn es aussichtslos ist. Jetzt, da diese kleine Schlampe sich an ihn rangeschmissen hat.«

»Sie sagten doch, Sie wüssten nicht, wer es ist«, sagte Ellen.

Loretta blinzelte. »Stimmt. Ich meinte, wer auch immer es ist.«

»Loretta«, sagte Ellen. »Wenn Sie es wissen, müssen Sie es mir sagen. Das könnte für unsere Ermittlungen relevant sein.«

»Sorry«, sagte Loretta. »Was habe ich mir nur gedacht? Sie haben alle Hände voll zu tun, und ich quassele daher wie ein unglücklich verliebter Teenager. Sie müssen mich für bemitleidenswert halten.«

»Ganz und gar nicht«, sagte Ellen. »Aber ich habe wirklich viel zu tun. Es wäre hilfreich, wenn Sie mir sagen könnten, warum Sie mich sprechen wollten.«

»Ich war neulich nicht ehrlich zu Ihnen«, sagte Loretta. »Nicht, dass ich gelogen habe, aber ich habe etwas verschwiegen.«

»Was?«

»Ich hielt es für unwichtig«, sagte Loretta. »Und ich wollte Nick keine Schwierigkeiten machen. Ich mag ihn noch. Je mehr ich darüber nachgedacht habe, desto überzeugter bin ich, dass ich meine persönlichen Gefühle zurückstellen muss.«

Endlich kam Loretta auf den Punkt. Wenn Ellen noch länger dem selbstbemitleidenden Gerede zuhören musste, würde sie keine Verantwortung für ihre Handlung übernehmen.

»Kieran war bei Nick«, sagte Loretta. »Sie waren nicht verabredet. Er kreuzte einfach im Restaurant auf. Verlangte, Nick zu sprechen. Ich bat ihn, Platz zu nehmen, und sagte Nick Bescheid. Er fuhr aus der Haut.«

»Fuhr aus der Haut?«, sagte Ellen. »Wie meinen Sie das?«

»Er rastete vollkommen aus«, sagte Loretta. »Schrie mich an, ob ich nicht wüsste, wie beschäftigt er sei und dass er keine Zeit für unangemeldeten Besuch habe. Er machte einen derartigen Aufstand, dass die Gäste ihn gehört haben müssen. Und im nächsten Moment kam Kieran zur Tür herein.«

Ellen trank ihren Espresso mit einem Schluck aus, zwang sich, die Ruhe zu bewahren, damit ihre Stimme nicht ihre Gemütsregung verriet.

»Was geschah dann?«, fragte sie.

»Nick wurde kreidebleich«, sagte Loretta. »Die Farbe wich ihm sprichwörtlich aus dem Gesicht. Er starrte Kieran an, als hätte er Angst vor ihm.«

»Warum sollte er Angst vor ihm haben?«, fragte Ellen.

»Keine Ahnung«, sagte Loretta. »Nick bat mich zu gehen. Ich wollte nicht, aber er bestand darauf. Kieran blieb ungefähr zehn Minuten im Büro. Länger nicht. Natürlich habe ich von dem Gespräch nichts mitbekommen. Ich kann Ihnen so viel sagen: Als Kieran wieder rauskam, war er stinkwütend. Er stürmte wortlos aus dem Restaurant. Ich fragte Nick, ob alles okay sei. Er brüllte mich an, ich solle die Tür schließen und ihn in Ruhe lassen. Ich habe ihn noch nie so zornig gesehen.«

Langsam nahm das Puzzle Gestalt an. Fragmente der Wahrheit unter all den Lügen. Zwischen Kieran und Charlotte war etwas vorgefallen. Kieran wollte es gegen Nick verwenden. Erpressung vielleicht?

»Wann war das?«, fragte sie.

Loretta machte große Augen. »Freitagabend. An dem Tag, an dem Kieran ermordet wurde. Oh, das wird mir erst jetzt bewusst.«

Der armselige Versuch war für Ellen der Tropfen auf dem heißen Stein.

»Sie begleiten mich zum Präsidium«, sagte sie. »Jetzt sofort. Und machen eine offizielle Aussage.«

Loretta fing an zu protestieren, Ellen hob die Hände, stoppte sie mitten im Satz.

»Wenn nicht«, sagte sie, »muss ich Sie wegen Behinderung der Ermittlungsarbeit festnehmen. Wenn wir einmal dabei sind, können Sie mir auch gleich alles über *die kleine Schlampe* erzählen. Also.«

Sie lächelte ebenso gekünstelt wie Loretta es die ganze Zeit getan hatte.

»Sie haben die Wahl. Was soll es sein?«

FÜNF

Nick Gleeson rannte aus dem Apartmenthaus zu seinem Wagen. Die Hände hielt er schützend gegen den Regen über den Kopf. Abby startete den Motor, in dem Moment, in dem er seinen Wagen anließ, und folgte ihm, weg vom Fluss. Sie fuhr an ein paar Joggern vorbei, denen das Wetter offenbar nichts ausmachte, und musste an Kieran denken. Auch er war gerne gejoggt. Ob er je hier entlanggelaufen war, fragte sie sich, und wenn ja, ob das für den Fall von Bedeutung war. Wahrscheinlich nicht.

Sie war aus einer Laune heraus hierhergefahren. Nach ihrem Besuch bei Freya hatte sie im Präsidium angerufen. Alastair hatte ihr gesagt, dass Ellen Nick in keinem der Restaurants angetroffen hatte. Abby bat Alastair, ihr die Adresse vom Riverside-Apartment zu geben. Dahin ging Nick Gleeson, wenn er nicht nach Hause kam.

Es gab ihr eine freudige Genugtuung, als sie seinen blauen BMW am Fluss entdeckte.

Bei den Surrey Quays nahm Nick die A200 in Richtung Fluss. Einen Moment lang fragte sich Abby, ob er gemerkt hatte, dass sie ihm folgte, denn er fuhr direkt in die Richtung ihrer Wohnung im Canary Wharf. Ihr wurde noch unwohler, als sie den Rotherthite-Tunnel erreichten und ihr klarwurde, dass er nach Norden fuhr.

Nach dem Tunnel bog er nach rechts ab. Jetzt war es nicht mehr weit bis zu Abbys Wohnung. Gleeson beschleunigte bei der Dockhouse-Siedlung, passierte den New Billingsgate Market und fuhr weiter Richtung Osten.

Bis hier war ihr der Mix aus modernem Glas, Beton und ein paar müde aussehenden Hochhäusern aus der Nachkriegszeit vertraut. Noch einmal rechts abgebogen und alles änderte sich. Sie befanden sich auf einer Straße mit viktorianischen Reihenhäusern. Am Ende der Straße erblickte Abby den Fluss. Straßen wie diese kannte sie von Fotos aus einer anderen Ära. Schwarzweißbilder mit spielenden Kindern. Hinter ihnen die dunklen Umrisse eines riesigen anlegenden Containerschiffes, das die Straße winzig wirken ließ.

Heute waren keine Schiffe da. Es gab sie schon lange nicht mehr. Auch Hafenanlagen gab es nicht mehr, und die Kinder von den Schwarzweißfotos waren fast alle schon tot.

Diese Familien waren in den sechziger und siebziger Jahren weggezogen, in moderne, seelenlose Wohnsiedlungen in den Außenbezirken Londons, wo die Stadt-Land-Grenze verlief und London zu Essex wurde.

Nick minderte das Tempo, parkte in der einzigen Lücke auf der Straße. Abby fuhr an ihm vorbei, versteckte die eine Gesichtshälfte hinter ihrem Haar, damit er sie nicht erkannte, sollte er zu ihr herübersehen. Am Ende der Straße war ein Pub. Eine gepflegte, moderne Angelegenheit – mehr gutes Restaurant als Kneipe. Im Rückspiegel beobachtete Abby, wie Nick Gleeson aus dem Wagen stieg und in das Pub eilte.

Sie bog in eine schmale Straße mit Lagerhallen, die in Luxuswohnungen umgewandelt worden waren, und quetschte sich in eine kleine Parklücke. Die gelbe Linie ignorierte sie. Von hier hatte sie klare Sicht auf das Pub.

Sie stellte den Motor ab, lehnte sich zurück und wartete.

SECHS

Charlotte war gegen Kaution freigelassen worden. Ihr Anwalt Jeremy meinte, sie sollte das nicht überbewerten.

»Ohne Anklage dürfen sie Sie nur für vierundzwanzig Stunden festhalten«, sagte er. »In gewissem Sinne ist es gut, denn es bedeutet, sie haben nicht genug gegen Sie in der Hand. Eine Haftverlängerung wurde nicht beantragt. Das heißt jedoch nicht, dass sie Sie nicht wieder aufsuchen. Das verstehen Sie, nicht wahr?«

Sie hätte direkt nach Hause gehen sollen, aber das Präsidium war in der Nähe von Ennersdale Road, und sie fühlte sich einsam. Außerdem hatte sie Angst. Vielleicht war Nick zu Hause, das hieß Konfrontation. Dafür fehlte ihr die Kraft. Sie zog eine andere Konfrontation vor.

Sobald Freya die Tür öffnete, brach Charlotte in Tränen aus. In der Hoffnung auf ein wenig Zuneigung machte sie einen Schritt auf sie zu. Doch Freya entzog sich ihr.

»Oh, Liebes, ich habe eine schreckliche Zeit durchgemacht. Die ganze Nacht habe ich in einer Zelle gesessen. Es war wirklich furchterregend. Natürlich mussten sie mich gehen lassen, weil sie keinen einzigen Beweis gegen mich haben. Aber ich hatte schreckliche Angst. Ich weiß, ich hätte vielleicht nicht herkommen sollen, doch was sollte ich sonst tun? Bitte, schick mich nicht weg, Freya. Noch nie habe ich jemanden so dringend gebraucht wie dich jetzt.«

»Reiß dich zusammen«, sagte Freya. »Erzähl, was passiert ist.«

Die Aussicht, oben in dem düsteren Raum zu sitzen, während ihre Tochter sie mit ihrem voreingenommenen Blick durchbohrte, war dermaßen entsetzlich, dass sich Charlotte – in einem klaren Moment der Eingebung – fragte, wie um alles in der Welt sie darauf gekommen war, das wäre eine gute Idee.

»Können wir ausgehen?«, fragte sie kleinlaut. »Es hat aufgehört zu regnen und ist ganz schön draußen. Ich verspreche, dass ich mich benehmen werde. Liebling. Ich könnte allerdings etwas zur Nervenberuhigung gebrauchen. Und etwas zu essen. Meine Güte! Ich weiß nicht mehr, wann ich das letzte Mal etwas gegessen habe. Das kleine Lokal, in dem du arbeitest, hat wunderbare Speisen. Lass uns dorthin gehen. Ich lade dich zum Lunch ein. Wie klingt das?«

Sie lächelte strahlend, um Freya zu überzeugen. Sie hatte erwartet, dass sich Freya auf die Hinterbeine stellte. Stattdessen nickte ihre Tochter und sagte: »Okay. Ich hole meine Tasche. Warte hier.«

Charlotte bestellte ein kleines Glas Wein und eine große Portion Pommes, und nicht, wie sie es lieber getan hätte, ein großes Glas Wein und eine kleine Portion. Mit Widerwillen, den sie bestmöglich verbarg, hörte sie, wie Freya ein Glas Mineralwasser bestellte, ein Club-Sandwich und eine große Portion Pommes. Die Kellnerin entfernte sich, Mutter und Tochter starrten sich über den Tisch hinweg an. Freya war so kalt, so schwer zu durchschauen. Das ganze Gegenteil von Charlotte. Sie konnte ihre Gefühle nie verheimlichen.

»Wir sind so gegensätzlich«, murmelte sie. »Vielleicht wäre ich eine bessere Mutter, wären wir uns ähnlicher.«

»Wenn du eine bessere Mutter gewesen wärst«, sagte Freya, »hätte ich vielleicht nicht alles versucht, nicht so zu sein wie du.«

Das war verletzend. Bevor sie es ansprechen konnte, schoss ihr Kieran durch den Kopf. Welches Recht hatte sie, um Verzeihung zu bitten?

Sie erinnerte sich an Freyas sechsten Geburtstag. Charlotte hatte ihr ein Kleid gekauft, ein wunderschönes grünes knielanges Kleid aus Knitterseide. Grün war Freyas Farbe. Aus diesem Grund hatte Charlotte es ausgesucht. Freya hatte sich geweigert, es anzuziehen. Hatte gesagt, es gefiele ihr nicht, und darauf bestanden – *darauf bestanden* –, ihre alte zerrissene Jeans zu tragen, die schmutzig war, eklig, und in der Freya aussah wie ein Junge.

Sie hatten eine große Feier geplant, einen Zauberer bestellt und alle Kinder aus Freyas Klasse eingeladen. Nick hatte sich freigenommen. Sie spielten glückliche Familie, so gut sie konnten, obgleich die Spannung zwischen Mutter und Tochter unübersehbar auf ihn abfärbte.

Charlotte hatte heimlich ein paar Gläser Wein getrunken. Nur das half ihr, nicht zu explodieren wie ein Schnellkochtopf. Wenn sie sich nicht unter Kontrolle hatte, würde sie Freya in ihr pummeliges, mürrisches und undankbares Gesicht schlagen. Dann hätte Nick endlich einen Grund, die Sache zwischen ihnen zu beenden.

»Was ist?«

Freyas Stimme holte Charlotte zurück. Sie lächelte Freya an, versuchte, ein Gespräch zu beginnen, doch die Erinnerung war immer noch da.

Sie war eingeschlafen. War aufgewacht. Freya hatte neben dem Bett gestanden, an ihrem Arm gezogen und geweint.

»Es tut mir leid, Mommy. Es tut mir so leid. Ich habe es nicht so gemeint. Bitte, Mommy. Wach auf. Nicht sterben, Mommy, bitte.«

Hinter Freya ihr Mann mit hasserfülltem Blick.

»Alles okay?«

Freyas Gefühllosigkeit war eine Mahnung daran, wie weit entfernt sie von dem kleinen Mädchen an jenem Nachmittag war. Tränen stiegen Charlotte in die Augen, als sie über den Tisch langte und Freyas Hand nahm.

»Es tut mir leid«, sagte sie.

Freya zog ihre Hand weg.

»Was tut dir leid?«

Heute wirkte sie noch kühler als sonst. Vielleicht hatte Freya doch herausgefunden, was sie der Polizei erzählt hatte. Sie verwarf den Gedanken sogleich wieder. Sie mussten sich doch sicher an die Regeln halten. Oder nicht?

»Dass ich in nichts gut war«, sagte sie. »Dass du so traurig bist. Ich weiß, wie viel dir Kieran bedeutet hat. Eine furchtbare Sache.«

»Ich habe ihn geliebt«, sagte Freya. »Aber meine Gefühle haben dir ja nie viel bedeutet.«

Die Kellnerin servierte die Getränke. Der Moment ersparte ihnen beiden, etwas zu sagen. Charlotte hob ihr Glas und trank von dem kühlen Wein.

»Warum hat dich die Polizei dabehalten?«, fragte Freya.

Charlotte nahm noch einen Schluck Wein, achtete darauf, dass sie nicht zu schnell zu viel trank.

»Sie haben im Haus ein paar Sachen gefunden«, sagte sie. »Ein Messer. Sie halten es für die Mordwaffe …«

Freya starrte sie an. Charlotte gefiel der Ausdruck nicht.

»Kannst du das wiederholen?«, fragte Freya.

»Du hast mich schon verstanden«, sagte Charlotte. »Die Polizei hat bei uns ein Messer gefunden. Daran klebte Blut, wenn du es genau wissen willst.«

»Kierans Blut?« Freyas Stimme war nur noch ein Flüstern. Charlotte realisierte erst zu spät, welche Wirkung diese Auskunft auf ihre Tochter haben musste.

»Tut mir leid«, sagte Charlotte. Hasste sich, weil sie sich schon wieder für etwas entschuldigte, für das sie keine Schuld trug. Sie ahnte, wie jämmerlich sie klingen musste, wusste aber nicht, was sie sonst sagen oder tun sollte.

Freya war bleich geworden. Nur ihre Wangen waren leicht gerötet. Als sie noch ein kleines Mädchen war, waren diese rosa Flecken die Vorboten für einen Weinanfall. Schon ewig hatte Charlotte Freya nicht mehr weinen gesehen. Nicht einmal an dem Tag, an dem sie von der Sache mit Kieran erfahren hatten. Ihre Tochter war ein kalter Fisch, kein Zweifel.

Sie fragte sich, ob ihre Tochter schon immer so gewesen war, konnte sich aber wirklich nicht entsinnen. Ganz sicher war sie kein liebevolles Kind gewesen. Hatte Charlotte fast immer behandelt, als hasste sie sie. Charlotte war allerdings auch nicht gerade die Vorzeigemutter gewesen.

Die Stimme ihrer Mutter, schrill und wütend. Sie hob das Glas. Diesmal nahm sie einen großen Schluck und versuchte, nicht mehr an die Vergangenheit zu denken.

SIEBEN

Ellen schaltete den Rekorder aus. Loretta konnte gehen.

»Was passiert jetzt?«

»Ich rede mit meiner Chefin«, sagte Ellen. »Danach entscheiden wir, ob wir Sie wegen Behinderung der Ermittlungsarbeit anklagen.«

»Ich habe Ihnen doch alles erzählt«, sagte Loretta.

Ellen beugte sich über den Tisch, Loretta ganz nah entgegen.

»Das hätten Sie gleich tun sollen«, sagte sie. »Statt mich anzulügen und Dinge zu verschweigen. Zwei Menschen sind tot. Und Sie haben nichts anderes als Ihre Rachespielchen im Kopf, so dass Sie nicht einmal lange genug Ihren Arsch hochkriegen, um zu sehen, was wirklich wichtig ist. Es überrascht mich nicht, dass Nick nichts mit Ihnen zu tun haben will. Ich finde es sogar erstaunlich, dass er sich überhaupt zu Ihnen hingezogen gefühlt hat. Er muss es wirklich nötig gehabt haben.«

Das war gemein. Ellen bereute ihre Worte sofort, als sie den Schmerz im Lorettas Gesicht sah. Zu spät, sie zurückzunehmen.

Zurück am Schreibtisch ging Ellen die Datei mit den Fotos von Kierans Handy durch. Dank Loretta wusste sie jetzt, wonach sie suchen musste. Bevor sie zu Ger ging, wollte sie den Beweis finden. Sie klickte sich eine ganze halbe Stunde durch die Bilder.

»Boss!«

Irritiert über die Störung blickte sie auf. Alastair stürmte in den Raum. In all den gemeinsamen Arbeitsjahren hatte sie ihn nur ein paar Mal aufgeregt erlebt. Jetzt war ein weiteres Mal.

Er atmete schnell, sein Gesicht errötet. »Ich hab was, Ma'am.«

»Beeilen Sie sich«, sagte Ellen. »Ich habe auch etwas.«

»Ich habe gerade mit Clarence Granville gesprochen«, sagte Alastair. »Er ist Wachmann in dem Apartmenthaus, in dem Gleeson seine Wohnung hat. Neulich schwor er noch, Gleeson nie mit jemandem zusammen gesehen zu haben. Er hat gelogen. Er hat gerade angerufen. Gleeson hat ihm Geld gegeben, damit er seinen Mund hält. Er hatte kein gutes Gefühl dabei. Sein Gewissen hat ihn gezwickt, konnte nicht schlafen.«

»Hat er Ihnen ihren Namen genannt?«

»Nein«, sagte Alastair. »Allerdings eine ziemlich gute Beschreibung geliefert. Es klingt schräg, aber die Beschreibung passt auf …«

»Das?« Ellen deutete auf den Bildschirm. »Die sind von Kierans Handy«, sagte sie. »Das hier wurde knapp fünf Wochen vor Kierans Tod aufgenommen.«

Dieses Bild zeigte keine triste Landschaft. Es war in Farbe. Blassblauer Himmel, silbernes Licht der weißen Sonne auf dem Fluss. Am Uferrand stand ein Apartmenthaus, zwei Menschen in der offenen Tür.

Ellen hielt den Atem an. Wartete, dass Alastair es auch sah.

»Clarence hatte recht«, sagte er.

»Genau«, sagte Ellen. »Nicks Assistentin war vorhin hier. Die sitzengelassene Freundin hat ihren Ex gestalkt. Kieran hat das Foto gemacht. Damit hat er Nick erpresst. Es gibt sicher noch mehr.«

Sie klickte das nächste Bild an. Dieselbe Szene. Nur, dass das Paar jetzt nicht redete, sondern sich Hand in Hand vom Haus entfernte.

Ellen zoomte das Gesicht der Frau heran. Gleichzeitig klingelte Alastairs Handy. Er nahm den Anruf entgegen, hörte zu, bedankte sich und legte auf. »Dreimal dürfen Sie raten, wer Nick Gleeson die SMS auf sein zweites Handy geschickt hat«, sagte er.

Ellen blickte die Frau auf dem Bildschirm an und lächelte.

»Ich ahne es bereits.«

Charlotte bezahlte den Taxifahrer, stieg aus und ging über den Kiesweg zur Haustür. Sie war nervös und fürchtete sich davor, was sie im Haus erwartete. Als sie es gestern verlassen hatte, war es noch ihr Zuhause gewesen. Jetzt, in der Eingangshalle, den Dunst der Nichtbeachtung atmend, fühlte sie sich wie eine Fremde.

»Nick?«

Sein Wagen hatte nicht in der Einfahrt gestanden, sie rief seinen Namen dennoch. Wollte sich vergewissern, dass sie allein war. Sie spitzte die Ohren, lauschte, ob sie ihn irgendwo hörte.

Sie ging nach oben. Ihr war, als watete sie durch Berge von Watte. Alles, was sie sah und fühlte, fühlte und sah sie gedämpft. Die Polizei hatte Chaos hinterlassen. Sie nahm kaum Notiz von aufgezogenen Schubfächern, Kleidung auf Betten und Fußböden, dem offenen Badezimmerschrank oder den ausgeleerten Shampooflaschen und anderen Kosmetikprodukten. Das war ihr alles gleichgültig.

Unten sah es auch nicht besser aus. Ihre sonst so aufgeräumte Küche wirkte wie nach einem ausgelassenen Kindergeburtstag. Im Kühlschrank lag eine Flasche Wein. Sie trank direkt aus der Flasche.

Sie lehnte sich gegen die Kochinsel und wartete darauf, irgendetwas zu spüren. Nichts. Sie trank noch einen Schluck, korkte die Flasche zu und legte sie zurück in den Kühlschrank. Dieses eine Mal würde sie sich nicht sinnlos betrinken. Ganz im Gegenteil. Sie wollte etwas spüren.

Noch ein Streit mit Freya. Was hatte sie erwartet? Seit Freya in der Lage war, ihre Meinung zu äußern, hatte sie sich stets auf Nicks Seite geschlagen. Normalerweise war es Charlotte egal. Nicht wirklich. Als Mutter war sie untauglich gewesen. Sie konnte dem Mädchen keinen Vorwurf machen, dass sie sie verachtete. Konnte ihr keinen Vorwurf machen, dass ihr Gesicht versteinerte, als Charlotte ihr auseinanderzusetzen versuchte, was los war. Machte Freya auch keinen Vorwurf daraus, dass sie ihr das Glas Wasser ins Gesicht geschüttet und ihr den Tod gewünscht hatte. Kurz bevor sie aus dem Restaurant gerannt und eine tropfende Charlotte mit der Rechnung hatte sitzenlassen.

Sie hatten versagt. Sie und Nick. All die Liebe, der ganze naive Glaube an eine Zukunft. Nichts war daraus geworden. Als sie es beide gemerkt hatten, war es zu spät. Sie war ein Narr gewesen. War auf den ganzen Schwachsinn reingefallen, den sie sich vorgemacht hatten. Hatten sich gegenseitig ihre Liebe geschworen, dass sie alles war, was zählte. Als könne man einfach eine Kindheit hinter sich lassen, die von einer verrückten Mutter und einem abwesenden Vater ruiniert worden war. Ihr Zusammenleben war auf nichts weiter als auf eine jugendliche Naivität gebaut, die wie die Samen einer Pusteblume in lauer Sommerluft davonschwebte.

Nick hatte es zuerst eingesehen. Er konnte der Wahrheit ins Gesicht sehen. Es gab keine Hoffnung in ihrer Ehe. Sie hatte sich daran festgeklammert, ebenso entschlossen, verzweifelt und armselig wie die Mutter, die sie niemals hatte werden wollen.

Sie wusste jetzt, was für eine Sorte Mann sie geheiratet hatte. Wusste es in ihrem tiefsten ausgehöhlten Inneren, dass er sie verabscheute. Sie wusste, wie er war und wozu er fähig war.

Einst hatte sie seine Rücksichtslosigkeit geliebt. Wie er vor nichts zurückschreckte, wenn er sich etwas in den Kopf gesetzt hatte. Dass es ihm egal war, wer unterwegs zu Schaden kam. Vor langer Zeit war sie das Objekt dieser Unbeirrbarkeit, das Objekt seiner Begierde gewesen.

Das Geschäft zuerst, dann Charlotte. Es war ihr egal gewesen. Sie hatte sich eingeredet, dass sein Wunsch nach Erfolg getrieben war von der Notwendigkeit, für sie zu sorgen und ihr zu beweisen, dass er der Mann war, der ihr alles bieten konnte. Obgleich ein kleiner Teil von ihr immer gewusst hatte, dass es ihm nur um sich ging, um niemanden sonst.

Das Restaurant in Greenwich war der erste echte Erfolg. In nur sechs Monaten hatte er aus einem kleinen niedergehenden griechischen Restaurant ein blühendes Geschäft gemacht. Natürlich musste er Veränderungen vornehmen. Niemand konnte Nick vorwerfen, dass Robert, der Koch, keinen Job mehr hatte finden können, nachdem Nick ihn gefeuert hatte. Es war mit Sicherheit nicht Nicks Schuld, dass Robert sich aufgehängt und seine Frau und drei Kinder hatte sitzenlassen.

Damals war ihr Zuhause eine winzige Wohnung über dem Restaurant gewesen. Charlotte war schwanger, als es Profit abwarf. Sie war stolz auf ihren Mann, wie weit er es in so kurzer Zeit gebracht hatte. Hatte ihre Mutter Lügen gestraft.

Am Ende hatte ihre Mutter aber doch recht behalten. Nick war eine schlechte Wahl. Ein Mörder. Er hatte Kieran umgebracht und wollte es ihr in die Schuhe schieben. Das war die Gelegenheit, sie loszuwerden. Ein für alle Mal. Wenn Charlotte hinter Gitter kam, war Nick – endlich – befreit von seiner verkrachten Ehe und seiner hilfsbedürftigen, alkoholisierten Peinlichkeit von Frau.

Ich kümmere mich. Versprochen.

Wem hatte er das Versprechen gegeben?

Ich habe Angst.

Loretta? Charlotte bezweifelte, dass diese Schlampe vor irgendetwas Angst hatte.

Keine Sorge. Ich kümmere mich. Versprochen.

Genau das machte er.

Sie schloss die Augen. Stellte sich Nick vor. Den Mann, den sie einmal so geliebt hatte. Wie er am Fuße von St. Joseph's Vale, versteckt im Schatten, ein Messer in der Hand, wartete, bis Kieran an ihm vorbeigelaufen war und sich dann auf ihn stürzte …

Wie er sich später ins Haus schlich und das Messer in ihrem Kleiderschrank versteckte. Wie er sie kommen hörte, zur Treppe ging, ihr mit der Hand einen kräftigen Stoß in den Rücken gab, so dass sie fiel, hörte, wie ihr Körper auf dem Boden aufschlug, die Treppe hinunter- und über sie hinwegstieg und ging. Nicht einmal nachsah, ob sie noch lebte.

Etwas regte sich in ihr. Je mehr sie darüber nachdachte, desto stärker wurde das Gefühl, kroch in den Magen, legte sich um ihr Herz, strömte durch die Adern. Eiskalt und glühend heiß.

Rache.

Das hatte sie nicht verdient.

Sie war eine beschissene Mutter gewesen, eine beschissene Ehefrau, aber er war auch nicht gerade Mister Perfekt. Egal, was sie getan hatte, das hatte sie nicht verdient. Er würde ins Gefängnis wandern. Nicht sie.

Die Watte war verschwunden. Sie fühlte sich lebendig, alle Sinne wach und aufnahmebereit. Das Klappern ihrer Absätze auf dem gewienerten Holzfußboden, das sanfte Rauschen des Verkehrs vom Rand der Heide, das leichte Zittern ihrer Hände, als sie die Tür abschloss.

Und gleichzeitig das Rachegefühl, das sie von innen verbrannte.

ACHT

Abbys Beine waren vom langen Sitzen ganz steif geworden. Seit fast eineinhalb Stunden war Nick Gleeson in dem Pub. Sie stieg aus dem Auto, dachte, sie sollte vielleicht einen Blick hineinwerfen.

Sie streckte sich. Ein angenehmes Gefühl in den Muskeln ihrer Waden und Schenkel. Sie schüttelte die Beine und bewegte sich nahe der Häuserwand auf das Pub zu. Eines durfte nicht passieren: dass Nick Gleeson sie hier draußen sah.

Kalter Wind blies vom Fluss herüber. Abby fröstelte und zog die Jacke enger. Sie war zu dünn angezogen. Wie immer in letzter Zeit. Falscher Optimismus, der sie glauben machte, das Wetter wäre nicht so miserabel, wie alle behaupteten.

Das Pub sah gut aus. Sie beschloss, es später zu googeln. Wenn die Bewertungen gut waren, könnte sie an irgendeinem

Abend mit Sam herkommen. Sollte er nach dem Fall noch Teil ihres Lebens sein.

Das Pub war gelb gestrichen und hatte große Fenster, die viel Licht hineinließen. Freitag, Lunchzeit, das Pub war voll. Büroangestellte der Docklands genossen ihr flüssiges Mittagessen. Der Start ins Wochenende. Sie hatte von dem Lokal noch nie gehört. Das war London. Es gab immer etwas Neues zu entdecken, egal, wie gut man die Stadt zu kennen glaubte.

Sie suchte die Gäste nach Nick Gleesons blondem Schopf ab, entdeckte einen, der aussah wie er. Der Mann wandte sich um, sprach mit jemandem, war aber jünger, nicht so gutaussehend. Sie wollte schon aufgeben, als sie Gleeson an der Bar sitzen sah. Allein. Sie wartete, ob sich jemand zu ihm gesellte. Er reichte dem Bartender eine Kreditkarte und gab seine PIN in das elektronische Gerät ein, nahm seine Karte wieder an sich, knöpfte die graue Anzugjacke zu und ging auf die Tür zu.

Abby rannte zum Wagen zurück und stieg ein. Sie schob sich so tief in den Sitz, dass sie Nick Gleeson gerade noch sehen konnte. Er zündete sich vor der Tür eine Zigarette an, startete jedoch nicht in Richtung seines Wagens, sondern kam auf sie zu.

Sie duckte sich unter das Lenkrad, wartete auf ein Klopfen am Seitenfenster. Nichts. Sie wagte es, aufzublicken, erwartete sein Gesicht vor sich. Zuerst konnte sie ihn nirgends entdecken. Glaubte schon voller Panik, ihn verloren zu haben, und hob den Kopf ein wenig mehr, suchte die Straße ab. Er stand, an die Wand des Pubs gelehnt, rauchte, zog noch ein paar Mal, warf den Stummel weg und drückte ihn mit der Schuhspitze aus.

Einen Augenblick später trat eine Frau aus der Tür. Abby erkannte sie sofort. Damit sie nicht vor Überraschung aufschrie, musste sie sich den Mund zuhalten.

Nick näherte sich der Frau, nahm ihr Gesicht in beide Hände und küsste sie, so wie sich ein Paar küsst, das sich gerade erst kennengelernt hatte. So wie Abby und Sam sich nach ihrem ersten Date geküsst hatten. So wie ein Mann eine Frau küsste, wenn er es ernst mit ihr meinte. Oder beweisen wollte, dass es ihm ernst war.

Schließlich legte Nick Gleeson seinen Arm um ihre schmalen Schultern. Sie setzten sich in die entgegengesetzte Richtung in Bewegung, sahen aus wie das perfekte Pärchen, das am Ende einer romantischen Hollywood-Komödie in den Sonnenuntergang ging.

»*Das* ist die heimliche Freundin?«

Ger starrte auf den Bildschirm von Ellens Laptop, als erwartete sie, dass sich das Gesicht in ein anderes verwandelte.

»Sieht ganz so aus«, sagte Ellen.

»Das ist vor dem Haus gemacht, in dem Gleeson sein Apartment hat«, sagte Alastair. »Es wurde doch erwähnt, dass das Kierans Laufstrecke war. Er muss die beiden herauskommen gesehen haben, hat die Fotos gemacht und Gleeson damit erpresst.«

»Das würde den Streit erklären an dem Tag, an dem Kieran ermordet wurde«, sagte Ellen. »Ich kann einfach nicht fassen, dass er so dumm ist. Was hat er sich dabei gedacht? Sie ist so alt wie seine Tochter.«

Ger schnaubte. »Er ist ein Mann. Männer sind dumm, wenn sie sich von ihrem Schwanz lenken lassen.«

Ellen bemerkte einen Hauch von Empörung in Alastairs Gesicht und wollte gerade etwas sagen, was ihn noch mehr verärgert hätte, doch ihr Handy klingelte.

»Ellen.« Abby klang atemlos und aufgeregt.

»Was denn?«, sagte Ellen.

»Sie werden es nicht glauben«, sagte Abby. »Gleeson hat gerade in einem Pub am Fluss zu Mittag gegessen. The Gun Coldharbour. Kennen Sie den? Schöne Location direkt an der Flussbiegung.«

»Abby.«

»Sorry«, sagte Abby. »Zusammen mit einer Frau. Sie kamen raus und haben sich geküsst. Ich meine, richtig geküsst. Nicht in einer Million Jahren werden sie erraten, wer sie ist.«

Ellen blickte auf das eingefrorene Foto auf dem Bildschirm. Ein Mann und eine Frau. Sie hielten sich an den Händen wie ein Liebenspaar.

»Cosima Cooper«, sagte Ellen.

Abby fing an zu sprechen, fragte, woher zur Hölle Ellen vor ihr von Nick und Cosima wusste. Ellen hörte nicht zu. Sie erinnerte sich an das, was Raj ihr über Pete Cooper erzählt hatte, wie sehr er sein einziges Kind behütete. Sie erinnerte sich auch an Lorettas Gesichtsausdruck im Verhörraum, als sie schließlich den Namen von Nicks Freundin preisgegeben hatte.

»Ich habe das schreckliche Gefühl, Cooper wird bald wissen, was läuft«, sagte sie. »Wir müssen Gleeson vorher finden.«

NEUN

»Ich hasse diese ewige Geheimnistuerei«, sagte Nick.

»Ich auch«, sagte Cosima. »Aber wir haben keine andere Wahl.«

»Wir müssen es ihm irgendwann sagen«, sagte Nick barscher als beabsichtigt und bereute es sogleich.

Sie drehte sich weg.

»Entschuldige«, sagte er.

Sie wollte ihn immer noch nicht ansehen. Manchmal fragte er sich, warum er sich so verhielt. Sie konnte ziemlich anstrengend sein.

»Cosima«, sagte er. »Es tut mir leid.«

Sie sah ihn an, Tränen in den Augen. Er hätte sich dafür schlagen können, dass er so ein unsensibles Arschloch war.

»Mir auch«, sagte sie. »Es ist nur alles so kompliziert, Nick. Seit meine Mutter uns verlassen hat, ist er nicht mehr er selbst. Ich kann es dir nicht erklären, ohne dass es sich anhört, als sei er verrückt. Das ist er nicht. Er ist nur ein einsamer alter Mann, verwirrt und voller Angst, den einzigen Menschen zu verlieren, den er noch hat.«

»Du kannst aber nicht für immer bei ihm bleiben«, sagte Nick. »Das ist für euch beide nicht gut.«

Es war zwecklos. Sie hatten diese Unterhaltung schon so oft geführt, und immer endete sie gleich. Als Patt. Natürlich hatte sie Angst, ihren Vater zu verletzen. Nick konnte das verstehen und respektierte sie dafür. Ihr Vater liebte sie. Wer konnte es ihm verübeln? Sie liebte Pete natürlich auch. Auf ihre Art. War Nick nicht auch einmal so gewesen? Hatte er seinen Vater nicht auch immer noch geliebt, als ein Blinder mit Krückstock schon hätte sehen können, dass der Mann, zu dem er sein ganzes Leben lang aufgeblickt hatte, nichts weiter war als ein erbärmlicher Träumer.

Er versuchte sich vorzustellen, wie es ihm gehen würde, wenn Freya mit einem seiner Freunde eine Beziehung anfinge. Sicher wäre er nicht besonders glücklich darüber. Wenn der Mann seine Tochter liebte, wirklich liebte, so wie er Cosima, würde sich Nick mit der Zeit daran gewöhnen. Ehrlich, nach dem Schweinehund Kieran war jeder ein Aufstieg.

»Ich will einfach nur, dass es raus ist«, sagte er. »Diese Heimlichtuerei kann ich nicht länger ertragen.«

»Das musst du aber«, sagte Cosima. »Ich brauche noch Zeit.«

Ihr Starrsinn irritierte ihn. In düstereren Momenten fragte er sich, ob sie es wirklich ernst mit ihm meinte. Obgleich er es doch wusste. Sie hatte ihm klipp und klar gesagt, was sie für ihn empfand. Wie sehr sie ihn begehrte. Immerzu.

Ohne sie zu nehmen, würde er den Nachmittag nicht überstehen. Am liebsten nähme er sie gleich hier und jetzt. Zöge sie in die Gasse neben dem Pub, drückte sie gegen die Wand, schöbe ihr den Rock über ihren perfekten Arsch und …

Ihr Handy klingelte. Der Ton zerstörte seine Phantasie, er zuckte zusammen. Sie sah den Namen des Anrufers auf dem Bildschirm und nahm nicht an.

»Er«, sagte sie.

In null Komma nichts war das Bild von Cosima mit hochgezogenem Rock verschwunden. Nick blickte sich um, verrückt vor Angst, dass Pete irgendwo in der Nähe war. Sie beobachtete. Er schüttelte den Kopf, war paranoid. Er drückte sich an sie, atmete ihren sanften, blumigen Duft ein.

»Nicht hier.« Vorsichtig schob sie seine Hände weg. »Ich hab noch zu arbeiten. Meine Prüfungen stehen bevor. Später reden wir darüber, wie wir es meinem Vater sagen.«

»Versprochen?«

Dumme Frage. Er wusste genau, sie würde es nicht tun, und er bliebe trotzdem mit ihr zusammen. Noch nie hatte er eine Frau wie sie getroffen. Hatte sich nicht einmal im Traum vorstellen können, je so glücklich zu sein. Sie hatte die Karten in der Hand, er konnte rein gar nichts dagegen tun, war hilflos. Meistens kümmerte ihn das nicht einmal, denn dass sie in sein Leben getreten war, war das Beste, was ihm je passiert war.

Vielleicht hatte sie recht. Vielleicht war es keine gute Idee, Pete reinen Wein einzuschenken. Er konnte ein Dreckskerl sein.

Schon des Öfteren hatte Nick ihn in Aktion gesehen. Hatte immer gedacht, er wäre lieber nicht an der Stelle des anderen.

Trotzdem … Pete musste es erfahren. Nick liebte sie, wollte sie wie keine andere. Sie bedeutete ihm alles. Er betete sie an, würde alles für sie tun. Wenn das hieß, ihrem Vater die Stirn zu bieten, um ihm seine Liebe zu gestehen, dann sollte es so sein. Das war die Sache wert.

Charlotte war zu Fuß auf dem Weg zum Restaurant. Normalerweise nahm sie ein Taxi, aber sie wollte einen klaren Kopf bekommen. Ohne einen Drink war Laufen dafür das Beste. Es war ein kalter, grauer Tag. Sie ging schnell. Früher, als sie noch jung war, war sie überallhin zu Fuß gegangen. Laufen war ihre Art zu fliehen. Vor der lähmenden, erstickenden, sadistischen Atmosphäre zu Hause, hinaus in die Landschaft.

Ihr Zuhause war ein elegantes georgianisches Haus außerhalb Berwick St. James gewesen, in einem kleinen Dörfchen in der Nähe von Salisbury in Wilshire, in einer wunderbaren Landschaft. Um sie herum wogende grüne Felder und der weite Himmel.

Ihre Mutter hatte das Laufen gutgeheißen, es war immerhin eine sportliche Betätigung und erhielt die Schlankheit, die ihre Mutter für so wichtig erachtete. Sie durfte sich nicht schmutzig machen. Nicht so einfach, wenn man über Felder und durch Wälder streifte. Neben der Spülküche bei der Hintertür hatte sie Stiefel deponiert. Ihre Mutter wusste davon nichts, Küche und Spülküche interessierten sie nicht.

Mrs. Evans, die Köchin, wusste es. Gab Charlotte zu verstehen, sie könnte sie ruhig dort stehen lassen. Die Stiefel wären »ihr kleines Geheimnis«. Im Lauf der Jahre wurden Charlottes Füße größer und auch die Stiefel. Es überraschte sie, stets ein neues Paar vorzufinden, wenn sie es brauchte. Erst Jahre später, Mrs. Evans war schon lange fort, realisierte Charlotte, dass diese freundliche Frau sie gekauft haben musste.

Die Stiefel waren nicht das einzige Geheimnis. Mrs. Evans machte Charlotte auch ein kleines Picknick zurecht. Sie packte das Essen so ein, dass es in Charlottes kleine Schultertasche passte.

Die Tasche war für Stifte und Papier. Charlotte wollte als Kind Schriftstellerin werden. Jahrelang hatte sie diesen Traum mit sich herumgetragen wie die Tasche. Bis zu dem Tag, an dem ihre Mutter es herausgefunden hatte. Das Ende des Traums.

Sie lief zügig, im Rhythmus all der Spaziergänge von vor langer Zeit. Durch die Heide, über die Carlton Road und in den Park. Um den westlichen Rand, an den Tennisplätzen vorbei und den steilen Hügel hinab in Richtung King Williams Walk. Um sie herum Menschen – Männer, Frauen, Kinder. Rannten, spielten, lachten, redeten. Sie fühlte sich von allem ausgeschlossen. Wie ein Gespenst, das durch das Durcheinander und die Lebendigkeit anderer Leute Leben spukte.

Das Restaurant befand sich im Herzen von Greenwich Village, Ecke Nevada Street und Crooms Hill. Charlotte erinnerte sich noch, wie stolz sie gewesen war, als Nick es gekauft hatte. Am Ende der ersten Nacht, nachdem alle Gäste gegangen waren, hatte sie Nick und den Angestellten dabei zugesehen, wie sie mit Moë feierten, ein Glas nach dem anderen. Sie war schwanger gewesen und bei Mineralwasser geblieben. Nie war sie so glücklich gewesen. Hätte sie doch nur gewusst, dass das die glücklichste Zeit war. Dass einen Monat später, mit der Geburt ihrer Tochter, alles anders werden würde.

Im Restaurant war es ruhig. Zu spät für Lunch und zu früh für Dinner. Nur ein paar Tische waren besetzt. Leute, die ein feuchtfröhliches Mittagessen in die Länge zogen, vom Nachmittag bis in den Abend. Eine Gruppe Büroangestellter, laut und ausgelassen. In der Ecke steckte ein mittelaltes Paar die Köpfe zusammen und flüsterte. Sie sahen glücklich aus. Wahrscheinlich hatten sie eine Affäre, dachte Charlotte. Nicht verheiratet, so viel war sicher.

Nicks Büro lag hinten. Sie ging direkt darauf zu, stieß, ohne anzuklopfen, die Tür auf.

»Charlotte.«

Loretta saß an Nicks Schreibtisch, arbeitete am Laptop. Sie war überrascht, Charlotte zu sehen, und leicht ausweichend, als hätte Charlotte sie bei etwas ertappt. Zum Beispiel dabei, dass sie mit ihrem Mann schlief.

»Wo steckt er?«, fragte Charlotte.

Loretta schüttelte den Kopf. »Keine Ahnung. Er ist zum Mittagessen ausgegangen. Hat mir nicht gesagt, wohin. Er sollte schon längst wieder hier sein, aber …« Sie zuckte mit den Schultern.

Der Adrenalinschub, der Charlotte aus dem Haus und durch die Heide getrieben hatte, war verpufft. Mit einem Mal fühlte sie sich ausgelaugt, erschöpft, unsicher, wie lange sie noch stehen konnte. Sie hielt sich an der Tür fest. Lorettas Gesicht verschwamm.

Wie durch einen Nebel sah Charlotte Loretta aufstehen und auf sie zukommen. Sie spürte Lorettas Hand auf ihrem Arm, ließ sich von der Frau zu einem Stuhl führen.

»Setzen Sie sich«, sagte Loretta. »Sie sehen ja furchtbar aus. Ich hole Ihnen einen Drink.«

Charlotte schüttelte den Kopf, versuchte es wenigstens.

»Tee«, sagte Loretta. »Und etwas zu essen. Tee und Toast. Sie sehen aus, als könnten Sie es gebrauchen.«

Charlotte nahm undeutlich wahr, wie Loretta zur Tür ging und irgendetwas rief. Dann zog Loretta einen Stuhl heran und setzte sich vor sie, hielt Charlottes Hand.

»Geht es Ihnen gut?«

Charlotte zog die Hand weg. »Was soll die Frage? Der Freund meiner Tochter und meine beste Freundin wurden ermordet. Die Polizei geht davon aus, dass ich sie getötet habe. Natürlich geht es mir nicht gut.«

»Sorry«, sagte Loretta. »Ah, da kommt unser Tee. Gut.«

Ein sagenhaft gutaussehender Mann mit dunkler Haut und funkelnden Augen kam mit einem Tablett herein. Er lächelte Charlotte an, als er es auf dem Tisch vor sie abstellte.

»Mrs. Gleeson«, sagte er. »Freut mich, Sie zu sehen. Lassen Sie sich die Tostada schmecken.«

Er hatte einen spanischen Akzent. Sie war ihm schon einmal begegnet, da war sie betrunken gewesen, und konnte sich nicht an seinen Namen erinnern. Aber daran, dass er einen Freund hatte. Michael. Komisch, dass sie sich den Namen des Freundes, nicht aber den Namen des Kellners gemerkt hatte.

»Zucker?«, fragte Loretta.

Charlotte nickte. Sonst nahm sie nie Zucker in ihren Tee oder Kaffee, doch jetzt war ihr danach. Erst als sie eine Tasse Tee getrunken und zwei Scheiben Buttertoast mit Himbeermarmelade gegessen hatte, fing sie an zu reden.

Der Zucker und der Toast wirkten wie Amphetamin. Mit jedem Bissen kehrte die Energie zurück, wärmte sie, lichtete den Nebel, schärfte den Verstand.

Sie kaute den letzten Bissen, schluckte und blickte Loretta an. Die Frau war attraktiv, fand Charlotte, aber es war ein Aussehen, das nicht von Dauer sein würde. Heller Teint, sommersprossige Haut, die früh altern und papieren würde.

»Haben Sie ihn geliebt?«, fragte Charlotte.

Das Entsetzen in Lorettas Gesicht war eine Genugtuung.

»Sorry?«

»Ach, um Himmels willen«, sagte Charlotte. »Haben Sie nicht mehr zu sagen? Sorry wofür? Mit ihm ins Bett gegangen zu sein? Mich für eine Idiotin zu halten? Was genau tut Ihnen denn leid, Loretta?«

»Ich gehe nicht mit Ihrem Mann ins Bett«, sagte Loretta.

»Nicht mehr«, sagte Charlotte.

Loretta schüttelte den Kopf. »Nein. Wir … okay. Ich werde ehrlich zu Ihnen sein. Ich habe mit ihm geschlafen. Nur ein paar Mal, Charlotte. Es hat nie irgendetwas bedeutet.«

»Mit einem verheirateten Mann ins Bett zu gehen, hat nie etwas bedeutet?«, sagte Charlotte. »Reizend.«

Sie traute ihren Ohren nicht. So selbstbewusst und weise. Mehr wie Ginny als wie die jämmerliche Charlotte. Sie stellte sich vor, dass Ginny sie beobachtete, zustimmend lächelte. Normalerweise würde sie lieber sterben, als eine solche Unterhaltung zu führen. Jetzt, dachte sie, würde sie wohl eher sterben, wenn sie sie nicht führte.

»Es war nichts Ernstes«, sagte Loretta. »Nun, ich meine, mir war es nicht ernst. Ich wusste ja, Nick ist verheiratet, ich fühlte mich schlecht. Ich sagte ihm, es könne nicht so weitergehen. Wenn er unglücklich sei, müsse er mit Ihnen reden. Er müsste Ihnen sagen, wie er sich fühlt. Ich habe ihm sogar vorgeschlagen, eine Paartherapie in Betracht zu ziehen.«

Loretta lächelte, strahlend, sympathisch und vollkommen falsch. Ziemliche Leistung, dachte Charlotte.

»Er hat nicht mit Ihnen gesprochen«, sagte Loretta. »Oder?«

In Charlottes Körper spielte sich eine chemische Reaktion ab. Adrenalin kombiniert mit Jahren der Lüge, mit allem, was in den letzten Wochen vorgefallen war. Jetzt verwandelte sich alles in blinde Wut, die ausbrechen und jemanden verletzen wollte.

»Sie haben mit meinem Mann geschlafen«, sagte sie. »Das macht man nicht. Sie haben mit ihm geschlafen und immer, wenn wir uns begegnet sind, so getan, als wären Sie eine Freundin.«

Ein Bild. Ein Schnappschuss. Kierans Gesicht über ihr. Sie war auch nicht besser als Loretta. Schlimmer wahrscheinlich. Sie blinzelte und das Bild verschwand.

»Ich bin Ihre Freundin«, sagte Loretta. »Nick ist derjenige, der schlecht ist. Sie sollten diese Unterhaltung mit ihm führen, nicht mit mir. Ich meine, ich bin nicht mit Ihnen verheiratet. Ich bin auch nicht die Einzige, mit der er geschlafen hat.«

»Er ist nicht hier«, sagte Charlotte. »Sie schon. Also rede ich mit Ihnen. Erzählen Sie mir von Nick und Kieran.«

Der plötzliche Themenwechsel schien Loretta zu verwirren.

»Was meinen Sie?«, fragte sie.

»Erzählen Sie einfach«, sagte Charlotte.

»Na ja, da ist eine Sache«, sagte Loretta. »Ich werde ihn nicht decken, Charlotte. Das habe ich auch schon der Polizei gesagt.«

»Was?«

»Kieran war hier«, sagte Loretta. »An dem Tag, an dem er ermordet wurde. Er kam um die Mittagszeit.«

»Und?«, fragte Charlotte.

»Sie haben gestritten.«

»Worüber?« Sie wappnete sich. Das war er. Der Moment der Wahrheit.

»Na ja«, sagte Loretta. »Ich weiß nicht genau. Die Tür war zu, und ich habe nicht gelauscht.«

Charlotte wollte loslachen. Lorettas Schreibtisch stand direkt vor Nicks Büro. Selbst wenn die Tür geschlossen war, hätte sie es nicht überhören können.

»Sie stritten sich über Pete Cooper«, sagte Loretta. »Ich habe nicht alles verstanden. War auch nicht drauf aus. Aber ich habe mehrere Male Coopers Namen fallen hören. Kieran drohte, Cooper irgendetwas zu verraten.«

»Was?«, fragte Charlotte.

»Woher soll ich das wissen«, sagte Loretta. »Ich hab gehört, wie Kieran sagte, Cooper wird dich umbringen, wenn er es herausfindet. Ich nahm an, es ginge ums Geschäft. Worum sollte es sonst gehen?«

Loretta lächelte. Charlotte begriff, dass Loretta andeuten wollte, bei dem Streit ging es um etwas anderes. Charlotte überlegte, was das sein konnte. Ihr fiel nichts ein.

»Hatte es mit Freya zu tun?«, fragte sie.

Das Lächeln verschwand. Charlotte hatte das Gefühl, dass Loretta enttäuscht war.

»Sie haben wirklich keine Ahnung, oder?«, fragte Loretta. »Arme Charlotte. Ihre Beziehung zu Nick. Es geht mich wirklich nichts an. Wenn Sie glauben, dass er eine andere hat, wieso fragen Sie ihn nicht einfach, anstatt hierherzukommen und falsche Anschuldigungen zu erheben?«

»Das habe ich nicht«, sagte Charlotte. »Ich will herausfinden, wer den Freund meiner Tochter umgebracht hat.«

»Das ist doch offensichtlich«, sagte Loretta. »Finden Sie nicht?«

Charlotte ging, ohne sich zu verabschieden.

Das ist doch offensichtlich.

Meinte Loretta Nick oder Pete?

Charlotte dachte an die Geschichten, die sie über Pete gehört, die Ginny ihr erzählt hatte. Charlotte hatte Nick angefleht, keine Geschäfte mit diesem Mann zu machen, aber Nick wollte nicht hören. Jetzt, so hatte es den Anschein, mussten sie alle dafür bezahlen.

ZEHN

Nick blickte Cosimas Taxi hinterher. Könnte er ihr doch hinterherlaufen, in den Wagen einsteigen, sich neben sie setzen. Nur sie beide. Ein neues Leben beginnen, ohne die Komplikationen in der realen Welt. Immer wenn sie sich verabschiedeten, hatte er das Gefühl, er sähe sie zum letzten Mal.

Sein Handy fing an zu klingeln. Pete. Nick stockte der Atem. Erst rief Pete Cosima an, jetzt ihn. Ein Zufall. Nichts weiter. Pete hatte keine Ahnung. Niemand wusste es. Der Einzige, der es herausgefunden hatte, war tot. Alles in allem eine Befreiung.

Nick tat Freya leid, natürlich. Sie war immerhin seine Tochter. Im Lauf der Zeit würde Freya erkennen, dass sie ohne diesen nutzlosen Lumpen besser dran war.

Vielleicht fand sie beim nächsten Mal auch jemand halbwegs Anständigen.

Er stieg in den Wagen. Das Handy klingelte erneut. Er nahm ab, ohne auf das Display zu schauen, weil er davon ausging, dass es Pete war. Hätte er es bloß gelassen.

»Wo steckst du?«

Loretta.

Noch ein Problem, das aus der Welt geschafft werden musste. Er hätte sie rausschmeißen sollen, als sie Schluss gemacht hatten. Er war zu weich. Er erlaubte ihr zu bleiben, wider besseres Wissen. Sobald das neue Restaurant lief, würde er sich darum kümmern.

»Hatte einen Termin«, sagte er. »Nicht, dass es dich etwas anginge. Gibt es ein Problem?«

»Sag du es mir«, sagte sie. »Deine kleine niedliche Frau war hier. Hat alle möglichen Fragen gestellt über dich und deinen toten Schwiegersohn.«

»Er war nicht mein Schwiegersohn«, sagte Nick. »Sie waren nicht verheiratet.«

Loretta gab irgendeinen schlauen Kommentar von sich über nichteheliche Partnerschaften, aber er hörte nicht zu. Überlegte, was Charlotte im Schilde führte.

»War sie betrunken?«, unterbrach er Loretta, die immer noch vor sich hin quasselte.

»Hatte nicht den Anschein«, sagte Loretta. »Allerdings kann man das bei Alkoholikern manchmal schlecht beurteilen, oder?«

Schlampe. Er dachte an die Zeit, als sie ihn getröstet hatte, wenn es zwischen Charlotte und ihm besonders übel gewesen war. Das war, um ehrlich zu sein, meistens so.

»Was hast du ihr gesagt?«, fragte er.

»Was meinst du?« In ihrer Stimme klang so etwas wie Freude mit. Seine Stimmung sank. Wahrscheinlich hatte Loretta Charlotte mit Vergnügen von seinem Streit mit Kieran erzählt.

Aber Loretta wusste nichts. Das musste er sich ins Gedächtnis rufen. Sie wusste nicht genug, um ihm wirklich schaden zu können – konnte nichts wissen. Falls sie etwas wüsste, sie würde nicht zögern, etwas zu unternehmen.

»Sie wusste von dir und mir«, sagte Loretta. »Komischerweise auch, dass es zwischen uns aus ist. Natürlich habe ich ihr gesagt, warum du Schluss gemacht hast. Dass du eine andere hast, die dumm genug ist, dir deinen Scheiß abzunehmen. Das interessierte sie sehr, muss ich sagen. Obwohl sie keine Ahnung hat, wer deine neue Freundin ist. Ich habe Andeutungen gemacht, aber sie hat es nicht geschnallt. Sie ist nicht besonders klug, nicht wahr?«

Er legte auf und rief Charlotte an. Sie nahm nicht ab. Er überlegte, ob er eine Nachricht hinterlassen sollte. Nein, das musste er persönlich mit ihr besprechen. Er musste herausfinden, was Loretta erzählt hatte. Er warf das Handy auf den Beifahrersitz, startete den Motor und fuhr los.

Gleeson verließ Coldharbour und fuhr in südlicher Richtung, folgte den Schildern zum Blackwall-Tunnel. Er reihte sich in die Schlange vor dem Tunnel ein, drei Autos hinter ihm Abby. Sie verband ihr Handy mit der Freisprechanlage. Rief Ellen an und erklärte ihr, was sie vorhatte.

»Wir sind auf dem Weg zurück nach Greenwich«, sagte Abby. »Der Verkehr ist grauenhaft. Seit fünfundvierzig Minuten tut sich gar nichts. Wahrscheinlich ein Unfall im Tunnel.«

»Sie sollten das nicht alleine machen«, sagte Ellen. »Er könnte gefährlich sein.«

Als hättest du dich noch nie in Gefahr begeben, dachte Abby. Sagte es aber lieber nicht laut.

»Was soll ich Ihrer Meinung nach tun?«, fragte Abby. »Ich schätze, er fährt zum Restaurant.«

Langsam setzte sich der Verkehr wieder in Bewegung. Sie sah Gleesons Auto im Tunnel verschwinden.

»Bleiben Sie bis zum Restaurant an ihm dran«, sagte Ellen. »Dort treffe ich Sie. Wann werden Sie schätzungsweise da sein?«

»Geben Sie uns eine halbe Stunde«, sagte Abby. »Höchstens eine Dreiviertelstunde.«

»Okay«, sagte Ellen. »Ich sehe Sie dort. Wir gehen zusammen rein und stellen ihm ein paar Fragen über seine Beziehung zu Pete Coopers Tochter. Das wird sicher ein interessantes Gespräch.«

Abby war jetzt fast im Tunnel, das Tageslicht verschwand. Sie hörte Ellen noch.

»Wenn er nicht zum Restaurant fährt …«

Unter dem Fluss wurde die Verbindung unterbrochen.

Ellen hatte ein Problem, dachte Abby. Sie war ein Kontrollfreak. In Ellens Welt war es vollkommen in Ordnung, gegen die Regeln zu verstoßen, wenn man Ellen Kelly war und es für das Beste hielt. Aber das galt nicht für den Rest des Teams.

Ellen begab sich als Erste in Gefahr – hatte es immer wieder getan –, wenn sie der Ansicht war, das diente der Lösung eines Falls. Aber Gnade Gott, wenn ein anderer auch so handelte.

Wieder aus dem Tunnel heraus blendete sie die ungewohnt helle Sonne, die hinter den Wolken hervorkam. Die Stadt, vom letzten Regen glatt poliert, glänzte. Tropfen glitzerten wie ein himmlischer Lichterteppich, machten sie heller und frischer und schöner, als Abby sie je zuvor gesehen hatte.

Statt in Richtung Greenwich abzubiegen, fuhr Gleeson weiter in Richtung Blackheath und Lewisham. Abby folgte ihm. Es hatte keinen Zweck, Ellen anzurufen. Nicht, bevor sie wusste, wohin die Fahrt ging.

Sie konnte es sich nicht erklären, aber der Moment fühlte sich wichtig an. Zum ersten Mal in ihrer Karriere hatte sie das Gefühl, kurz vor der Lösung eines Falles zu stehen. Das würde sie sich nicht nehmen lassen. Nicht von Ellen Kelly, und auch von keinem anderen.

ELF

Ellen wählte Abbys Nummer und wartete. Der Anruf wurde auf die Voicemail umgeleitet. Frustriert legte sie auf. Sie hatte kein gutes Gefühl. Sie wollte Abby warnen, irgendetwas Törichtes zu tun. Zum Beispiel, Nick Gleeson zu folgen und ihn im Restaurant allein zu konfrontieren. Ellen hatte gesagt, sie sollte warten, war sich aber nicht sicher, ob Abby das noch gehört hatte. Jetzt war diese verfluchte Person nicht erreichbar.

Sie bat Alastair, sie zu begleiten. Sie nahmen sich einen Wagen aus dem Fuhrpark. Dank Blaulicht, Sirene und einem rasanten Fahrstil waren sie in neuneinhalb Minuten in Greenwich. Um die Ecke vom Restaurant nahm Ellen eine Parklücke für Lieferfahrzeuge. Sie stellte den Motor aus und wandte sich an Alastair.

»Okay?«, fragte sie.

Er schluckte ein paar Mal, dann nickte er.

»Okay.«

Er klang nicht okay und sah auch nicht so aus. Solange er nicht ins Auto kotzte, störte es Ellen nicht.

Sie wusste, dass Gleeson seinen eigenen Parkplatz gleich vor dem Restaurant hatte. Heute war der Platz leer. Von Abby auch keine Spur. Ellen hoffte, sie steckte noch im Verkehr fest und nicht irgendwo, wo sie nicht sein sollte.

Noch einmal rief sie Abby an. Wieder die Voicemail.

»Gehen wir rein«, sagte sie zu Alastair. »Abby taucht hoffentlich auch jede Sekunde auf.«

Die Sonne schien jetzt. Die Stadt ließ ihre Hüllen fallen. Nasse Straßen schillerten im Sonnenlicht. Ellen drückte die Tür zum Restaurant auf und trat ein.

»Er ist nicht da.«

Loretta stand vor ihr, triumphierend.

»Was soll das heißen?«, fragte Ellen.

»Sie wollen doch zu Nick?«, fragte Loretta. »Er ist vom Mittagessen nicht zurückgekommen.«

»Er steckt im Stau«, sagte Ellen. »Aber er ist auf dem Weg. Was dagegen, wenn ich warte?«

Loretta griente. »Heute Nachmittag scheint er sehr gefragt zu sein. Was hat er getan, dass er plötzlich so begehrt ist?«

»Wer wollte ihn denn noch sehen?«, fragte Ellen.

»Pete und Charlotte waren vorhin hier«, sagte Loretta. »Oh, nicht zusammen, natürlich. Das wäre auch amüsant gewesen. Nein, zuerst war Charlotte hier, dann Pete ein paar Minuten danach.«

»Was haben Sie gesagt?«, fragte Ellen.

»Na ja, die arme Charlotte schien nicht zu wissen, was sie will«, sagte Loretta. »Ich habe versucht, ihr zu helfen. Ehrlich gesagt war sie nicht sonderlich interessiert. Pete andererseits war sehr interessiert. Ich habe ihm vorhin eine Mail geschickt, wissen Sie. Ich dachte, es wäre nur fair, wenn er weiß, was Sache ist. Selbstverständlich wollte er Nick sprechen. Ich sagte ihm, er sollte sein Glück im Apartment versuchen.«

»Sie haben ihm die Adresse gegeben?«

»Natürlich«, sagte Loretta. »Er hat gefragt, also habe ich sie ihm gegeben. Oh, das tut mir leid. Ich habe doch nichts Falsches gemacht?«

Nick parkte vor dem Haus und rannte hinein. Die Fahrt von Docklands hatte quälende zwei Stunden gedauert. Gott sei Dank hatte es sich nicht auf Cosima ausgewirkt. Sie hatte ihm vor einer Stunde eine Nachricht geschickt. Sie war im Apartment. Er rief nach Charlotte, keine Antwort. Er wollte die Alarmanlage deaktivieren, doch die dumme Gans hatte wieder einmal vergessen, sie einzuschalten.

Oft, zu oft, hatte er Charlotte in einem der Betten oben gefunden. Schlafend. Das eine Mal, heute, konnte er sie nirgends finden. Er begab sich nach oben, sah in jedem Zimmer nach. Keine Spur von ihr.

Unten hörte er ein Geräusch. Ein Knarzen. Als öffnete jemand die Hintertür.

»Charlotte?« Er stand auf dem Treppenabsatz und lauschte.

Nichts. Sie war nicht da. Natürlich nicht. Er war allein. Er war schon lange allein. Sogar zwischen Loretta und ihm bestand keine echte Verbindung. Sie hatte die schmerzende Leere nicht gefüllt, mit der er gelernt hatte zu leben. Er hatte sich daran gewöhnt, dass nichts diese Leere füllen würde. Dann war er Cosima begegnet, und alles hatte sich verändert.

Und wandelte sich vollständig,
Furchtbare Schönheit entstand.

Als junger Mann hatte er Gedichte geliebt. Schon Jahre hatte er kein Buch dieser Art mehr in die Hand genommen, weil er zu sehr mit seiner Arbeit beschäftigt war. Vielleicht wenn die Scheidung vollzogen, er dem Chaos seines bisherigen Lebens entronnen war, vielleicht fing er dann wieder an zu lesen. Cosima liebte Poesie. Als sie sich kennenlernten, hatten sie sich über ihre Lieblingsgedichte unterhalten und waren überrascht, auf dieser fürchterlichen Party jemanden getroffen zu haben, der die gleiche Leidenschaft teilte. Komisch, wie es manchmal lief. Was das anging, hatte er eigentlich schon aufgegeben, doch dann war er zu Coopers Networking Event gegangen und peng!

Im unteren Geschoss war seine Bibliothek, ein kleiner Raum neben dem Esszimmer, die Wände voller Bücher. Er nutzte den Raum viel zu selten. Normalerweise, um bei Gästen Eindruck zu schinden. Jedes geschäftliche Treffen hatte in der Bibliothek stattgefunden. Nick fand, die Wände voller Regale waren wichtig für das Image, das die Welt von ihm haben sollte.

Die Bücher waren alphabetisch und nach Genre geordnet. Romane auf der rechten Seite, Dichter auf der linken, in der Mitte Wirtschaftsbücher und wenig inspirierender Blödsinn, den er einmal für wichtig erachtet hatte. Er nahm einen Gedichtband aus dem Regal, blätterte, bis er gefunden hatte, was er suchte.

Sein Vater hatte ihn mit William Butler Yeats vertraut gemacht. Der alte Mann hatte die Gedichte über Irland und den Krieg vorgezogen, Nick waren die Liebesgedichte lieber gewesen. Er hatte ihr das Gedicht am Anfang ihrer Beziehung rezitiert, wollte, dass sie eines begriff: dass er es ernst meinte. Dass seine Gefühle für sie Substanz hatten.

Mit Worten war er noch nie gut gewesen. Würde es auch nie sein. Ihm lagen Zahlen. Darum war sein Restaurant auch erfolgreich. Ja, er war ein ganz guter Chef, aber nicht der beste. Ihm war nur der eigene Erfolg wichtig. Etwas aus sich zu machen. Seinem Vater zuliebe, der sich für seinen einzigen Sohn aufgeopfert hatte.

Er kannte sich, und darum wählte er die Worte eines anderen Mannes, um seine Gefühle für sie auszudrücken. Wie alle anderen Liebesgedichte war auch dieses für Maud Gonne geschrieben. Die Frau, die Yeats so aufrichtig und unerwidert geliebt hatte.

Wenn Du einst alt und grau und Schlafes voll,
Und am Feuer dämmerst.

Es ging um die Liebe zu einem einzigen Menschen, es war mehr als die oberflächliche Anziehung, die alle Männer für hübsche Frauen fühlten. Yeats sagte seiner Liebsten, dass er sie noch lieben wird, wenn alle äußerliche Schönheit verloren war. Weil er ihre Seele liebte.

Das musste Pete verstehen. Es war mehr als nur die Schwärmerei eines mittelalten Mannes für eine jüngere Frau. Er liebte Cosima, wie niemand anders sie je lieben würde. Sie waren füreinander bestimmt. Seelenverwandt. Nick lächelte. Ihm gefiel die Wendung. Sie beschrieb die Tiefe ihrer Zuneigung.

Er brauchte einen Stift, wollte etwas Besonderes in das Buch schreiben. Er lief durch die Eingangshalle in sein Büro. *Für C. Für immer seelenverwandt.* Das wollte er schreiben. Nichts Hochtrabendes, denn er war nicht hochtrabend. Hochtrabende Wörter standen im Buch.

Auf seinem Schreibtisch lag ein goldener Füllfederhalter. Er benutzte ihn nicht oft, zog Kugelschreiber vor. Trotzdem lag der Füllfederhalter auf dem Tisch. Es sah einfach gut aus. Genau den gleichen hatte er in seinem Büro in Greenwich.

Charlotte hatte ihm den Füller geschenkt. Vor Jahren, als es noch Hoffnung für sie beide gegeben hatte. Bevor er gemerkt hatte, wie schlecht sie wirklich war. Selbst wenn es Cosima nicht gäbe, er konnte so nicht weitermachen. Die zerstörerische Kraft ihrer Beziehung widerte ihn an. Sie widerte ihn an. Am schlimmsten aber war, dass er sich selbst anwiderte, weil er bei ihr geblieben war. Nicht Manns genug, ein für alle Mal einen Schlussstrich zu ziehen.

Er schloss die Augen. Atmete dreimal ein und aus, dann schrieb er. Vorsichtig, damit die Tinte nicht verwischte. Er hatte gerade das letzte Wort geschrieben, als der Mann hinter ihm hustete.

ZWÖLF

Auf der Heath Lane war Nick nach links zu seinem Haus abgebogen. Abby parkte in Pagoda Gardens und lief dann zurück.

Nicks Wagen stand vor dem Haus. Leer. Die Tore offen. Abby lief die bekieste Einfahrt hinauf, so geräuschlos wie möglich.

An der Haustür hielt sie inne. Sie hatte Angst. Die Angst durfte ihr Urteilsvermögen nicht trüben. Sie könnte Ellen anrufen. Ihr sagen, wo sie war, und auf Verstärkung warten. Das wäre vernünftig. Vernunft war bei Ellen noch nie von Vorteil gewesen. Abby konnte ebenso gut gleich nach Hause gehen. Sie würde Ellen nur wieder die Möglichkeit bieten, sich ins Rampenlicht zu stellen.

Der Füller fiel ihm aus der Hand. Er hörte das Klappern auf dem Boden. Schwang mit dem Stuhl herum. Er wusste sofort, wer es war. Und warum. All die Lügen kamen ihm ins Bewusstsein zurück, nutzloses Treibholz in Ebbe und Flut der weiten See.

Er hatte sich weisgemacht, alles würde gut. Sie hatten sich nichts vorzuwerfen. Pete würde erkennen, wie viel sie ihm bedeutete, wenn er nur Gelegenheit hätte, es ihm zu erklären.

Sich dieser Hoffnung hinzugeben war dumm von ihm gewesen. Nick drehte sich um, sah in Petes Augen und wusste Bescheid. Das war das Ende. Angst. Alle Kraft wich aus ihm. Sein Mund wurde trocken. Er wollte etwas sagen – irgendetwas –, die Sache hinauszögern. Aber Pete war zu schnell. Die Faust traf ihn in der Magengegend. Nick taumelte. Ein Schlag ins Gesicht, und er ging zu Boden. Er hörte sich schreien, Pete anflehen, ihm nicht weh zu tun, ihn erklären lassen. Pete schrie auch, nannte ihn einen Perversen und ein dreckiges Schwein. Trat und schlug auf ihn ein, in den Bauch, den Rücken, auf den Kopf.

Nick rollte sich zusammen, die Arme schützend über dem Kopf. Pete hörte nicht auf, würde zu Ende bringen, wofür er hergekommen war. Die Zeile eines Gedichts im Schmerz. Ihm fielen die Worte nicht ein, aber das Gefühl war da. Irgendetwas über abgeknickte Körper, wie Dornen. Das würde Pete mit ihm machen. Ihn wie einen Dorn abbrechen. So lange, bis nichts mehr von ihm übrig war.

Abby ging um das Haus herum. Schaute durch jedes Fenster. Alles wirkte normal. Weiter hinten hörte sie plötzlich die Stimme eines Mannes. Brüllen. Nein, Schreien.

Durch die dicken Wände konnte sie nichts verstehen. Oder hören, ob mehr als nur eine Person da war. Sie ging weiter, näherte sich vorsichtig dem Lärm.

Plötzlich hörte das Geschrei auf. Die Stille war irgendwie schlimmer. Ihr Ein- und Ausatmen, ihr Herzschlag kamen ihr plötzlich zu laut vor.

Ein großer Wintergarten im viktorianischen Stil. Abby blieb stehen. Drinnen bewegte sich jemand. Sie hörte Gescharre. Als würde etwas Schweres über den Boden geschleift.

Sie holte tief Luft. Wagte einen Blick hinein. Eingerichtet war der Raum wie ein Salon im Stil der Kolonialzeit. Möbel aus Korbgeflecht, Pflanzen und ein Deckenventilator. Vor einer Glaswand ein großer Tisch voller Familienfotos. Nick und Charlotte. Ein paar Bilder von Freya. Sogar eins von Freya und Kieran. Merkwürdig, wenn man bedachte, was die Eltern von Kieran hielten. Das Foto kam ihr bekannt vor. Sie hatte es schon irgendwo gesehen. Freya und Kieran auf irgendeinem Hügel. Freyas Arme um seinen Hals geschlungen. Der Wind wehte ihr das Haar ins lächelnde Gesicht. Kieran sah aus, als wäre er lieber woanders.

Irgendetwas war an dem Foto …

Die Tür schwang auf. Zwei Männer, mit dem Rücken zu ihr, zerrten etwas über den Boden. Abby zog den Kopf zurück. Einer der Männer war Pete Cooper. Sogar von hinten erkannte sie seinen großen, breiten Körper. Was zogen sie? Wer war der andere Mann? Und wo zum Teufel steckte Nick Gleeson? Sie überlegte, wie viel Zeit vergangen war, seit Gleeson nach Hause gekommen war. Lange genug, dass etwas Furchtbares hatte geschehen können.

Abby zog ihr Handy heraus, wollte Ellen anrufen. Im selben Moment fing es an zu klingeln. Abby schrak zusammen, das Handy fiel ihr aus der Hand, landete auf dem weichen Boden, klingelte weiter.

Zu laut. Ihre Hände zitterten, als sie es ausschalten wollte. Es rutschte ihr wieder aus der Hand. Hörte auf zu klingeln.

Im Stillen dankte sie Gott, hob es ein zweites Mal auf. Steckte es in die Tasche, wollte gehen. Doch vor ihr stand Pete Cooper. Sie schrie auf, stolperte rückwärts, drehte sich um, wollte in die andere Richtung wegrennen. Der andere Mann.

Die Faust traf sie im Gesicht. Die Wucht schleuderte sie nach hinten, direkt in die wartenden Arme von Pete Cooper.

DREIZEHN

Nick war schwach. Das war Charlotte in den ersten Jahren ihrer Ehe klargeworden. All sein Charme war nur Oberfläche, dahinter verbarg sich ein geiziger, selbstsüchtiger, schwacher Mensch, der nur darauf aus war, alles an sich zu reißen. Seine einzig und allein auf das Geschäft gerichtete Aufmerksamkeit hatte nichts mit Ehrgeiz zu tun, sondern mit erbärmlicher Geltungssucht.

Sie lief in den Park und den steilen Hügel hinauf. Die Sonne war hervorgekommen, machte die Welt heller und entsprach ihrer Klarheit.

Sie liebte ihren Mann nicht. Sie hing an der Ehe, weil sie ihrer Mutter beweisen wollte, dass sie unrecht hatte. Sie war im Grunde auch nicht besser als Nick. Beide führten sie ein Leben, das sie nicht führen wollten, nur um den Eltern, die nicht einmal mehr waren, etwas zu beweisen. Wie konnten sie so dumm sein?

Ihr Magen krampfte sich zusammen, sie hielt die Hände vor den Bauch, beugte sich vor. Sie gierte nach der nächsten Bar und danach, sich so lange zu betrinken, bis all das vorüber war. Es würde einen Prozess geben. Die Presse würde voll davon sein, Nicks Ruf, an dem ihm so viel lag, ruiniert. Nach einem Mord gab es kein Zurück. Man brauchte nur an O. J. zu denken. Der war noch nicht einmal verurteilt worden.

Sie würgte. Die Krämpfe waren dem Schock geschuldet und den Entgiftungserscheinungen. Sie trocknete aus.

Dieser Teil ihres Lebens war zu Ende. Das Trinken. Die Selbstzerstörung. Das dämliche, sinnlose, jämmerliche Selbstmitleid.

Ein Neuanfang stand bevor.

Sie musste die Wahrheit wissen. Für Ginny, für Freya, für sich selbst. Sie musste wissen, was Kieran herausgefunden hatte, wofür Pete und Nick ihn umgebracht hatten. Sie holte das Handy hervor, wählte Nicks Nummer. Keine Antwort. Sie legte auf, hinterließ keine Nachricht.

Irgendwann musste er ja nach Hause kommen. Und sie würde auf ihn warten, ihn dazu bringen, ihr zu sagen, was wirklich passiert war. Charlotte steckte das Handy weg und ging los.

Keine Antwort. Ellen hinterließ keine Nachricht, schlug mit der Handfläche gegen das Lenkrad. Sie parkte vor Nick Gleesons Apartment. Sein Wagen war nirgends zu sehen. Das hatte nichts zu bedeuten. Er konnte ihn woanders abgestellt haben. Sie hatte ein weiteres Mal Abby angerufen – nichts.

»Sie wird schon okay sein«, sagte Alastair. »Sie ist clever und kann auf sich aufpassen.«

»Clever sein reicht manchmal nicht«, sagte Ellen.

Sie schnallte sich ab und stieg aus.

»Kommen Sie«, sagte sie. »Gehen wir.«

Ein großer Schwarzer in einer marineblauen Livree begrüßte sie.

»Clarence Granville«, sagte er. »Sie müssen Detective Inspector Kelly sein. Sie wollen in eines der Apartments?«

Der Rezeptionsbereich war hell und einladend. Weiß gekachelter Boden, weiße Wände und viele Pflanzen. Am Eingang bemerkte Ellen eine Überwachungskamera. Sie fragte, ob sie während seiner Mittagspause eingeschaltet war.

»Klar«, sagte Granville. »Hatte noch keine Gelegenheit, es mir anzusehen. Wollen Sie das jetzt tun?«

»Keine Zeit«, sagte Ellen. »Wir müssen ins Apartment. Können Sie uns hinbringen?«

»Sicher doch«, sagte Granville. »Mr. Gleeson steckt doch hoffentlich nicht in Schwierigkeiten? Er ist ein anständiger Kerl. Immer nett und freundlich. Fragt immer, wie es meiner Kleinen geht. Er wohnt nicht hier, aber das wissen Sie sicher schon.«

»Kennen Sie seine Freundin?«

»Die ist 'ne echte Wucht«, sagte Granville. »Ein wenig unterkühlt. Das sind solche wie sie oft. Nehmen keine Notiz vom kleinen Mann.«

»Klein« war wohl das letzte Wort, das Clarence Granvill beschrieb. Mindestens einen Meter sechsundachtzig, dunkle Mahagonihaut. Kurz geschnittenes Haar und gut fünfzehn Pfund pure Muskeln. Man konnte ihn gar nicht übersehen.

Granville nahm einen Schlüsselbund vom Counter hinter der Rezeption. »Hier entlang.«

Er setzte sich in Richtung Fahrstuhl in Bewegung. Ellen hielt ihn zurück, schüttelte den Kopf.

»Wir nehmen die Treppe.«

Wenn Cooper da war, konnte er den Fahrstuhl hören. Sie wollte ihn nicht vorwarnen.

Auf dem Weg zur Treppe wählte Ellen noch einmal Abbys Nummer. Freizeichen. Eins, Zwei. Klick. Abbys Stimme. Die Erleichterung wich Panik, als Ellen merkte, es war nur die Sprachbox. Frustriert legte sie auf und drückte die Wahlwiederholungstaste. Es klingelte und klingelte.

Ellen folgte Granville, das Handy am Ohr, als wollte sie Abby dazu zwingen, abzunehmen, um ihr zu sagen, dass es ihr gutginge. Aber Abby nahm nicht ab. Stattdessen hörte das Klingeln auf. Die Leitung war tot. Die Stille war vollkommen und umfing Ellen noch, als sie schon lange oben vor der Tür von Nick Gleesons Apartment standen und sich fragten, was sich wohl dahinter verbarg.

VIERZEHN

»Aufwachen.«

Eine Männerstimme. Zu laut und zu nah. Nick kannte die Stimme, konnte sich jedoch nicht an den Namen des Mannes erinnern. Er war müde, wollte, dass der Mann wegging, ihn in Ruhe und schlafen ließ.

Er stöhnte. Versuchte, die Stimme nicht an sich heranzulassen. Der Schlag einer Handfläche schleuderte seinen Kopf zur Seite. Schmerz schoss ihm ins Gesicht, sein Kopf explodierte.

Eine Hand packte ihn an den Haaren. Zog, bis er das Gefühl hatte, ihm würde der Kopf abgerissen. Der Druck auf seiner Kehle machte es ihm unmöglich zu atmen.

Panisch bäumte er sich auf, sein Körper zuckte, wollte sich dem unerträglichen Druck entziehen.

»Aufwachen!«

Noch ein Schlag.

Er versuchte, die Augen zu öffnen. Sein linkes Auge war zugeschwollen. Mit dem rechten sah er das Gesicht des Mannes. Zu nah, um es erkennen zu können. Ein braunes Auge. Dunkle Bartstoppeln. Ein Name schwebte durch sein Hirn und verschwand wieder. Er kannte das Gesicht.

Konnte sich nicht bewegen. Arme auf den Rücken gebunden. Füße gefesselt. Ein stechender Schmerz in Hand- und Fußgelenken. Irgendetwas stimmte mit ihm nicht. Schmerzen überall.

Einzelne Erinnerungsfetzen. Fragmente, die er nicht zusammensetzen konnte. Sein Auto. Ein Pub. Cosima.

Ein Unfall!

Cosima. Er versuchte, ihren Namen zu rufen. Etwas kam aus seinem Mund, aber es klang falsch. Spucke rann ihm vom Mundwinkel am Kinn entlang.

Kein Unfall.

Er hatte sie in ein Taxi gesetzt.

Erleichterung, dass sie in Sicherheit war. Wurde abgelöst von neuer Angst. Alt und grau. Ein Gedicht. Er hatte das Buch von zu Hause holen wollen.

»Du bist wach. Gut.«

Sein Unterkörper entspannte sich. Dann war er wieder krank vor Angst.

»Es ist nicht, wie du denkst.«

Seine Stimme klang fremd. Gedämpft, als habe er Wattebäusche im Mund. Vielleicht lag es auch an seinen Ohren. Doch Pete klang wie eh und je.

»Sag mir nicht, was ich denken soll.«

Nick nickte, wollte sagen, nein, natürlich würde er Pete niemals vorschreiben, was er denken sollte. Er war nicht dumm, respektierte Pete, war froh, dass sie Geschäftspartner waren. Er würde nie etwas tun, was diese Beziehung gefährdete, weil er nicht dumm war.

Nichts davon konnte er sagen, Petes Faust rammte wie aus dem Nichts in seinen Magen. Augenblicklich musste sich Nick übergeben, Erbrochenes spritzte ihm über das Gesicht und auf die Brust. Würgen, noch mehr wässrige Kotze.

Er hielt den Kopf gesenkt, damit Pete nichts abbekam, aber der hatte ihn schon wieder an den Haaren gepackt, zwang Nick, ihn anzusehen.

»Du dreckiges Schwein.«

Pete holte aus. Nick sah die Faust kommen, wollte sich wegducken. Doch er war an den Stuhl gefesselt, konnte sich nicht rühren. Die Faust flog durch die Luft in Nicks Gesicht. Ein lautes Krachen. Der Nasenrücken. Ein nie zuvor empfundener Schmerz blendete alles andere aus.

Er hörte sich aufheulen, hörte seine Stimme durch den Schmerz und die Watte, sein Flehen. Von irgendwoher hörte er Pete, die Wörter durcheinandergewürfelt, unmöglich, den Sinn zu erfassen.

Dunkelheit umfing ihn. Er kämpfte dagegen an, weil er Angst hatte, dass es von dort kein Zurück gäbe. Hinter Pete sah er eine Frau auf dem Fußboden liegen. Das dunkle Haar war ihr ins Gesicht gefallen.

Nein! Sie durfte nicht hineingezogen werden. Er wollte ihren Namen rufen, ihr sagen, dass er hier war und alles gut, er sie retten würde. Doch er fiel ins Dunkel.

Vier Wohnungen in jeder Etage. Nick Gleesons war die letzte im obersten Stockwerk. Es war vollkommen still. Unnatürlich.

Dicke Wände und Türen sperrten jedes Geräusch aus. Selbst ihre Schritte verschluckte der dicke Teppichboden. Ellens Atem hallte in ihrem Kopf wider wie die Atemzüge eines Gespenstes.

Billy Dunston. Dai Davies. Brian Fletcher. Adam Telford. Und Vinny.

Sie wartete, dass Granville die Tür aufschloss. Ellen glaubte, etwas zu hören – ein leises Stöhnen. Von so weit weg, sie musste es sich eingebildet haben. Sie wollte da nicht reingehen. Ihr Kopf war voll von all den Toten. Erdrosselt, erschossen, erstochen. Kieran Burton und Virginia Rau. Der Geruch von verbranntem Fleisch. Das plötzliche, erschreckende Verschwinden eines Männergesichts, wenn man ihm die Waffe an die Schläfe hielt und abdrückte.

Die Tür stand jetzt offen. Sie konnte in das Apartment hineinsehen. Sie trat ein, an Granville vorbei. Das Stöhnen wurde lauter. Die Geister rasten auf sie zu und begrüßten sie.

»Boss?« Alastairs Stimme ließ sie zusammenzucken.

Die Geister zogen sich zurück.

Der Ort war nichtssagend, farblose Wände und noch farblosere Möbel. Das einzig Schöne war der Blick. Hier war niemand, und es gab auch kein Anzeichen dafür, dass etwas geschehen war. Abgesehen von dem unguten Gefühl in Ellens Magengegend und einem umgestoßenen Tisch neben dem Fenster. Vier dünne Beine in der Luft. Ellen musste an den Handstand ihrer Tochter denken.

Zuerst glaubte sie, das Stöhnen käme vom Tisch. Erst recht, als sie eine Hand auf eines der Beine legte und es sogleich verstummte. Sobald sie die Hand wegnahm, fing es wieder an.

Das Fenster war zweiteilig. Der größere Teil – offenbar eine Art Schiebetür – war geschlossen. Der kleinere obere Teil stand offen. Kühle Luft kitzelte sie im Nacken, sie bekam eine Gänsehaut. Wieder berührte sie das Tischbein. Wieder stoppte das Stöhnen.

Einen irren Moment lang dachte sie, die Geister hätten gewonnen. Das Stöhnen wurde mit dem Luftzug hineingetragen. Ihre Hand lag noch auf dem Tischbein. Das Geräusch kam von draußen.

Aber sie konnte nur die Krümmung des Flusses sehen, die Isle of Dogs am anderen Ufer. Dahinter erstreckte sich die Stadt bis in die Unendlichkeit. Sie blickte zum Fluss. Kam der

Ton vielleicht von den Schiffsmotoren? Nein, nur ein Lebewesen konnte so einen Ton von sich geben.

Ein weißes Segelboot fuhr auf dem Wasser in Richtung Westen, während sie auf den nächsten Ton wartete. Nichts. Sie entspannte sich. Wendete gerade den Blick ab, als ein Gesicht vor dem Fenster erschien.

Ellen schrie auf, machte einen Sprung rückwärts.

»Was denn?« Alastair stand neben ihr, die Hand auf ihrer Schulter, ruhig und sicher.

»Das Fenster«, sagte Ellen. »Da draußen ist jemand.«

»Unmöglich«, sagte Alastair. »Wir sind im sechsten Stock.«

»Da!« Ellen schüttelte seine Hand ab und zeigte zur Tür. Aber da war niemand. Das Gesicht war so plötzlich verschwunden, wie es aufgetaucht war.

Das kleine weiße Boot bewegte sich schneller. Wurde vom Wind getragen, der durch das Fenster hereinkam und Ellen bis auf die Haut schnitt, während die Geister sie umzingelten.

FÜNFZEHN

Nicks Wagen stand vor dem Haus. Gut. Charlotte drückte die Tür auf und rief seinen Namen. Keine Antwort. Im Wintergarten bewegte sich jemand. Das konnte sie hören. Sie sah ihn vor sich; wie er sich durch die Hintertür davonstahl, damit er ihr nicht begegnen musste. Wäre nicht das erste Mal. Er irrte sich, wenn er glaubte, dass er heute damit davonkam.

Die Tür zum Wintergarten stand offen. Noch bevor sie sie erreicht hatte, wusste sie, dass etwas nicht stimmte. Sie hätte umdrehen sollen, wegrennen, aber sie zögerte nicht. Nicht eine Sekunde. Sie wusste, dass etwas nicht stimmte, trotzdem ging sie weiter, weil sie keine Wahl hatte. Nick war da drin. Er war der Einzige, der ihr sagen konnte, warum Ginny hatte sterben müssen.

»Nick!«

Er antwortete nicht. Konnte nicht antworten. Bewusstlos und an einen Stuhl gefesselt saß er ihr direkt gegenüber. Sein Kopf war zur Seite geneigt. Sein Gesicht geschwollen und blau. Unkenntlich. Aber er war es, denn es war sein Haar, und er hatte den grauen Paul-Smith-Pullover an, den sie hasste, weil er darin so gut aussah und sich bei Gott dessen auch bewusst war.

Sie bewegte sich, ihr Körper schoss auf ihn zu. Sie war in der Mitte des Raumes angelangt, als sie instinktiv stehen blieb. Der Ort war gefährlich. Sie musste hier weg. Sofort.

»Nick?«

Nichts. Er war wahrscheinlich tot.

Ihr drehte sich der Magen um. Der Wintergarten schwankte; sie hielt sich an einem Stuhl fest. Nick stöhnte einmal. Dann war es wieder still.

Geh.

Sie schwang herum. Ein Mann blockierte den Weg. Klein und breit. Sie versuchte, sich an ihm vorbeizudrücken. Er packte sie am Arm, schubste sie. Sie schrie, er schlug ihr ins Gesicht. Kräftig.

Sie hatte keine Ahnung, wo sie war. Den anderen Mann, der aus einer Ecke des Raumes auf die zukam, wo er die ganze Zeit gestanden haben musste, kannte sie. Plötzlich verwandelte sich die kindische Wut in Angst. Sie hatte Nick davor gewarnt, Geschäfte mit Pete Cooper zu machen. Er hatte nicht auf sie gehört. Natürlich nicht.

Das war seine Schuld. Sie hasste ihn in diesem Moment mehr denn je, dachte, sie könnte jeden hassen. Hasste ihn mehr als ihre eigene Mutter. Das sollte was heißen.

Der Hass und die Wut machten sie leichtsinnig. Cooper stand vor ihr, sein Gesicht ganz nah, so nah, dass sie seinen Atem spüren und sein stinkendes Eau de Cologne riechen konnte.

»Hallo, Charlotte.«

Er lächelte.

Sie legte den Kopf zurück. Die Spucke flog aus ihrem Mund und landete mitten in Coopers Gesicht. Die Wut verflog so schnell, wie sie gekommen war. Was blieb, war pure Angst, die intensiver wurde, während sie zusah, wie der silbrige Schleim von Coopers Kinn in seine dunklen Bartstoppeln rann.

Kälte. Eine tiefe, schwere, nie zuvor gekannte Kälte. Sie wusste nicht, wo sie war. Der Ort war dunkel. Kaum zu sagen, ob ihre Augen offen oder geschlossen waren. Sie versuchte sich zu bewegen, doch Arme und Beine gehorchten ihr nicht. Eingefroren. Eine Eisprinzessin. Da gab es einen Film. Disney. Songs. Lucys Nichte hatte die DVD.

Sam. Ihr fiel der Name ein, aber sie wusste nicht, was das bedeutete. Zu kalt. Zu kalt für alles. Sams Stimme. Befahl ihr aufzuwachen. Noch jemand hier. Ihr Bruder. Andy. Er reichte ihr seine Hände.

»Mach dir keine Sorgen«, sagte er. »Es ist fast vorbei.«

Sie wollte ihn fragen, was er damit meinte. Die Kälte und der dicke Stoff über ihrem Mund machten es ihr schwer zu reden. Sie hörte sich seinen Namen sagen.

»Andy!«

Sie wollte noch etwas anderes sagen. Doch die Anstrengung, die sie dieses Wort gekostet hatte, hatte ihr jede Kraft geraubt. Eisprinzessin. Schwebte über die Eiswüste. Antarktika. Weißes Eis, tiefe, dunkle, endlose See. Das war ihre Welt.

»Abby.«

Wieder Sam. Nur eine Stimme. Warum konnte sie ihn nicht sehen? Plötzliche Panik rüttelte sie wach. Sam. Durch den groben Stoff in ihrem Mund schrie sie seinen Namen. Immer und immer wieder. Rollte sich von einer Seite auf die andere, schlug gegen die Wände, von welchem Ort auch immer.

Sie weinte. Rotz in der Nase erschwerte das Atmen. Sie drohte zu ersticken, ihre Kehle wie zugeschnürt vom Mangel an Luft, ihre Lungen kurz davor, zu explodieren.

Sie konnte ihre Stimme hören, die seinen Namen rief. Irgendwo im Dunkel, wo ihr Hirn noch arbeitete, realisierte sie, dass die Stimme nur in ihrem Kopf war. Niemand konnte sie hören. Niemand würde sie je wieder hören. Sie war geknebelt, ihre Nase war zu, sie erstickte, erfror, und bald war es vorbei.

Sam würde nie erfahren, dass sein Name das Letzte und Einzige war, woran sie sich festhielt.

SECHZEHN

Selbst in eine Decke gewickelt, blass und ängstlich, war Cosima Cooper noch schön. Kein Wunder, dass Nick Gleeson bereit war, so viel für sie zu riskieren.

»Sie müssen sie finden.«

Das war das Erste, was sie sagte, nachdem Granville die Schiebetür entriegelt und sie vom Balkon reingeholt hatte.

»Hat Ihr Vater Sie ausgesperrt?«, fragte Ellen barscher als beabsichtigt. Sie erholte sich noch von dem Schock, dass das Gesicht wie aus dem Nichts aufgetaucht war. Und dem beängstigenden Gedanken, dass das Gesicht ihrer toten Schwester Eilish gehörte.

»Ich wollte lernen«, sagte Cosima. »Es hat geklopft. Ich dachte, es wäre Nick. Das macht er manchmal, mich überraschen. Ich bin zur Tür und sah meinen Vater. Wie er das von uns erfahren hat …«

»Er hat Sie auf den Balkon gesperrt«, sagte Ellen. »Wieso?«

Sie war selbst Mutter und wusste, wie sie sich fühlen würde, wenn eines ihrer Kinder mit einem ihrer Freunde ausgehen würde. Trotzdem war Coopers Reaktion übertrieben.

»Er ist eifersüchtig«, sagte Cosima mit tonloser Stimme. Alles, was Ellen bisher gedacht hatte, stand plötzlich in einem anderen Licht da.

Pete Cooper und seine Tochter?

»Das tut mir leid«, sagte Ellen. »Das wusste ich nicht.«

»Nein.« Cosima schüttelte den Kopf. »Nicht, was Sie denken.«

»Dann sagen Sie es mir«, sagte Ellen. »Was ist es dann. Was übersehe ich, Cosima?«

»Ich werde es Ihnen erklären«, sagte Cosima. »Aber zuerst müssen Sie Nick finden. Mein Vater wird ihn umbringen. Sie müssen ihn finden, bevor es zu spät ist.«

Ellen dachte an Abbys Handy, das auf Voicemail umgeschaltet war. Neben sich hörte sie Alastair seufzen. Er hatte denselben Gedanken wie sie.

Es war schon zu spät.

Schlagartig war er bei Bewusstsein, geweckt von dem Schrei. Mit seinem guten Auge schaute er sich um, desorientiert. Keine Erinnerung daran, wo er war oder warum Charlotte schrie.

Ein Schlag und das Schreien verstummte.

»Nein!« Petes Stimme.

»Sorry.«

In seinem Kopf wirbelten Erinnerungen auf. Ergaben irgendwie Sinn. Doch mit dem Begreifen kam die Angst zurück.

»Ich habe es dir schon einmal gesagt«, sagte Pete mit erhobener Stimme, als wäre er wütend oder ungeduldig. »Frauen schlägt man nicht. Niemals, klar?«

»Charlie?«

Sie war nahe. Er konnte ihr leises Weinen hören, es war ihm vertraut wie sein eigener Atem. Nie hatte ihr Weinen ihn gerührt, wenn er der Grund für die Tränen war. Jetzt spürte er plötzlich Mitleid mit ihr.

»Hier drüben.«

Pete durchquerte den Raum und verschwand aus Nicks Blickfeld. Nick versuchte, den Kopf zu drehen, wollte sehen, was Pete machte. Ein stechender Schmerz im Nacken hielt ihn davon ab. Einen Augenblick später war Pete zurück, schleifte eine heulende Charlotte hinter sich her.

Pete drückte Charlotte in das Sofa gegenüber von Nick und setzte sich neben sie, hielt sie am Oberarm. Charlotte starrte Nick an, weit aufgerissene blaue Augen voller Grauen. Ihr Gesicht war leichenblass, bis auf den roten Streifen auf ihrer Wange, da, wo Petes beschissener Handlanger Clive sie geohrfeigt hatte. Sie sah nüchtern aus. Wäre vielleicht besser, sie wäre betrunken. Clive war ein Widerling. Nick hatte ihn immer gemieden.

»Nick, was ist hier los?«

Pete schüttelte sie am Arm und sagte, sie solle das Maul halten. Sie wich vor ihm zurück. Plötzlich überkam Nick Selbsthass.

»Es tut mir leid.« Er meinte sie beide, wollte, dass Pete und Clive verstanden, dass das alles hier nicht notwendig war.

»Pete, es ist nicht so, wie du denkst. Ich schwöre. Charlotte hat mit alledem nichts zu tun. Sie hat doch gar keine Ahnung, um Himmels willen. Lass sie gehen. Bitte.«

»Wir sind wohl die Letzten, die es erfahren, meine Liebe«, sagte Pete zu Charlotte.

»Geht es um Kieran?«, fragte Charlotte.

Pete kicherte. »Du arme Kuh. Du hast keine Ahnung, oder?«

»Wovon reden Sie?«, fragte Charlotte. »Ich habe es satt, nichts zu wissen. Dass Kieran tot ist, ist mir egal. Aber er lebte mit meiner Tochter zusammen. Ihr Herz ist gebrochen, und das ist mir nicht egal.«

Pete schlug mit der Faust auf die Armlehne des Sofas. Charlotte zuckte zusammen.

»Um diesen Schleimscheißer geht es nicht«, sagte er. »Um ihn geht es!« Er deutete auf Nick.

»Sie ist mein Lebenswerk, weißt du das? Alles, was ich getan habe, habe ich für ihre Sicherheit getan, um sie vor Männern wie dir zu schützen, die nur das eine wollen. Männern, denen es egal ist, dass sie das purste, perfekteste Wesen ist. Nachdem ihre Mutter gestorben ist, habe ich Cosima ein Versprechen gegeben. Sie war noch ein Kind. Hat es nicht verstanden. Nicht gleich. Es brauchte Zeit, Hingabe und Aufopferung. Wörter, die einem selbstsüchtigen Stück Scheiße wie dir nichts bedeuten. Hast du dir einen Moment Gedanken über die Konsequenzen deines Tuns gemacht? Hast du je darüber nachgedacht, dass sie etwas Besonderes ist? Verflucht. Du bist auch nicht anders als die anderen Arschlöcher. Hast sie gesehen und musstest ihr an die Wäsche gehen.«

»Nick?« Charlottes Stimme zitterte. Sie klang verloren, wie ein kleines Mädchen. Das erinnerte ihn an Freya. Erneut wurde ihm schmerzlich bewusst, was er im Begriff war zu verlieren.

»So ist es nicht, Pete. Das schwöre ich. Ich liebe sie. Ich liebe sie wirklich. Niemals würde ich ihr weh tun. Ich wollte es dir sagen, sie hat mich nicht gelassen.«

»Halt's Maul!«

Pete stand auf, baute sich vor Nick auf, schrie ihn an. Spucketropfen landeten auf Nicks Gesicht.

»Zu spät, du verlogenes Schwein. Du hast alles ruiniert. Wie kann ich ihr je wieder in die Augen sehen nach dem, was sie mit dir getrieben hat?«

Nick wurde übel. Es hatte ihn die ganze Zeit angestarrt. Nur war er zu dumm, zu naiv, zu vernarrt in sie gewesen.

»Du Schwein«, sagte er. »Mit deiner eigenen Tochter. Jesus, Maria und Josef.«

»Nein.« Pete beugte sich runter, von Angesicht zu Angesicht. »Du willst mir unterstellen, ein verfluchter Perverser zu sein, Nick? Glaubst du, das könnte ich meinem eigenen Kind antun? Du bist noch schlimmer, als ich gedacht habe, weiß du das? Gott, wie konnte sie nur. Wie konnte sie?«

Pete schlug ihm kräftig ins Gesicht. Immer wieder und hätte ihn weiter geschlagen, wenn Clive nicht gebrüllt hätte, er sollte aufhören.

»Nicht hier«, sagte Clive. »Wir wollten es doch nicht hier erledigen, Pete.«

Charlotte sagte irgendetwas. Pete stürzte auf sie zu, packte sie, legte ihr einen Finger auf die Lippen, sagte sanft »Psst, psst, süße Charlotte. Du musst jetzt still sein. Das macht es einfacher.«

Charlotte zog den Kopf zurück, wollte etwas erwidern, hielt aber den Mund, als er eine Waffe aus seinem Mantel zog und sie ihr ins Gesicht hielt.

Clive näherte sich, Metall blitzte auf. Er hatte ein Jagdmesser mit breiter Klinge in der rechten Hand. Nick presste seinen Körper gegen die Stuhllehne, als könnte sie ihn schützen. Er fing an zu heulen, um sein Leben zu betteln, sagte Pete immer wieder, dass er einen Fehler machte.

»Ich liebe sie«, schrie er. »Und sie liebt mich.«

Clive hob das Messer. Nick schrie lauter. Sah das Messer aufblitzen, niedersausen. Sein Hirn arbeitete wieder. Clive durchschnitt das Seil um seine Fußgelenke. Tötete ihn nicht. Noch nicht.

Danach löste er das Seil um seine Handgelenke und zog ihn hoch. Drückte Nick das Messer gegen die Kehle und lachte.

»Glaubst du, ich bin so blöde, und erledige dich hier?«

Clive zerrte Nick durch den Wintergarten zur Vordertür. Nick stolperte mehrmals. Das Messer schnitt ihm in die Haut. Blut floss an seinem Hals entlang und durchnässte den Hemdkragen.

Die Kofferraumklappe von Nicks Wagen stand offen. Charlotte kletterte hinein. Pete hielt die Waffe die ganze Zeit auf sie gerichtet. Er schlug die Klappe zu, schloss sie ab und drehte sich zu Nick.

»Jetzt bist du dran«, sagte er.

Der Kofferraum von Petes Jaguar, ein Allradwagen, stand ebenfalls auf. Nick schüttelte den Kopf, versuchte sich aus Clives eisernem Griff zu befreien, aber er hatte keine Kraft mehr. Er wurde zum offenen Kofferraum gezogen wie Jonah, der direkt in das Maul des Wales gespült wurde. Er drückte die Absätze in den Boden, hinterließ eine Schleifspur im Kies.

»Ich steig da nicht ein.«

Pete presste ihm die Waffe ins Gesicht. Nick sank gegen den Wagen. Pete kam ganz nah. Er wollte nach ihm treten, doch seine Beine gehorchten ihm nicht. Er spürte, wie sich seine Füße vom Boden lösten. Pete packte ihn an den Beinen, Clive schob ihn von hinten, Gesicht zuerst, in die wartende, abweisende Dunkelheit.

SIEBZEHN

Ellen fuhr. Blaulicht während der ganzen Fahrt. Die Sirene heulte, während sie sich durch den dichten Verkehr schlängelte, über Fahrer fluchte, die nicht schnell genug auswichen. In Blackheath passierte sie einen grauen Jaguar, der aus der Heath Lane kam. Sie raste an ihm vorbei und zum ersten Haus am oberen Ende.

Cosima saß hinten. Sie hatte darum gebeten, mitkommen zu dürfen. Ellen hatte zugestimmt, weil sie nicht auf Verstärkung warten wollte, die sich um sie kümmerte. Außerdem war das Mädchen vielleicht ein gutes Argument, wenn sie Cooper konfrontierten.

Kein Wagen in der Einfahrt. Das hieß nicht unbedingt, dass niemand zu Hause war. Sie sprang aus dem Auto und rannte die Stufen der Veranda hinauf. Sie drückte gegen die Tür. Sie war offen. Die Angst, die sie so verzweifelt versucht hatte zu kontrollieren, war wieder da. Sie sah Abby vor sich, tot oder verletzt. Sie versuchte den Gedanken zu unterdrücken, zu vergessen, doch die Angst ließ das nicht zu.

Sie rief Alastair zu, bei Cosima zu bleiben, solange sie das Haus durchsuchte.

Sie bewegte sich dicht an der Wand entlang durch die Eingangshalle, ihre Augen schossen von links nach rechts, suchten die dunklen Ecken nach Zeichen für einen Hinterhalt ab. Zwei Türen auf jeder Seite. Ellen fing mit den beiden linken an.

Hinter der ersten war das Wohnzimmer. Zwei makellose blumengemusterte Sofas standen sich vor dem gigantischen Kamin gegenüber. Ellen und Abby hatten nebeneinander auf einem der beiden gesessen. Abby hatte dunkelblaue Diesel-Jeans angehabt und ein schneeweißes Hemd. Das Haar zu einem Pferdeschwanz gebunden. Schön, jung und unbesiegbar.

Und tot. Das Bild wechselte. Abbys Kopf zurückgelehnt. Ein Loch in der Brust. Ein dunkler Fleck auf dem weißen Hemd und der Lehne des Sofas. Nein! Ellen wollte das nicht glauben. Und wenn sie es nicht glaubte, konnte es auch nicht geschehen. Sie würden sie finden.

Der nächste Raum war eine Bibliothek. Prätentiös, holzverkleidet mit dunklen Regalen und Reihen von langweilig aussehenden Wirtschaftsbüchern neben – unpassenderweise – Gedichtbänden. Irgendwas stimmte hier nicht. Zuerst wusste sie nicht genau, was es war. Alles sah aufgeräumt aus. Dann erfasste ihr Hirn, was sie störte. In der Ecke lag ein Buch, verkehrt herum und aufgeschlagen. Ellen konnte den Titel lesen. Eine Gedichtsammlung von WB Yeats.

Mögen Sie Gedichte, Detective?

Hier war alles in so perfekter Ordnung, dass das Buch, das wie hingeworfen dalag, eine andere Geschichte erzählte. Ellen lauschte in die Stille hinein, hoffte Abby rufen zu hören, dass sie noch am Leben war.

Sie durchkämmte den Rest des Hauses, obwohl sie wusste, dass es zwecklos war. Es war niemand hier. Die Hintertür war mit Gewalt geöffnet worden. Pete Cooper war also da gewesen.

Im Wintergarten fand sie Blutspuren und einen umgeworfenen Stuhl. Aber Pete Cooper, Nick und Abby waren fort. Welchen Plan Cooper auch hatte, er setzte ihn nicht in diesem Haus in die Tat um.

Sam war wieder da. Rief nach ihr. Abby erinnerte sich, dass sie gefroren und Angst gehabt hatte. Das war lange her. Jetzt wollte sie nur noch eins: dass es bald vorbei war. Bei Andy, zu Hause in East Sussex, wieder eine Familie sein. So wie es sich gehörte.

»Es tut nicht weh«, sagte Andy. Seine liebe, verlorene Stimme flüsterte ihr zu. So lange hatte sie sich das gewünscht. Noch einmal mit ihm zusammen sein, damit ihr nichts von ihm entginge, es auskosten. Vielleicht – wenn sie noch einmal diese Möglichkeit hatte –, würde sie sich besser an ihn erinnern können.

»Es tut nicht weh.«

Er hatte unrecht. Es hörte nie auf weh zu tun.

In der Küche befahl Alastair die Ortung von Gleesons Wagen. Cosima saß am Tisch und beobachtete ihn beim Telefonieren. Ellen forderte über ihr Handy Verstärkung an. Sie mussten das Haus und die Gegend absuchen, bis sie Abby gefunden hatten.

Neben der Küche befand sich eine Waschküche. Eine Waschmaschine, ein Trockner und eine riesige Gefriertruhe nahmen fast den ganzen Raum ein. Ansonsten standen nur noch ein paar schwarze Müllsäcke herum, aufgestapelt neben der Gefriertruhe.

»Und Coopers Wagen«, rief sie Alastair zu.

Ellen hob einen der Müllsäcke an. Schwer, aber nicht so schwer wie ein menschlicher Körper. Trotzdem reizte irgendetwas ihre Neugier. Während sie den Sack untersuchte, hörte sie Alastair die Informationen durchgeben.

»Grauer Jaguar, XE Model. Kennzeichen PN 32 ONW.«

Ellens Hirn arbeitete auf Hochtouren. Ein Erinnerungsblitz. Abby, überdreht nach ihrem Date mit Sam, dem Anwalt. Sie liefen auf Coopers Haustür zu, vorbei an seinem glänzenden neuen Wagen.

»Scheiße.«

Sie ließ den Sack fallen und rannte zurück in die Küche.

»Coopers Wagen! Wir sind gerade an ihm vorbeigefahren. Sie sind links auf die Elliot Vale gebogen. Sie rekapitulierte, versuchte verzweifelt nachzuvollziehen, welche Richtung Cooper genommen hatte, nachdem er aus der Heath Lane gekommen war. Sie hatte sich so auf Abby konzentriert, dass sie nicht darauf geachtet hatte.

»Wir haben sie verfehlt«, wiederholte sie. Sie packte Alastair am Arm. »Vielleicht sind wir nicht zu spät. Sagen Sie Malcolm, er soll alle Einheiten informieren. Cooper kann noch nicht weit sein.«

Der erste Hoffnungsschimmer. Daran klammerte sie sich. Abby lebte. Sie würden sie finden. Jede Zelle in ihrem Körper war darauf aus, Pete Coopers Wagen aufzuspüren. Die schwarzen Plastiksäcke und die Gefriertruhe waren vergessen.

ACHTZEHN

Die Angst war überwältigend, lähmend. Im dunklen Kofferraum wurde sie hin und her geschleudert, während der Wagen ihrem sicheren Tod entgegensteuerte. Zuerst hatte ihr Hirn abgeschaltet, konnte nicht verarbeiten, was vor sich ging. Das war unendlich viel besser gewesen als das, was danach kam; die Bilderflut, die jede Ecke des dunklen Raumes in ihrem Kopf füllte. Nick und Cosima, Kierans Hände zwischen ihren Beinen, Cosimas perfektes Gesicht und ihre riesigen dunklen geheimnisvollen Augen. Ein Messer in einer Hand, das immer und immer wieder in Kierans Brustkorb gestoßen wurde. Dieselbe Hand am Lenkrad eines Autos. Ginny im Scheinwerferlicht, Augen weit aufgerissen, voller Angst. Das Kreischen von Bremsen, die die Schreie ihrer Freundin erstickten. Das Auto, das auf sie zuraste.

Sie musste pinkeln. Wie dringend merkte sie erst, als ihre Blase entspannte und Urin ihren Slip und ihre Hose durchnässte. Der kleine Raum füllte sich mit bitterem Geruch.

Das warme Nass wurde kalt, zu Eis in ihrer Kleidung, das sich bis auf die Knochen durchfraß. Sie fing an zu zittern. Die Zähne klapperten. Sie schlang die Arme um ihren Körper und versuchte, sich nicht vorzustellen, was passierte, wenn das Auto hielt.

Police Constable Laura McKeown bog gerade in die Einfahrt des riesigen Hauses auf der Heath Lane, als Ellen Kelly herausgerannt kam.

»Ärger im Anmarsch«, murmelte Gary, schnallte sich ab und stieg aus. »Mach dich bereit, Laura.«

Laura stieg auch aus, machte sich nicht die Mühe zu antworten. Gary Locke war ein Idiot. Sie lächelte Ellen an. Keine Reaktion. Nur ein paar kurze Instruktionen, das Haus zu durchsuchen und anzurufen, sobald sie etwas gefunden hatten. Oder jemanden. Dann war Ellen weg, sprang mit Alastair Dillon in einen Wagen und raste davon, hinter sich eine Staubwolke.

»Wer war die Mieze auf dem Rücksitz?«, fragte Gary.

»Cosima Cooper«, sagte Laura. Sie hatte das Mädchen auf einem Foto an der Wand im Einsatzraum gesehen.

Gary zog eine Schachtel Zigaretten aus der Jackentasche, zündete sich eine Zigarette an.

»Wir sollen das Haus durchsuchen«, sagte Laura.

»Hat doch keine Eile«, sagte Gary. »Geh du schon rein. Ich kümmere mich um meine Nikotindosis, komme gleich nach.«

»Wehe nicht.«

Eigentlich war es ihr vollkommen egal, ob er hier draußen rauchte. Sie war sowieso lieber allein. Dann musste sie nicht sein endloses leeres Gequatsche ertragen.

Ellen hatte die Tür offen stehen lassen. Laura trat in die große Eingangshalle, fragte sich, wo sie anfangen sollte. Das Haus gründlich zu durchsuchen würde dauern. Besonders wenn sie es alleine machen musste.

Sie blickte über die Schulter. Gary hatte sich nicht vom Fleck gerührt, rauchte und sah so aus, als ob er es nicht eilig hätte, mit der Arbeit zu beginnen. Er konnte sie mal. Sollte sie etwas finden, würde sie dafür sorgen, dass er sich keinen Teil der Lorbeeren einstrich.

Da sie nicht wusste, wonach sie suchen sollte, bewegte sich Laura langsam von Zimmer zu Zimmer. Mit dem Voice-Recorder ihres Handys machte sie sich Notizen, die konnte sie später für den Bericht verwenden.

Sie arbeitete sich durch das Erdgeschoss, bemerkte ein Buch auf den Boden der Bibliothek, einen umgekippten Stuhl und im Wintergarten Spritzer, die wie Blut aussahen. In der Küche im Keller – die größer war als Lauras Wohnung in Ladywell – gab es noch mehr Anzeichen dafür, dass hier irgendetwas passiert war – rostfarbende Spritzer auf der weißen Marmorarbeitsfläche; sah auch aus wie Blut; ein zerbrochenes Glas auf dem Boden. Die Splitter knirschten unter ihren Schuhen auf ihrem Weg zur Waschküche weiter hinten.

»Waschmaschine, Trockner«, sprach sie ins Handy. »Schrank voller Putzmittel. Große Gefriertruhe in der Ecke. Daneben schwarze Müllsäcke übereinandergestapelt.«

Sie drückte auf Pause und untersuchte die Säcke. Sie waren nicht zugebunden. Aus einem ragte die Verpackung eines Fertiggerichts.

Sie drückte wieder auf Aufnahme.

»Im ersten Sack Essen. Verpackungen von Fertiggerichten. Gefroren. Aufgetaut eigentlich. Als hätte sie gerade jemand aus …«

Laura bekam einen trockenen Hals. Die Hand, in der sie das Handy hielt, sank nach unten. Ihre andere Hand umschloss den Deckelgriff der Gefriertruhe, öffnete sie. Sie beugte sich vor und sah hinein. Später, als sie die Aufnahme auf dem Handy noch einmal abspielte, konnte Laura ihren eigenen Atem hören, rau und unregelmäßig. Sie hörte ihre Schritte auf dem Zementboden, wie sie den Atem anhielt, als sie in die Truhe blickte. Und schließlich das letzte Geräusch, bevor die Aufnahme endete, weil ihr das Handy aus der Hand gefallen war. Der ohrenbetäubende Klang ihrer eigenen Stimme, die nach diesem Volltrottel Gary Locke schrie, er solle Verstärkung rufen.

NEUNZEHN

»Er hat ein Haus in der Nähe von Eastbourne«, sagte Cosima. »In Birling Gab. Sie wissen schon, an der Küste von Beachy Head?«

Beachy Head. Wo Annalise' Leiche gefunden worden war.

»Niemand weiß davon«, sagte Cosima. »Dort erledigt er all seine schmutzigen Geschäfte. Er glaubt, ich weiß das nicht. Aber ich weiß mehr, als er denkt.«

Sie sprach immer noch so monoton wie vorhin, als sie sie auf dem Balkon gefunden hatten. Ellen vermutete, das Mädchen stand unter Schock.

»Kennen Sie die Adresse?«, fragte Ellen.

»Keine Ahnung«, sagte Cosima. »Aber ich kann sie hinführen. Ich war schon ein paar Mal mit ihm dort.«

»Das kann ich nicht von Ihnen verlangen«, sagte Ellen. »Sie müssen zu einem Arzt.«

»Ich brauche keinen Arzt«, sagte das Mädchen. »Ich muss mit Ihnen mitkommen. Bitte.«

»Ich weiß nicht.« Ellens Protest war allenfalls halbherzig. Doch ihre Sorge um Abby überwog alle Bedenken.

»Sie haben keine Wahl«, sagte Cosima. »Ich bin die Einzige, die weiß, wo er ist.«

»Raus!«

Die Stimme war beharrlich. Eine Hand an seinem Arm schüttelte ihn, rüttelte ihn wach. Sein gutes Auge öffnete sich. Blendendes Licht. Ein weißer Strahl durchschnitt die dunkle Nacht.

Der Schatten eines Mannes hinter dem Licht. Er zog den Kopf ein, weg von der Taschenlampe, bettelte um sein Leben. Worte kamen aus seinem Mund, mitleiderregend, flehend, zwecklos. Pete zielte mit der Waffe auf ihn. Mit der anderen Hand zerrte er Nick aus dem Kofferraum.

Jede Bewegung verursachte Nick Schmerzen. Arme, Kopf, Gesicht, Rücken, Bauch. Alles tat weh. Hinter dem Licht bewegten sich Schatten, umzingelten, erstickten ihn.

Er hatte keine Ahnung, wo er war.

Pete zog und schob ihn vorwärts. Über ihm ein riesiger sternenklarer Himmel. Er blickte sich nach Häusern um, einer Straße, irgendeinem Zeichen, dass sie hier draußen nicht alleine waren. Aber er hörte nur das Flüstern des Windes und das Krachen, das er aus seiner Kindheit von Ausflügen an die See in Südirland kannte.

»Nein.«

Charlottes Stimme erhob sich über Wind und Wellen. Sie klang verängstigt. Er blickte sich um. Sah zwei Gestalten durch das Dunkel auf sich zukommen. Das Licht der Taschenlampe brachte sie ins Blickfeld. Charlotte und der Leibwächter Clive. Ein dunkler Fleck hatte sich auf den Innenseiten von Charlottes Hosenbein ausgebreitet. Als ihm klarwurde, was es war, überkam ihn Traurigkeit. Sie war so verängstigt gewesen.

»Nein.«

Clive hielt eine offene Flasche Wein. Er packte sie, beugte ihren Kopf zurück, hielt ihr die Flasche an den Mund und zwang sie zu trinken. Sie wehrte sich, würgte, ihre Arme wedelten hilflos in der Luft, während der Wein in ihren Mund floss und am Kinn hinunter.

Nicks Beine sackten weg. Er wäre gefallen, hätte Pete ihn nicht so fest gehalten.

»Du hast doch immer gesagt, der Alkohol wäre ihr Tod«, sagte Pete.

Pete redete weiter. *Tragischer Unfall. Alkohol am Steuer. Nicht das erste Mal. Weit überm Limit*. Die Worte waberten zu ihm durch die abscheulichen Töne, die Charlotte von sich gab. Schluchzen, Würgen und Brechen.

»Du hast Glück, dass es wie ein Unfall aussehen soll«, sagte Pete. Zog ihn näher zum Wasser. »Sonst würde ich dir zuerst deinen Schwanz abschneiden.«

Nick strengte die Augen an, suchte die Schaumkronen, sah aber nur Himmel und Sterne. Plötzlich begriff er. Das Meer war nicht vor ihm. Es war irgendwo da unten. Am Fuße der Felsen. Er versuchte zu widerstehen, doch noch immer hatte er den Lauf der Waffe im Gesicht. Wie ein kleines Kind ließ er sich seinem Tod entgegenführen.

Pete blieb stehen. Sie konnten nicht weitergehen. Nur noch ein Schritt bis zum Abgrund.

»Er liebt mich«, sagte Cosima.

Die flache Stimme nahm den Rhythmus der Bewegungen des Wagens an, in dem sie aus London in Richtung Süden zur Küste fuhren.

»Seine Mutter war eine Prostituierte. Wussten Sie das? Sie hat ihn ziemlich fertiggemacht. Jetzt macht er mich fertig. Auch wenn er davon überzeugt ist, dass er mich rettet. Er glaubt, Sex ist etwas Schmutziges. Für ihn hat Sex seine Mutter zerstört und dann seine Frau. Und obwohl er mich liebt, würde er mich niemals anfassen. Nicht so. Er möchte gerne.

Das sehe ich ihm an. Es ist wie ein Hunger. Wenn er mich so ansieht, macht mir das Angst, weil ich weiß, wozu er fähig ist.

Sie halten mich wahrscheinlich für einen Feigling. Hatte immer zu viel Angst, wegzugehen. Ich wusste, er würde mich finden, egal wo. Ich möchte nicht wissen, was er mit mir angestellt hätte.«

Sie hörte auf zu reden. Sie fuhren schweigend weiter.

Es war dunkel geworden. Das einzige Licht kam vom blassen Mond und von den tausend blinkenden Sternen. Ellen hatte irgendwo gelesen, dass die Sterne, die wir von der Erde aus sehen, tot sind. So lang brauchte das Licht, unser Universum zu erreichen. Sie war traurig geworden, als sie das gelesen hatte. Jetzt machte sie die Erinnerung daran traurig.

Zu viel Wein kam zu schnell in ihren Magen. Ihr Körper rebellierte. Krampfte sich zusammen, sie würgte, versuchte das Gift loszuwerden. Aber es kam immer mehr. Floss ihr in Mund und Kehle, bis sie darin ertrank. Bis sie es nicht eine Sekunde länger ertrug. Sie wehrte sich, schlug um sich, ins Nichts. Die Hand des Mannes hielt ihren Kopf fest, die Flasche schlug gegen ihre Zähne.

Plötzlich ließ er sie los. Sie fiel nach vorne, würgte und hustete.

»Hierher. Zu ihm.«

Sie sah die Waffe. Und sie sah Nick. Sein Gesicht weiß im silbernen Licht des Neumondes. Tränen rannen ihr über ihre Wangen, obwohl sie gar nicht weinte. Es gab nichts mehr, wofür es sich zu weinen lohnte. Die Tränen waren nur eine Reaktion auf den Wein.

Die Waffe klickte.

Pete wollte, dass es so aussah, als wäre es ihre Schuld. Leicht zu glauben. Betrunkene setzte sich ans Steuer. Ein furchtbarer

Unfall. Er würde sie zwingen zu springen, das Auto schickte er hinterher. Jeder würde glauben, sie hätte den Wagen über das Kliff gefahren und sich und ihren Mann umgebracht.

»Ich bin nicht verrückt«, sagte sie. Sie lallte, redete trotzdem weiter.

»Die können das doch feststellen. Wenn wir springen, ist es klar, dass wir nicht im Wagen saßen.«

»So funktioniert das nicht«, sagte Pete. »Mit den Verletzungen vom Sturz wird man nur noch schwer nachvollziehen können, wie es passiert ist.«

Sie könnte davonlaufen. Doch er würde auf sie schießen. Besser so, als dass jeder später glaubte, all das sei ihre Schuld.

»Ihr habt keine Wahl«, sagte Pete, als wüsste er, was ihr durch den Kopf ging.

»Ihr springt, und wir lassen es wie einen tragischen Unfall aussehen. Oder ich erschieße dich. Ich schwöre dir, Charlotte, wenn ich es tun muss, fahre ich sofort nach London und jage deiner Tochter auch noch eine Kugel durch den Kopf.«

»Woher weiß ich, dass du das nicht sowieso tust?«, erwiderte sie.

Er lächelte. Die Angst war zurück, sperrte alles andere aus, machte jede Wahl unmöglich.

»Du musst mir eben vertrauen.«

Er machte mit der Waffe ein Zeichen in Richtung Abgrund.

»Bewegung«, sagte er.

Sie machte einen Schritt. Dann erstarrte sie, weigerte sich zu tun, was ihr gesagt wurde. Clive gab ihr einen Stoß. Sie stolperte vorwärts, auf den Abgrund zu.

»Kein Eintrag für Pete Coopers Haus an der Südküste«, sagte Alastair, nachdem er mit Malcolm telefoniert hatte. »Wir haben zwei Einheiten angefordert. Sie treffen uns an Birling Gab.

Eine aus Eastbourne und ein Sondereinsatzkommando aus Brighton. Hubschrauber auch.«

»East Sussex hat eine eigene Hubschraubereinheit?«, fragte Ellen.

»Beachy Head«, sagte Alastair. »Selbstmörder. Sie brauchen die Hubschrauber, um die Leichen zu finden.«

Ellen kannte die Küste zwischen Eastbourne und Brighton. Atemberaubende weiße Felsen hoch über der See. Meilen über Meilen wilde, unangetastete Natur. Der perfekte Ort für einen Mord und für die Entsorgung der Leiche. Sie gab Gas und zwang das Auto, sie dorthin zu bringen, bevor es zu spät war.

»Um Himmels willen. Du musst das nicht tun.«

Pete leuchtete mit der Taschenlampe Nick ins Gesicht. Tränennass, kreidebleich. Er sah jämmerlich aus. Vielleicht lag es am Wein, doch Charlotte spürte gar nichts. Vielleicht hatte sie auch schon aufgegeben.

Nicks Weinen löste eine Erinnerung aus. Und gleichzeitig lauter Emotionen in dieser Leere. Das letzte Mal, als sie ihn hatte weinen sehen. Gleich nach Freyas Geburt. Er stand an Charlottes Bett. Ihr Körper und ihr Geist taub von den Schmerzen, die sie hatte ertragen müssen. Freya lag in seinen Armen, eingewickelt in eine rosa Decke, schrie ob der Brutalität, mit der sie dem Leib ihrer Mutter entrissen worden war. Jeder Schrei war wie ein Messer in Charlottes Herz.

Er hatte es nicht bemerkt. War zu sehr mit seinem Glück beschäftigt. Freudentränen liefen ihm übers Gesicht, während er das Kind betrachtete. Ihr gemeinsames Kind. Eine kleine Faust kam unter der Decke hervor. Nick hob Charlottes Hand, die winzigen Finger sollten einen ihrer Finger umfassen. Charlotte war so geschwächt, dass sie nicht die Kraft hatte, sich aus dem kleinen Griff zu befreien.

Sie spürte unbändige Liebe – unerwartet und unbekannt. Ihr Kind. Ein Leben lang hatte sie darauf gewartet, so zu fühlen, und jetzt, als das Leben zu einem Ende kam, wusste sie, was es hieß, eine Mutter zu sein.

»Halt mal.« Pete leuchtete mit der Taschenlampe in Charlottes Gesicht, blendete sie. Clive packte sie am Arm, drehte ihn auf ihren Rücken.

Das Licht der Taschenlampe ging aus.

Die Welt wurde schwarz.

Ganz nah konnte sie Pete und Nick rangeln hören. Einer stöhnte. Nick schrie, flehte um sein Leben. Noch ein Schrei. Lauter und länger, dann langsam schwächer, bis nichts mehr war.

Sie trat nach hinten, gegen Clives Schienbein. Er schrie auf. Sein Griff wurde lockerer. Die Taschenlampe ging an. Ein Lichtstrahl in der dunklen Luft. Suchte nach ihr.

Sie trat noch einmal zu. Kräftiger. Clive ließ sie los. Sie fing an zu rennen. Das Licht folgte ihr durch die Nacht, fand sie. Sie wich nach links aus, rechts, wieder links, aber der Lichtstrahl ließ sie nicht los. Ein lauter Knall erschütterte die Luft. Sie duckte sich instinktiv. Rannte weiter. Ein Sausen in der Luft. Die Kugel flog an ihrem Ohr vorbei. Zu nah.

Sie rannte, obgleich sie wusste, dass sie nicht entkommen konnte. Das Bild ihrer Tochter trieb sie an. Freya in jedem Lebensalter. Eine Endlosschleife verlorener Momente, die sie hätte wertschätzen sollen.

Noch ein Schuss. Irgendetwas krachte in ihre Schulter. Sie flog nach vorne. Stürzte zu Boden, Gesicht zuerst. Versuchte aufzustehen. Zu schwach. Keine Kraft mehr. Sie kroch über den feuchten Boden, weinte. Tränen der Reue eines ganzen Lebens.

Die ganze Welt leuchtete auf. Hell und weiß. Ein tosendes Monster schwebte über ihr. Tod. Durch den dunklen Tunnel in das einladende Licht. Der Tod holte sie. Brüllte seine Wut heraus, verwandelte die Welt in einen Sturm, die Luft wirbelte, Gras und Schmutz flogen ihr ins Gesicht, in Mund, Nase und Augen.

Sie spürte die Vibration in ihrem Bauch; das Zittern vom Ende der Welt. Ein gleichmäßiges Pochen, das immer stärker zu werden schien. Ein Fuß vor ihrem Gesicht. Die Stimme eines Mannes, der sagte, es sei alles in Ordnung, sie sei okay, es sei alles vorüber und sie in Sicherheit.

Sie wollte ihn fragen, ob er Gott war oder Teufel. Aber sie bekam keine Luft. Sie ließ sich fallen, in das nasse Gras, die Augen geschlossen. Gott oder Teufel. Sie musste nicht fragen. Sie kannte die Antwort.

Alles geschah gleichzeitig. Das ohrenbetäubende Tosen des Hubschraubers. Die peitschende Luft in seinem Gesicht und rund um seinen Körper, so dass er nicht wusste, wohin er sich drehen sollte. Helle Lichter, Stimmen. Irgendjemand schrie. Er hielt noch immer die Waffe. Hob sie, bereit, sich seinen Weg freizuschießen, wenn es sein musste. Die Stimme eines Mannes durch ein Megaphon. Er sollte die Waffe fallen lassen. Voller Panik konnte er nicht klar denken. Er schwang herum, sah Clive, die Arme über dem Kopf, zum Hubschrauber starren. Und dann, wie ein Wunder, durch das Getöse, die Lichter und die wirbelnde Luft, erschien sie.

Cosima!

Sie rannte auf ihn zu. Tränenüberströmt. Jemand lief hinter ihr her. Ellen Kelly. Pete hob die Waffe und zielte. Kelly blieb stehen, hielt die Hände hoch. Cosima raste weiter auf ihn zu. Er packte sie mit der freien Hand, versuchte sie an sich zu ziehen, ihr zu sagen, dass alles gut wäre. Sie war jetzt bei ihm, und er vergab ihr. Das wollte er ihr sagen, aber sie ließ ihn nicht. Sie schrie ihn an, trommelte mit den Fäusten gegen seine Brust, fragte, was er getan hätte, was zur Hölle er getan hätte?

Er schüttelte sie, schrie sie an aufzuhören. Alles, was er getan hatte, hatte er für sie getan. Er verstand nicht, warum sie das nicht einsah. Wenn er sie doch bloß für einen Moment zum Schweigen bringen konnte, würde sie ihn vielleicht anhören und verstehen. Aber sie schrie weiter, schlug auf ihn ein. Er wollte ihr nicht weh tun, weil er sie liebte und ihr nie ein Haar krümmen würde, doch er musste sie zum Schweigen bringen, weil er es nicht länger ertrug. Bevor er sichs versah, hob er die Waffe. Er würde ihr nicht weh tun, niemals.

Selbst mit der Waffe an ihrer Wange schrie sie weiter und schleuderte ihm furchtbare Vorwürfe entgegen. Ellen Kelly rannte jetzt auf sie zu. Auch sie schrie. Plötzlich explodierte die Welt. Dann war da kein Schreien mehr. Dann war gar nichts mehr.

MONTAG

EINS

Nick Gleesons Leiche wurde am frühen Montagmorgen am Beachy Head gefunden. Ger rief das Team zusammen und verkündete die Neuigkeit.

»Wir können den Fall jetzt abschließen«, sagte Ger. »Wir müssen die Familie benachrichtigen. Es ist vorbei. Wir sind fertig.«

Das Ende eines Falles war etwas Besonderes. Wochen harter Arbeit, lange Arbeitstage und das langsame Dahinschwinden der Hoffnung ersetzt durch eine schwindelerregende, ansteckende Euphorie und den selbstzufriedenen Glauben, dass es sich gelohnt hatte. Diesmal spürte Ellen das nicht. Teilweise wegen Abby, natürlich, doch es gab noch einen Grund: das Gefühl, die Sache nicht zu Ende gebracht zu haben.

Pete Cooper war tot. Von seiner eigenen Tochter erschossen, die im Handgemenge im letzten Moment seine Waffe auf ihn richten konnte. Ob die Waffe von alleine losgegangen war oder sie abgedrückt hatte, würden sie nie erfahren. Die Staatsanwaltschaft beschloss, Ellen zu glauben, die schwor, Cosima hätte ihren Vater in Notwehr erschossen. Gegen sie wurde keine Anklage erhoben.

Coopers Leibwächter Clive Merchant befand sich in Gewahrsam, hatte eine Klage wegen Beihilfe zum Mord und versuchten Mordes am Hals. Nick Gleeson wurde als der Mörder von Kieran Burton und Virginia Rau identifiziert. Cosima hatte bestätigt, dass Kieran Nick erpresst hatte, schwor allerdings, sie hätte keine Ahnung davon gehabt, dass ihr Liebhaber mit den Morden etwas zu tun hatte.

Das Haar auf Kieran Burtons Pulli stammte von Freya. Aber, wie Ger betonte, Freya war seine Freundin, und deshalb war das auch nicht überraschend.

»Zwei Menschen tot«, sagte Ellen. »Und keine Mordanklage. Vielleicht ist das das Problem. Irgendwie fühlt es sich unvollendet an.«

»Nick Gleeson hat seine Strafe bekommen«, sagte Ger. »Er ist tot. Manche würden behaupten, das ist schlimmer als das Urteil, das ein Gericht über ihn gefällt hätte.«

»Manche würden sagen, es ist gerechter«, sagte Ellen.

Sie blickte Ger direkt in die Augen, wartete auf die Moralpredigt über Selbstjustiz und dass die Todesstrafe keine Antwort auf alles war. Gers Ausdruck verfinsterte sich, als würde sie irgendetwas an Ellen stören. Dann blickte sie abrupt weg.

»Es waren schwierige Wochen«, sagte sie. »Aber es hat sich gelohnt. Im The Dacre Arms um vier Uhr. Das ist ein Befehl, Leute.«

Sie sah noch einmal alle an, alle außer Ellen.

Einen Moment lang kam sich Ellen vor wie in der Grundschule, am äußersten Rand einer Gruppe von Mädchen, die gleich mit einem Spiel anfangen würden. Alle ignorierten Ellen, die sich nicht anmerken ließ, wie unglaublich verzweifelt sie sich wünschte, dass irgendjemand sie bat mitzuspielen.

Der Arzt sagte, Abby könnte morgen nach Hause gehen. Das waren gute Nachrichten. Nur wusste sie nicht, wo zu Hause jetzt war. Sam wollte, dass sie für ein paar Tage zu ihm kam. Sie war sich nicht sicher. Sie wusste nicht, was sie wollte.

»Du brauchst Zeit«, sagte Sam. »Und du hast jede Menge. So viel Zeit wie du willst.«

Er tätschelte ihre Hand. Das erinnerte sie an Ellen. Die hatte das auch schon ausgiebig gemacht. Tätschelte Abbys Hand und stellte alle möglichen Fragen über Sam. Überhaupt benahm sie sich auf eine für Ellen ganz untypische Art. Als Abby im Krankenhaus aufgewacht war, hatte Ellen an ihrem Bett gesessen und verdächtig danach ausgesehen, als hätte sie geweint.

Sie war fast gestorben. Unterkühlung und Sauerstoffmangel hatten beinahe ihr Ende bedeutet. Ohne Laura McKeown wäre sie jetzt nicht hier.

Sie wollte nicht daran denken. Sie lag auf dem Kissen und schloss die Augen. Hätte sie das bloß nicht getan. Wieder war sie an dem dunklen Ort. Verwirrung, Angst, Trauer überfielen sie, alles andere existierte nicht. Sie versuchte zu atmen. Nichts. Sie versuchte zu sprechen, nach Hilfe zu rufen, doch irgendetwas in ihrer Kehle hinderte sie daran.

»Abby!«

Hände auf ihren Schultern schüttelten sie, zogen sie hoch. Arme umschlangen sie, warm und fest. Eine Stimme sagte ihren Namen und dass sie in Sicherheit sei. Alles würde gut werden.

Sie schob ihn von sich. Die Erinnerungen kamen zurück, brannten sich ein, setzten sich zu einem Bild von den Vorgängen von diesem Nachmittag zusammen. Während alle Stücke an ihren Platz rückten, wurde ihr klar, dass eines fehlte.

»Dein Handy«, sagte sie. »Gib mir dein Handy.«

Sam runzelte die Stirn. »Du darfst hier nicht telefonieren. Hier sind überall Schilder.«

»Gib mir dein Handy.«

Es steckte in seiner Jackentasche. Er hatte es da hineingesteckt, als er hereingekommen war. Sie hatte keine Geduld, griff nach dem Handy und wählte Ellens Nummer.

Ellens Handy klingelte. Sie kannte die Nummer nicht, nahm trotzdem ab.

»Ellen? Ich bin's«, sagte Abby. »Mir ist etwas eingefallen.«

Abby erklärte ihr, warum sie anrief. Die Grundschulerinnerung verschwand. Nachdem Abby aufgelegt hatte, lächelte Ellen. Sie hatte die ganze Zeit recht gehabt. Der Fall war noch nicht abgeschlossen. Noch nicht. Sie war vielleicht eine Außenseiterin, doch dafür gab es einen Grund. Nicht, weil sie – wie sie geglaubt hatte – nicht gut genug war. Das Gegenteil war der Fall. Sie hatte Schwierigkeiten, sich anzupassen, weil es einfach nicht viele so verdammt gute Detectives gab wie sie. Und das, so sagte sie sich, war deren Problem, nicht ihres.

Freya verließ gerade das Haus, als Ellen und Alastair in der Ennersdale Road ankamen. Sie öffnete die Tür, versperrte ihnen den Weg.

»Ich habe Ihnen nichts mehr zu sagen«, sagte Freya. »Es sei denn, Sie wollen mir mitteilen, dass Sie meine Mutter verhaftet haben.«

»Eigentlich geht es um Ihren Vater«, sagte Ellen.

Freyas Augen füllten sich mit Tränen.

»Bitte, sagen Sie mir, er lebt«, sagte sie. »Ich denke immerzu, er kann nicht tot sein. Wäre er tot, würde ich es spüren, nicht wahr? Aber ich spüre nichts. Rein gar nichts. Ich glaube, er hat Angst. Darum hat er sich noch nicht bei mir gemeldet. Er hat Kieran nicht umgebracht, wissen Sie. Das habe ich Ihnen doch schon gesagt, aber keiner hört mir zu. Das ist alles ihre Schuld. Nicht seine. Wie kann ich Ihnen das begreiflich machen?«

Ellen machte einen Schritt auf sie zu. »Freya.«

Freya musste etwas in Ellens Stimme registriert haben. Sie schüttelte den Kopf, hielt sich die Ohren zu.

»Halten Sie den Mund. Halten Sie den Mund. Halten Sie den Mund. Halten Sie den Mund. Er ist nicht tot! Das weiß ich. Sollten Sie hier sind, um mir zu sagen, dass er tot ist, werde ich Ihnen nicht zuhören.«

Ellen berührte die Schulter des Mädchens. Freya zuckte zusammen, als habe sie einen Elektroschock bekommen.

»Wir haben eine Leiche gefunden«, sagte Ellen. Freya ließ die Hände sinken, ließ sich gegen den Türrahmen fallen. Sie atmete stoßweise. Ellen hatte Sorge, dass sie anfing zu hyperventilieren.

»Warum wollen Sie ihn unbedingt beschützen?«, fragte Ellen laut, damit das Mädchen sie auch hörte. »Er hat sich eigentlich nicht wirklich für Sie interessiert.«

»Er hat mich geliebt.«

»Nein.« Ellen schüttelte den Kopf. »Ihr Vater hat nur einen Menschen geliebt. Cosima. Für sie hätte er alles getan.«

»Ich habe es Ihnen doch schon gesagt!« Freyas Gesicht jetzt ganz nah vor Ellens. »Halten Sie den Mund!«

»Ich kann Ihnen nicht verübeln, dass Sie ihm einen Mord anhängen wollen«, sagte Ellen, zwang sich, keinen Schritt vor Freyas wütendem rotem Gesicht zu weichen. »Ich meine, wenn mein Vater sich so verhalten hätte, würde ich auch wollen, dass er dafür bezahlt.«

»Es ging niemals um ihn«, schrie Freya. »Warum wollen Sie das nicht einsehen?«

»Um wen ging es dann?«, fragte Ellen. »Wenn Sie es mir nicht sagen, werden die Menschen die Wahrheit nie erfahren. Er wird als der Mann in Erinnerung bleiben, der Kieran Burton und Virginia Rau ermordet hat und eine Affäre mit der Tochter seines Geschäftspartners hatte. Die ganze harte Arbeit, die er für Sie auf sich genommen hat, niemand wird sich daran erinnern.«

»Nein!« Freya holte aus. Ihre Hände wie Krallen vor Ellens Gesicht. Alastair sprang vor, nahm Freya in den Schwitzkasten.

»Sie Schlampe.« Freya wehrte sich mit aller Kraft, aber Alastair hielt sie fest.

»Sie verfluchte lügende Schlampe. Ich habe es Ihnen so leicht gemacht, trotzdem haben Sie alles vergeigt. Jetzt haben Sie Ihre Geschichte und bleiben dabei. Obwohl Sie wissen, dass das Unsinn ist. Dad und Cosima? Wer hat sich das denn ausgedacht? Es ist doch offensichtlich, es starrt Sie an. Nur sind Sie zu dumm, es zu erkennen.«

Freya warf den Kopf zurück. Zuerst meinte Ellen, aus Angst. Als sie begriff, was vor sich ging, war es zu spät. Freyas Kopf schlug in Alastairs Gesicht. Ein lautes Krachen. Alastair schrie auf, ließ Freya los, taumelte rückwärts, Hände vor der Nase. Freya schob sich an ihm vorbei und rannte los.

ZWEI

Freya lief den Hügel hinab, stampfte mit den Füßen, spürte die Stöße in den Knöcheln und Schienbeinen. Weg, weg von Ellen Kelly und ihren Lügen. Schnell, aber nicht schnell genug. Hinter sich hörte sie Ellen Kelly, die rief, sie solle stehen bleiben. Kellys Schritte kamen immer näher.

Zu dick, um schnell rennen zu können.

Zu dick, zu dumm, zu hässlich, um ihren Mann halten zu können.

Sein Gesicht. Grinste. Als wäre sie ein Stück Scheiße. Als wäre sie ein Nichts und alle Dinge, die sie für ihn getan hatte, wertlos. Die Arbeit, das Geld und die Unterstützung, all die verdrehten perversen Dinge, zu denen er sie im Bett gebracht hatte; all das hatte ihm nichts bedeutet.

Dumm, fett. Hässlich.

Sie dachte, es würde sie einander näherbringen.

Dabei hatte er sie die ganze Zeit nur benutzt.

Und hatte mit ihrer Mutter geschlafen.

Er hatte gelacht, als er es ihr erzählt hatte.

Bevor er ihr gesagt hatte, dass er sie verlassen würde.

Ihre Lungen explodierten fast. Sie musste weiter. Sobald sie stehen blieb, wäre alles vorbei.

Sie erreichte den Fuß des Hügels. Rannte nicht mehr, bewegte sich so gut wie gar nicht. Hörte Ellen Kelly, bevor sie sie spürte. Zwei Beamte warfen sich auf sie. Kellys Arme umfassten sie. Kelly auf ihr, als sie auf den Boden aufschlug.

Sie versuchte, Kelly abzuwerfen, doch sie hatte keine Kraft.

Sie konnte nirgendwohin.

Es war vorbei.

»Wie haben Sie es herausgefunden?«, fragte Freya.

Es war das Erste, was sie sagte, nachdem Ellen sie zu Boden geworfen hatte. Danach schien jede Gegenwehr aus dem Mädchen gewichen zu sein. Sie ließ sich von Ellen auf ihre Rechte hinweisen, sich Handschellen anlegen und stand schweigend neben ihr, während sie auf den Einsatzwagen warteten, der, so hatte Alastair versichert, auf dem Weg war.

»Ist das wichtig?«

Sie hatte nicht vor, Freya von den Aufnahmen der Kameraüberwachung zu erzählen und dass Abby sich plötzlich an das Foto von Freya auf dem Kaminsims erinnert hatte, auf dem sie die Jacke anhatte.

»Sie sollten niemals glauben, dass mein Vater etwas damit zu tun hat«, sagte Freya. »Ich habe Ihnen gesagt, dass sie sich mit Kieran gestritten hat, dass sie sich hassten. Sie haben das alles ignoriert. Wie konnten Sie nur denken, dass mein Dad zu so etwas fähig ist?«

»War das der Grund?«, fragte Ellen. »Sie haben ihn umgebracht, damit wir Ihre Mutter verdächtigen?«

»Sie hat mit ihm geschlafen«, sagte Freya. »Ich könnte kotzen. Meine eigene Mutter. Aber das ist nicht der Grund. Ich habe ihn umgebracht, weil er mich verlassen wollte. Nach allem, was ich für ihn getan habe. Drei Jahre für diesen verfluchten Master. Drei Jahre Arbeit in dem Weinlokal. Ich habe diesen langweiligen Menschen zuhören müssen mit ihren langweiligen Leben und langweiligen beschissenen Storys. Und wissen Sie was? Ich hätte ihn dazu bringen können, es sich anders zu überlegen. Das habe ich schon einmal gemacht, aber diesmal … diesmal war er reif.«

Sie flüsterte jetzt. Ellen musste sich vorbeugen, um verstehen zu können.

»Er sagte, er ginge auf die Party. Wollte sie fragen, ob sie Lust auf eine zweite Nummer hätte. Ich wollte wissen, was er damit meinte, und da hat er es mir erzählt. Er sagte, er habe Lust auf ein zweites Mal. Ich könnte ja zusehen.«

Ellen musste sich bremsen, nicht die Arme um Freya zu legen und sie zu trösten. Diese arme, verblendete Frau.

»Sie hat ihn gegen mich aufgehetzt«, sagte Freya. »Ich habe mich so bemüht, ihn zu halten. Ich wollte allen beweisen, dass sie unrecht haben. All diesen dummen Leuten, die meinten, er würde nicht bei mir bleiben. Das haben die Leute doch gedacht. Ein Typ wie er, der bleibt nicht bei jemandem wie mir. So fett, hässlich und nutzlos.«

Ellen fragte sich, was es mit jemandem machte, wenn er so über sich dachte. Sie dachte an ihre eigene Familie, ihre leibliche Mutter Noreen und ihre Adoptiveltern. Sie dachte an die Verheerungen, die von einer Generation in die nächste getragen wurden. Wie wichtig es war, diesen Teufelskreis zu durchbrechen, wenn man selbst Kinder bekam.

»Hätte ich ihn gehen lassen«, sagte Freya, »hätte ich auch sagen können, dass sie alle von Anfang an recht hatten. Das konnte ich nicht.«

Ellen hörte Sirenen. Sie kamen aus Lewisham, kamen näher.

»Und Ginny?«

Freya seufzte. »Sie hat mich dabei beobachtet, wie ich das Messer aus der Küche holte. Sie wollte es Ihnen stecken. Das durfte ich nicht zulassen. Ich habe Ersatzschlüssel für den Wagen meiner Mom. Für die Zeiten, wenn sie zu viel getrunken hat und mich anruft, damit ich sie nach Hause fahre. Gott, wie oft habe ich das tun müssen. Sie würden es nicht glauben.«

Ein schwarzer Streifenwagen hielt vor ihnen. Ellen nahm Freya am Arm und führte sie zum Wagen.

»Zeit zu gehen.«

»Ich habe keine Schuld«, sagte Freya. »Das wissen Sie doch, oder?«

»Sie hätten ihn nicht umbringen müssen«, sagte Ellen. »Sie können keinem anderen dafür die Schuld geben.«

Ein Polizist stieg aus dem Wagen, öffnete die hintere Tür. Ellen legte die Hand auf Freyas Kopf und schob sie hinein.

»Familien«, sagte Alastair, als sie dem Wagen nachblickten. »Larkin hatte recht, oder?«

Ellen spulte die Namen ab von gemeinsamen Bekannten. Ihr fiel niemand ein.

»Larkin?«

»Sie wissen schon«, sagte Alastair. »*This Be The Verse. They f*… ach, egal.«

Ellen beließ es dabei. Manchmal war er wirklich ein komischer Kauz. Sie sah ihn an. Die Nase hatte aufgehört zu bluten.

»Kommen Sie.« Sie hakte sich bei ihm unter, sie gingen zum Weinlokal. »Machen wir Sie sauber.«

»Und dann ein Gläschen?«, fragte Alastair. »Ich finde, wir haben allen Grund zum Feiern.«

»Nicht für mich«, sagte Ellen.

»Ach, kommen Sie«, sagte Alastair. »Was ist denn so wichtig, dass Sie nicht noch ein Gläschen trinken können?«

»Sorry«, sagte Ellen. »Es gibt etwas, das ich tun muss.«

EPILOG

Ein perfekter sonniger Morgen. Drei Tage nach Freyas Verhaftung nahm sich Ellen einen Tag frei. Familienzeit. Greenwich war farbenfroh. Sattes Grün an den Bäumen in den Parks, gelbe und rosafarbene Rosen in den Beeten am Rand des Piratenspielplatzes. Und das schimmernde Glitzern des Flusses, der sich aus der Stadt hinausschlängelte zur Nordsee.

Ellen, die Kinder, Sean und Terry standen im Park, aßen Eis und blickten auf die Stadt, die sich vor ihnen erstreckte von den Ufern, nach Nord, Ost, West, so weit das Auge reichte. Ihr liebster Platz auf der ganzen Welt, mit den liebsten Menschen auf der ganzen Welt. Ellen wusste, was für ein Glück sie hatte.

»Können wir auf den Eseln reiten?«

Eilish tippte Ellen am Arm, ihr kleines Näschen gekräuselt, flehend.

»Bist du nicht schon zu alt dafür?«, fragte Ellen.

»Bitte«, sagte Eilish. »Ich liebe die Esel.«

»Na dann los.« Sean schwang Eilish durch die Luft. Sie fing an zu kichern.

Die Esel befanden sich am Eingang des Parks von Blackheath. Eilish rannte mit Sean und Terry vor, Ellen und Pat folgten gemächlich.

»Macht es dir was aus, wenn ich nicht reite?«, fragte Pat.

»Natürlich nicht«, sagte Ellen. »Wieso sollte es mir etwas ausmachen.«

»Weil du solche Sachen gerne hast und immer tonnenweise Fotos machst und du diesen Gesichtsausdruck kriegst.«

»Welchen Gesichtsausdruck?«

»Na ja, du weißt schon. Die Esel sind so süß, und wir sind so süß. Bäh.«

Ellen lachte und gab ihm einen Klaps auf den Arm.

»Selber bäh, Mister. Wenn du nicht vorsichtig bist, hole ich heute Abend alle Fotos von früher raus, und du musst sie dir ansehen. Ich muss nur schnell diesen Brief einstecken.«

Sie rannte zum Briefkasten am Rande des Parks. Die Leerungszeiten waren angeschlagen. Die nächste Leerung war um vier Uhr nachmittags. In zwei Stunden. Sie konnte es sich noch anders überlegen. Nein. Sie steckte den Umschlag hastig ein.

»Wem hast du geschrieben?«, fragte Pat.

»Jemandem, den ich vor langer Zeit gekannt habe«, sagte Ellen.

Sie hakte seinen Arm bei ihr ein und zeigte auf Eilish. Sie saß auf einem Esel, der langsam auf einem Pfad zwischen den anderen Eseln und dem Eiswagen geführt wurde. Das Lachen ihrer Tochter schallte über die Heide, erfüllte Ellens ganze Seele.

Das zählte. Dieser Moment, genau hier. Ihr Sohn neben ihr, das Lachen ihrer Tochter, ihr Bruder und sein Partner und der helle Sonnenschein, der den Sommer versprach und bessere Zeiten.

Liebe Noreen,
mein Name ist Ellen. Vor langer Zeit war ich Deine Tochter. Wir haben in einer kleinen Wohnung in Peckham zusammen gelebt. Du, ich, mein Zwillingsbruder Sean und unsere kleine Schwester Eilish. An vieles kann ich mich nicht mehr erinnern, doch das, woran ich mich erinnere, ist wohl das Wichtigste. Ich erinnere mich an Dein Lächeln. Ich erinnere mich, wie Sean und ich auf

dem buckligen Sofa gesessen haben, Du in der Mitte, und Du uns vorgelesen hast. Ich erinnere mich, mit Dir in einem Café gewesen zu sein, und wir kicherten, weil wir abwechselnd die heiße Schokolade von einem Löffel schlürften, den Du gehalten hast. Ich erinnere mich, dass Du uns abends vorgesungen hast. Du saßt zwischen unseren Betten und hast gesungen, bis wir eingeschlafen waren. Erinnerst Du Dich auch? Du warst warmherzig und lustig. Wir haben dich sehr liebgehabt. Ich glaube, Du hast uns auch geliebt.

Ich erinnere mich nicht an unseren Vater. Ich weiß nicht, ob er mit uns zusammengelebt hat. Ich frage mich, wie er war und ob Du glücklich mit ihm warst. Aus irgendeinem Grund, ich weiß nicht, warum, glaube ich, dass er Dich nicht glücklich gemacht hat.

Ich erinnere mich an die Nacht, in der Eilish gestorben ist. In jener Nacht habe ich Dich das letzte Mal gesehen. Ich habe geweint, mich an Deine Beine geklammert und Dich angefleht, nicht zu gehen. Die Polizisten sagten, Du müsstest mit ihnen mitkommen, aber ich dachte, ich könnte Dir begreiflich machen, dass das falsch ist. Ich hatte Angst, weil ich zuvor noch nie von Dir getrennt war. Nicht für einen Tag. Du hast auch geweint. Du hast die Tränen weggewischt, Dich zu mir hinuntergebeugt, gesagt, ich solle ein braves Mädchen sein und mir keine Sorgen machen. Du versprachst, bald wieder da zu sein. Lange habe ich an dieses Versprechen geglaubt. Während ich größer wurde und noch länger. Noch mehr, nachdem ich geheiratet hatte und selbst Kinder bekommen habe. Ich sah sie und dachte: Wie kann eine Mutter oder ein Vater ein Versprechen nicht halten?

Darauf habe ich keine Antwort. Es gibt viele Dinge, auf

die ich keine Antworten finde. Mittlerweile weiß ich, dass es darauf nicht ankommt. Tatsache ist, dass ich einige Dinge nicht weiß und nie wissen werde. Ich könnte es mein Leben lang an mir nagen lassen, daran herumkratzen wie an einer offenen Wunde. Oder ich kann loslassen. Ich habe beschlossen loszulassen.

Wie Du siehst, habe ich Dir nicht meine Adresse geschrieben. Nicht, weil Du mich nicht finden sollst, sondern weil ich jeden Tag verzweifelt auf Post von Dir warten würde. Ich könnte meine ganze Zeit damit verbringen, statt mit den Dingen, die wirklich zählen: meine Familie, mein eigenes Leben.

Ich weiß nicht, wie Eilish gestorben ist. Ich weiß nicht, ob Du sie getötet hast, ob es ein Unfall oder das Ganze ein riesiger Justizirrtum war. Ich weiß nicht, warum Du versprochen hast wiederzukommen, es aber nicht getan hast.

Ich weiß nur, dass Du einmal meine Mutter warst. Und in dieser kurzen Zeit, die wir zusammen verbracht haben, habe ich Dich geliebt.

Nichts anderes zählt.

Ellen.

Auf dem Grab stand ein Holzkreuz. Irgendwann würde es durch einen Grabstein ersetzt werden. Charlotte hatte ihn in Auftrag gegeben. Weißer Marmor, goldene Buchstaben. Ginnys Name in einer schnörkeligen Schrift. Kein Alter, kein Geburtsdatum. Das hätte sie nicht gewollt.

Hier zu stehen war ein komisches Gefühl. Sie dachte, es würde helfen. Hoffte, sie würde sich Ginny da, wo sie ruhte, näher fühlen. Es machte keinen Unterschied. Nichts machte einen Unterschied. Die leere Taubheit umfing sie wie ein Nebel. Kalt und undurchdringlich kroch sie durch die Haut. Ließ keinen Platz für etwas anderes.

»Es tut mir leid«, flüsterte sie.

Das reichte nicht, aber sie hatte nichts anderes anzubieten. Sie hätte auch selbst am Steuer des Wagens sitzen können. Ihre Schuld. Alles. Sie blieb noch eine Weile stehen, wartete. Nicht weit von ihr pflegten ein Mann und eine Frau ein Grab, zogen Unkraut. Die Frau weinte ohne Unterlass.

Ihre Beine wurden müde. Es kitzelte in der Kehle. Sie legte ihre Hand auf das Kreuz. Spürte ein Zittern und wusste, es war Zeit zu gehen. Am Ende der Straße hatte sie ein Pub gesehen. Zehn Minuten von hier. Sie hatte die Zeit auf dem Weg hierher gestoppt.

Während sie durch die Reihen von Toten eilte, wirbelten die Stimmen um sie herum, schwebten durch den Nebel hinein und wieder davon. So war es immer. Zuerst die Kehle, dann das Zittern, danach die immer lauter werdenden Stimmen, bis sie sie nur noch auf eine Weise loswerden konnte. Die Stimme, die sie nicht hörte, war die, die sie heute hier hatte finden wollen.

Sie wollte sich an sie erinnern, an die Musik, wie Ginnys Stimme sich hob, wenn sie glücklich, oder sich senkte, wenn sie traurig war. Charlotte hatte Schwierigkeiten, sie festzuhalten.

Ich war es. Ich habe dich dahin getrieben.

Charlotte schüttelte den Kopf. Konnte die Stimme ihrer Tochter nicht ertragen. Nicht an diesem Ort.

Ich wünschte, ich hätte dich umgebracht.

Freyas Stimme, Mutters Gesicht. Charlotte lief schneller. Durch das Tor und auf die befahrene Straße. Hügelabwärts knickte sie auf den hohen Absätzen um.

Dummes kleines Mädchen!

Mutter schrie. Charlotte war schuld. Immer.

Dumme Schlampe. Der Hohn in Freyas Stimme, wie Mutter. Dann lachten sie beide.

Charlotte fing an zu singen. Alles, um diesen Lärm auszublenden. Sang, was ihr in den Sinn kam. Ein altes, vertrautes Lied. Sang es laut heraus, ihre Stimme erhob sich über die der anderen. Mutter und Freya fielen ein, bis es unmöglich war, sie voneinander zu unterscheiden.

Sugar and spice and all things nice
Kisses sweeter than wine,
Sugar and spice and all things nice
You know that little girl is mine.

Sie stand vor dem Pub, stieß die Tür auf, trat ein. Es war dunkel, ruhig, und es roch nach abgestandenem Bier, fettigem Essen und ungewaschenen Körpern. Hinter ihr schlug die Tür zu. Die Stimmen verstummten. Sie war allein.

Sie ging auf die Bar zu, ihre Absätze versanken im weichen Teppich. Sie schenkte dem Barkeeper ihr schönstes Lächeln und bestellte sich ihren ersten Drink.

DANKSAGUNG

Zuallererst ein riesiger Jubel für die wundervolle, talentierte, witzige und sehr weise Rachel Pierce, eine großartige Herausgeberin und ein außergewöhnlicher Mensch.

Wie immer Dank an das wunderbare Team von OBP: Ruth Nicola, Jamie, Emma (für den wunderschönen Buchumschlag – ich liebe ihn!) und an alle anderen.

Ich danke Michael, der mit mir ein Risiko eingegangen ist, Svetlana, die es schon so lange mit mir aushält.

Besonderer Dank gilt Gary Friel, ein wahrer Freund, der eine frühe Manuskriptfassung durchforstet hat, wo er doch so viel anderes zu tun hatte.

Für all meine fantastischen Freunde – zu viele, um sie alle namentlich zu nennen, doch Ihr wisst hoffentlich, dass ich jeden Einzelnen von Euch liebe.

Besonderer Dank geht an:

meine entzückenden Taufpaten Avice und Stewart; meine großartigen Eltern, die mich immer wieder überraschen und inspirieren;

Seán, Luke und Ruby – die Ihr mein Herz erfreut.

Du weißt nicht, wer dich beobachtet …

SHEILA BUGLER

SCHATTENFÄNGER

THRILLER

Ein perfider Stalker macht London unsicher. Unbemerkt dringt er in die Häuser junger Frauen ein. Sein Markenzeichen: Er hinterlässt immer eine Tasse Tee und eine Rose auf dem Küchentisch – jedoch nie Einbruchsspuren. Detective Inspector Ellen Kelly und ihr Team stehen vor einem großen Rätsel, denn die beiden Opfer, die der Täter zu Anfang im Visier hat, scheint nichts zu verbinden. Und es bleibt nicht bei nächtlichen Besuchen, schon bald ist die Erste von ihnen tot.

»Eine wahre Glanzleistung!« Ken Bruen

KNAUR

Ich sehe was, was du nicht siehst – und das ist dein Tod.

S. K. TREMAYNE

STIEFKIND

PSYCHOTHRILLER

Rachel hat es endlich gut getroffen. Nach langen Single-Jahren hat sie den Anwalt David Kerthen kennengelernt und zieht mit ihm in sein Herrenhaus auf den Klippen von Cornwall. Mit den besten Absichten, auch für Davids Sohn aus erster Ehe, den 9-jährigen Jamie, eine gute Mutter zu sein. Denn Davids erste Frau kam auf tragische Weise in einer der überfluteten Zinngruben an Cornwalls Küste ums Leben.
Doch Jamie verändert sich, scheint von düsteren Visionen geplagt – und platzt schließlich mit einem Satz heraus, den Rachel nicht mehr vergessen kann: »An Weihnachten wirst du sterben ... und meine Mummy kommt zurück.«
Psychothrill an der atemberaubenden Küste Cornwalls – der neue Roman des Bestsellerautors von »Eisige Schwestern«!

»Sie werden durch die letzten Seiten rasen, begierig, die Wahrheit zu erfahren – phantastischer, angsteinflößender Lesestoff!« Sunday Mirror

KNAUR

»Meisterhaftes Können in Sachen Spannung und Tempo.«
The Guardian

VAL McDERMID

DER SINN DES TODES

KRIMINALROMAN

Ein betrunkener Siebzehnjähriger rast nachts mit einem gestohlenen Auto durch Dundee. Für seine drei Freunde endet die Fahrt tödlich. Der Hooligan überlebt – im Koma, für immer gezeichnet.
Überraschend fördert ein Routine-DNA-Test eine Verbindung zu einem zwanzig Jahre zurückliegenden, ungelösten Mordfall zutage.
Detective Chief Inspector Karen Pirie von Police Scotland, Spezialistin für die Klärung ungelöster alter Fälle, sieht sich zeitgleich mit einem anderen, ähnlich lange zurückliegenden Fall konfrontiert. Eigentlich dürfte sie gar nicht ermitteln, aber ihr hartnäckiger Sinn für Gerechtigkeit lässt ihr keine andere Wahl.

»Welche Superlative sind noch übrig, um das Phänomen der vielfach preisgekrönten Val McDermid zu beschreiben?«
Daily Mail

DROEMER